KB267508

핀치콘티니가의 정원

Giorgio Bassani : Il giardino dei Finzi-Contini

핀치콘티니가의 정원

조르조 바사니 장편소설

이현경 옮김

문학동네

일러두기

1. 번역 대본으로는 *Il giardino dei Finzi-Contini*(Giorgio Bassani, Milano: Feltrinelli, 2012)를 사용했다.
2. 주석은 모두 옮긴이주다.
3. 본문 중 고딕체는 원서에서 이탤릭체로 강조한 부분이다.

프롤로그

여러 해 전부터 핀치콘티니가家에 대해—미콜과 알베르토, 에르만노 교수와 올가 부인에 대해—쓰고 싶었다. 그뿐만 아니라 이차대전이 발발하기 직전 페라라의 에르콜레프리모데스테 대로에 있던 그 집에 살았거나 나처럼 그 집에 드나들었던 다른 많은 사람들에 대해서도. 하지만 일 년 전인 1957년 4월 어느 일요일에서야 어떤 자극과 충동을 받아 실제로 글을 쓰게 되었다.

그날도 보통 주말과 다름없는 어느 소풍날이었다. 친구 십여 명과 점심식사를 마친 뒤 자동차 두 대를 나눠 타고 정해진 목적지 없이 아우렐리아 도로를 따라 출발했다. 산타마리넬라 해변에서 몇 킬로 떨어진 지점에 이르러 왼쪽으로 갑자기 나타난 중세 성의 우뚝 선 탑들에 매혹된 우리 일행은 좁은 비포장 오솔길로 방향을 돌렸고, 그러다가 결

국 성채 발치에 펼쳐진 황량한 모래사장을 뿔뿔이 흩어져 거닐게 되었
다. 가까이서 보니 성채는 그다지 중세스럽지 않았는데, 푸른 사막같이
펼쳐진 눈부신 티레니아해*를 배경으로 역광으로 윤곽을 드러낸 그 모
습을 멀리 국도에서 봤을 때는 그렇게 보였던 것이다. 온몸으로 바람을
맞으며 그 바람 때문에 눈에 모래가 들어오는데도 로마의 어떤 은행에
서 발급해주는지도 모르는 서면 허가서가 없어 성안에는 들어가보지
도 못하게 된 우리는, 되밀려오는 파도에 귀가 먹먹한 채로 이제 바닷
가에 서서, 왜 하필 겨울 못지않게 사납고 추운 오늘 같은 날 로마를 벗
어나려 했는지 못마땅한 기분에다 화까지 났다.

활처럼 휜 해변을 따라 대략 이십 분 정도 서성거렸다. 일행 중 단 한
사람, 나랑 같이 자동차를 탔던 젊은 부부의 딸인 아홉 살짜리 아이만
신이 나 있었다. 바람과 바다와 미친듯이 소용돌이치는 모래에 흥분한
잔니나는 명랑하고 활발한 천성을 마음껏 발산했다. 엄마가 말렸는데
도 신발과 양말을 벗어던졌다. 해변으로 거세게 밀려드는 파도를 향해
걸어나가더니, 무릎 위까지 젖고 말았다. 두말할 것도 없이 몹시 즐거
워 보였다. 그러고 보니 조금 지나 우리가 다시 자동차로 돌아왔을 때,
상기된 잔니나의 보드라운 두 뺨 위에서 초롱초롱 빛나던 생기 넘치는
검은 눈 속으로 아쉬움의 그림자가 스쳤던 것도 같다.

아우렐리아 도로로 되돌아온 우리 눈앞에 잠시 후 체르베테리 갈림
길이 나타났다. 즉시 로마로 돌아가기로 결정했기 때문에 나는 당연히
직진할 거라 생각했다. 그런데 그때 갑자기 자동차가 필요 이상으로 속

---

* 이탈리아반도의 서쪽 바다. 코르시카섬과 사르데냐섬, 시칠리아섬에 에워싸여 있다.

도를 늦추더니 잔니나의 아버지가 한 팔을 차창 밖으로 내밀었다. 삼십여 미터 거리를 두고 뒤따르던 뒤차에게 손짓으로 좌회전하겠다는 뜻을 알렸다. 생각을 바꾼 것이다.

그렇게 해서 아스팔트가 매끈하게 깔린 좁은 길을 달리게 된 우리는, 금세 그 길을 따라 대부분 최근에 지은 집들이 모여 있는 작은 마을로 접어들었고, 거기서부터 더 안쪽에 있는, 구불구불 뻗어나간 유명한 에트루리아*인들의 공동묘지 언덕들 쪽으로 향하게 되었다. 아무도 이유를 묻지 않았고 나 역시 아무 말도 하지 않았다.

마을을 지나 약간 경사진 길이 시작되자 자동차는 속도를 늦출 수밖에 없었다. 이제 우리는 타르퀴니아와 그 너머까지 흩어져 있는, 로마 방언으로 '몬타로치'라고 불리는 묘지들 곁을 지나게 되었다. 하지만 묘지들은 바다 쪽이 아니라 언덕에 가까이 있었는데, 로마 북쪽으로 넓게 자리한 라치오주의 한 지대인 이곳은 거의 끊임없이 이어지는 거대한 공동묘지 구역이었다. 이곳 풀들은 더 무성하고 푸르렀으며, 아우렐리아 도로와 티레니아해 사이에 있는 평원보다 풀색이 훨씬 짙었다. 이는 바다를 가로질러 끝없이 불어오는 열풍 시로코가 이곳에 닿을 때면 소금기가 대부분 사라져, 인근 산들에 가닿는 습기가 식물들에게 좋은 영향을 미치기 시작한다는 증거였다.

___

* 로마 발흥기 전에 이탈리아 중부(지금의 토스카나주)에 살던 에트루리아족이 세운 고대 왕국. 로마인들이 그들을 '투스키'라 부르고 그 지역을 '투스키아'라고 불러 지금의 '토스카나'가 되었다. 그리스인들은 '티레니, 티레니아'라고 불렀고, 그들이 활약한 바다 '티레니아해'도 여기서 유래했다. 체르베테리와 타르퀴니아의 이 두 공동묘지군은 2004년 세계유산으로 등재되었으며, 기원전 9세기에서 기원전 1세기 사이에 만들어진 것으로 추정된다.

"지금 어디로 가는 거예요?" 잔니나가 물었다.

부부는 아이를 사이에 두고 앞좌석에 앉아 있었다. 잔니나의 아버지가 핸들에서 한 손을 떼더니 딸의 갈색 곱슬머리에 올려놓았다.

"사오천 년도 더 된 무덤을 잠깐 보러 가는 중이란다." 옛날이야기를 시작하는 말투로 그가 답했다. 그래서 맘껏 시대 숫자가 부풀려졌다. "에트루리아인들의 무덤이지."

"슬퍼요!" 잔니나가 한숨을 쉬며 의자 등받이에 목을 기댔다.

"왜 슬퍼? 학교에서 에트루리아인들이 누구인지 안 배웠니?"

"역사책에서 에트루리아인들은 맨 처음에 나와요. 이집트인과 유대인들과 거의 비슷하게요. 그런데 아빠, 아빠 생각에는 에트루리아인하고 유대인 중 누가 더 오래전에 살았던 것 같아요?"

잔니나 아버지가 웃음을 터뜨렸다.

"저 아저씨에게 여쭤봐." 그가 엄지손가락으로 나를 가리키며 말했다.

잔니나가 돌아보았다. 의자 등받이 가장자리에 입을 숨긴 채 불신이 가득 담긴 눈으로 진지하게 나를 흘깃 보았다. 나는 아이가 다시 같은 질문을 해오길 기다렸다. 하지만 아무 말도 없이 곧 다시 자기 앞쪽을 바라봤다.

차츰 완만하게 경사지면서 양쪽으로 삼나무들이 쭉 늘어선 길을 따라, 젊은 남녀들로 삼삼오오 무리를 이룬 시골 사람들이 내려오다 우리와 맞닥뜨렸다. 일요일 산책이었다. 젊은 여자들 대여섯 명이 팔짱을 끼고 걷는 바람에 이따금 사슬이 만들어지기도 했다. 이상한 여자들이네. 나는 그 여자들을 보며 혼잣말을 했다. 우리와 마주친 그 순간, 그녀들이 웃음기 머금은 눈으로 차창 안을 유심히 살펴보는 게 느껴졌다. 그 눈빛에는 호기심과 이상한 자부심, 거의 노골적으로 드러나는 경멸이 뒤섞여 있었다. 정말 이상한 여자들이었다. 아름답고도 자유로운.

"아빠." 잔니나가 다시 물었다. "왜 오래된 무덤보다 새로 생긴 무덤을 보면 더 슬픈 거예요?"

아까 여자들보다 훨씬 수가 많은 여자들 한 무리가 도로를 대부분 차지하고는 우리 길을 막아선 것에는 아랑곳없이 합창을 해대는 바람에, 어쩔 수 없이 자동차는 제자리걸음을 할 수밖에 없었다. 잔니나 아버지가 차량 기어를 이단으로 바꿨다.

"그건 말이다." 그가 대답했다. "죽은 지 얼마 안 된 사람들이 우리와 훨씬 가까우니까, 그리고 바로 이 때문에 그 사람들을 훨씬 더 좋아하니까. 봐라, 에트루리아인들은 아주 오래전에 죽은 사람들이야." 그러더니 다시 동화를 들려주듯 말했다. "그러니 마치 한 번도 이 세상에 산 적이 없는 사람들, 영영 죽은 사람들과 같단다."

다시 침묵이, 아까보다 훨씬 긴 침묵이 이어졌다. 그 침묵을 깨고 (우리는 벌써 공동묘지 입구 앞에 있는 공터에 거의 다다랐는데, 그곳은 자동차들과 관광차들로 만원이었다) 이번에는 잔니나가 자기 생각을 말했다.

"그런데 지금 아빠 말을 들으니 말예요." 잔니나가 부드럽게 제 뜻을 표했다. "저는 반대로 에트루리아인들도 언젠가 산 적이 있다는 생각이 들어요. 그래서 다른 모든 사람처럼 그 사람들도 좋아요."

내가 기억하기로 공동묘지를 도는 내내 이 말은 이상하리만치 따뜻한 분위기를 만들어냈다. 우리를 민감한 상태에 놓이게 한 사람이 바로 잔나다. 어떤 의미에서 보면 우리를 서로 손잡도록 한 건 제일 어린, 바로 그애였다.

우리는 가장 중요한 묘지인 귀족 마투타 가문의 묘지로 내려갔다. 천장이 낮은 지하 묘실에는 석회로 된 벽감마다 각각 똑같이 시신용 침상 이십여 개가 놓여 있었고, 일상생활에서 아끼고 즐겨 사용한 익숙한 물건들인 괭이, 밧줄, 도끼, 가위, 가래, 가위, 곡괭이, 칼, 활, 화살, 심지어 사냥개와 늪지의 새들까지 묘사한 다채로운 회반죽 벽화로 장식되어 있었다. 문헌학적으로 상세히 살펴보고자 하는 일말의 마음속 바람마저 기꺼이 다 내려놓은 뒤, 나는 체르베테리에 살던 후대의 에트루리아인들, 그러니까 로마를 정복하고 난 뒤의 에트루리아인들에게, 교외에 자리한 자신들의 묘지에 꾸준히 드나드는 게 어떤 의미였을지 구체적으로 마음속에 그려보려 애썼다.

이탈리아 시골 마을에서는 지금도 여전히 매 저물녘 산책에서 마지막 필수 종착지가 묘지로 가는 정문이듯, 상상해보건대 에트루리아인들도 가까운 자기네 마을에서 대개 걸어서 여기로 오지 않았을까 싶다. 가족이나 친지들, 혹은 그저 친구들끼리, 어쩌면 우리가 길에서 방금 만났던 이들처럼 비슷한 젊은이들끼리 떼를 지어서, 그도 아니면 사랑하는 사람과 짝으로 오거나 홀로 와서, 최근 전쟁에서 독일 군인들이 유럽 여기저기에 무용지물로 만들어놓은 벙커들처럼 견고하고 웅장한 원뿔형 묘지들과 외부나 내부 모두 분명 요새 같은, 산 사람들의 주거지와 흡사한 묘지들 사이로 걸어들어갔으리라. 그래, 모든 게 변하고 있어. 그들은 묘지 끝에서 끝을 가로지르는 돌포장 길, 수세기 동안 지나간 쇠수레바퀴가 차츰차츰 가운데에다 두 줄로 나란히 깊은 골을 파놓은 그 길을 따라 걸으며 틀림없이 스스로에게 그렇게 말했으리라. 이제 세상은, 에트루리아가 자유롭고 귀족적인 도시국가 연맹 형태로 거의 이탈리아반도 전역을 지배했던 그때와는 다르다. 한층 더 거칠고 더 대중적일 뿐만 아니라 더 세고 단련될 대로 단련된 새 문명이 지금은 우세해진 상태다. 하지만 결국 이게 무슨 대수란 말인가?

그들 각자가 소유하고 있는 제2의 집으로서 그리 멀지 않은 시기에 조상들 곁에 나란히 누울 수 있게 그 안에 이미 침상이 마련되어 있는 묘지 문턱을 일단 넘어가면서, 영원이라는 게 이제 환상이나 동화, 사제들의 약속처럼 보이지만은 않았을 게 분명하다. 미래가 제멋대로 세상을 뒤엎을 수는 있었겠지. 그렇지만 거기, 죽은 가족들에게 바쳐진 조그마하고 신성한 안식처, 삶을 아름다우면서도 갈망하는 것으로 만들어주었던 물건들 대부분을 죽은 이들과 함께 마음을 다해 그 아래로 가져다놓은 이 묘지 안에서는, 방어되고 보호받고 특권을 부여받은 세상의 이 모퉁이에서는, 적어도 (이천오백 년이 지났는데도 무성한 풀에 뒤덮인 원뿔 모양의 무덤 주위로 그들의 생각과 광기가 아직도 떠돌고 있는) 이곳에서는, 최소한 여기서만큼은 아무것도 변할 수 없으리라.

우리가 다시 출발했을 때는 이미 어둠이 내린 뒤였다.

체르베테리에서 로마까지는 그리 멀지 않아서 보통 자동차로 한 시간이면 충분했다. 그런데 그날 밤의 여행은 그렇게 짧게 끝나지 않았다. 중간쯤 갔을 때 아우렐리아 도로는 라디스폴리와 프레제네에서 오는 자동차들로 꽉 막히기 시작했다. 우리 차는 거북이걸음을 했다.

그러나 고요와 나른함에 잠겨 (잔니나도 잠들어버렸는데) 나는 어느

새 또다시 기억을 더듬어 내 젊은 시절로, 페라라로, 몬테벨로 거리 끝에 있는 유대인 묘지로 되돌아가 있었다. 나무들이 드문드문 서 있는 넓은 풀밭과 비석, 묘지를 에워싼 담벼락과 묘와 묘를 갈라놓는 벽들을 따라 아주 촘촘히 모여 있는 추모비들, 마치 말 그대로 눈앞에 마주하고 있는 듯 핀치콘티니가의 기념비적인 묘가 다시 보였다. 어릴 적부터 우리집에서 늘 듣던 말마따나 물론 흉하긴 해도 묘지는 항상 위풍당당했고 의미심장했는데, 그건 그 집안의 명성 때문이었다.

이 가족묘는 이를 최초로 의뢰한 사람, 그와 그의 자손의 영원한 안식을 보장하기 위해 만들어졌는데, 그런 안식을 얻은 사람이 내가 알고 지냈고 사랑했던 핀치콘티니가의 가족들 중 단 한 사람뿐이라는 생각이 들자 그 어느 때보다 마음이 아팠다. 실제로 1942년 림프육아종으로 사망한 큰아들 알베르토만이 그곳에 묻혔다. 반면 그의 여동생인 미콜, 아버지 에르만노 교수와 어머니 올가 부인, 고령에 중풍을 앓던 올가 부인의 어머니인 레지나 부인 모두는 1943년 가을에 독일로 강제이송되어, 그들의 무덤이 있는지 없는지조차 아는 이가 없다.

1부

1

핀치콘티니가의 묘는 크고 단단하고 정말이지 위풍당당했다. 어렴풋하나마 일면 고대 신전 같기도 하고 동양 사원 같기도 한 모양새로, 불과 몇 년 전까지만 해도 우리 오페라 극장에서 유행하던 〈아이다〉와 〈나부코〉의 무대장치에서 본 듯한 모습이었다. 인근 시립 공동묘지를 비롯해 다른 공동묘지에서라면 그렇게 과시적인 묘라 해도 놀라울 게 없을뿐더러, 다른 많은 무덤에 뒤섞여 거의 눈에 띄지 않을 수도 있다. 그러나 우리 유대인 묘지에서 그런 묘는 유일했다. 그래서 입구에서 상당히 멀리 떨어진 곳에, 반세기가 넘게 더이상 아무도 묻히지 않아 버려져 있던 저기 안쪽 땅에 있기는 해도, 다른 묘와 확연히 달랐고 금방 눈에 들어왔다.

당시 시내의 수많은 흉물스러운 건물을 책임졌던 저명한 건축학 교수에게 가족묘 건축을 의뢰한 사람은, 교황령이 통일이탈리아왕국*에 합병되고 곧이어 페라라에서 유대인 게토가 완전히 폐쇄되고 난 뒤 얼마 지나지 않아 1863년에 죽은, 알베르토와 미콜의 증조부 모이세 핀치콘티니였으리라 짐작된다. '이탈리아인이자 유대인'으로서 대지주였던 그의 불멸의 공적들을 기리기 위해 페라라 공동체가 마치니 거리 유대교 사원 세번째 층계참 위에 붙여놓은 기념 현판에서 읽을 수 있듯 모이세가 '페라라 농업의 개혁자'이기는 했으나, 예술적인 취향 면에서는 그다지 세련되지 않아서 일단 자기와 자기 가족sibi et suis 묘를 건축하기로 결정하고 나서는 모든 걸 건축가에게 일임한 게 틀림없었다. 아름답고 풍요로운 시기였다. 희망을 가지라고, 마음껏 도전하라고 모두가 권하던 시기였다. 사민평등을 되찾았다는 도취감, 치살피나공화국** 시대였던 젊은 시절에 그가 처음으로 개간지 삼백만 평을 소유할 수 있게 됐을 때와 똑같은 희열이 모두를 압도하고 있었을 테니, 한 집안의 엄격한 가장이 이런 엄숙한 상황에서 어떻게 비용을 아낌없이 사용하게 되었는지 쉽게 헤아릴 수 있었다. 재량권을 저명한 건축학 교수에게 넘겨주었을 확률이 높다. 그리하여 카라라산의 흰색 대리석, 베로나의 복숭아색 대리석, 검은 반점이 있는 회색 대리석, 노란색 대리석, 파란색 대리석, 초록빛이 도는 대리석 등을 마음대로 쓸 수 있게 되자 그 교수 측에서는 이성을 잃었던 게 틀림없다.

---

* 1861년에 사르데냐왕국의 왕을 중심으로 분열된 이탈리아 영토를 통합해 세운 입헌군주제 국가로, 1946년 국민투표로 왕정이 폐지되기 전까지 존속했다.

** 1797년 6월 나폴레옹이 이탈리아 북부 롬바르디아주에 건설한 국가. 치살피나란 로마 쪽에서 봤을 때 '알프스의 이남'이라는 뜻으로, 같은 해 7월에 치스파다나공화국을 병합해 페라라, 볼로냐까지 영역을 확대했다.

라벤나의 테오도리크 대왕 영묘와 룩소르의 이집트 신전들, 로마 바로크양식, 더 나아가 나지막하고 굵은 기둥들로 이루어진 주랑에서 뚜렷이 드러나듯 고대 그리스 크노소스궁전 건축 양식의 영향들이 기이하게 한데 뒤죽박죽된 어지러운 형태가 탄생했다. 그래도 어쨌든 거기에 서 있었다. 한 해 한 해 지나면서 서서히, 언제나 자기 식으로 모든 것을 고쳐놓는 시간이, 바로 그 시간이 이질적인 양식들을 이상하게 뒤섞어 서로 어울리게 만들어놓았다. 이곳에서 '엄격한 성격을 가진 근면한 일꾼'이라고 알려진 모이세 핀치콘티니는 1863년에 세상을 떴다. '집안의 천사'였던 그의 아내 알레그리나 카마이올리는 1875년에 사망했다. 1877년에는 아직 젊은 나이였던 그들의 외아들 공학박사 메노티가 죽었고, 이십여 년 뒤인 1898년에는 아르톰 남작 가문의 트레비소 방계 혈통이었던 메노티의 아내 요제테가 죽었다. 그뒤 장례실은 1914년 집안의 또다른 가족인 여섯 살짜리 어린아이 귀도만을 맞이했을 뿐인데, 그곳의 보존을 위해 청소라든가 정리정돈, 필요할 때마다 해야 하는 보수, 특히 주변 식물들의 집요한 포위 공격을 막아내는 일 등에는 그다지 적극적으로 손쓰지 않은 게 분명했다. 거의 검은색에 가까운 시커먼 잡초들이 숲을 이루고 있었는데 금속처럼 상당히 단단하고 셌다. 양치식물, 쐐기풀, 엉겅퀴, 양귀비들이 제멋대로 뻗어나와 점점 자유분방하게 무덤을 침범하고 있었다. 그래서 건축되고 육십여 년이 지난 1924년과 1925년 사이 어린아이였던 내가 핀치콘티니가의 장례실을 처음 봤던 그때 당시도(내 손을 잡은 어머니가 볼 때마다 "정말 흉물스럽구나"라며 꼭 이렇게 말하곤 했는데), 이미 그곳 관리에 누구 하나 직접적으로 신경쓰는 사람 없이 오래 방치되어 있는 지금과 흡사했던 것이다. 무성한 수풀에 반쯤 뒤덮인 채, 원래는 매끄럽고 윤이 나던 색색의 대리석 표면들이 먼지가 쌓여 불투명한 암갈색으로 변해 있었다. 햇빛과 서리에 노출된 지붕과 외부 계단은 그나마 먼지가 덜 쌓여 있었는데, 오랜 시간 감춰져 있던 물건이라면 모두 그렇듯, 이미 그 당시에도 장례실은 풍요롭고도 경이로운 뭔가로 변형되어 있는 듯했다.

고독의 성향이 어떻게, 왜 생기는지 누가 알겠는가. 사실 핀치콘티니 가문 사람들은 고인들과 단절되고 분리되어 있었는데, 이런 단절과 분리는 그들이 소유한 다른 집, 그러니까 에르콜레프리모데스테 대로 끝에 자리한 그 집을 똑같이 에워싸고 있었다. 시인 조수에 카르두치*와 가브리엘레 단눈치오가 불멸로 만든 이 페라라 거리는, 예술과 시를 사랑하는 전 세계인들에게 너무나 유명해서 여기에 대한 어떤 묘사도 지나치다 할 수 없을 것이다. 다 알다시피 이 거리는 도시 북쪽 한가운데에 있었다. 도시는 중세까지는 협소했으나 르네상스 시대에 이르러 이 북쪽 지역이 포함되었는데, 바로 이런 이유로 이곳은 아디치오네 에르쿨레아**라고 불렸다. 길은 넓었고 데스테 성에서 안젤리 성벽까지 검처럼 곧게 쭉 뻗어 있었다. 길 양옆으로는 웅장한 암갈색 귀족저택들이 길게 자리잡고 있었다. 빨간 벽돌과 초록 식물들, 그리고 그걸 바라보는 이를 무한 공간으로 이끄는 듯한 하늘이, 그 길에서 멀리 떨어져 탁월한 배경을 만들어냈다. 에르콜레프리모데스테 대로는 정말 아름다웠고 관광지로서의 매력이 상당했으므로, 십오 년 넘게 페라라시를 맡

---

* 1835~1907. 볼로냐대학에서 이탈리아문학을 가르쳤던 시인이자 고전문헌학자.
** '에르콜레가 덧붙였다'라는 뜻이 담긴 이름으로, 데스테 가문 에르콜레 1세의 뜻에 따라 15세기 말에서 16세기 초에 조성된 도시의 한 구역.

고 있는 공산주의-사회주의 행정부조차도 그 대로만큼은 손대지 않은 채 어떤 부동산 투기나 사업 관계자로부터도 엄중히 지켜내야 한다는 점을, 간단히 말하자면 원래 지니고 있는 귀족적 특성을 고스란히 보존해야 한다는 점을 깊이 깨닫고 있었다.

그 길은 유명하다. 게다가 실제로 전혀 손을 대지 않았다.

그런데 핀치콘티니가와 관련된 부분 역시 마찬가지라서, 물론 아직 에르콜레 대로에서 그 집 안으로 들어갈 수 있기는 하지만, 이 대로에서 들어가지 않고 핀치콘티니가로 가려면 잘 가꾸지 않은, 아니 전혀 손보지 않은 넓은 공터를 가로질러 다시 오백 미터를 더 가야만 한다. 지금도 이 집에는 한때 데스테 가문의 거주지 혹은 '기분좋은 휴식처'였던 16세기 건물의 역사적 잔해들이 뒤섞여 있는데, 예의 그 모이세가 1850년에 이 저택을 구입하고 그후 후손들이 계속 수리하고 적당히 개조해서 일종의 신고딕양식으로, 영국풍으로 변화되기는 했어도, 그래도 역시 거의 손대지 않은 저택이나 다름없다. 흥미를 불러일으킬 만한 수많은 특징이 남아 있기는 하지만, 자문해보건대 이 집에 대해 누가 얼마나 알겠는가, 누가 기억이나 하겠는가? 관광 안내서에도 이 집에 대한 언급이랄 게 없어, 이게 관광객들에게는 그냥 지나치게 되는 변명거리가 된다. 그러나 페라라 자체에서도, 이스라엘 공동체에 속해 있는 얼마 안 되는 유대인들조차도, 이 저택을 기억하고 싶어하지 않는 눈치다.

관광 안내서에서 이 집을 언급하지 않는다는 게 두말할 필요도 없이 유감스럽다. 그러나 당연하다. 정원, 아니 좀더 정확히 말하자면 전쟁 전에는 핀치콘티니가를 에워싼 채 한쪽으로는 안젤리 성벽까지, 다른 쪽은 산베네데토 성문까지 거의 삼만 평 가까이 펼쳐져 있어 (20세기 초의 관광 안내서들에서도 서정적이면서도 세속적인, 호기심어린 어조로 빠짐없이 소개되는 이 집에서) 그 자체로 희귀하고 예외적인 무언가를 드러내던 넓디넓은 그 정원은, 오늘날에는 말 그대로 더이상 존재하지 않는다. 라임, 느릅나무, 너도밤나무, 포플러나무, 플라타너스, 마로니에, 소나무, 전나무, 낙엽송, 레바논삼나무, 사이프러스, 떡갈나무, 털가시나무, 그리고 심지어 요제테 아르톰이 수백 그루를 심게 한 야자수와 유칼립투스까지, 그 아름드리나무들은 모두 전쟁 막바지 이 년 동안 다 베어져 땔감으로 사용되고 말았으니까. 그리고 그 땅은 이미 얼마 전부터, 모이세 핀치콘티니가 아볼리 후작 가문에서 구입했을 당시의 상태로 돌아가 있었다. 도시 성벽 안에 포함된 수많은 넓은 밭 중 하나로.

진짜 원래 있던 모습 그대로 집이 남았을 수도 있을 것이다. 1944년의 폭격으로 상당 부분이 파괴된 채 큰 건물 한 채만 남긴 했지만 말이다. 지금도 오십여 가구의 피난민들이 그 건물을 차지하고 있는데, 모두 도시 빈민층들로서 로마 빈민가 서민들과 별반 다르지 않다. 이런 사람들이 특히 모르타라 거리의 팔라초네 입구에 계속 몰려들고 있었다. 적의에 차 있고 거칠며 성마른 사람들이었다(나는 이들이 몇 달 전 현장 조사를 위해 자전거를 타고 들른 시 보건국 검사관을 돌팔매질로 맞이했다는 사실을 알고 있었다). 그들은 에밀리아로마냐박물관 관리국에서 추진할지도 모를 추방 계획을 무력화한답시고 마지막까지 겨우 남아 있던 고대 벽화들마저 훼손해버리려는 기발한 생각을 해냈던 듯하다.

이러니 지금 뭐하러 불쌍한 관광객들을 무모한 모험에 빠뜨리겠는가? 생각해보니 관광 안내서 최신판 편집자들이 아마 이렇게 자문했을 수도 있겠다. 게다가 결국에 뭘 볼 게 있다고?

2

핀치콘티니 가문의 가족묘가 '흉물스럽다'고 말하며 비웃을 수 있다 해도, 그들의 집에 대해서는, 판필로 운하 및 배수로들의 모기떼와 개구리들이 득실대는 한가운데 저기에 고립되어 있는, 라틴어로 '큰 집'을 뜻하는 '마그나도무스'라는 질투어린 별칭을 가진 그 집에 대해서만은, 오십 년이 지난 뒤에도 비웃을 수 없으리라. 오, 아무리 사소한 비웃음이라도 지금 족히 모욕이 되고도 남을지니! 에르콜레프리모데스테 대로 쪽에서 정원을 에워싼 끝도 없이 긴 담벼락, 짙은 색 떡갈나무로 만든 손잡이 하나 없는 육중한 대문이 거의 반을 차지한 그 담벼락을 따라 걸어가보기만 해도 쉽게 알 수 있을 것이다. 아니면 다른 쪽에서, 정원을 굽어보는 곳에 있는 안젤리 성벽 꼭대기에서, 무성하게 뒤얽힌 나무 몸통과 가지들, 그 밑에 수북이 쌓인 나뭇잎을 눈으로 좇다 그것들을 지나, 거기 주인들이 거주하는 묘하고도 날카로운 저택 윤곽과 그 저택 뒤쪽으로 멀찌감치 떨어진 쪽에, 빈터 가장자리가 회색 얼룩같이 보이는 테니스장을 홀긋 보는 것만으로도 금방 알 수 있을 것이다. 그러고 나면 단절과 분리에서 비롯된 거만한 그들의 오래된 태도가 다시 상처를 주고 처음과 다름없이 마음을 쓰라리게 한다.

벼락부자들다운 생각이지, 얼마나 괴상망측한 생각이냐! 그 문제가 나올 때마다 아버지는 일종의 뜨거운 분노를 보이며 같은 말을 되풀이하곤 했다.

그럼, 그럼. 아버지는 시인했다. 그곳의 옛 주인들, 그러니까 아볼리 남작 가문은 혈관에 '귀하디귀한' 피가 흘렀어. 정원이며 폐허가 바르케토델두카*라고 지은 매우 장식적인 그 집 이름을, 라틴어로 '아브 안티쿠오', 그러니까 '고풍스럽게' 드높여주었지. 전부 다 훌륭해, 두말하면 잔소리지! 게다가 물건을 '알아보는' 안목을 갖춘 모이세 핀치콘티니의 공적은 마땅히 인정해줘야 해. 거래를 마무리할 때면 알려진 바대로 몇 푼만 보태면 됐으니까. 그래서 어쨌다고? 아버지는 곧 덧붙여 말했다. 바로 오직 그런 이유 하나로, 담비를 덧댄 희한한 그의 외투 색깔 때문에, 라틴어로 '알 마트 무그나가', 말하자면 '살구색 미치광이'라는 의미심장한 별명이 따라다니는 모이세 아들 메노티가, 아내 요제테와 함께 외진 도시로 이주를 결정했던 거란다. 지금도 이렇게 건강에 해로운 도시인데 그때는 말해 뭐하겠니! 게다가 한적하고 우울하고 무엇보다 이주에 부적합한 도시잖아?

<hr>

* '공작의 놀잇배'라는 뜻.

세대가 다른데다 결국 낡은 돌덩이들에 가진 돈을 모두 투자해서 얻는 호화로움의 값을 충분히 지불할 수 있었던 부모들은 그러려니 해야 하지. 특히 아르톰 남작 가문의 트레비소 방계 혈통이었던 요제테는 말할 것도 없어(그녀는 생전에 금발에 푸른 눈, 풍만한 가슴을 가진 당당하고 아름다운 여인이었다. 그리고 사실 어머니는 베를린의 올슈키 집안 출신이었단다). 1898년 5월 숨을 거두기 얼마 전, 밀라노의 가련한 악마들인 사회주의자와 무정부주의자들에게 포를 쏜 바바 베카리스 장군에게 축하 전보를 보내는 짓을 할 정도로, 요제테는 사보이아가家에 대한 맹목적인 애정을 애써 감추려 하지 않았고, 피켈하우베*의 나라인 비스마르크의 독일을 광적으로 칭송했으며, 평생 그녀의 발밑에 엎드려 살았던 남편 메노티로 인해 그의 발할라**에 옮겨와 살게 된 뒤로 그녀는, 늘 말했듯 자기가 생각하기에는 너무 보잘것없는 페라라 유대인 사회에 대한 적대감뿐만 아니라 약간 기이하기는 했지만 본질적으로는 자신이 갖고 있던 근본적인 반유대주의를 공공연히 드러냈어. 그렇기는 하지만 에르만노 교수와 그의 아내 올가(그는 학구적인 남자였고, 올가는 베네치아 헤레라 가문 출신이었는데, 말하자면 더 볼 것도 없이 아주 훌륭하기는 한데 다소 몰락한 가문인데다 전통을 고수하는 포넨트 세파르디, 말하자면 서방 스페인계 유대인 가정 출신이었지), 그들은 어떤 인간이 되어야겠다는 생각을 가진 사람들이었을까? 진정

---

* 정수리에 꼬챙이가 달린 투구로, 프로이센 군인들이 처음 사용했고 19세기에서 20세기 초까지 독일 군인, 소방관, 경찰들이 사용했다.
** 독일 바이에른주 레겐스부르크 동쪽에 있는, 독일 역사를 빛낸 유명인들을 기리기 위한 장소.

한 귀족? 물론, 아, 그렇고말고. 1914년 여섯 살밖에 안 된 큰아들 귀도가 의사 코르코스도 손을 전혀 쓸 수 없는 미국발 소아마비에 걸려 별안간 죽고 말았는데, 이 일은 그들에게 크나큰 충격을 주었지. 특히 올가 부인은 그날 이후로 평생 상복을 입었단다. 하지만 이를 제외하면 그들이 고립되어 살았기 때문에, 사람들한테 기고만장하게 굴어서 메노티 핀치콘티니와 그의 훌륭한 아내를 보고 사람들이 떠올렸을 법한 근거 없는 생각을 똑같이 하게끔 할 이유는 딱히 없지 않았을까? 귀족적이기는 무슨! 그들은 별로 거들먹거리지 않았고, 유대인들이 ─ 세파르디*든 아쉬케나지**든, 포넨트***인이든, 레반트인이든, 튀니지인이든, 베르베르인이든, 예멘인이든, 심지어 에티오피아인이든─역사에 의해 뿔뿔이 흩어졌지만 이 땅의 어느 곳에서든, 어느 하늘 아래서든 그들은 유대인이고 영원히 유대인일 것이라는, 다시 말해 모두가 가까운 친지들이라고 긍정하게 되면 그들이 누구인지, 어디서 왔는지를 잊지 않으려고, 적어도 최선을 다했던 사람들일 거야. 모이세 노인 역시 결코 거만하게 굴지 않았다! 그의 머릿속에 귀족적인 허세 자체가 없었어! 그가 게토인 비냐탈리아타 거리 25번지에 아직 살고 있었을 때는, 어떤 희생을 치르더라도 죽을 때까지 살고 싶었던 그 집에서, 바르케토델두카로 한시라도 빨리 이사하고 싶어 안달하는 트레비소 출신의 거만한 장모의 압력을 견디며 매일 아침 장바구니를 겨드랑이에 끼고 에르베 광장으로 장을 보러 가곤 했었지. 이 때문에 '알 가트' 즉 '고양이'라는

─────────────

* 이베리아반도의 스페인계 및 포르투갈계 유대인.
** 중유럽과 동유럽에 살던 유대인.
*** 서방의 스페인, 포르투갈 등지의 유대인.

별명이 붙었지만, 그는 자수성가해 그의 집안을 일으켜세웠단다. 이유
인즉슨 '그녀' 요제테가 막대한 지참금을 들고 페라라로 온 건 틀림없
는데, 17세기 베네치아파 화가 티에폴로가 그린 프레스코화로 장식된
트레비소의 별장도, 거액의 수표와 보석들도, 시립극장 개막식날 개인
소유 특별석에서 푹 파인 드레스를 걸친 채 빨간 벨벳을 배경으로 앉
아 있던 그녀의 목덜미에서 눈부시게 빛나던, 온 극장 사람들의 시선을
잡아끌었던 그 많은 보석도 오로지 그 '알 가트'의 힘만으로 끌어모은
것으로, 오늘날까지도 가문의 거대한 유산의 밑거름이 된 수백만 평 땅
을 페라라 평원에다, 그러니까 디고로와 마사피스갈리아와 욜란다디
사보이아 사이의 평원에다 끌어모은 것도 그라는 사실을 부인할 수 없
다. 모이세 핀치콘티니는 공동묘지에 기념비적인 가족묘를 만들었는
데, 그가 비난받을 만한 실수를 했다면, (특히 취향 면에서) 애석한 점
이라면 그것 하나밖에 없으니.

아버지는 그렇게 말씀하시곤 했다. 특히 유월절의 길고 긴 저녁 만
찬 때면 말이다. 라파엘로 할아버지가 돌아가신 뒤 유월절 모임은 우리
집에서 계속 이어져 친척이며 친지들 이십여 명이 계속 모였다. 그리고
유대교 단식일인 키푸르Kippùr에 금식을 풀기 위해 똑같은 친척과 친
지들이 우리집에 모였을 때도 같은 말을 하곤 했다.

그런데 지금 어느 유월절 만찬이 생생히 떠오르는데, 그날 여느 때
와 다름없이—쓸쓸하고 일반적이며 항상 똑같긴 해도 무엇보다 유대
인 공동체 내의 오래된 이야기들을 회상하는 재미로—이런저런 불평
불만들을 늘어놓던 아버지가 새롭고도 놀라운 사실을 덧붙여 알려주
었다.

1933년, 소위 말하는 '인포르나타 델 데첸날레'*의 해였다. 갑자기, 거의 어떤 영감을 받은 듯 '어제의 불가지론자든 적이든' 누구를 막론하고 두 팔을 벌려 받아주기로 결심한 두체**의 '관용' 덕에 우리 공동체에서도 파시스트당에 입당하는 비율이 갑자기 구십 퍼센트로 올랐단다. 라파엘로 할아버지가 수십 년 동안 위엄 있고 진지하게 전혀 다른 태도로 앉아 있던 바로 그 식탁 제일 윗자리에 습관적으로 앉게 된 아버지는 이 사건을 즐거워하지 않을 수 없었다. 랍비인 레비 박사가 최근 이탈리아 학교에서 강연할 때 이 문제를 시사하며 아주 현명하게 행동했다고 아버지가 말했다. 주지사, 파시스트당의 연방 비서, 포데스타,*** 지역 수비대의 장군 같은 시 고관들이 참석한 그 자리에서 랍비는 알베르티노 법****을 상기시켰다고 한다!

하지만 아버지가 완전히 흡족해한 건 아니다. 열렬한 애국심으로 반짝이는 청년 같은 아버지의 푸른 눈에 실망의 그림자가 스치는 게 보였다. 예기치 못하게 작고 불쾌한 걸림돌을 발견한 게 틀림없었다.

그리고 실제로, 갑자기 손가락으로 우리들, 우리 '페라라 유대인 judìm' 중 몇이나 아직 '입당하지 않았는지'를 꼽아보기 시작하다, 마침내 에르만노 핀치콘티니에 이르렀다. 그는 사실 당원증을 갖고 있지 않았는데, 어쨌든 그가 상당히 넓은 농지를 유산으로 받아 소유하고 있다

---

* Infornata del Decennale. 파시스트당이 권력을 잡은 지 십 주년이 되는 해. 모두에게 당원이 될 수 있는 기회를 준 해였다.
** Duce. '통령, 지도자'라는 뜻. 무솔리니를 가리킨다.
*** 파시즘 시대에 도시의 치안과 법을 담당하던 시의 최고 책임자.
**** 1848년 3월 8일 공표된 사르데냐왕국의 헌법. 이때의 국왕 이름을 따서 지었는데, 가톨릭교만을 국가의 유일한 종교로 인정했다.

는 점을 고려해보면 그 이유를 잘 알 수가 없었다. 그 순간 아버지는 스스로에게, 그리고 자신의 신중함에 짜증이 나기라도 한 듯 돌연 호기심을 불러일으키는 사건 두 가지를 전하기로 결정했다. 두 소식이 아마 서로 관계없을지 모르지만, 아버지가 전제하기를 그렇다고 덜 중요한 건 아니라고 했다.

첫번째 소식은 변호사인 제레미아 타베트가 산세폴크리스타*의 자격으로, 그리고 파시스트당 연방 비서의 친한 친구 자격으로 이미 에르만노 교수 이름이 적힌 당원증을 전달하러 바르케토델두카를 일부러 찾아갔는데, 그 당원증을 되돌려받았을 뿐만 아니라 조금 뒤 아주 친절하게, 그렇지만 분명 그만큼 단호하게 문 앞에서 되돌아와야만 했다는 것이다.

"무슨 이유로?" 누군가 조그맣게 물었다. "에르만노 핀치콘티니가 그렇게 사자 같으리라고 누가 상상이나 했겠어."

"무슨 이유로 거절당했느냐고?" 아버지가 웃음을 터뜨렸다. "아, 뻔한 이유지. 그러니까 자기는 공부하는 사람이고(대체 무슨 공부를 하는지 알고 싶다니까!), 너무 늙었고, 게다가 평생 정치에는 관심도 없었고 뭐 그런 핑계지. 게다가 에르만노는 영리한 친구거든. 타베트의 얼굴이 뿌루퉁해진 걸 눈여겨보고는 쓰윽! 그놈 주머니에 슬쩍 오천 리라짜리 지폐를 넣어줬다는군그래!"

"오천 리라나!"

---

* 1919년 3월 23일 밀라노 산세폴크로광장에서 열린 집회에 참석한 사람. 대개 1922년 이전에 파시스트가 된 사람을 뜻한다.

"확실해. 발릴라* 소년단의 여름 산악학교나 해양학교에 써달라고 말이지. 정말 잘 생각했지, 안 그래? 그런데 두번째 소식을 들어보라고."

그러더니 다음 소식으로 넘어가서 마치 교수가 며칠 전 렌초 갈라시 타라비니(어떻게 이렇게 위선적이고 편협하고 그렇게 옹졸한halto** 법적 대리인을 고를 수 있을까?) 변호사를 통해 공동체 평의회에 편지를 보내왔다고 식탁에 앉은 사람들에게 알려주었다. 그 편지에서 교수는 자비를 들여 마치니 거리에 있는 오래된 조그만 스페인 시너고그***를 '가족과 관련 당사자들이라면 경우에 따라 이용할 수 있게' 수리하고 보수하게 허락해달라고 공식적으로 요청했다고 한다. 예배 장소로 사용하지 않은 지가 적어도 삼백 년은 된 듯하고 지금은 창고로 사용하고 있는 그곳을.

---

* Opera Nazionale Balilla. 여덟 살부터 열네 살까지의 소년들로 구성된 청소년 파시스트 단체.

** 복수형은 'halti'로, 페라라 유대인들의 방언.

*** 유대교 회당.

3

1914년 어린 귀도가 사망했을 때, 에르만노 교수는 마흔아홉이었고 올가 부인은 스물넷이었다. 몸이 좋지 않던 아이는 고열이 나서 침대에 눕혀졌다. 그리고 곧 혼수상태에 빠졌다.

의사 코르코스를 급히 불러왔다. 코르코스는 잠시 아무 말도 하지 않다가 양미간을 찌푸린 채 여러 가지 검사를 하고 나더니 고개를 획 쳐들어, 처음에는 아버지를 그다음에는 어머니를 심각한 얼굴로 뚫어지게 바라보았다. 길고 진중한 눈길로 그들을 바라보던 주치의가 묘하게도 난색을 표했다. 한편 이제 모두 회색으로 변한 움베르토 1세 스타일의 숱 많은 그의 수염 밑 입술은 씁쓸하게, 거의 수치스러운 듯 일그러져 있었다. 절망적인 경우에 보이는 모습이었다.

'손쓸 방법이 없습니다.' 의사 코르코스가 입술을 일그러뜨리며 그 눈길로 하려던 말이 이 말이었을 것이다. 어쩌면 다른 말이었는지도 모르겠다. 그 역시 십 년 전에(바로 그날 그 집에서 나오기 전에 그 말을 했는지, 아니면 닷새가 지나서 우리 할아버지 라파엘로와 장엄한 장례 행렬을 천천히 뒤따르면서 할아버지에게만 그 말을 했는지는 알 길이 없지만), 그 역시 어린 아들 루벤을 잃었다.

"나도 이 고통을 알고 있다네. 나도 다섯 살짜리 아들의 죽음을 지켜보는 심정이 어떤지 잘 알아." 갑자기 엘리아 코르코스가 할아버지에게 말했다.

라파엘로 할아버지는 고개를 숙이고 자전거 손잡이에 양손을 올려놓은 채 의사 옆에서 걸었다. 에르콜레프리모데스테 대로의 포석들을 하나하나 세고 있는 것 같았다. 회의적인 친구 입에서 정말 들어보기 어려운 그 말이 나오자 할아버지는 깜짝 놀라 친구를 돌아보았다.

사실 바로 그 사람, 엘리아 코르코스가 진정으로 알긴 알았을까? 그는 무력해진 아이의 몸을 한참 동안 진찰한 뒤 예후가 불길하다고 속으로 결론을 내렸다. 그리고 눈을 들어 돌처럼 굳은 부모에게 시선을 고정했다. 할아버지 같은 아버지와 아직도 아가씨 같은 어머니에게. 어떤 길을 따라 그들 마음속으로 내려가 그 마음을 읽어낼 수 있었을까? 그리고 미래에 다른 누가 그렇게 할 수 있을까? 유대인 묘지의 무덤에 자리한 (수직으로 세운 소박한 직사각형의 하얀 대리석에 부드러운 문장 일곱 줄을 새기고 잉크로 채운) 어린 망자의 비문에는 이렇게만 적혀 있었다.

아아,

귀도 핀치콘티니

(1908~1914)

뛰어난 외모와 영혼

네 부모는 나날이 더

너를 사랑할 준비를 하고 있었다.

이리 빨리 너를 보내고 애통해하는 게 아니라.

나날이 더. 숨죽인 흐느낌, 그리고 끝이었다. 이 세상 어느 누구와도
나눌 수 없게 마음을 짓누르는 무게.

알베르토는 1915년에, 미콜은 1916년에 태어났다. 대략 나와 동년
배다. 둘은 귀도가 일학년을 다녔으나 마치지 못한 비냐탈리아타의 유
대인 초등학교에 다니지 않았다. 그뒤 유대 사회든 아니든 간에 보다
나은 시민사회를 미리 경험하게 되는 혹독한 시련의 장소인, 그러니까
적어도 그만큼 실용적인 공립 인문계 고등학교인 G. B. 과리니에도 다
니지 않았다. 대신 알베르토와 미콜 모두 개인교습을 받았는데, 에르만
노 교수가 자신이 외로이 몰두하는 농학, 물리학, 그리고 이탈리아 내
유대인 공동체 역사에 대한 연구를 이따금 중단하고, 알베르토와 미콜
의 공부 진도를 가까이서 확인해주곤 했다. 광기의 시대였으나 그 나름
대로 관대한 에밀리아로마냐주의 초기 파시즘 시대이기도 했다. 모든
행동과 태도는 애국심과 패배주의라는 성긴 체를 거쳐 평가되었다. 우
리 아버지 같은 분도 호라티우스와 그가 말한 "아우레아 메디오크리타
스" 즉 "황금과도 같은 중용"의 자세를 즐겨 인용했다. 자식들을 공립학
교에 보내는 일이 일반적으로 애국적인 행위로 간주되었고, 보내지 않

는 것은 패배주의적이었다. 그러니까 공립학교에 보내는 모든 이에게 어떤 면에서는 상처를 주는 일이었다.

그렇지만 알베르토와 미콜 핀치콘티니는 그렇게 격리되어 살아가긴 해도 외부 세계와, 우리 같이 공립학교에 다니는 아이들과 실낱같은 관계는 유지하고 있었다.

통로 역할을 한 사람은 과리니의 교사 둘이었다.

가령 우리 사학년에게 국어, 라틴어, 그리스어, 역사와 지리를 가르치던 멜돌레시 선생님은 오후가 되면 자전거를 타거나 걸어서, 가구가 비치된 방 한 칸을 얻어 홀로 살고 있는, 우리에게 주변 경치와 전망이 좋다고 자랑하곤 하던 산베네데토 성문을 벗어나, 그 당시 세워진 작은 집들이 모여 있는 지역에서 바르케토델두카까지 가서 어떤 때는 세 시간씩 머물곤 했다. 수학 담당이던 파비아니 선생님도 마찬가지였다.

솔직히 말하자면 파비아니 선생님에게서는 아무 이야기도 들을 수 없었다. 볼로냐 출신으로 쉰이 넘은데다 매우 종교적인 분위기를 풍기는 파비아니 선생님은 남편도 자식도 없는 미망인으로, 우리에게 질문하는 동안이면 항상 무아지경에 빠진 듯한 모습을 보이곤 했다. 그녀는 플랑드르 사람 같은 연하늘색 눈을 계속 크게 뜬 채 혼자 무슨 말인지를 중얼대고 있었다. 기도를 하는 중이었다. 물론 가여운 우리들, 거의 모두가 대수학에는 젬병인 우리들 때문이겠지만, 어쩌면 그녀가 일주일에 두 번 방문하는 집, 그 집 자체가 유대인들 소굴이니, 그 집 사람들이 가톨릭으로 개종하게 해달라고 기도했는지도 모를 일이다. 에르만노 교수와 올가 부인의 개종만이 아니라, 무엇보다 그토록 똑똑한 알베르토와 활기차고 사랑스러운 미콜, 이 두 아이의 개종이 그녀에게는 너무나 중요하고 너무나도 급한 일인 게 틀림없었다. 일면 저속하고 경솔한 학교생활로 성공 가능성들이 희박해질 위험이 있었기 때문이다.

멜돌레시 선생님은 반대로 아무 말이나 가리지 않고 했다. 코마키오 농가에서 태어나 (조그맣고 예민하고 여성스러우며 시골 사제 같은 구석이 있는) 그는 고등학교까지 신학교에서 교육받았다. 그후 문학을 공부하러 볼로냐대학에 갔고, 때마침 조수에 카르두치의 마지막 수업들을 들을 수 있었다. 그는 자신이 카르두치의 '변변찮은 학생'이었다고 자랑하곤 했다. 르네상스의 기억들이 넘쳐흐르는 바르케토델두카에서 오후 다섯시면 가족이 모두 모인 가운데—올가 부인은 그 무렵 꽃을 한아름 안고 정원에서 돌아왔다—차를 마시며 보내는 오후들, 그뿐만 아니라 뒤이어 서재에서 어두워질 때까지 에르만노 교수와 지적인 대화를 나누며 보내기도 한 그런 특별한 오후들이, 그에게는 더없이 소중한 무엇이었던 게 분명하다. 우리와 계속 주고받던 토론과 여담 주제로도 입에 올리지 않았으니 말이다.

그리고 에르만노 교수가 1875년 자기 부모가 어떻게 카르두치를 초대해서 그가 열흘가량 집에 머물렀는지를 밝히면서, 그가 묵었던 방을 보여주고 잤던 침대를 만져보게 해준 뒤, 마지막으로 이 시인이 교수의 어머니에게 자필로 쓴 편지 '묶음'을 집으로 가져가 편안히 읽을 수 있게 해준 그날 저녁부터, 선생님은 끝을 알 수 없는 흥분과 열광에 빠졌다. 「레냐노의 노래」에 나오는 유명한 시구,

아름다운 금발의 왕비시여, 오 믿음이 가는 이여

이 구절은 이보다 더 유명한 다음 구절을 예고하고 있었다.

당신은 어디서 오셨습니까? 이다지 온유하고
아름다운 당신이 우리에게 어떤 세기를 전해주시려는지……

그와 동시에 선생님은 마렘마의 대시인이 사보이아의 '영원한 왕가의 여인'으로 인해 떠들썩하게 개종한 것은* 바로 그의 개인교습 학생인 알베르토와 미콜의 친할머니한테서 영향받았을 게 틀림없다고 스스로를 설득했을 뿐만 아니라, 우리들까지 납득시키려 애썼다. 오, 얼마나 굉장한 주제가 되었을지! 한번은 수업중에 멜돌레시 선생님이 탄식했다. 이 주제는 알프레도 그릴리, 친구이자 동료인 그릴리가 오래전부터 20세기 전반 문예비평가 레나토 세라에 대해 쓴 본인의 예리한 해설들을 모아서 출판하고 있는 '누오바 안톨로지아'에 보내야 할 논문에나 어울린다고! 조만간, 물론 경우에 맞게 아주 예의바른 언어로, 그는 이 편지 주인에게 그 문제를 넌지시 말해볼 궁리를 할 수 있었다. 그리고 하늘의 뜻이라면 이 편지 주인은, 오랜 시간이 흐른데다가 중요한 편지인 만큼, 게다가 분명 카르두치가 '사랑스러운 남작님' '한없이 친절하신 주인님' 등과 비슷한 용어만으로 귀부인을 칭해서 서신이 완벽할 정도로 점잖으니, 하늘의 뜻이라면 이 주인이 거절하지는 못할 게 아닌가! 이를 승낙할 거라고 행복하게 가정해보면, 한없는 망치질에서 부서져나온 신성한 파편들과 존경할 만한 불꽃들, 최소한의 의견만이

---

* 카르두치는 원래 공화주의자였으나, 1878년 움베르토 국왕의 왕비인 사보이아가의 마르게리타를 만난 뒤 왕권주의자가 되었다.

담긴 그 파편과 불꽃들을 곁들여 편지를 한 장 한 장 옮겨적을 사람으로 그, 줄리오 멜돌레시를 생각하게 될 것이다. 사실 이 편지 본문에 더 필요한 게 있을까? 혹시 페이지 밑에 역사적이고 문헌학적인 절제된 주가 첨가되어 보완된 일반적인 성격의 서문 이외에는 아무것도 필요 없을지도……

같은 선생님들에게 배우고 있기도 하지만 개인학습자들이 치러야 하는 시험이 있어서 적어도 일 년에 한 번은 알베르토와 미콜과 직접 접촉할 수 있었다. 다른 시험들, 그러니까 공립학교 시험들과 동시에 치러지는 시험이었다.

우리 학생들에게, 특히 시험에 통과해 진급한 학생들에게는, 그보다 더 멋진 날은 없을 것만 같았다. 마치 방금 벗어난 수업과 과제 시간들이 그립기라도 하듯 서로 만나 이야기를 나눌 만한 장소로, 늘 드나들던 학교 현관보다 더 훌륭한 곳은 없는 듯했다. 우리는 넓고 시원하고 지하납골당처럼 어두컴컴한 넓은 현관홀에서 어슬렁거리다가 커다란 흰 벽보 위에 최종 성적과 함께 적힌 우리 이름과 우리 친구들 이름에 끌려 그 앞에 모여들었다. 가느다란 철망 너머의 유리 뒤에 예쁜 글씨로 쭉 적혀 있던 이름들은 우리에게 끝없이 충격을 주었다. 더이상 학교 때문에 떨지 않아도 된다는 건 멋진 일이었다. 저 아래서 윙크하는 오전 열시의 맑고 푸른 빛 속으로 현관을 통해 곧 나갈 수 있다는 것도, 마음대로 보낼 수 있는 길고 긴 휴식과 자유시간이 우리 앞에 놓여 있다는 것도 멋졌다. 방학이 시작될 무렵에는 모든 게 근사하고 놀라웠다. 곧 바다나 산으로 떠난다는 생각이 자꾸 떠올라 얼마나 행복하던지. 그곳에서는 여전히 다른 많은 친구들을 피곤하게 하고 괴롭히고 있을 공부 따위는 거의 생각조차 나지 않겠지!

그렇다. (대부분 농부의 자식들인데다 마을 사제가 시험 준비를 해주던, 시골에서 온 덩치 크고 촌스러운 아이들로, 과리니 입구에 들어서기 전에 마치 도살장에 끌려온 소처럼 당황한 눈으로 주위를 둘러보던) 다른 많은 친구 중에, 바로 알베르토와 미콜 핀치콘티니가 있었다. 두 아이는 당황스러워하는 일이 한 번도 없었고 수년 전부터 이곳에 당당하게 나타나는 게 습관이 되어 있었다. 어쩌면 살짝 빈정거렸을 수도 있는데, 특히 나에 대해서 그런 듯했다. 현관홀을 가로질러가면서 친구들과 섞여 있는 나를 보고 멀리서 가볍게 알은체하며 미소로 인사했을 때 말이다. 하지만 그애들은 항상, 어쩌면 지나칠 정도로 예의바르고 친절했다. 딱 손님들처럼.

알베르토와 미콜은 절대 걸어오지도, 자전거를 타고 오지도 않았다. 그들은 마차를 타고 왔다. 거대한 고무바퀴와 붉은 굴대가 달린 검푸른 브루엄 사륜마차로, 니스칠과 유리와 니켈 도금으로 반짝반짝 빛이 났다.

그늘을 찾아 이동하지도 않은 채, 마차는 몇 시간이고 과리니 입구에서 가만히 기다리고 있었다. 그리고 가까이서 마차를 세세히 관찰하는 건 정말 재밌는 일일 수 있다고, 아니 틀림없이 정말 재밌었다고 말할 수 있다. 그러니까 꼬리도 짧고 갈기도 솔처럼 짧은데다 몸집이 크고 튼튼한 말, 이따금 가만히 뒷발질을 해대던 그 말부터, 파란 마차 문을 배경으로 도드라져 보이는 작은 은색 왕관 문장紋章까지, 그 모두를 관찰하는 게 말이다. 제복은 입지 않은 채 왕좌 같은 마부석에 앉아 있던 너그러운 마부는, 우리가 편안히 코를 유리창에 맞대고 전체가 회색에다 플러시 천을 댄 어둑어둑한 마차 안을 구경할 수 있도록, 이따금 양쪽 발판 중 하나에 올라설 수 있게 허락해주었다(마차 안은 작은 응접실 같았다. 한쪽 귀퉁이에는 술잔 모양의 가늘고 긴 꽃병에 꽃들이 꽂혀 있기까지 했다……). 사춘기 늦봄 아침의 이 놀라운 광경들은 우리를 풍성하게 해준 숱한 즐거운 모험 중 하나였다.

4

개인적인 것과 관련해서 보자면, 나와 알베르토와 미콜의 관계에는 항상 아주 은밀한 뭔가가 있었다. 과리니 근처에서 만날 때마다 남매가 내게 보내는 동의의 눈길, 신뢰의 몸짓들에서 바로 그런 점이 암시되었는데 그게 우리들, 오로지 우리들에게만 관계있다는 걸 잘 알고 있었다.

아주 은밀한 무엇. 그런데 정확히 그게 뭘까?

물론 제일 먼저 유대인이라는 사실, 이는 어쨌든 충분히 이유가 되고도 남았다. 우리 사이에 아무 일도 일어나지 않을 수도 있었다. 가끔가다 주고받는 몇 마디 말에서 파생될 수 있는 사소한 일조차도. 하지만 우리가 처한 상황으로 인해 우리는 적어도 일 년에 두 번, 유월절과 단식일 키푸르에 부모님들과 가까운 친척들과 함께 마치니 거리에 있는 어떤 대문 앞으로 가곤 했다. 그리고 다 같이 그 문을 넘어 이어지는 좁고 어둑한 입구를 지나고 나면 어른들은 모자를 벗고 악수하며 정중하게 인사를 나누는 일이 종종 있었는데, 일 년 내내 그때가 아니고는 이렇게 서로 인사할 기회가 전혀 없었다. 우리 아이들은 다른 곳에서도 다시 만났으므로 그럴 필요가 전혀 없었다. 그뿐만 아니라 이방인들이 있을 때 우리들 눈에는, 그늘이 지거나 특별한 공모와 묵인의 웃음이 스쳐지나곤 했다.

그렇기는 하나 유대인이라는 것, 그리고 같은 유대인 공동체 명부에 등록되어 있다는 것이, 우리들에게는 아직 별로 중요하지 않았다. 그러니까 요컨대 '유대인'이라는 단어가 의미하는 바란 무엇일까? 거기에 속한 사람만이 그 가치를 인정할 수 있고 비밀스럽고도 깊은 친밀감, 우리 두 가족이 선택한 것이 아니라 기억마저 아득한 오랜 전통에 따라 갖게 된 동일한 종교의식, 더 정확히 말하면 동일한 '파'에 속한다는 사실에서 기인한 그 친밀감에 신경쓰지 않는다면, **우리에게 '유대인 공동체' 혹은 '유대인 사회'라는 표현은 무슨 의미를 지닐 수 있을까? 우리는 대개 석양 무렵에 사원 정문 앞에서 만나 어둑어둑한 주랑에서 적절히 예의바른 인사를 부지런히 나누고 난 뒤 거의 언제나 몇 명씩 무리 지어 이층으로 이어지는 가파른 계단을 오르곤 했는데, 아주 넓은데다 다양한 사람이 뒤섞여 붐볐으며 교회에서처럼 오르간 소리와 노랫소리들이 울려퍼지고 있던—지붕 높은 교회 건물과 비슷해, 5월 밤이면 해가 지는 쪽 창문들을 활짝 열어놔서 어느 순간 우리가 황금빛 연무 같은 것에 잠기기도 했던—여기 이층이 이탈리아 시너고그였다. 물론 우리들, 그와 같은 의식을 준수하며 성장한 우리 유대인들만이, 중절모를 쓴 부유한 부르주아들이 거의 루터식으로 엄격하게 예배하고 있는 일층의 독일식 시너고그와는 너무나 다른, 그 이층 이탈리아 시너고그에 자신들 가족만의 가족석을 갖는다는 게 무슨 의미인지 진정으로 깨달을 수 있었다. 다른 이유도 있었다. 이탈리아 시너고그와 독일 시너고그는 사회적 심리적 차원에서 세세한 차이점을 내포하고 있어 서로 다르다는 게 좁은 유대인 사회 밖에서도 잘 알려져 있었기 때문이기도 한데, 예를 들면 우리 말고 '비토리아 거리에 사는 그 무리들'을 정확히 비교할 수 있는 사람이 누가 있겠는가? 이 표현은 비토리아 거리의 오래된 주택 삼층에 위치한 독립된 조그만 레반트 시너고그, '파네세'라고도 불리는 그 시너고그에 출입할 권리를 가진, 대개 네댓 가족의 구성원들을 가리킨다. 시엔체 거리의 다파노, 조코델팔로네 거리의 코헨, 아리오스테아광장의 레비, 카보우르 거리의 레비 민치 집안들, 그리고 고립되어 살아가는 잘 알 수 없는 또다른 가족을 가리키는 것이다. 어쨌든 약간 이상한 이 모든 사람, 언제나 상당히 모호하고 사람을 피하는 그런 유형의 사람들에게, 종교는 소수의 사람들끼리 실천해야 할 본질적인 신앙으로 남아 있었다. 말하자면 밤에 드나들기에 더 적절한 다소 비밀스러운 작은 예배당에 모여 예배하고는, 게토에서 잘 알려지지 않은 깜깜한 좁은 골목으로 뿔뿔이 소리 없이 사라지는 것. 이탈리아 시너고그에서 종교는 서민적이고 연극적인 형태, 거의 가톨릭적인 형태를 취했고 주로 **포강 유역의 특성을 지닌**, 대개는 외향적이고 낙관적인 사람들의 성격에도 반영되어 있었다. 아니, 아니, 라틴어로 '인트라 무로스' 그러니까 '성안에서' 태어나 자란 우리들만이 이러한 것들을, 매우 섬세하고 사소하지만 그렇다고 현실성이 떨어지지는 않는 것들을 진정으로 알고 이해할 수 있었다. 다른 사람들, 다른 모든 사람, 제일 먼저 매일 같이 공부하고 놀았던 사랑하는 내 친구들에게, 그와 같은 개인적인 주제를 가르칠 생각을 하는 건 부질없었다. 불쌍한 사람들! 이런 문제에 대해서 그들은 벗어날 수 없는 무지의 구렁텅이 밑바닥에서 살아야 하는 단순하고 거친 사람들, 아니면 우리 아버지조차 상냥하게 웃으며 말하듯 페라라 방언으로 '네그리 고임negri goìm' 즉 '검은 이교도'로 간주될 수밖에 없는 이들이다.

그러니 기회가 되면 우리는 계단을 함께 올라 시너고그로 들어갔다.

우리 좌석은 가까이에 있었다. 두 가족 좌석 모두, 가운데에 '테바tevà' 다시 말해 랍비의 '성서대'가 우뚝 서 있고 대리석 난간을 반원형으로 둘러놓은 곳 끝 쪽에, 두루마리 율법, 소위 말하는 세파림*이 보관된 검은 목재에 조각을 한 웅장한 장식장이 가장 잘 보이는 곳에 인접해 있었기에, 우리는 발소리가 울리는, 흰색과 장미색 마름모꼴 모양으로 바닥을 깐 넓은 홀을 함께 걸었다. 어머니, 아내, 할머니, 숙모, 자매 등등 여자들은 복도에서 남자들과 헤어졌다. 한 줄로 서서 벽에 난 작은 문으로 사라졌는데, 그 안은 어둡고 좁은 방이었다. 그 방에서 좁디좁은 나선형 계단을 올라 더 높이 있는 여성용 좌석으로 갔다. 잠시 후면 우리는 천장 바로 밑에 있는 자신들의 높은 좌석에서, 거기에 쳐진 철망 틈새로 얼굴을 내미는 여자들을 볼 수 있었다. 하지만 그렇게 남자들만 남았어도—말하자면 나와 내 동생 에르네스토, 우리 아버지, 에르만노 교수, 알베르토, 가끔 특별한 경우 베네치아에서 온 올가 부

---

* sefarìm. '책'을 뜻하는 히브리어 'sefer'의 복수형으로, 모세 5경을 가리킨다.

인의 두 미혼 형제로 각각 엔지니어와 의사인 헤레라 형제까지—그래도 상당히 여러 명이 그룹을 이루었다. 어쨌든 의미 있고 중요한 그룹이었다. 사실 그래서 우리가 예배중 어느 때에 입구에 들어서든 목적지까지 가는 데 주위 사람들의 생생한 호기심을 불러일으키지 않을 수 없었다.

이미 말했듯 우리 좌석은 앞뒤로 가까이에 있었다. 우리 자리는 앞쪽 첫째 줄이고 핀치콘티니네는 바로 뒤였다. 무시하려고 해도 그러기가 아주 힘들었다.

내 경우에는 우리 사이의 차이, 우리 아버지는 거부했던 바로 그 차이에 끌려서, 항상 뒷좌석의 행동이나 소곤거림에 귀를 쫑긋 세우곤 했다. 난 한시도 가만있지 않았다. 알베르토와 소곤소곤 잡담을 나누기도 했는데, 실제로 그는 나보다 두 살밖에 많지 않지만 '미냔*에 들어가야' 해서 도착하자마자 '모이세 할아버지'가 예전에 사용했던 커다란 검은 줄무늬의 흰 양모 탈리스**를 급히 몸에 걸쳐야 했음에도 말이다. 에르만노 교수가 두꺼운 안경 너머로 나를 보며 다정하게 미소 지은 채 내게 보여주려고 일부러 서랍에서 꺼내온 오래된 동판 성서 삽화들을 보라며 한 손가락으로 가리킬 때도 있었다. 아니면 철도엔지니어와 결핵 전문의인 올가 부인의 남자형제들 이야기를 입을 벌린 채 듣고 있기도 했다. 두 사람은 베네치아 방언과 스페인어를 반씩 섞어서 ("너 뭐라는 거냐? 왜 그래, 줄리오, 일어나, 그래! 저애도 일어나게" 하며) 소곤

거리다가, 갑자기 말을 멈추고는 우렁찬 소리로 랍비의 기도문을 히브리어로 함께 암송하기도 했다. 나는 이쪽저쪽으로 쉴새없이 고개를 돌렸다. 핀치콘티니 부자와 헤레라 형제는 거기 자신들 자리에서 불과 일 미터 간격도 안 되게 정렬해 있었지만, 아주 먼 곳에 있어 닿을 수 없는 사람들 같았다. 마치 유리벽이 있어 그들 주변을 보호하고 있는 것처럼. 그들은 비슷한 데가 한 군데도 없었다. 두 형제는 키가 크고 마르고 머리가 벗어졌으며, 창백하고 긴 얼굴에는 수염 그늘이 져 있었고, 항상 파란색이나 검은색 옷을 입었다. 게다가 그들은 강렬하고도 광적인 열정을 신앙에 쏟는 습관이 있었는데, 그들의 매형과 조카는 그저 그들을 바라보기만 할 뿐이었다. 에르만노 교수와 알베르토는 절대 그렇게 할 수 없었다. 베네치아 친척들은 알베르토의 카디건과 진한 밤색의 긴 양말, 학자와 시골 귀족 분위기가 물씬 나는 에르만노 교수의 영국식 양모 양복과 황토색 리넨 셔츠와는 완전히 이질적인 문화에 속해 있는 듯 보였다. 그렇기는 해도, 서로 그렇게 다르기는 해도, 나는 그들 사이에서 깊은 연대감을 느꼈다. 그들―네 사람을 다 말하는 것이라 할 수 있는데―과 여기저기서 수군거려 어수선한, 가족석이 아니라 **이탈리아 시너고그**의 일반석에 앉은 사람들 사이에는 어떤 공통점이 있는 걸까? 일반석에 앉은 사람들은 사원 앞에서도, 활짝 열린 하느님의 방주 앞에서도, 계속 사업이라든지 정치, 더 나아가 스포츠와 관련된 보잘것없는 일상의 문제들에나 신경쓸 뿐 영혼과 신에 관한 문제에는 결코 관심을 두지 않았다. 그 당시 나는 어린 소년으로, 열 살에서 열두 살 무렵이었다. 물론 혼란스럽지만 근본적으로는 정확한 직관에 따라 마음속으로 일반석 사람들에 대한 경멸감과 함께 멀리해야 할 저속한 그 사람들에 내가 속해 있다는 굴욕감도 느꼈다. 이러한 감정들은 직관과 똑같이 혼란스러웠으나 격렬했다. 그러면 아버지는? 아버지는 친절하지만 멀리 떨어져 늘 거리를 두면서, 결국 따지고 보면 자신을 계속 무시하는 핀치콘티니와 헤레라를 감싼 유리벽 앞에서 나와 정반대의 태도를 보였다. 접근하려 애쓰는 대신 지나치게 무비판적이거나 굴욕적인 신앙 과시는 그게 어떤 것이든 참을 수 없다는, 과도한 반응을 보이는 게 내 눈에도 보였다. 의과대학을 졸업했으며 자유로운 사상가인 아버지, 일차대전에 자원했으며 1919년 파시스트당에 입당한 아버지, 스포츠에 열광하는 아버지, 간단히 말해 현대적인 유대인인 아버지가 말이다.

세파림 장식장 행렬이 신도석을 따라 평온하게 지나갈 때면(수놓은 화려한 비단 망토에 쌓여 있었는데 그 위에 비스듬히 놓인 은색 왕관들과 딸랑거리는 작은 종들, 신성한 유대교 율법인 토라 두루마리들은 흡사 위태로운 군주국을 떠받치게 하려고 백성들에게 왕의 젖먹이들을 보여주며 행진을 시키는 것 같았다), 헤레라 의사와 엔지니어는 망토 구석구석에다 볼품없으나 욕심껏, 거의 탐욕스럽게 가능한 한 더 많은 입맞춤을 하려고 좌석 밖으로 급히 뛰쳐나갈 태세를 하고 있었다. 탈리스 끝자락으로 눈을 가리고 조그맣게 기도문이나 중얼거리기만 하던 에르만노 교수와 그런 아버지를 따라하는 아들이야 눈에 들어올 리가 있겠는가?

"너무 거들먹거리더군, 어찌나 좀스러운지!" 나중에 식탁에서 아버지가 역겨워하며 당신 생각을 거침없이 말할 텐데, 그러고 나면 아마 핀치콘티니가에 세습되는 오만함과 터무니없이 고립되어 사는 그들의 삶이나 그들이 끈질기게 숨기고 있는 귀족적 반유대주의에 대한 주제로 곧 옮아갈 것이다. 하지만 지금으로서는 화풀이할 사람이 당장 눈앞에 없기 때문에 내게 분통을 터뜨렸다.

평소처럼 나는 뒤를 돌아보았다.

"제발 좀 가만히 있지 못하겠니?" 아버지가 신경질적인 파란색 눈으로 성이 나서 나를 노려보며 이를 악물고 나지막이 말했다. "넌 사원에서조차도 어떻게 행동해야 하는지 모르는구나. 여기 네 동생 좀 봐라. 너보다 네 살이나 어린데 너한테 예절을 가르치고도 남겠다!"

하지만 나는 아버지 말을 듣지 않았다. 얼마 지나지 않아 다시 아버지의 금지사항을 까맣게 잊고는 시편을 낭송하는 의사 레비에게서 등을 돌렸다.

이제 아버지가 몇 분 동안이라도 나를 다시 통제하려면—물론 신체적인 통제다, 단지 신체적인!—경건한 축복의식을 기다려야만 했다. 그때가 되면 모든 자녀가 텐트 속에 들어가듯 부모들의 탈리스 밑에 모여들 테니까. 그리고 마침내 (사원지기 카르파네티가 벌써 촛불을 점화하는 긴 장대를 들고 돌아다니며 시너고그의 은촛대와 금동촛대 서른 개에 촛불을 하나씩 켜기 시작해 예배당이 빛으로 눈부실 때면) 초조하게 기다리던, 평상시에는 그렇게 무미건조하던 의사 레비의 목소리에서 갑자기 마지막 최고의 베라하*의 순간에 걸맞게 변해 예언자 분위기가 났다.

"예바레헤하 아도나이 베이시메레하……"** 높이 솟은 하얀 사제 모자를 탈리스로 덮은 뒤 랍비가 몸을 숙이고 거의 테바에 엎드리다시피

---

* '축복'이라는 뜻의 히브리어.
** '신들이 축복하고 지켜주시길'이라는 뜻의 히브리어.

하고 엄숙하게 축복을 내리기 시작했다.

"얘들아, 어서." 그러고는 아버지가 손가락을 튕겨 탁 소리를 내며 명랑하게 서둘러 말했다. "이 밑으로 들어오너라!"

사실 그 상황에서는 아직 달아날 기회가 있었다. 아버지가 우리 목덜미를, 특히 내 목을 스포츠로 단련된 두 손으로 꽉 눌렀다. 아버지가 사용하는 라파엘로 할아버지의 탈리스가 식탁보처럼 넓기는 했지만, 너무 낡은데다 작은 구멍들이 여기저기 나 있어서 아버지가 꿈꾸던 금지와 격리는 제대로 이뤄지지 않았다. 사실 구석에 처박혀 있던 낡은 물건 냄새가 나는 연하디연한 천에 오랜 세월에 걸쳐 만들어진 구멍들과 찢어진 틈으로 에르만노 교수를 관찰하기란 나로서는 그리 어려운 일이 아니었으니, 우리 바로 옆에서 알베르토의 갈색 머리와 여성용 기도석에서 급히 내려온 미콜의 보기 좋게 밝은 금발머리에 손을 얹은 채, 그 역시 의사 레비를 따라 베라하의 말들을 하나하나 발음하고 있었다. 우리 머리에 손을 얹은 아버지는 아는 히브리어 단어들, 가족들의 대화에서 흔히 쓰는 단어들이 스무 개가 채 되지 않아―게다가 아버지는 절대 고개 숙이는 법을 몰랐기에―입을 다물고 있었다. 나는 갑자기 머쓱해하는 아버지의 얼굴 표정, 소박한 석회 천장이나 여성용 기도석 쪽을 보고 있을 냉소적이면서도 당황한 아버지의 눈을 상상해보았다. 하지만 그사이 내가 있는 곳에서, 언제나 새로운 놀라움과 질투의 감정을 품은 채, 주름지고 예리한 에르만노 교수 얼굴이 어떻게 변하는지도 올려다보았다. 그의 눈을 보았는데, 안경 렌즈 뒤로 눈물이 가득 고여 있는 것 같았다. 목소리는 가늘었고 노래를 하는 듯했으며 듣기에 좋았다. 자주 자음이 겹쳐지고 제트, 에스, 에이치를 페라라식

보다는 토스카나식에 가깝게 발음하는 그의 히브리어가 교양과 계급
이라는 이중의 차이를 통해 여과되는 듯했다.

　나는 그를 보았다. 축복이 내려지는 시간 내내, 그의 밑에 있는 알베
르토와 미콜 역시 그들의 텐트 틈 사이로 바깥을 쉴새없이 탐색하고
있었다. 그들이 나를 보고 웃었고 윙크를 했다. 둘 다, 특히 미콜이, 이
상하게 사람을 끌어당겼다.

5

그런데 한번은, 1929년 6월에 과리니 현관홀 게시판에 중학교 졸업 시험 성적이 발표되던 바로 그날, 굉장히 직접적이고 특별한 어떤 일이 벌어졌다.

나는 구술시험을 그다지 잘 치르지 못했다.

멜돌레시 선생님이 나를 위해 상당히 애를 써서 규정을 모두 어기고 직접 내 구술시험 시험관이 되었지만, 문학과목에서 내 성적표를 수없이 장식했던 7점과 8점 근처도 못 미치는 점수가 나왔다. 라틴어에서 콘세쿠티오 템포룸, 즉 시제일치 관련 질문을 받았는데 실수를 연발했던 것이다. 그리스어에서도 19세기 초에 독일 출판업자 토이프너판版으로 나온 크세노폰의 『아나바시스』 몇 줄을 내 눈앞에 들이밀며 해석하라고 했을 때, 나는 가까스로 대답만 했다. 그뒤에 조금 만회를 할 수는 있었다. 이를테면 이탈리아어에서 19세기 만초니의 소설 『약혼자들』과 레오파르디의 시집 『회상록』의 내용을 신중하면서도 자유롭게 설명한 것 이외에도, 16세기 아리오스토의 서사시 『광란의 오를란도』 시작 부분 8행 연구 세 개를 막힘없이 암기해낸 것이다. 그러자 칭찬할 준비를 하고 있던 멜돌레시 선생님이 마침내 "훌륭하다!"는 말로 상찬했는데, 그 소리가 어찌나 크던지 시험관들이, 심지어 나까지 웃고 말았다. 그러나 다시 한번 말하지만 전체적으로 보면 내 성적은, 그간 문학과목에서 내가 누리던 이름값에 비할 만큼은 아니었다.

그런데 낭패를 본 과목은 수학이었다.

지난해부터 대수학은 머리에 들어오지 않았다. 게다가 마지막 성적 평가에서 멜돌레시 선생님의 확실한 지지를 받으리라 계산하고서 파비아니 선생님에게는 항상 비겁하게 행동했다. 6점을 받을 수 있을 정도로 최소한의 공부만 했는데, 그 최저 점수조차 받지 못할 때가 종종 있었다. 문과대학에 입학할 학생에게 수학이 뭐 얼마나 중요하겠어? 그날 아침 과리니로 곧장 이어지는 조베카 대로를 거슬러올라가면서도 계속 나 스스로에게 그렇게 말했다. 안타깝게도 대수학이나 기하학에서 나는 입도 뻥긋하지 못했다. 그러니 이를 어떻게 한담? 최근 이 년 동안 내게 6점 이하의 점수는 준 적이 없으니, 불쌍한 파비아니 선생님이 교무회의에서 그 이하 점수를 줄 리야 없겠지…… 머릿속으로 나는 '낙제하다'라는 단어조차 떠올리지 않으려 했고, 혹여 떨어지면 받아야 할 지루하고도 긴 굴욕적인 개인교습, 여름방학 내내 리치오네에서 들어야 할 그 수업을 나와 연관지어 생각해보니 터무니없어 보이기만 했다. 내가, 단 한 번도, 10월에 치를 재시험이라는 수모를 한 번도 경험해본 적 없는 내가, 그러니까 중학교 일학년, 이학년, 삼학년 때 '성적이 우수하고 품행이 방정'해서 모두가 원하던 '전몰자 위령비와 추모공원 의장대원' 자격을 얻었던 내가, 낙제를 해서 평범한 학생으로 추락해 어쩔 수 없이 특징 없는 다수의 학생들 속으로 들어가야 하다니! 게다가 아버지는? 파비아니 선생님(그녀는 고등학교에서도 수학을 가르쳤다. 그런 이유로 내 구술시험을 쳤는데 그게 선생님의 권리였다!) 그분이 내게 10월에 재시험을 보게 한다면, 나는 몇 시간 뒤 집으로 돌아가 식탁에서 아버지와 마주하고 식사할 용기를 대체 어디서 구해야 한단 말인가? 아버지에게 매를 맞을 수도 있었다. 그리고 결과적으로 보면 그게 훨씬 더 나았다. 어떤 벌이든 아버지가 말없이, 무시무시한 눈으로 질책하듯 나를 쳐다보는 것보다는 나을 테니까……

나는 과리니 현관으로 들어갔다. 아이들 한 무리가 중학교 게시판 앞에 모여 있었는데, 그 가운데 내 친구들이 금방 눈에 띄었다. 출입문 옆벽에 자전거를 기대놓고 나는 떨리는 마음으로 다가갔다. 아무도 내가 온 걸 알아차리지 못한 것 같았다.

등을 돌리고 있는 울타리 같은 아이들 뒤에서 나는 계속 게시판을 쳐다보았다. 시야가 흐려졌다. 다시 보았다. 빨간색 숫자 5, 검은 잉크로 쓴 긴 숫자들 속에 유일하게 빨간 잉크로 쓴 숫자가 거칠게, 불도장을 찍은 듯 뜨겁게 내 영혼에 각인되었다.

"뭐야, 무슨 일이야?" 세르조 파바니가 내 등을 부드럽게 한 대 치며 물었다. "설마 수학에서 5점 받았다고 울고불고하지는 않겠지! 날 좀 봐." 그러더니 웃었다. "라틴어와 그리스어."

"힘내." 오텔로 포르티가 가세했다. "나도 한 과목 낙제야. 영어."

나는 멍한 눈으로 그를 보았다. 우리는 초등학교 때부터 같은 반 짝 꿍이어서 그때부터 하루는 우리집, 하루는 오텔로 집에 가서 함께 공부하곤 했는데, 내가 우수하다고 둘 다 확신해왔던 것이다. 나는 6월에 진급을 하지 못한 해가 한 번도 없었지만, 오텔로는 항상 몇 과목씩 재시험을 치러야만 했다.

그런데 지금 갑자기 내가 그런 오텔로 포르티와 나 자신을 비교하고 있을 뿐만 아니라 그에게 비교를 당하고 있다니!

그뒤 네다섯 시간 동안 내가 했던 행동과 생각에 대해, 과리니에서 나오자마자 맞닥뜨린 멜돌레시 선생님과의 만남이 내게 남긴 여파부터(사람 좋은 멜돌레시 선생님은 모자도 쓰지 않고 넥타이도 매지 않은 차림이었는데, 재킷 칼라 위로 줄무늬 셔츠 깃이 뒤집어진 채 나와 있었다. 선생님은 파비아니 선생님한테 내 성적에 대해 '고집'을 부리면서 '딱 한 번만 눈감아주기를' 부탁했으나 단호하게 거부당했다는 사실을 내게 서둘러 확인시켜주었다), 선생님이 이제 그만 가보라며 힘내라는 뜻으로 가볍게 뺨을 툭툭 치고 난 뒤부터 시작된, 목적도 없이 배회하던 긴 절망의 시간에 대해, 새삼 장황하게 이야기할 것까지는 없다. 오후 두시경이었는데, 그때도 내가 자전거를 타고 에르콜레프리모 데스테 대로 쪽의 안젤리 성벽을 따라 배회하고 있었다는 것만 말하면 충분하리라. 집에 전화도 하지 않았다. 두 뺨은 눈물로 얼룩지고 나 자신에 대한 한없는 연민이 가슴에 넘쳐흘러 지금 내가 있는 곳이 어딘지도 모른 채 막연한 자살 계획을 궁리하며 자전거 페달을 밟았다.

나는 어떤 나무 아래에서 멈췄다. 라임, 느릅나무, 플라타너스, 밤나무같이 오래된 그런 나무 중 한 그루였다. 열두 해가 지나 스탈린그라드처럼 꽁꽁 얼어붙은 겨울이 오면 땔감으로 희생될 나무들이었지만, 1929년에는 아직 커다란 나뭇잎 우산들이 도시의 성벽 위로 우뚝 솟아 있었다.

주위는 아무도 없어 한적했다. 산조반니 성문부터 내가 몽유병환자처럼 지나온 잘 다져진 좁은 오솔길까지, 그 길들은 산베네데토 성문과 기차역을 향해 수백 년 된 나무 몸통들 사이로 구불구불 뻗어 있었다. 나는 자전거 옆에 엎드려 두 팔 속에 화끈거리는 얼굴을 묻었다. 공기는 뜨거웠고, 엎드려 있는 주변은 바람이 잘 통했다. 내 소원은 그저 가능한 한 그렇게 오래오래 눈을 감고 가만히 있는 것뿐이었다. 귀를 먹먹하게 하는 매미들의 합창과 함께 그리 멀지 않은 곳에서 닭울음소리, 초록빛이 감도는 판필리오 운하의 물가에서 늦게까지 빨래하던 세탁부의 방망이질 소리가 또렷하게 들려왔고, 마지막으로 아주 가까이, 바로 내 귀에서 몇 센티미터 떨어진 곳에서, 자전거 뒷바퀴가 멈춰 설 순간을 찾아 아직도 천천히 돌고 있는 소리가 들려왔다.

집에서는 지금쯤 당연히 다 알게 됐겠지, 나는 생각했다. 아마 오텔로 포르티가 말했을 거야. 가족들은 식탁에 앉아 있을까? 아마 그렇겠지. 금방 식사를 중단하기는 했겠지만 말이야. 어쩌면 나를 찾고 있을지 몰라. 어쩌면 당장 오텔로 포르티, 그 착한 친구, 둘도 없이 절친한 내 친구를 재촉해서, 그더러 자전거를 타고 몬타뇨네와 성벽을 포함해 도시를 한 바퀴 다 돌아보고 오라고 시켰을지도. 그래서 분위기상 걱정스러운 얼굴을 하고 있기는 하지만 사실은, 내가 첫눈에 알아차렸듯, 영어밖에 낙제하지 않아서 한없이 행복한 오텔로와 불시에 마주치지 말라는 법도 전혀 없진 않았다. 하지만 그렇지 않았을 수도 있다. 어쩌면 불안감이 엄습해서 어느 순간 부모님이 곧장 경찰서로 가기로 결심했을 수도 있다. 카스텔로의 경찰서장에게 아버지가 신고를 하러 갔을지도 모르겠다. 무서우리만치 갑자기 늙어 허깨비같이 변해버린 아버지가 말을 더듬거리고 있는 걸 바로 눈앞에서 보는 듯했다. 나는 눈물이 났다. 아, 한시경에 폰텔라고스쿠로에 있는 철교에 서서 흐르는 포강을 뚫어지게 바라보던 나를 아버지가 보았다면(난 거기 서서 한참 동안 강물을 내려다보았다. 얼마나? 적어도 이십 분 정도는!) 그래, 얼마나 놀라셨을지…… 그래, 아마 이해하셨겠지…… 그래, 아마도……

"저기."

나는 화들짝 놀랐다.

"저기!"

천천히 고개를 들어 왼쪽으로, 해가 떠 있는 쪽으로 고개를 돌렸다. 눈을 껌뻑거렸다. 누가 나를 불렀나? 오텔로일 리는 없었다. 그러면?

나는 도시 성벽의 중간쯤에 있었는데, 양쪽으로 삼 킬로 정도 뻗어 있는 성벽은 에르콜레프리모데스테 대로가 끝나는 지점에서 시작해 기차역 앞의 산베네데토 성문에서 끝난다. 그 근방은 늘 다른 어떤 곳보다 한적했다. 삼십 년 전에도 그랬고 지금도 여전히 그렇다. 오른쪽으로, 특히 공업단지 쪽으로, 1945년 이후로 노동자들의 알록달록한 집들이 수십 채 들어서기는 했지만 말이다. 15세기에 축성된 요새로, 이제는 반쯤 무너져내린데다 아무도 돌보지 않아 수풀에 뒤덮인 갈색 부벽은, 그 집들의 배경이 되는 굴뚝과 창고들과 대비되어 나날이 더 기이해 보였다.

역광 때문에 눈을 가느스름하게 뜬 채 주위를 둘러보고 찾아보았다.

내 발밑으로 (그제야 알게 되었지만) 열대림의 나뭇잎들처럼 오후 햇살을 흠뻑 받은 무성한 잎이 달린 나무들이 바르케토델두카에 늘어서 있었다. 바르케토델두카는 정말 끝이 없을 정도로 넓었고, 초록의 나무들 그 한가운데에 마그나도무스의 작은 탑들과 첨탑들이 숨어 있었다. 둘레에 쳐진 돌담이 경계를 이뤘는데, 이백오십 미터 정도 더 간 지점에서 판필리오 운하의 물이 흘러갈 수 있게 담이 끊어졌다.

"얘, 너 진짜 장님이구나!" 명랑한 여자애 목소리가 들렸다.

그애의 금발머리 때문에, 북유럽 여자들 머리 같은 색깔이 가닥가닥 뒤섞인 미콜 핀치콘티니만의 특이한 금발 때문에 이 "아맛빛 머리의 소녀"*를 나는 금방 알아보았다. 미콜은 창턱에서 밖을 내다보듯 팔짱을 낀 상태로 담에 기대어 어깨를 완전히 앞으로 내민 채 모습을 드러냈다. 나와 불과 이십오 미터도 떨어지지 않은 곳에 있었을 것이다(그러니까 그애의 맑고 커다란, 마른 여자아이의 작은 얼굴에서는 어쩌면 너무 클 수도 있는 그 눈이 나한테 보일 정도로 충분히 가까운 거리였다). 그래서 그애가 나를 올려다보았다.

"그 위에서 뭐하는 거야? 벌써 십 분이나 널 지켜보고 있었어. 혹시 자고 있던 건데 깨웠다면 미안해. 그리고…… 조의를 표해!"

"조의를 표한다고? 왜, 무슨 이유로?" 얼굴이 새빨갛게 달아오르는 걸 느끼며 우물거렸다.

나는 일어섰다.

"몇시야?" 내가 목소리를 높여 물었다.

---

* 원문에 불어로 적힌 이 문구는 19세기 프랑스 시인 르콩트 드릴의 시 「아맛빛 머리의 소녀」를 염두에 둔 듯한데, 드뷔시가 감미로운 피아노곡으로 묘사한 바 있다.

“세시쯤 됐을걸.” 미콜이 사랑스럽게 입술을 찡그리며 이어 말했다. “너 배고플 텐데.”

나는 당황해서 아무 말도 하지 못했다. 그러니까 저애들도 알고 있는 거다! 우리 아버지나 어머니로부터 내가 실종되었다는 소식을 들은 게 아닐까라는 생각도 잠시 들었다. 물론 전화로 다른 사람들에게 사방팔방 퍼뜨려졌겠지. 하지만 미콜이 이런 내 생각을 즉시 바로잡아주었다.

“오늘 아침에 알베르토 오빠하고 과리니에 갔었어. 성적을 보고 싶었거든. 너 되게 기분 나쁘겠다, 응?”

“넌 진급했니?”

“아직 몰라. 다른 개인학습자들까지 모든 시험이 **똑같이** 다 끝나면 점수를 발표하려고 선생님들이 기다리고 있을 수도 있어. 그런데 너 좀 내려올래? 이리 좀 가까이 와봐, 어서, 그래야 내가 목이 안 빠지지.”

미콜이 내게 말을 건넨 것은, 아니 그애 말소리를 들은 건 그날이 처음이었다. 그애의 발음이 알베르토와 흡사하다는 걸 즉시 알아차렸다. 둘 다 똑같은 식으로 말했다. 자신들만이 진정한 의미, 진정한 무게를 알고 있는 듯이 보이는 어떤 단어들의 음절을 강세를 주어 또박또박 발음했는데, 반면 다른 단어들, 보통 사람들이 훨씬 더 중요하다고 생각할 수 있는 말들은 희한하게 흘려버리듯 발음했던 것이다. 일종의 자부심을 담아 고집스레 그런 식으로 표현했다. 아무도 흉내낼 수 없게 특이하고 완전히 사적으로 변형된 이탈리아어가 그들의 **진정한** 언어였다. 그들은 이런 말투에 이름까지 붙였다. 핀치콘티니식 이탈리아어라고.

경사진 풀밭을 미끄러져내려가 담 아래쪽으로 다가갔다. (쐐기풀 냄새와 똥냄새가 코를 찌르는) 응달이기는 했지만 그 밑은 훨씬 더웠다. 이제 미콜이 위에서 나를 내려다보았다. 햇빛 아래에서 금발머리가 빛났는데 우리가 우연히, 완전히 돌발적으로 만나게 된 게 아닌 듯, 마치 어린 시절부터 시작해서 그 순간까지 바로 이 장소에서 셀 수 없이 자주 만나왔던 것처럼 자연스러웠다.

"그런데 너 조금 유난스럽다." 그애가 말했다. "시월에 한 과목 더 시험 보는 게 뭐 그리 대수야?"

그애가 나를 놀리는 게 분명했다. 그리고 약간 무시하기도 했다. 결국 이런 종류의 불행이 나 같은 애에게, 이렇게 평범하게 이 세상에 태어난 사람, 간단히 말해 거의 고이*와 '비슷한' 사람에게 일어나는 건 아주 당연하다는 뜻이겠지. 이렇게 요란을 떨 권한이 있기라도 한 건가?

"네 머릿속엔 이상한 생각들이 떠도는 것 같구나." 내가 대답했다.

"아, 그래?" 그애가 키득거렸다. "자, 그럼 어디 설명해봐. 오늘 왜 집에 점심 먹으러 안 갔어?"

"안 갔다고 누가 그래?" 내가 말을 회피했다.

"다 아는 수가 있지, 알고말고. 우리도 정보원들이 있으니까."

멜돌레시 선생님이야. 나는 생각했다. 선생님일 수밖에 없다니까(사실 내 생각이 맞았다). 그렇지만 이게 무슨 상관이란 말인가? 갑자기 나는 낙제 문제가 대수롭지 않으며 저절로 해결될 유치한 일이라는 걸

---

* goi. 비유대인, 즉 '이교도'를 가리키는 유대인들의 용어.

알아차렸다.

"넌 어떻게 그 위에 있는 거니? 꼭 창가에 있는 것 같아." 내가 물었다.

"발밑에 내 믿음직한 사다리가 있지." 평상시 말투처럼 자랑스러운 듯이 '내 믿음직한'에 강세를 두어 대답했다.

담 너머에서 갑자기 개 짖는 소리가 들렸다. 묵직하고 짧고 약간 쉰 듯한 소리였다. 미콜이 고개를 돌려 짜증과 애정이 듬뿍 담긴 눈으로 왼쪽 어깨 너머를 흘긋 보았다. 그러더니 다시 내 쪽을 보았다.

"아이참!" 미콜이 차분하게 한숨을 쉬었다. "요르야."

"무슨 종인데?"

"그레이트데인. 이제 겨우 한 살인데 몸무게가 일 톤이야. 내 뒤를 졸졸 따라다녀. 내 흔적을 못 찾게 하려고 애쓰는데 금세 날 찾아낸다니까. **끔찍해.**"

그애가 웃었다.

"안으로 들어올래?" 어느새 다시 진지해진 미콜이 덧붙였다. "네가 들어오고 싶으면 어떻게 하면 되는지 당장 가르쳐줄게."

6

까마득한 그 6월 어느 오후로부터 얼마나 많은 세월이 흐른 걸까? 삼십 년도 더 넘었다. 하지만 눈을 감으면 미콜 핀치콘티니가 아직도 거기, 그녀 집 정원 담 위에서 얼굴을 내밀고 나를 보며 말하고 있는 것 같다. 1929년 미콜은 애티를 갓 벗은 소녀였다. 금발머리에 사람을 끌어당기는 크고 맑은 눈에다, 호리호리하게 마른 체형을 가진 열세 살 소녀였다. 나는 반바지를 입은 소년으로, 상당히 부르주아적이고 허영심이 많아서 학교 공부에 조금만 문제가 생겨도 몹시 유치한 절망에 빠지곤 했다. 우리는 서로를 뚫어지게 바라보았다. 미콜 머리 위쪽의 새파란 하늘은 어느새 구름 한 점 없이 뜨거운 여름 하늘이었다. 그 하늘은 어떤 일이 있어도 변할 것 같지 않았고, 적어도 내 기억 속에서만큼은 실로 그 무엇에도 변함이 없었다.

"어때, 들어올 거야 말 거야?" 미콜이 재촉했다.

"글쎄…… 잘 모르겠어……" 내가 담을 가리키며 입을 열었다. "너무 높아 보이는데."

"자세히 안 봐서 그래." 미콜이 조바심을 내며 반박했다. "저기를 좀 봐…… 저기…… 저기…… 쐐기가 얼마나 많은데…… 이 위, 꼭대기에는 못도 있어. 내가 박아놓은 거야."

"그래, 저기에 발디딤이 있긴 있네." 내가 우물우물 얼버무렸다. "그렇긴 한데……"

"발디딤?!" 미콜이 내 말을 끊으며 웃음을 터뜨렸다. "난 쐐기라고 불러."

"네가 잘못 알았어, 저건 발디딤이야." 내가 고집스럽고 까칠하게 주장했다. "넌 산에 한 번도 안 가본 게 틀림없어."

어릴 때부터 난 현기증에 시달렸다. 그래서 그리 높지 않아도 위로 올라가게 되면 겁부터 났다. 어릴 때(여동생 파니는 아직 태어나지 않은 시절에) 에르네스토를 품에 안고 나를 몬타뇨네에 데려간 어머니는, 스칸디아나 거리 앞 넓은 광장 풀밭에 앉곤 했는데, 그곳은 웅장한 산타마리아인바도 교회 일대를 에워싼 창해 같은 지붕들 가운데서 간신히 우리집 지붕을 가려낼 수 있을 정도로 높아서, 내가 교외 쪽과 광장을 구분하는 방벽으로 가서 몸을 내밀어 아래를, 삼십 미터 높이의 경사면을 내려다볼 때, 잔뜩 겁을 집어먹고 있었던 게 지금도 떠오른다. 거의 언제나 누군가 가파른 벽을 따라 올라오거나 내려가고 있었다. 농부, 인부, 젊은 벽돌공 들로 모두 자전거를 어깨에 멘 상태였다. 노인들도 있었고 아귀와 메기를 잡는 수염 덥수룩한 어부들이 낚

싯대와 바구니를 잔뜩 가지고 오르내리기도 했다. 대개 콰키오, 폰테 델라가르델라, 코코마로, 코코마리노, 포코모르토에 사는 그 사람들은 한시가 바쁜 사람들이라서 (적어도 보루 오 킬로미터 정도가 그 당시에는 통행할 만한 구멍 하나 없이 워낙 견고해) 산조르조나 산조반니 성문으로 지나가기보다는 그들이 '성벽 길'이라고 부르는 이쪽으로 다니기를 좋아했다. 도시에서 나가는 사람들도 있었다. 이럴 경우 눈길도 주지 않고 내 곁을 지나 방벽을 넘어 아래로 내려가, 낡은 성벽의 첫번째 돌출 부위나 안으로 파인 부위에 발끝을 디디고 나서 금방 방벽 아래에 있는 풀밭에 닿았다. 교외에서 오는 사람들도 있었다. 그들은 방벽 가장자리에서 소심하게 내려다보던 나를 노려보고 있는 게 아닐까 싶을 정도로 눈을 크게 뜨고 기어올라왔는데, 물론 내가 착각하고 있었던 바, 그들은 발을 디디기에 제일 좋은 부분을 고르는 데에만 정신을 집중하고 있었던 것이다. 항상 어떤 식으로든—대개는 두 사람이 차례로—그렇게 공중에 떠서 매달려 있는 동안이면, 조용히 사투리로 잡담 나누는 소리가 들려오곤 했다. 밭들 가운데로 난 좁은 길을 걷고 있을 때랑 거의 흡사했다. 정말이지 침착하고 힘세고 대담한걸! 속으로 그렇게 생각했다. 내 얼굴에서 불과 몇십 센티미터밖에 안 떨어진 곳에서 얼굴 하나가 지나갈 때면, 그래서 종종 그들 각막에 내가 비치는 것도 모자라 그들이 숨쉴 때마다 고약한 포도주 냄새가 내 얼굴로 훅 끼쳐들 때면, 방벽 안쪽 모서리를 붙잡은 굳은살 박인 마디 굵은 손이 나타났고 곧이어 몸 전체가 허공에서 불쑥 솟아났다. 휘익, 탁. 이제 그들은 땅에 안전하게 내려섰다. 난 절대 못할 거야. 멀어지는 그 사람들을 감탄어린 눈으로 바라보다 몸서리치며 되뇌곤 했다. 절대, 절대 말이야.

그런데 지금 나는 미콜 핀치콘티니가 올라오라고 권하는 담 앞에서 그때와 왠지 비슷한 감정에 휩싸였다. 물론 그 담은 몬타뇨네의 방벽처럼 그렇게 높아 보이지는 않았다. 그렇지만 훨씬 매끈하고, 세월과 악천후로 인한 침식도 거의 없었다. 혹시 저 위로 기어올라가다가 현기증이 나서 밑으로 추락하는 게 아닐까? 나는 미콜이 방금 가리킨 쐐기들을 보며 생각했다. 그렇게 떨어져 정말 죽을 수도 있었다.

어쨌든 내가 여전히 망설이는 이유는 이 때문이 아니었다. 현기증이라는 신체적인 현상과는 순전히 다른 반감 때문이었다. 유사하기는 했지만 달랐고 훨씬 강력했다. 잠시 동안, 조금 전에 느낀 절망감이라든가, 낙제한 소년으로서 흘린 바보 같고 유치한 눈물마저 후회스러웠다.

"그런데 내가 무슨 이유로 바로 이 자리에서 등산을 해야 하는지 그 이유를 모르겠어." 연이어 말했다. "내가 **너희들** 집으로 들어가야 한다면, 정말 고맙고 기꺼이 그러고 싶지만, 솔직히 말해 저쪽으로 들어가는 게 훨씬 편해 보이거든." 이렇게 말하면서 한 팔을 들어 에르콜레프리모데스테 방향을 가리켰다. "대문으로 말이야. 뭐 얼마나 걸리겠어? 자전거를 타면 눈 깜짝할 사이에 갈 수 있다고."

이 제안이 미콜에게는 썩 내키지 않는 게 곧바로 느껴졌다.

"아, 아냐, 아냐……" 그애가 몹시 짜증스럽다는 표정으로 얼굴을 일그러뜨리며 말했다. "네가 저쪽으로 들어오면 틀림없이 페로티가 널 보게 될 거야. 그러면 이 일은 안녕이야, 끝인 거지, 그렇게 하면 하나도 재미가 없잖아."

"페로티? 그게 누군데?"

"문지기…… 알잖아, 너도 봤을 텐데, 마부이기도 하고 쇼퍼르*이기도 해…… 만일 페로티 눈에 띄었다가는—그런데 그 사람 눈에 안 띌 수가 없어. 마차나 차를 운전하고 나갈 때를 빼고는 항상 거기서 지키고 있으니까, **짜증나는 사람이야**—그다음에는 틀림없이 내가 널 집안으로 데려가야 할걸…… 어디 말해봐…… 그러면 어떨 것 같아?"

미콜이 내 눈을 똑바로 쳐다보았다. 이제 아주 진지한 눈빛이었는데 그러면서도 한없이 차분했다.

"좋아." 내가 고개를 돌려 둑을 턱으로 가리키며 대답했다. "그런데 자전거는 어디에 두지? 저기 그냥 내버려둘 수는 없어! 새 자전거야, 울시트**거든. 자가발전등도 있고 수리도구, 펌프가 들어 있는 가방도 안장에 달려 있어, 네가 무슨 상관이겠느냐마는…… 자전거까지 잃어버리면……"

그리고 나자 아버지와의 대면을 피할 수 없다는 걱정스러운 마음이 되살아나서 다른 말은 하지 않았다. 조금 뒤, 바로 그날 밤, 나는 집으로 돌아가야만 했다. 다른 선택의 여지가 없었다.

다시 미콜 쪽으로 눈을 돌렸다. 내가 말하는 동안 미콜은 내게 등을 돌리고 담 위에 앉아 있었다. 그러더니 이제 단호하게 한 발을 들어 말을 타듯 담에 걸터앉았다.

"너 지금 뭐하는 거야?" 내가 깜짝 놀라서 물었다.

"자전거를 어떻게 할지 좋은 생각이 났어. 그리고 네가 어디를 밟고 올라오는 게 좋을지 보여줄게. 내가 디디는 곳을 정신 차리고 잘 봐봐."

---

* chauffeur. '자가용 운전기사'를 뜻하는 프랑스어.
** 울슬리이탈리아나사에서 만든 자전거.

가볍고 자연스럽게 담을 넘더니 조금 전 내게 가리켰던 녹이 슨 굵은 못을 잡고 내려오기 시작했다. 테니스화 끝으로 한 번은 여기, 또 한 번은 저기, 발 디딜 데를 찾으며 천천히, 그렇지만 자신 있게 내려왔는데, 항상 그리 어렵지 않게 발 디딜 데를 찾아냈다. 한데 그러다가 땅에 닿기 전에 제대로 발 디딜 데를 찾지 못해 미끄러지고 말았다. 쓰러졌다가 일어서기는 했다. 그렇지만 손가락에 상처를 입고 말았다. 게다가 바닷가에 어울릴 듯한 분홍 원피스가 벽에 스쳐 겨드랑이 밑이 살짝 찢어졌다.

"이런 바보." 미콜이 손을 입으로 가져가 후후 불며 투덜거렸다. "이런 적은 처음이야."

무릎도 까졌다. 벌써 성인의 것 같은, 이상하리만큼 하얗고 튼튼한 허벅지가 다 드러나도록 원피스 자락을 들어올리고는 허리를 숙여 상처 부위를 살폈다. 머리를 고정시키려고 한 머리띠에서 삐져나온 금발머리, 밝은색 금발머리가 아래로 쏟아져내려 이마와 눈을 다 가려버렸다.

"이런 바보같이." 그애가 다시 말했다.

"알코올이 필요해." 가까이 가지도 못한 채 이런 상황에서 우리집에서 사용하는, 약간 안타까워하는 말투로 기계적으로 말했다.

"알코올은 무슨."

미콜이 재빨리 상처를 혀로 핥았다. 일종의 사랑스러운 가벼운 입맞춤 같았다. 그러더니 곧 몸을 똑바로 세웠다.

"이리 와봐." 얼굴은 새빨갛고 머리는 다 헝클어진 그애가 말했다.

그애가 돌아서더니 해가 비치는 양지바른 둑 가장자리로 비스듬히 올라가기 시작했다. 풀포기들을 움켜쥔 오른손에 의지해, 왼손을 머리 근처로 들어올려 머리띠를 벗었다가 다시 제대로 고정시켰다. 머리를 빗듯 여러 차례 재빨리 손을 움직였다.

"저쪽에 구멍 보이지?" 잠시 후 우리가 둑 위에 도착하자마자 그애가 말했다. "자전거는 저 안에다 안전하게 숨겨놓을 수 있을 거야."

오십여 미터 떨어진 곳에 있는 풀에 덮인 조그만 원뿔형 둔덕들 중 하나를 가리켰다. 둔덕 높이는 이 미터가 채 안 되었고, 입구는 거의 대부분이 흙에 파묻혀 있었다. 페라라 성벽 둘레를 돌다보면 상당히 자주 부딪칠 수 있는 둔덕들이었다. 자세히 보면 로마 들판에 있던 에트루리아인들 무덤인 몬타로치와 유사했다. 물론 크기는 아주 작았지만 말이다. 그래도 지하에는 넓은 방이 있는 경우가 많았고 아직도 그중 어떤 방은 쓸 만했지만, 죽은 이를 위한 집으로 사용된 적은 한 번도 없었다. 옛날에 성벽을 지키던 사람들은 그곳에다 15~17세기 대포인 컬버린포나 화승총, 탄약 같은 무기들을 보관해두었다. 그리고 어쩌면 15세기와 16세기 페라라 대포라면 유럽 전역에서 벌벌 떨었는데, 대포를 그렇게 강력하게 만들어준 희귀한 대리석 포탄도 있을지 몰랐다. 그 포탄 몇 개는 데스테 성의 뜰 한가운데와 테라스에 장식품처럼 놓여 있어서 아직도 볼 수 있었다.

"저 속에 새로 산 울시트가 있을 거라고는 꿈에도 모르겠지? 진짜 알아둘 필요가 있는데 말야. 저 밑에 들어가봤니?"

내가 고개를 저었다.

"안 들어가봤어? 난 수백 번도 더 갔는데. **굉장해.**"

미콜이 단호하게 움직였다. 나는 땅에 있는 울시트를 세우고 조용히 그 뒤를 따랐다.

거기 구멍 앞까지 그애를 따라갔다. 입구는 둔덕을 빼곡하게 뒤덮은 무성한 수풀들 사이에 수직으로 난 일종의 틈이었다. 너무 좁아 한 번에 겨우 한 사람만 지나갈 수 있었다. 입구를 지나자 갑자기 바닥이 경사지기 시작했다. 팔 미터, 십 미터 앞밖에 보이지 않았고 나머지는 하나도 보이지 않았다. 그 너머는 어둠뿐이었다. 마치 지하 통로가 검은 커튼과 맞닥뜨린 것처럼.

미콜이 몸을 내밀고 보다가 갑자기 돌아섰다.

"네가 내려가봐." 그애가 소곤거렸다. 그러더니 당황스러운 듯 희미하게 미소를 지었다. "난 여기서 기다릴게."

그애는 한쪽으로 물러서 뒷짐을 지었고 입구 옆 풀에 뒤덮인 벽에 등을 기댔다.

"혹시 무서운 건 아니겠지?" 여전히 낮은 목소리로 물었다.

"아냐, 아냐." 난 거짓말을 했다. 그리고 자전거를 들어 어깨에 메려고 몸을 숙였다.

다른 말은 덧붙이지 않은 채 그애 앞을 지나 굴 안으로 들어갔다.

자전거 오른쪽 페달이 벽에 자꾸 부딪혀서, 천천히 앞으로 나아가야 했다. 그리고 처음에는, 적어도 삼사 미터 정도 거리에서는 앞을 못 보는 사람처럼 아무것도 볼 수 없었다. 하지만 입구에서 십여 미터 정도 가자 ("조심해" 하고 그 순간 등뒤에서 미콜이 크게 외치는 소리가 들렸는데 그 목소리가 벌써 까마득해지더니) 사방이 어렴풋이 구별되기 시작했다. 굴은 조금 더 앞에서 끝이 났다. 다만 그 끝부분에서 다시 몇 미터가량 경사가 졌다. 그러니까 바로 그 지점에서, 그곳에 도착하기 전에 미리 점칠 수 있듯이, 일종의 층계참 같은 곳에서부터 그 주변에 완전히 다른 공간이 펼쳐졌고, 미콜이 알려준 작은 계단이 시작되었다.

층계참 같은 곳에 도착해서 난 잠시 가만히 서 있었다.

미콜과 떨어져 있는 그 잠깐의 순간에 내가 느낀 어둠과 무지에 대한 유치한 두려움은, 지하의 좁은 굴로 천천히 들어가면서 적잖이 유아적인 감정으로 대체되어갔다. 함께 있던 미콜에게서 제때에 떨어져 나왔기에 크나큰 위험, (아버지가 즐겨 사용하던 표현인 '네 또래의 아이'처럼) 내 또래의 아이가 만날 수도 있는 무시무시한 위험에서 벗어나기라도 한 듯했다. 아, 그래. 나는 생각했다. 오늘 저녁 집에 돌아가면 아버지에게 매를 맞을지도 몰라. 그렇지만 이미 난 아버지의 매를 조용히 맞을 각오가 되어 있어. 10월에 한 과목 재시험. 그래, 미콜이 놀리는 게 맞다. 저 아래, 어둠 속에서 우리 사이에 일어날 수 있을 나머지 일들과 비교해보면 10월에 한 과목 재시험은 아무 일도 아니겠지? 나는 몸을 떨었다. 어쩌면 용기를 내서 미콜에게 키스를 할 수도 있지 않을까. 입술에다가. 하지만 그뒤에는? 그러고 나면 무슨 일이 벌어질까? 내가 본 영화나 소설에서 키스는 어찌나 길고도 열정적이던지! 사실 나머지 일들과 비교해보면 키스는 결국 대수롭지 않게 넘어가는 순간, 그 찰나일 뿐, 그러니까 입술이 겹쳐지고 입이 거의 상대의 입 속으로 들어갈 듯 키스를 하고 나면, 이야기의 실마리는 대개 다음날 아침이 되어서야, 아니면 여러 날이 흐르고 나서야만 풀려나갈 수 있었다. 나와 미콜이 이런 식으로—물론 어둠이 이 일을 도와주겠지만—키스를 하게 되는 지경까지 간다면, 이 키스 후부터는 시간이 조용히 흘러가게 될 것 같다. 어떤 외부 개입도 없고 불가항력적인 일도 일어나지 않아 우리가 내일 아침까지 여기에 있게 된다면 말이다. 그럴 경우 내일 아침까지의 그 분과 시간들을 어떻게 채워야 한단 말인가? 아, 어쨌든 다행히 그런 일은 일어나지 않았다. 그 일을 피할 수 있어서 천만다행이었다.

나는 좁은 계단을 내려가기 시작했다. 등뒤에서 비치는 희미한 햇살들이 굴을 통해 스며들어오고 있다는 것을 이제 알아차렸다. 눈을 통해서, 혹은 귀에 들리는 소리의 도움을 조금 받아(자전거가 벽에 부딪히거나 뒤꿈치가 계단에서 쭉 미끄러지기만 해도 그 소리가 메아리로 크게 울려퍼지고 여러 갈래로 갈라져서 공간과 거리를 가늠해볼 수 있었으니) 나는 곧 주위가 얼마나 넓은지 알아차릴 수 있었다. 직경이 사십 미터 정도 되고 높이도 그 정도 되는 둥근 궁륭형 천장으로 된 방이 틀림없었다. 혹시 누가 알겠는가, 비밀 통로들을 통해 성채 지하에 자리잡은 이와 똑같은 수십 개의 다른 방들과 연결되는 식일지. 더 상상할 것도 없었다.

잘 다져진 흙바닥은 매끄럽고 단단하고 축축했다. 구부러진 벽을 더듬거리며 걸어나가다가 벽돌에 발이 걸리기도 하고 짚을 밟기도 했다. 마침내 나는 벽에 기대어둔 자전거 바퀴를 한 손으로 잡은 채 바닥에 앉았고 한 팔로 무릎을 감싸안았다. 뭔가 스치는 소리, 찍찍거리는 소리만이 고요를 깰 뿐이었다. 쥐들이거나 어쩌면 박쥐들일지도……

만일 지금과 다른 상황이 펼쳐졌다면? 나는 생각했다. 거꾸로 그런 일이 일어났다면 정말 그렇게 끔찍했을까?

집으로, 부모님에게로, 오텔로 포르티와 세르조 파바니에게로, 경찰서를 비롯해 나를 찾느라 야단일 모든 이들에게로 돌아가지 않으리란

게 이제 거의 확실해졌으니! 처음 며칠 동안은 모두 사방을 수색하느라 정신이 없겠지. 아마 신문에서도 이런 경우 흔히 떠오르는 가정들, 가령 유괴나 불미스러운 사고나 자살, 밀항 등등을 언급하며 떠들어대겠지. 그렇지만 서서히 파도가 잦아들듯 조용해질 거야. 부모님도 체념하시게 될 거고(따지고 보면 어쨌든 에르네스토와 파니가 부모님 곁에 있으니까) 수색도 중단되겠지. 그리고 마침내, 그 멍텅구리 위선자 파비아니 선생이 무엇보다 대가를 치르게 될 거야. 이 사태에 대한 책임을 물어 '다른 곳으로' 전근을 가게 될 테지. 물론 시칠리아나 사르데냐 섬 같은 곳으로. 그 편이 그 선생한테도 나아! 그렇게 되면 비싼 교훈을 얻어 지금처럼 사악하고 심술궂지는 않겠지.

나로 말할 것 같으면, 다른 사람들이 내가 없어진 것을 체념하고 받아들이는 걸 보면서 나 역시 그 상황을 받아들이겠지. 바깥일은 미콜한테 기대해볼 수 있겠고. 미콜이 알아서 음식이며 다른 필요한 것들을 다 준비해줄 거야. 여름이든 겨울이든 매일 미콜이 정원 담을 넘어서 나를 찾아올 거야. 매일 어둠 속에서 키스를 하겠지. 난 미콜 남자고 미콜은 내 여자니까.

그렇다고 절대 밖에 나갈 수 없다는 말은 아니야! 물론 낮에는 잠을 자야지. 내 입술을 스치는 미콜의 입술을 느낄 때에만 그 단잠에서 깼다가 조금 뒤 미콜을 품에 안고 다시 잠들 거야. 그렇지만 밤이 되면 한참 동안 충분히 나갔다 올 수도 있을걸. 특히 모두 잠들어 시내 거리에 실제로 개미 한 마리 없는 한시나 두시 이후의 시간을 고른다면 말이야. 스칸디아나 거리를 지나 우리집과 이미 응접실이 되어버린 내 침실 창문을 다시 보는 게 이상하고 소름 끼치겠지만, 그 모든 걸 떠나 재미도 있을 게 분명해. 어둠 속에 숨어 먼발치에서 그때 막 상인클럽에서 돌아오는 아버지를, 내가 살아서 당신을 지켜보리라고는 꿈도 꾸지 못할 아버지를 바라보는 것도 신나겠지. 실제로 아버지는 주머니에서 열쇠를 꺼내 문을 열고 안으로 들어갈 거야. 그리고 태연히, 아버지의 큰아들인 나란 사람은 마치 이 세상에 존재한 적도 없는 것처럼, 단번에 대문을 쾅 닫아버리시겠지.

그럼 엄마는? 조만간 엄마에게만이라도, 미콜을 통해 내가 죽지 않았다는 걸 알리려는 시도를 해봐야 하지 않을까? 지하 생활에 지쳐 페라라를 떠나 영원히 사라지기 전에 엄마를 한 번 만나봐야 하는 게 아닐까? 왜 안 되겠어? 당연히 그렇게 할 수 있겠지!

거기에 얼마나 있었는지 모르겠다. 아마 십 분 정도일 수도 있고 그보다 짧았을 수도 있다. 지금도 분명히 기억나는데, 계단을 다시 올라와 굴에 들어서면서(무거운 자전거가 없어서 이제 난 날렵하게 걸었다) 계속 생각을 하고 상상의 나래를 폈다. 그럼 엄마는? 나는 자문했다. 엄마도 다른 사람들처럼 나를 잊어버릴 수 있을까?

드디어 나는 밖으로 나왔다. 그런데 미콜은 조금 전 나와 헤어진 곳에서 나를 기다리고 있던 게 아니었다. 아니, 햇빛 때문에 즉각 손차양을 만들어 살펴보니, 다시 저아래 바르케토델두카 담 위에 걸터앉아 있었다.

담 너머의 누군가에게 말대꾸를 하고 뭐라고 이야기를 하느라 정신이 없어 보였다. 아마 마부인 페로티이거나 에르만노 교수가 직접 나타났는지도 모를 일이었다. 틀림없었다. 벽에 사다리가 기대어져 있는 것을 보자마자 잠깐 동안 미콜이 탈출했던 걸 알아차린 것이다. 지금 내려오라고 미콜을 달래고 있었다. 그런데 미콜은 말을 들으려 하지 않았다.

갑자기 미콜이 몸을 돌렸고 둑 위에 있는 나를 발견했다. 그러자 이렇게 말하듯 두 빰을 부풀렸다.

"아휴! 드디어 왔구나!"

담 너머로 사라지기 전 (사원에서 아버지의 탈리스 밑에서 날 훔쳐볼 때처럼 똑같이 웃으며 윙크하는) 미콜의 시선이 나를 향해 있었다.

2부

1

정말 그곳으로, 바르케토델두카 담을 넘어 개인 소유인 넓은 숲속 나무들과 빈터들 사이로 걸어가 마그나도무스로, 그리고 테니스장까지 갈 수 있게 된 것은 거의 십 년이 지나서였다.

1938년 인종법이 선포되고 약 두 달 정도 되었을 때다. 아주 생생히 기억난다. 10월 말의 어느 날 오후 점심식사를 마치고 몇 분 되지 않았을 때, 알베르토 핀치콘티니에게서 전화를 받았다. 사실이야, 아니야? 그가 의례적인 인사말도 거의 없이 단도직입적으로 물었다(우리가 말 한마디 나눌 기회를 갖지 못한 게 오 년도 더 되었다는 걸 주목해야 한다). 나와 '다른 모든 이들이' 엘레오노라데스테 테니스클럽 부회장이자 간사인 바르비친티 후작이 서명한 편지 때문에 클럽 출입이 금지된 게, 간단히 말해 클럽에서 '쫓겨난 게' 사실인지 아닌지?

나는 단호하게 부인했다. 사실이 아니다, 난 그런 종류의 어떤 편지도 받지 못했다. 적어도 나는.

하지만 그는 즉시, 마치 내가 부인한 게 아무 가치도 없다는 듯, 아니면 그 말을 못 들은 듯, 자기 집에 와서 테니스를 치라고 제안했다. 이어 말하기를, 만일 백코트 여유 공간이 별로 없는 화이트 클레이코트도 괜찮다면, 무엇보다 내가 분명 테니스를 잘 칠 테니 자신과 미콜과 '테니스를 좀 치기'로 해준다면, 두 사람은 진짜 기쁘고 '영광'이라고 말이다. 그리고 내가 이런 제안에 관심이 있다면 매일 오후에 와도 좋다고 덧붙였다. 오늘, 내일, 모레, 언제고 내가 원할 때 원하는 사람을 데려갈 수 있었다. 물론 토요일도 좋았다. 그가 다니는 밀라노 폴리테크니코 공과대학 수업이 11월 20일에나 시작할 테니, 그가 족히 한 달은 페라라에 머문다는 사실과 상관없이(매사에 서두르는 법이 없는 미콜이 올해는 역사에서 푸오리코르소*이므로 더이상 성적들을 구걸하느라 베네치아에 머무를 필요가 없었으니, 앞으로 베네치아 카포스카리 대학에 발도 디디지 않을지 누가 알겠는가) 내 눈에는 눈부시게 찬란한 날들만 보이지 않겠는가. 시간이 있는데도 이걸 이용하지 않는다면 이거야말로 진정 범죄이리라.

그가 이 마지막 말을 자신 없이 했다. 갑자기 별로 유쾌하지 않은 생각이 뇌리를 스친 듯했다. 아니면 마찬가지로 갑자기 별 이유 없이 권태로워져서 내가 그의 집에 오지 않기를, 자신의 초대에 신경쓰지 않기를 바라는 듯했다.

---

* 정해진 시간 동안 과정을 마치지 못한 학생.

나는 약속에 대해 구체적으로 못박지 않은 채 고맙다고 했다. 왜 이런 전화를 한 거지? 약간 놀라기도 해서 수화기를 내려놓으며 자문했다. 무엇보다 그와 그의 여동생이 공부를 하러 페라라를 떠나게 된 이후로(알베르토는 1933년, 미콜은 1934년이었다. 바로 이 무렵 에르만노 교수가 공동체로부터 마치니 거리의 사원 건물에 자리잡은 이전 스페인 시너고그를 '가족과 관련 당사자들이라면 경우에 따라 이용할 수 있게' 수리하고 복원할 수 있다는 허락을 받아내서, 이후부터 이탈리아 시너고그에서 우리 뒷좌석은 완전히 비어 있었으니) 우리는 무엇보다 아주 가끔, 먼발치에서나 흘긋 보는 게 전부였다. 그 시기 동안 요컨대 우리는 서로에게 무관심해져서, (벌써 문학부 이학년이 된 나는 매일 기차로 페라라와 볼로냐를 오가다가) 1935년 볼로냐역 첫번째 선로 옆 플랫폼에서, 키가 크고 검은 머리에 얼굴이 창백한 청년을 보고도, 겨드랑이에 체크무늬 담요를 낀 채 가방을 잔뜩 든 짐꾼을 바로 뒤에 거느리고 막 출발하려는 밀라노행 급행열차를 향해 성큼성큼 걸어가던 그 청년이랑 부딪치기까지 해놓고도, 그가 바로 핀치콘티니라는 것을 그 자리에서는 알아보지 못할 정도였으니 말이다. 기차 *끄트머리*에 다다른 그는 짐꾼을 재촉하며 객차 안으로 사라져버렸지. 그때 거기서 나한테 사과할 필요조차 느끼지 못했던 놈이야, 나는 계속 떠올려봤다. 날 그렇게 세게 치고 간 것에 대해 내가 항의하려고 돌아섰을 때, 심드렁한 눈으로 날 쳐다보고 있었어. 그런데 지금은 그때와 달리 비위라도 맞추려는 듯 왜 이렇게 공손한 거지?

"누구냐?" 식당으로 들어서기가 무섭게 아버지가 물었다.

거기에는 아버지밖에 없었다. 평상시처럼 두시 뉴스를 초조하게 기다리며, 라디오가 놓인 작은 탁자 옆 소파에 앉아 있었다.

"알베르토 핀치콘티니예요."

"누구라고? 남자애 말이냐? 이거 영광이구나! 그래 무슨 일로 전화했다던?"

아버지는 파란 눈으로 당황스러운 듯 나를 자세히 살폈다. 내게 뭔가를 명령하고 내 머릿속에 떠오르는 생각을 추측할 수 있으리라는 희망을 오래전에 접어버린 눈길이었다. 아버지는 당신의 질문이 나를 짜증나게 하고, 계속 내 인생에 개입하려는 당신의 요구가 신중하지 못하고 부당하다는 걸 잘 알고 있었다. 그 두 눈이 내게 그렇게 말하고 있었다. 하지만 어쩌겠는가, 내 아버지 아니던가? 최근 몇 년간 얼마나 늙으셨는지 내 눈으로 보지 않았던가? 엄마와 파니에게는 말할 수 없는 일들이 있었다. 둘은 여자니까. 에르네스토에게도. 그애는 (베네치아 사투리로 하자면 '푸틴putin') 그러니까 너무 '어린애' 같았다. 그러니 아버지가 누구와 대화를 나눠야 된단 말인가? 아버지가 필요로 하는 사람이 바로 나라는 걸 어떻게 모를 수 있겠는가?

입을 꽉 다물다시피 하고 무슨 일인지 아버지에게 전했다.

"그래서, 갈 거냐?"

아버지는 대답할 시간을 주지 않았다. 곧이어 아버지는 흥분해서, 어떤 주제로든, 그것이 정치적 주제면 더 좋은데, 나를 끌어들일 가능성이 있을 때마다 매번 그렇듯 머리부터 들이밀고 '상황을 정의하는 일'에 뛰어들었다.

안타깝게도 이게 사실이다, 라며 아버지는 지칠 줄 모르고 다시 요점을 말하기 시작했다. 9월 9일 공식적인 첫 발표가 있고 나서 22일자신문마다 당서기가 언급한 내용을 부기한 회람문이 실렸다. 각 주 연맹이 우리에게 즉각 적용해야만 하는 '실제적인 조치'들에 대한 내용으로, 장래에는 '비유대인과 유대인의 결혼이 금지되고 유대인으로 인정된 모든 젊은이는 각급 공립학교에 다니지 못할 게 분명하며' 이뿐만 아니라 유대인들은 '너무나 영광스러운' 병역 의무로부터 면제될 테니 우리 '유대인들'은 신문에 부고를 낼 수도 없고, 전화번호부에 이름을 올릴 수도 없으며, 아리아인들을 가사도우미로 고용할 수도 없고, 어떤 종류의 '사교클럽'에도 드나들 수 없다는 것이었다. 그렇지만……

"만날 하시던 말씀을 또 되풀이하려는 건 아니죠?"

그 순간 내가 고개를 저으며 아버지의 말을 가로막았다.

"어떤 얘기 말이냐?"

"무솔리니가 히틀러보다 낫다고요."

"알았다, 알았다." 아버지가 말했다. "그렇지만 네가 인정해야 해. 히틀러는 잔인한 미치광이지만 무솔리니는 무솔리니지. 마키아벨리적이고 기회주의적이라고 할 수는 있지만……"

다시 나는 아버지의 말을 가로막았다. 며칠 전 내가 아버지에게 '건넸던' 레온 트로츠키가 쓴 에세이 주제에 동의하는지 반대하는지, 아버지의 얼굴을 똑바로 보며 물었다. 내가 여러 해 동안 한 권도 빼놓지 않고 침실에 열심히 보관중인 프랑스 문학잡지 『누벨 르뷔 프랑세즈』 중 예전에 발간된 호에 실린 에세이를 말하는 것이었다. 이것은 성공적이었다. 어떤 이유 때문인지 잘 기억나지는 않는데, 언젠가 내가 아버지에게 무례하게 굴었던 적이 있었다. 아버지가 모욕을 느껴 뾰루퉁해 있었기에, 다시 최대한 빨리 평소처럼 관계를 돌리고 싶어 불시에 생각해낸 묘책으로, 최근 내가 읽은 책을 아버지와 공유하게 되었던 것이다. 이런 존경의 표시에 마음이 풀린 아버지는 곧 그 에세이를 읽었다. 그뿐만 아니라 만년필로 줄을 치고 여백에 빼곡하게 메모까지 해가며 탐독했다. 요는 아버지가 내게 분명히 말했듯, '레닌의 옛 절친인 그 악당' 저자의 글은 아버지가 보기에도 진짜 계시였다.

"아, 물론 난 동의하지!" 아버지는 토론을 시작할 준비가 된 나를 보자 흡족해하면서도 당황스러움을 감추지 못한 채 크게 말했다. "의심할 여지가 없어. 트로츠키는 정말 굉장한 논쟁가야. 활기에 넘치지. 그 언어는 또 어떻고! 프랑스어로 직접 원고를 쓸 정도로 능력도 뛰어나고. 맞아!" 그러더니 자랑스레 미소를 지었다. "러시아와 폴란드 유대인들은 별로 호감이 가지 않을 수도 있어. 그래도 항상 언어에는 진짜 천재적인 재능이 있더라고. 타고났지!"

"언어 말고 개념에 신경쓰셔야 해요." 날카롭고 예리한 교수 같은 말투로 아버지 말을 잘라버리고 나자 후회가 밀려왔다.

에세이에서 하는 말은 분명하다, 라며 내가 좀더 차분하게 말을 이어나갔다. 제국주의적 영토 확장 상황에서 자본주의는 모든 약소국에 대해, 특히 소수자의 또다른 이름인 유대인들에 대해 불관용만을 보일 수밖에 없다. 이제 이런 일반론에 입각해서 보자면(트로츠키 에세이는 1931년에 쓰인 것임을 기억할 필요가 있다. 그해는 그러니까 히틀러가 권력을 잡은 해다), 무솔리니 개인이 히틀러보다 낫다는 게 무슨 의미가 있겠는가 하는 말이었다.

"안다, 알아……" 내가 말하는 동안 아버지는 조그맣게 이 말을 계속 되풀이했다.

아버지는 눈을 감고 계셨는데 내 말을 참고 들어주기가 고통스러운지 얼굴이 심하게 일그러져 있었다. 마침내 내가 더 덧붙일 말이 없는 게 분명해지자, 내 무릎에 한 손을 올려놓았다.

잘 알고 있던 바다. 아버지는 천천히 눈을 뜨며 다시 한번 같은 말을 반복했다. 어쨌든 난 아버지가 말씀하시게 내버려두었다. 아버지 생각에 따르면, 내가 세상을 너무 비관적이고 극단적으로 본다는 거였으니까.

대체 무엇 때문에, 9월 9일 공식성명 이후, 더 나아가 9월 22일에 추가 회람문까지 발표된 마당에, 적어도 페라라 상황만큼은 거의 예전과 다름없다는 이 말을 나는 왜 받아들이지 못하는 걸까? 두말할 필요도 없는 사실이다, 라며 아버지가 이를 울적한 미소로 시인한바, 이달에 공동체 회원 칠백쉰 명 중에 (아버지가 잘못 알고 있는 게 아니라면, 비토리아 거리의 요양병원에서 사랄보라는 할머니와 리에티라는 할머니 두 분이 사망했을 뿐이고, 리에티 할머니는 페라라 출신이 아니라 만토바의 어느 지방, 삽비오네타인지 비아다나인지, 폼포네스코인지 뭐 그와 비슷한 지방 출신이라면서)『파다노』에 부고가 실릴 만큼 중요한 인물이 사망하지는 않았다는 것이다. 하지만 정확히 봐야 한다. 이름을 뺀 새 책으로 재판해 교체한답시고 전화번호부를 회수해간 것도 아니다. 우리 집안에서 일하는 (히브리어로 '하베르타haverta' 즉) '잔심부름꾼', 가사도우미, 요리사, 유모, 아니면 나이든 집사 중, 갑작스레 '인종 의식'이 생겨서 정말 짐을 싸서 나갈 생각을 한 사람은 아직 한 명도 없었다. 십 년 넘게 라테스 변호사가 부회장을 맡고 있는—내가 알고 있듯, 라테스 본인이 거의 매일 평온하게 드나들고 있던—상인클럽에서 오늘까지도 그런 종류의 강제 탈퇴는 없었다. 그리고 레오네 라테스의 아들 브루노 라테스가 혹시 엘레오노라데스테 테니스클럽에서 쫓겨났던가? 가엾게도 옆에서 입을 벌린 채 나를 바라보며 마치 내가 (히브리어로 ‘하함hahàm’ 즉) 굉장한 ‘스승’이라도 되는 양 나를 따라하는 동생 에르네스토 생각은 눈곱만큼도 못한 채, 테니스장 출입을 중단한 건 나였지 않나. 내가 잘못한 것이었다. 나는 아버지가 말씀하시게 내버려두었다. 내가 내 껍질 속에 숨어서, 세상과 격리되어, 대학과 기차 통학 핑계를 대고, 툭하면 볼로냐로 슬며시 사라져버린 건 정말 잘못한 일이었다(작년까지 붙어다니던 내 친구들인 니노 보테키아리, 세르조 파바니, 오텔로 포르티와도 여기 페라라에서 함께 있고 싶어하지 않았다. 그래, 그애들은 어떨 때는 이 친구가, 또 어떨 때는 저 친구가, 한 달도 안 빼먹고 내게 전화하곤 했었지, 불쌍한 녀석들!). 그러지 말고 제발 젊은 라테스를 좀 봐라.『파다노』를 주의깊게 읽어보면 그는 오픈토너먼트에 규칙적으로 참가할 뿐만 아니라 혼합복식에서도 이 지방 수석 엔지니어의 딸인 아리따운 아드리아나 트렌티니와 아주 훌륭하게 경기를 펼치고 있다. 두 사람은 벌써 세 경기를 치렀고 이미 준결승을 준비하는 중이었다. 아, 아니다. 선량한 바르비친티에 대해서는 무슨 말이든 할 수 있겠지. 그러니까 그가 자기의 보잘것없는 귀족 혈통에는 너무 신경을 많이 쓰는 반면, 이따금 지부에서『파다노』에 실게 하는 테니스 선전용 기사 문법에는 별로 신경을 안 쓴다고 말이다. 하지만 그는 신사고 유대인에게 적대감이 전혀 없으며 아주 온건한 파시스트였다. 그런데 ‘아주 온건한 파시스트’라고 말하는 아버지의 목소리가 떨렸다. 수줍은 듯 가볍게 떨렸다. 이 문제에 대해서는 의심할 것도 논쟁을 벌일 것도 전혀 없었다.

그리고 알베르토의 초대와 전반적인 핀치콘티니의 태도로 보자면, 지금 난데없이 그들이 이렇게 소란을 떠는 건, 거의 발작적일 정도로 이렇게 접촉을 필요로 하는 건 무슨 이유 때문일까?

지난주 로슈하샤나* 때 사원에서 일어난 일은 호기심을 불러일으켰다(나는 보통 사원에 가고 싶지 않았다. 그래서 한번 더 어리석은 행동을 했다). 그렇다, 식이 절정에 이르고 좌석이 거의 다 찼을 때, 갑자기 에르만노 핀치콘티니와 그의 아내, 장모까지 함께인데다 두 자녀는 물론이고, 당연히 베네치아에서 온 헤레라 집안의 처남들까지 거느리고—요컨대 온 가족이 남녀 구별 없이—나타나던 모습, 꼭 오 년 동안 스페인 시너고그에서 오만하게 자기들끼리만 식을 올리고 나서는 이탈리아 시너고그에 엄숙하게 다시 들어오던 그 모습은 충분히 호기심을 불러일으키고도 남았다. 만족스럽고 온화한 얼굴이었는데, 자기네가 거기 참석한 게 그 자리에 있던 사람들만이 아니라 공동체 전체에 대한 보답이자 그들을 모두 **용서해주는** 행동이라도 되는 듯한 그런 표정 그 이상도 이하도 아니었다. 어쨌든 그것만으로는 충분하지 않았던 게 분명하다. 사람들을 자기네 집에 초대할 정도까지 됐으니. 두말할 필요도 없이 바르케토델두카에 말이다. 요제테 아르톰 시대부터 이 도시 사람이든 이방인이든 아주 긴박한 상황이 아니고서는 발을 들여놓지 못했던 그 집에 말이다. 왜 그러는지 이유를 알고 싶지 않나? 그들이 지금 일어나는 일들을 만족스러워하기 때문이다! 언제나 변함없는

---

* Rosh Hashanah. 유대력으로 제7월 첫날에 지키던 유대인의 절기. 나팔을 불어 이날을 알렸기 때문에 나팔절이라고도 한다.

옹졸한 독선가처럼 (파시즘에는 반대한다 치자, 좋다, 그래도 무엇보다 옹고집쟁이들인) 그들이, **결국 인종법을 마음에 들어했던 것이다!** 그러니까 적어도 그들이 훌륭한 시온주의자였더라면! 여기 이탈리아에서, 그리고 페라라에서 언제나 불편하고 늘 제자리가 아닌 것 같았으니, 적어도 에레츠*로 이주할 기회를 완전히 이용하기라도 했더라면! 하지만 그 반대였다. 에레츠를 위해 몇 푼이라도 돈을 꺼내야 할 경우가 생기면 생길수록(어쨌든 특별할 게 전혀 없는 일이었다) 그들은 더욱 그렇게 하고 싶어하지 않았다. 그들은 별 쓸모없는 귀족적 취향을 위해 진짜 거액을 썼다. 1933년 자신들의 개인 시너고그를 장식할 에할과 파로케트**를 구하러(말하자면, 진짜 세파르디의 장식품들로 포르투갈이나 카탈로니아나 프로방스의 장식품이 아니라 스페인 것으로 크기도 딱 맞아야 했다!) 자가용을 타고 카르네라 대형 트럭을 대동하고 쿠네오*** 지방에 있는 케라스코까지 달려갔던 자들이다. 케라스코는 1910년까지인지 혹은 조금 더 지나서인지 모르겠지만 작은 유대인 공동체가 있었으나 이제는 완전히 자취를 감춘 마을로, 공동묘지로만 쓰고 있었는데, 이 마을에서 태어나 토리노에 사는 몇몇 집안, 그러니까 데베네데티, 모밀리아니, 테라치니 등의 집안 사람들이 죽으면 이곳에다가 계속 매장했기 때문이다. 알베르토와 미콜의 할머니 요제테 아르톰도 살아생전에 로마 자니콜로 언덕 밑에 있는 식물원에서 야자수와 유칼립투스를 끊임없이 들여왔다. 그리고 이 때문에 마차들이 편안하

---

* '이스라엘의 땅'이라는 뜻으로, 본래 이스라엘 사람들이 살던 땅으로 일컬어지는 곳.
** 'ehàl'은 율법서를 보관하는 장식장이며, 'parochèt'는 에할 앞에 치는 휘장을 가리킴.
*** 이탈리아 북부 피에몬테주의 도시.

게 드나들게 할 목적으로, 그뿐만 아니라 말할 필요조차 없지만 가문의 위신이라는 이유로 남편에게, 불쌍한 메노티에게 이미 충분히 큰, 에르 콜레프리모데스테 대로의 대문을 최소한 두 배로 넓히게 강요했다. 사실 물건이며 식물이며 그 밖의 모든 것을 수집하다보니 서서히 사람들도 그렇게 하고 싶어지고 만 것이다. 아, 그러나 만일 그들, 핀치콘티니 부부가 게토를 그리워했더라면(그 사람들이 모두를 가둬놓고 살길 꿈꾸던 바로 그 게토, 어쩌면 그 멋진 이상향 안에서, 자신들이 수준 높게 후원할 일종의 이스라엘 집단농장 공동체인 키부츠를 만들기 위해 모두와 바르케토델두카를 나누려 했더라면) 자유롭게 그곳에 갈 수도 있었으리라. 메노티는 어쨌든 팔레스타인을 좋아했을 것이다. 팔레스타인보다 알래스카나 티에라델푸에고제도나 마다가스카르가 더 좋았을지도 모르지만……

화요일이었다. 대체 무슨 이유로 며칠 뒤, 바로 그주 토요일에, 아버지의 바람과 정반대되는 행동을 하기로 결정했는지는 말할 수 없을 것 같다. 자식들의 전형적인 반항과 불복종 같은 흔한 메커니즘이랑 연결 짓고 싶지는 않다. 일 년 넘게 서랍 안에 고이 모셔놨던 라켓과 테니스복을 갑자기 꺼내도록 나를 유혹한 것은, 바로 눈부시게 좋은 날씨, 이상하게 볕이 좋던 초가을 오후에 가볍게 살랑거리던 바람이었다.

하지만 그사이 여러 가지 일이 있었다.

무엇보다 먼저, 알베르토로부터 전화받은 지 이틀이 지났던 것 같은데, 그러니까 목요일에, 엘레오노라데스테 테니스클럽 회원 탈퇴를 '환영한다'는 편지가 실제로 내게 도착했다. 타이프로 친 편지였지만 하단에 N. H., 즉 귀족을 뜻하는 '노빌리스 호모'의 약자 옆에 바르비친티 후작의 서명이 들어 있었다. 속달우편에는 개인적이고 상세한 사정을 고려해 길게 설명되어 있지 않았다. 몹시 건조하고 귀족적인 문체가 우스꽝스레 전해지는 문장 단 몇 줄로 곧장 본론에 들어가서 나처럼 '존경받을 만한 분'이 앞으로 클럽에 드나드는 걸 분명 '응납할 수 없다'(원문 그대로임)고 밝혔다. (바르비친티 후작은 자신이 쓰는 모든 문장에 이런 오자 양념을 곁들이는 걸 언제쯤이면 그만둘까? 그러지 못할 것이다. 하지만 이번에는 그 실수를 눈여겨보고 웃어대기가 전보다는 조금 어려웠다.)

두번째로 다음날 마그나도무스에서 다시 전화가 걸려왔다. 이번에는 알베르토가 아니라 미콜이었다.

통화는 긴, 아주 긴 대화로 이어졌는데, 미콜 덕에, 어렸을 때는 약간의 감정이 있었을지 모르지만 십여 년이 흐른 지금은 말 그대로 오랜만의 만남을 성사시킬 목적 이외에 다른 의도는 전혀 없이, 노련한 대학생들 사이에서나 있을 법한 평범하고 반어적인 잡담, 이것저것 생각나는 대로 이야기를 주고받는 수다 분위기가 줄곧 이어졌다.

"우리가 못 만난 지 얼마나 됐지?"

"적어도 오 년은 됐을걸."

"지금은 넌 어떻게 변했을까?"

"못생겼어. 코가 빨간 노처녀야. 넌? 그건 그렇고, 내가 읽은 게 있는데, 그게……"

"뭘 읽었는데?"

"아, 그래, 이 년 전에 『파다노』에서 어떤 기사를 읽었어. 문화면이었던 것 같은데, 네가 베네치아 문예경연대회에 참가했다는…… 이름을 알린 거지, 응? 축하해! 맞아, 넌 중학교 때부터 이탈리아어에 늘 뛰어났잖아. 멜돌레시 선생님이 수업 시간에 네가 쓴 글에 정말 **넋을 잃곤** 하셨지. 그중 몇 개는 우리집에까지 가져와서 읽어주셨던 것 같아."

"나 놀리지 마. 그런데 넌 지금 뭐하니?"

"아무것도 안 해. 작년 유월에 카포스카리 영문과 졸업을 했어야 하거든. 그렇지만 뭐 대책 없어. 내가 게으름만 어떻게 극복해서 올해는 졸업할 수 있었으면 좋겠는데. 푸오리코르소 학생도 **똑같이** 졸업하게 해줄 것 같니?"

"괴롭겠다. 그렇지만 틀림없이 졸업할 거라고 생각해. 논문 주제는 택했어?"

"겨우 골라놓기만 했어. 에밀리 디킨슨에 관해 쓰려고, 알지, 19세기 미국 시인, **경외심을 불러일으키는** 전형적인 **여인**…… 그런데 어쩌지? 교수 옆에 딱 달라붙어 있어야 하고 베네치아에서 보름 내내 있어야 하거든. 석호에, 조금 있다가 난…… 요 몇 년 동안 꼭 필요할 때만 최대한 짧게 거기서 지냈어. 게다가 솔직히 말해 공부에 소질도 없고."

"거짓말쟁이. 거짓말쟁이에 속물이야."

"무슨 소리야, **진짜라니까**. 그래서 올가을에는 좀 착하고 성실해지고 싶은데 그게 더 안 되는 것 같아. 너 내가 도서관에 파묻혀 있는 대신 뭘 하고 싶은지 알아?"

"어디 들어보자."

"테니스 치기, 춤추고 시시덕거리기, 보다시피 그런 거!"

"테니스와 춤 모두 건전한 오락인데, 네가 원한다면 베네치아에서도 충분히 즐길 수 있잖아."

"물론이지. 줄리오 외삼촌과 페데리코 외삼촌의 여집사가 항상 나를 따라다니긴 해도 말이야!"

"아, 테니스를 칠 수 없다고는 말 못할걸. 나 같은 경우에는 할 수 있을 때마다 기차를 타고 볼로냐로 달려가서……"

"어디, 사실대로 말해봐. **애인 집으로** 달려가려고 급히 가는 거지."

"아니, 아니야. 나도 내년에 졸업해야 해. 예술사로 논문을 쓸지, 이탈리아문학으로 쓸지 아직 잘 모르겠어(그렇지만 지금은 이탈리아문학으로 쓸 생각이야……). 그래도 난 내가 원할 때 한 시간 정도 테니스를 쳐. 델체스텔로 거리나 리토리알레에 있는 최고급 유료 테니스장을 예약해두거든. 아무도 뭐라고 할 수야 없지. 너도 베네치아에서 그렇게 해보는 게 어때?"

"문제는 테니스를 치고 춤을 추려면 파트너가 필요하다는 거지. 그런데 난 베네치아에서 그런 걸 같이할 만한 **적당한** 사람을 한 명도 모른다는 거야. 솔직히 말하면 베네치아는 굉장히 아름다워. 그건 부인하지 않아. 그렇지만 난 거기가 안 편해. 잠시 머무는 기분이야, 당황스럽고…… 약간 외국에 있는 것 같다고나 할까."

"외삼촌들 집에서 자는 거지?"

"아, 그렇지. 자고 먹고."

"알았어. 어쨌든 이 년 전 카포스카리에서 문예경연이 있던 그때, 네가 거기 안 와줘서 고마워. 진심이야. 내 인생에서 가장 어두운 한 페이지라고 생각하거든."

"어째서? 어쨌든…… 이 말은 해야겠다. 어느 순간 네가 거기 온다는 걸 알고는, 달려가서 우리 지역 깃발 아래서…… (불어로 클라크라고

들 하는) 박수부대 노릇을 조금 해야겠다는 생각을 품었거든. 그건 그렇고, 있잖아. 너 그때, 네가 수학시험에서 낙제해서 시월에 재시험을 봐야 했던 그해에 우리집 밖, 안젤리 성벽에 있었을 때 기억나니? 네가 송아지처럼 울었을걸, 아유, 불쌍해라. 너 눈이 꼭 송아지 같았어! 널 위로해주고 싶었어. 심지어 너더러 담을 넘어 우리 정원 안으로 들어오라고 해야겠다는 생각까지 했으니까. 무슨 이유로 네가 안 들어왔지? 들어오지 않았다는 건 아는데, 그 이유는 기억이 안 나."

"갑자기 누군가 우리를 발견했어."

"아, 맞다. 페로티. 그 개 같은 정원사, 페로티였어."

"정원사라고? 마부 같았는데."

"정원사고 마부고 운전기사고 문지기고 전부 다지."

"아직 살아 있어?"

"물론이지!"

"그럼 개는? 진짜 개 말이야, 왈왈 짖던."

"어떤 개? 요르?"

"그래, 그레이트데인 종."

"요르도 살아 있고 튼튼해."

미콜은 자기 오빠와 똑같이 ('알베르토가 너한테 전화했는지 모르겠지만 테니스 치러 우리집에 오지 않을래? 하며) 나를 초대했지만 고집을 부리지는 않았고, 알베르토와 달리 바르비친티 후작의 편지에 대해서도 전혀 언급하지 않았다. 다만, 아주 오랜만에 다시 만나면 느끼게 될 순수한 기쁨만을 이야기했다. 금지사항이 아주 많기는 하지만 계절을 즐길 수 있을 때 함께 즐기면 얼마나 기쁠지만을.

2

초대는 나 혼자만 받은 게 아니었다.

그 토요일 오후, (조베카 대로와 중심가를 피해 그다지 멀지 않은 체르토사광장을 통해 와서) 에르콜레프리모 대로 끝에서 앞으로 나아가던 나는, 곧 핀치콘티니 대문 앞 그늘에서 테니스복을 입은 몇 사람이 무리 지어 서 있는 걸 발견했다. 모두 다섯 명이었는데, 그들 역시 자전거를 타고 있었다. 젊은 남자 네 명과 여자 한 명이었다. 실망을 해서인지 내 입술이 일그러졌다. 어떤 사람들이지? 내가 처음 보는 한 사람, 스물다섯 살가량으로 제일 나이 많아 보이는 그 사람만 파이프 담배를 물고 하얀 리넨 긴바지를 입고 밤색 코듀로이 재킷을 입었을 뿐, 그 이외 일행은 모두 알록달록한 티셔츠에 반바지 차림이었는데, 엘레오노라데스테 테니스클럽에 정기적으로 드나들고 있는 분위기였다. 그들은 조금 전 도착해서 안으로 들어가려고 기다리는 중이었다. 하지만 대문이 열리지 않고 있어 큰 소리로 웃고 떠들다가, 가끔씩 가벼운 항의 표시로 입을 다물고 리드미컬하게 자전거 벨을 울리곤 했다.

나는 돌아서서 가려고 했다. 하지만 너무 늦었다. 이미 그들이 자전거 벨에서 손을 떼고 호기심어린 눈으로 나를 뚫어지게 쳐다보고 있었던 것이다. 잠시 후 한 사람이 내게 다가오면서 길고 가느다란 팔에 라켓을 든 채로 인사했는데, 순간적으로 그 사람이 브루노 라테스라는 걸 알아차렸다. 그는 자기가 누군지를 알리려고 하면서(우리는 그렇게 친한 사이가 아니었다. 브루노는 나보다 두 살 어렸고 같은 볼로냐대학 문학부에 있지만 그다지 자주 만나지는 않았다) 내게 앞으로 오라고 권했다.

어느새 나는 멈춰 서서 왼손을 매끄러운 떡갈나무 대문에 올려놓은 채 브루노와 정면으로 얼굴을 마주했다.

"잘 있었나." 이렇게 말하고 내가 차갑게 웃었다. "오늘 웬일로 여기 다 모인 거지? 혹시 오픈토너먼트가 끝난 건가? 아니면 여기 있는 사람들은 다 탈락자들인가?"

나는 목소리와 단어들을 궁리해가며 말했다. 그렇게 말하며 한 사람씩 자세히 살펴보았다. 아름다운 금발에 길고 가느다란 다리를 가진 아드리아나 트렌티니가 보였다. 다리는 두말할 필요도 없이 멋졌지만, 몸에 열이 날 때처럼 늘 그녀한테는 그토록 희디흰 피부에 붉은 반점들이 얼룩덜룩 있었다. 리넨 바지에 밤색 재킷을 입은 과묵한 청년도 보았다(페라라 사람이 아닌 게 분명해, 나는 속으로 생각했다). 이 청년과 아드리아나보다 훨씬 어려 보이는 두 젊은이, 어쩌면 둘 다 아직 고등학생이거나 기술전문학교에 다니는 학생인지도 모를 두 청년도 보였다. 그러니까 내가 모든 시내 모임에서 차츰차츰 발을 뺐던 시기인 지난해에 '등장했기에', 바로 그 이유로 나는 두 사람에 대해 거의 아는 바가 없었다. 마지막으로 내 앞에 있는, 점점 더 키가 크고 말라가는데다 예전과 똑같이 까무잡잡한 피부 탓에 갈수록 활기차고 신경질적인 흑인 청년과 비슷해져가는 브루노를 보았다. 그날도 신경질적으로 흥분해 있어서 우리 두 사람의 자전거 앞바퀴가 살짝 닿기만 해도 그런 게 감지될 정도였다.

그와 나 사이에 유대인끼리 느끼는 불가피한 공모의 눈길이 오갔는데, 이미 예상했듯이 불안감과 혐오감이 뒤섞인 그런 눈빛이었다. 그래서 그에게서 눈을 떼지 않은 채 덧붙여 말했다.

"평상시와는 다른 장소로 테니스 치러 과감히 오기 전에 바르비친티 님께 허락을 구했는지 알고 싶은데."

페라라 사람이 아닌 낯선 청년 하나가 빈정거리는 내 말투 때문인지 불편해서인지 내 옆으로 살짝 다가왔다. 이 일로 나는 자제하긴커녕 오히려 더 자극받아 흥분했다.

"자, 어디 내 마음 좀 편하게 해줘봐." 내가 끈질기게 물고늘어졌다. "그러니까 너희들 허락받고 빠져나온 거야, 아니면 탈출을 감행한 거야?"

"무슨 소리를 하는 거야!" 아드리아나가 평상시와 같이 눈치 없이 갑자기 끼어들었다. 물론 나쁜 의도는 전혀 없었지만 그렇다고 기분이 나쁘지 않은 건 아니었다. "지난주 수요일, 혼합복식 결승전에서 어떤 일이 벌어졌는지 모른다는 거야? 거기 없었다고 말하지는 마라, 응. 만날 비토리오 알피에리*같이 구는 거 집어치워! 우리가 시합 도중에 관중석에 있는 널 봤으니까. 분명히 봤다고."

"간 적 없어." 내가 차갑게 반박했다. "거기 얼씬거리지 않은 게 적어도 일 년은 됐어."

"왜 그런 건데?"

"드나들어봤자 조만간 쫓겨날 거라고 확신했으니까. 사실 내 생각이 틀리지 않았어. 여기 제명 편지가 있어."

내가 재킷 주머니에서 봉투를 꺼냈다.

"너도 이 편지 받았을 것 같은데." 내가 브루노를 돌아보며 말했다.

그제야 아드리아나는 기억해낸 듯했다. 입을 삐쭉거렸다. 하지만 내가 분명히 모르고 있을 것 같은 아주 중요한 사건을 알려줄 수 있다는 가능성 때문에 곧 그녀의 마음속에 떠오르는 다른 생각들은 금방 다 사라져버린 것 같았다.

그녀가 한 손을 들었다.

"얘한테 설명해줘야 해." 그녀가 말했다.

그리고 한숨을 쉬더니 하늘을 올려다보았다.

아주 불쾌한 일이 벌어졌었지, 라며 그녀가 여교사 같은 말투로 내게 이야기를 들려주기 시작했다. 그사이 어린 청년들 중 하나가 검은색 뿔로 된 작고 뾰족한 입구 초인종을 다시 눌렀다. 좋다, 난 그 일을 몰랐다. 그렇지만 아드리아나와 브루노는 정확히 지난주 중반에 시작해

---

* 1749~1803. 이탈리아 시인이며 비극작가. 자유에 대한 정열과 압제자에 대한 심각한 증오를 나타내는 그의 작품은 이탈리아인의 정치의식을 각성시켜 독립과 통일의 비원을 간직하는 데 커다란 역할을 했으나 고독한 삶을 살았다.

서 끝난 오픈토너먼트에서 결승전에 올랐다. 이것은 앞으로 절대, 절대 꿈도 꿀 수 없을 결과였다. 그건 그렇고 결승전이 한창 진행중이었는데, 상황이 아주 이상한 방향으로 흘러가기 시작했다(맹세코 눈이 휘둥그레질 일이었다. 순위가 매겨지지 않은 복식조인 데지레 바지올리와 클라우디오 몬테메초, 열다섯 살 먹은 두 사람이 곤경에 처했다. 첫 세트를 10 대 8로 졌고 두번째 세트도 몹시 고전중이었다). 그때 갑자기, 언제나 그렇듯이 토너먼트 심판 자격으로, 게다가 간단히 말해 단체장 자격으로, 바르비친티 후작 독단으로 예상치 못한 결정을 내려서, 경기가 거기서 스톱되어야만 했다. 여섯시여서 이미 주위가 잘 보이지 않았기에 그렇다 치자. 그래도 그리 어두운 건 아니었으니, 적어도 두 게임 정도는 더 할 수 있지 않았을까. 세상에, 그렇게 해야 하지 않나? 중요한 시합의 두번째 세트 4 대 2 득점 상태에서, 중단할 근거를 대지 못하는 한 '경기 중단!'이라고 외치면서 두 팔 벌리고 테니스코트로 들어와 '갑자기 어두워져서' 경기를 중단한다고 선언하고 다음날 오후 경기를 속개해서 승자를 가릴 권한이란 게 어디 있단 말인가. 게다가 후작님께서 옳다고 믿고 한 행동이 전혀 아니었으니, 두말해서 뭐하겠나! 첫번째 세트가 끝나갈 무렵 후작이 대학생파시스트단GUF 사무장인 '검은 영혼'의 지노 카리아니와 은밀하게 이야기 나누는 걸 아드리아나가 눈여겨보지 못했다 해도(두 사람은 사람들과 약간 떨어진 곳에, 탈의실로 쓰는 가건물 옆에 있었다), 카리아니는 아마도 되도록 사람들 눈에 띄지 않으려는 듯 테니스코트 쪽으로 완전히 등을 돌리고 있었는데, 후작이 출입문을 열기 위해 몸을 숙이는 순간 눈에 띈 그 얼굴, 한 번도 본 적이 없는 너무나 창백하고 당황한 그 얼굴만으로도("완전 겁에 질린 얼굴이었다니까, 더 말할 것도 없어!") 아드리아나는 갑자기 어두워져 경기를 중단해야 한다는 게 궁색한 핑계, '거짓말'이라는 걸 알고도 남았다. 게다가 의심의 여지가 없지 않은가? 브루노도 다음날 아침, '보여주고 싶어했듯' 나와 똑같은 속달우편을 받았으니, 중단된 매치에 대해서는 더이상 말을 하지 않을 게 분명했다. 그리고 아드리아나는 이 모든 사건이 너무 불쾌하고 화가 나서 다시는 엘레오노라데스테 테니스클럽에 발도 들여놓지 않기로, 적어도 한동안은 가지 않기로 맹세했단다. 그들이 브루노에게 뭔가 감정이 있었던가? 혹시 그랬다면 충분히 토너먼트 참가를 막을 수 있었다. 솔직히 이렇게 말해도 되는 거였다. "사정이 여차저차해서, 유감스럽지만 우리는 자네 등록을 받아줄 수가 없네." 하지만 토너먼트는 시작되었고, 아니 거의 끝나가고 있었고, 게다가 그가 그 게임에서 승리할 게 거의 확실한데 그런 식으로 행동해서는 절대 안 될 일이었다. 4 대 2. 얼마나 비열한가! 그런 식의 일처리는 무례한 사람이나 할 짓이지, 교양 있고 상식적인 사람이라면 어떻게 그렇게 하겠는가!

아드리아나 트렌티니는 말을 하면 할수록 점점 더 흥분했다. 브루노도 가끔 끼어들어 자세한 내용을 덧붙였다.

브루노에 따르면, 시합은 무엇보다 카리아니 때문에 중단되었는데, 그가 어떤 사람인지 안다면야 아무 기대도 없을 수밖에 없었다. 명약관화했다. 폐병환자 같은 가슴과 새 같은 골격을 지닌 '보잘것없는 남자'였다. 대학생파시스트단에 들어간 뒤로 처음부터 오로지 출세에만 목을 걸었던 사람이다. 이런 이유로 공적으로든 사적으로든 연맹에서 사람들 발바닥 핥는 기회는 놓치지 않고 챙겼던 자다(델라보르사 카페에서 드물지만 '봄바마노*의 교활한 노장들' 테이블에 어렵사리 끼어앉는 데 성공한 그 모습을 내가 본 적이 있지 않았던가? 그는 완전히 뻐기고 욕을 하고 체격에 어울리지 않는 잔인하고 거친 말들을 자랑스레 나불거렸지만, 영사 볼로네시인지 시아구라**인지 그 단체의 다른 높은 사람인지가 그에게 뭐라고 한소리하면 금방 꼬리를 내렸고, 아마도 용서받고 다시 친절스러워지려고 비굴한 일도 서슴지 않았을 것이다. 영사를 위해 주벡 담배를 사러 담뱃가게로 달려간다거나, '시아구라의 자택'에 전화해 이 위대하신 분께서 '전직 세탁부였던 부인'에게로 곧 돌아갈 거라고 미리 알리는 일 따위 등을 말이다……) '이런 종류의 벌레'가 기회를 놓칠 리가 없었다. 그는 연맹에 다시 한번 더 그럴듯하게 보일 기회라면 목이라도 걸었을 놈이다! 바르비친티 후작은 짐작한 대로였다. 고상한 신사임에는 틀림없었지만 '지능'이 상당히 바닥인데다가 영웅도 아니었다. 그러니 그들이 후작에게 엘레오노라데스테를 계속 끌고 가게 내버려둔다면, 그가 클럽에 잘 어울리기 때문에, 무엇보다 그 이름 때문에 그대로 놔두는 것이다. 그들이 이름에 대해 어떤 환상을 키우고 있는지야 누가 알겠는가마는. 그러니까 가여운 귀족 바르비친티를 벌벌 떨게 만드는 일쯤이야 카리아니에게는 장난이었을 게 틀림없었다. 아마 이렇게 말했을 것이다. "그럼 내일은요? 내일 저녁을 생각하셔야죠, 후작, 댄스파티 때 지부에서 여기 와서 저…… 라테스에게 상으로 은트로피를 주고 이에 맞는 로마식 인사를 해야 한다면? 예상해보건대 엄청난 물의를 일으키는 게 될 텐데. 성가신 일들이 끝도

---

* '수류탄'이라는 뜻의 이탈리아어로, 파시스트 분대를 가리킨다.
** 'Sciagura'는 이탈리아어로 '재난, 불행'을 뜻한다.

없을걸요. 제가 후작님이라면 어두워지기 시작했으니까 두 번 생각해볼 필요도 없이 경기를 중단시킬 거요." 후작을 설득해 기이하면서도 고통스럽게 경기장으로 돌입하도록 해서, 그 결과를 '확실하게' 얻어내는 데 더이상 무슨 말이 필요할까.

아드리아나와 브루노로부터 이 일의 내막을 다 듣기 전에(이야기 도중 갑자기 아드리아나가 이방인 청년을 내게 소개시켜주기도 했다. 청년의 이름은 말나테, 잠피에로 말나테로, 밀라노 출신이고 공업단지에 새로 생긴 합성고무 공장의 신참 화학자였다) 마침내 대문이 열렸다. 곧이어 예순 살가량의 땅딸막하고 뚱뚱한 남자가 대문 앞에 나타났다. 그 사람 등뒤에 있던 수직 틈을 통해 두시 반 햇살이 쏟아져내려, 짧게 자른 잿빛 머리에서 선명한 금속성 빛이 번져나왔다. 보랏빛이 감도는 크고 뭉툭한 코밑 콧수염도 머리처럼 짧고 잿빛이었다. 코와 콧수염이 어딘지 모르게 히틀러 같군. 이런 생각이 떠올랐다. 바로 그였다. 미콜 말마따나 정원사이자 마부고 운전기사이자 문지기고, 아무튼 모든 일을 다 하는 페로티 노인이었다. 그는 전체적으로 과리니 시절과 달라진 게 하나도 없었다. 겁 없이 미소 짓고 있던 그의 '도련님과 아가씨'를 집어삼켜버린, 어두컴컴하고 위협적인 학교 입구에서, 이번만은 처음과 다름없이 평온하고 자신감에 넘치는 상태 그대로, 그 '도련님과 아가씨'가 유리들과 세련된 목재로 만들어진 몸체에 니스칠과 니켈도금을 하고 플러시 천으로 실내를 장식한—정말 값비싼 장식함 같은—마차로 되돌아오기로 결정할 때까지, 마부석에 앉아 태연하게 '도련님과 아가씨'를 기다리고 있던 그때와 말이다. 그 마차를 유지하고 모는 책임은 오롯이 그의 몫이었다. 예를 들면 역시나 잿빛인 작고 날카로운 두 눈, 베네치아 농부 같은 영리함이 반짝이는 완고한 그 두 눈은, 예전과 다름없이 검은색에 가까운 숱 많은 눈썹 아래서 온화하게 웃고 있었다. 그런데 지금은 왜 웃고 있는 거지? 거기서 십 분이 넘게 기다린 우리를 보고? 아니면 줄무늬 재킷에 하얀 장갑을 낀 자신 때문에? 그 장갑은 완전 새것으로 특별히 이때를 위해 착용했는지도 몰랐다.

그리하여 우리는 대문 안으로 들어갔고, 곧이어 근면한 페로티가 큰 소리가 나는 대문을 다시 닫았다. 우리를 맞이한 건 흰색과 검은색이 섞인 그레이트데인 요르가 무겁게 짖는 소리였다. 입구의 넓은 길을 따라 우리 쪽으로 힘없이 총총걸음으로 다가온 요르는 전혀 위협적인 분위기가 아니었다. 그런데도 브루노와 아드리아나는 갑자기 입을 다물어버렸다.

"혹시 물지는 않아요?" 아드리아나가 겁에 질려서 물었다.

"걱정 마세요, 아가씨." 페로티가 답했다. "이빨이 서너 개밖에 남지 않았답니다. 이제 뭘 씹기도 힘들지 않겠어요? 겨우 폴렌타* 죽이라면 모를까……"

늙은 요르가 길 한가운데서 조각상 같은 자세로 멈춰 서서, 한쪽은 어둡고 다른 쪽은 연푸른빛인 얼음같이 무표정한 눈으로 우리를 뚫어지게 바라보는 동안, 페로티가 사과하기 시작했다. 우리를 기다리게 해서 정말 죄송하다고. 하지만 자기 잘못이라기보다는 전기가 이따금 끊어지기 때문이기도 하고(미콜 아가씨가 이걸 알아차리고 손님들이 도착한 건 아닌지 가서 보라고 그를 보낸 게 천만다행이라며) 거리가 오

---

* 옥수숫가루 등의 곡물로 만든 죽.

백 미터나 떨어져 있는 것도 한몫했다고 했다. 그는 자전거를 탈 줄 몰랐다. 하지만 미콜 아가씨가 좋은 수를 생각해내서……

그가 눈을 들어 하늘을 보며 한숨을 쉬더니 무슨 이유에서인지, 가느다란 입술 사이로 그레이트데인과는 전혀 다르게 튼튼하고 고른 이를 드러내며 웃었다. 그러면서 한 팔을 들어 우리에게 백 미터 정도 지나서 우거진 등나무들 사이로 사라지는 길을 가리켰다. 자전거를 타더라도 '저택'에 도착하려면 삼사 분은 걸린다고 알려주었다.

3

우리는 날씨 운이 정말 좋았다. 열흘인지 열이틀 동안인지 완벽한 날씨가 쭉 이어졌는데, 우리가 누린 가을 가운데 특별하다고 할 만큼 유리같이 투명하고 눈부신 날씨가 마법에 걸린 듯 정지된 상태로, 온화한 부동 상태로 연일 이어졌다. 정원은 더웠다. 여름보다 약간 덜한 정도였다. 원하는 사람은 다섯시 반 너머까지 테니스를 칠 수 있었다. 11월경이면 벌써 저녁이 가까워오면서 습기가 아주 많아져 테니스 라켓 줄이 손상을 입을 수도 있었는데, 그런 걱정조차 안 해도 되었다. 물론 그 시간쯤이면 테니스장에서는 거의 아무것도 보이지 않는다. 그렇지만 특히 일요일이면 (공을 쫓아 달리는 아이들이며 유모차 옆에서 뜨개질하는 유모들, 휴가 나온 군인들이며 포옹할 장소를 찾는 연인들 등) 알록달록한 조용한 군중들로 붐비는 안젤리 성벽 수풀 우거진 비탈 아래쪽을 금빛으로 계속 물들이는 햇빛이, 하루의 마지막 햇빛이, 이미 거의 주위가 보이지 않지만 신경쓰지 않고 테니스를 계속 쳐도 된다고 부추겼다. 아직 날이 저물지 않았으니 조금 더 공을 쳐볼 만했다.

우리는 매일 오후 그곳을 다시 찾았는데, 처음에는 전화로 미리 알렸으나 그뒤에는 그조차 하지 않았다. 그리고 가끔 잠피에로 말나테가 빠졌을 뿐 늘 구성원은 같았다. 말나테는 알베르토와 밀라노에서 1933년에 알게 되었다고 했다. 내가 첫날 핀치콘티니가 대문 앞에서 그와 만났을 때 생각했던 것과는 달리, 그때 함께 있던 나머지 네 명도 그 이전부터 그를 알고 있던 게 아니었을 뿐만 아니라 그는 엘레오노라데스테와도, 그 클럽의 부회장이자 간사인 이폴리토 바르비친티와도 아무 관계가 없었다. 하루하루가 너무나 아름다웠고, 그와 동시에 금방 닥칠 겨울의 위협에 무방비로 노출되어 있었다. 그런 날을 하루라도 놓치는 건 정말 범죄를 저지르는 것과 같았다. 약속을 하지 않았어도 우리는 점심 먹고 나서 즉시, 두시경이면 항상 그곳에 도착했다. 처음에는 모두 함께 대문 앞에 모여 페로티가 문을 열어줄 때까지 기다리는 일이 잦았다. 하지만 한 일주일 뒤 인터폰과 리모트컨트롤 개폐장치가 설치되고 나자 정원에 들어가는 게 더이상 문제되지 않아 되는대로 각자 알아서 도착하게 되었다. 내 경우는 단 하루도 거르지 않고 오후마다 가곤 했다. 평상시처럼 볼로냐로 달려가지도 않았다. 내 기억이 맞는다면 다른 사람들도 마찬가지였다. 브루노 라테스, 아드리아나 트렌티니, 카를레토 사니, 토니노 콜레바티에 이어 내 동생 에르네스토 말고도 남녀 젊은이 서너 명이 더 합류했다. 앞서 말했듯 가장 불규칙적으로 드나든 사람은 그 잠피에로 말나테였다(미콜이 그렇게 부르기 시작했고 곧 다들 그렇게 불렀다). 말나테는 공장 작업시간표를 따라야 했다. 사실 그가 일하는 몬테카티니 공장에서 그때까지는 합성고무를 일 킬로도 생산하지 않았기에 그 시간표대로 꼭 근무해야 하는 건 아니라지만, 그래도 시간표는 시간표였다. 어쨌든 그가 연 이틀 이상 나타나지 않는 경우는 한 번도 없었다. 게다가 나를 제외하고 테니스에 그다지 관심을 보이지 않는 사람은 그 말나테밖에 없었다(사실 테니스 실력이 형편없기도 했다). 이따금 일을 마치고 다섯시경에 자전거를 타고 나타나서는, 경기 심판을 보거나 따로 떨어져 앉아 알베르토와 파이프 담배를 피우고 대화하는 것으로 만족하기도 했다.

우리를 초대한 집주인들은 우리보다 훨씬 부지런했다. 우리는 광장 시계가 채 두시를 치기 전에 도착하기도 했다. 아무리 일찍 도착해도 벌써 테니스장에 와 있는 두 사람을 확실히 만날 수 있었고, 우리가 처음 테니스장이 있는 집 뒤 공터로 들어섰던 그 토요일과는 달리, 이제는 자기들끼리 테니스를 치지도 않았다. 오히려 테니스장의 모든 걸 하나씩 점검하는 데 골몰했다. 네트는 제자리에 있는지, 바닥을 롤러로 잘 밀고 물은 적절히 뿌렸는지, 공 상태가 좋은지를 말이다. 그런 경우가 아니라면 넓은 밀짚모자를 쓰고 긴 의자에 누워 꼼짝 않고 일광욕을 즐겼다. 집주인으로서 이보다 더 훌륭한 행동이 어디 있겠는가. 테니스를 신체 단련으로, 운동으로 이해해서 어느 정도까지만 관심을 가진 게 분명하긴 했지만, 그렇긴 해도 늘 마지막 경기가 끝날 때까지 테니스장에 머물렀다(둘 중 한 사람이 항상 남았고 이따금 둘 다 남아 있기도 했다). 약속이라든가 급한 볼일이 있다거나 몸이 좋지 않다는 핑계로 일찍 그 자리를 뜨는 일은 한 번도 없었다. 그뿐만 아니라 어떤 날 저녁에는 벌써 주위가 어두컴컴한데도 두 사람이 직접 '마지막으로 몇 번만 공을 치자'고 붙잡으면서 이미 테니스장을 빠져나간 사람을 다시 거기로 밀어넣기도 했다.

카를레토 사니와 토니노 콜레바티가 테니스장을 보자마자 목소리도 낮추지 않고 밝혔듯, 코트가 그리 좋은 상태라고 할 수는 없었다.

실제로 열다섯 살밖에 안 되어, 바르비친티 후작이 자랑스럽게 자기 취향으로 가꿔놓은 테니스코트와는 다른 테니스코트에 드나들기에는 너무 어린 두 사람은, 그 자리에서 당장 일종의 '감자밭' 같은 이 테니스코트의 결점들을 줄줄이 읊기 시작했다(두 사람 중 한 사람이 '감자밭'이라는 표현을 쓰면서 입술을 실룩이며 경멸하듯 얼굴을 찡그렸다). 그러니까 백코트가, 특히 서비스 라인 뒤쪽 공간이 거의 없다는 것이다. 말하자면 바닥이 화이트 클레이인데 배수장치가 잘되지 않아 비라도 조금 오면 금방 진흙탕이 될 판이고, 철망 울타리를 보완해줄 상록수 산울타리가 전혀 없다는 거였다.

그런데 (미콜이 오빠가 5 대 5로 경기를 이끄는 것을 막지 못한 채 그들이 중단하고 만) '사투'가 끝나기가 무섭게, 알베르토와 미콜, 그들 스스로가 망설이는 기색도 없이, 말하자면 일종의 자해처럼 이상하게 열광적으로 테니스코트의 결함들에 대해 경쟁하듯 줄줄 서둘러 나열했다.

정말 그래. 미콜이 뜨겁게 달아오른 얼굴을 두툼한 수건으로 계속 닦으며 말했다. 엘레오노라데스테의 레드 클레이 때문에 '버릇이 나빠진', 우리처럼 유별나게 구는 사람들이야 이렇게 먼지가 많은 감자밭에서는 편하게 동작하기가 정말 어렵겠지! 게다가 백코트는 어떻겠어! 우리가 어떻게 등뒤 공간이 이렇게 좁은 코트에서 경기를 할 수 있단 말이야? 어쩌다 이렇게 후진 구덩이로 떨어졌는지, 복도 없구나 하겠지! 그렇게 말했지만 미콜은 문제를 정확히 인식하고 있었다. 아버지에게 철조망을 최소 삼 미터는 이동시켜야 한다고 몇 번이나 말했는지 모른다. 하지만 어쩌겠는가! 아버지는 그때마다 농부들이 땅을 바라보는 전형적인 방식으로 문제를 바라봐서(미콜과 알베르토가 어릴 때부터 그런 안 좋은 테니스장에서 테니스를 쳤으니 어른이 되어서도 충분히 잘할 수 있을 거라고 지적한 게 분명한데), 그러니까 뭔가를 심는 데 쓰이는 땅이 아니라면 버려진 거나 다름없다는 농부들의 시각에서, 늘 아버지는 주저했다. 아버지를 설득하는 게 얼마나 힘든지, 세상에! 어쨌든 이제는 달랐다. 지금은 손님이, 그것도 '걸출한 손님'들이 있었으니, 이걸 구실로 미콜은 '백발의 아버지'를 성가시게 하고 괴롭혀서 다시 강력히 설득해보려고 했던 것 같고, 내년 봄이면 그녀와 알베르토가 우리에게 '그럴듯한 뭔가'를 제공할 수 있으리라는 확신을 가지게 되었다.

그녀는 더욱더 원래의 독특한 말투로 이야기하며 깔깔 웃어댔다. 우리가 할 수 있는 일이라고는 모두 한목소리로 테니스장을 포함해 모든 게 너무나 좋다고 거짓말하며 확신을 주는 것뿐이었다. 게다가 초록의 정원은 감탄이 절로 나와서, 이 정원 앞에서는 시내에 남아 있는 다른 개인 정원들, 마사리 공작의 정원을 포함한 모든 정원은 중산층이 애써 가꾼 작은 뜰 수준으로 빛이 바랜다고 말이다(이 마지막 말을 한 사람은 브루노 라테스였다. 알베르토와 미콜이 손을 잡고 막 테니스장에서 나가려던 바로 그 순간이었다).

그렇지만 솔직히 테니스장이 '그럴듯한' 건 아니었다. 게다가 코트가 하나밖에 없었으므로 돌아가면서 너무 오래 쉬어야만 했다. 그래서 매일 오후 정각 네시가 되면 어김없이 페로티가 나타났다. 아마 무엇보다도 우리처럼 이렇게 이질적인 사람들이 모인 모임에서, 열다섯 살짜리 소년 둘이 운동 측면에서 바르비친티 후작의 날개 아래서라면 훨씬 더 의미 있는 시간을 보낼 수 있었으리라고 후회하지 않게 만들려는 목적이었을 게 분명하다. 장갑 낀 손으로 큰 은쟁반을 받쳐들고 오느라 힘을 주어서 그런지, 황소처럼 굵고 튼튼한 페로티의 목이 뻣뻣하게 긴장해 있어 온통 불그레했다.

쟁반에는 먹을 게 한가득이었다. 앤초비 스프레드를 바른 파니니, 훈제연어, 연어알, 푸아그라, 돼지고기햄을 넣은 파니니, 닭고기를 베샤멜소스에 버무려 가득 넣은 페이스트리 볼로방, 수십 년 전부터 마치니거리의 페라라 시민 전체에게 기쁨과 영광을 가져다준 베트사베아 부인, 그 유명한 베트사베아 다파노 부인의 명성 높은 정결한 작은 가게에서 가져온 게 분명한 작은 부리카*들이었다. 이게 끝이 아니었다. 사람 좋은 페로티는 테니스장 옆으로 난 입구 앞, 빨간색과 파란색 줄무늬의 큰 파라솔 밑에 일부러 가져다놓은 고리버들 테이블에다, 쟁반에 든 음식들을 차려야 했다. 그러면 그의 두 딸 디르체와 지나, 둘 중 하나가 시중을 들러 왔다. 두 딸은 모두 미콜 또래로 둘 다 '집안'일을 도왔는데 디르체는 가사도우미로, 지나는 요리사로 일했다(두 아들인 티

---

* 페라라 유대인 공동체에서 즐겨 먹던, 속을 채워 튀긴 파스타. 짜게 혹은 달게 먹을 수 있고 튀김으로도 먹는다.

타와 베피는 정원 가꾸는 일과 텃밭 일을 맡아서 정원에 신경썼다. 티타는 서른 살가량이었고 베피는 열여덟 살이었다. 그리하여 이따금 허리를 숙이고 일하던 그들은 우리가 자전거를 타고 지나갈 때면 재빨리 그 푸른 눈을 들어 빈정거리듯 흘깃대곤 했는데, 그 사람들을 멀리서나 언뜻 볼 뿐 그 이상으로 접촉해본 적은 한 번도 없었다). 딸은 딸대로 마그나도무스에서 테니스장까지 고무바퀴가 달린 작은 왜건을 밀고 왔는데, 그 위에도 유리병과 티팟과 유리잔과 찻잔들이 잔뜩 실려 있었다. 자기와 주석으로 만든 용기들에는 차와 우유, 커피가 담겨 있었고, 작은 물방울이 송골송골 맺힌 보헤미아산 유리 주전자 안에는 레모네이드와 과일주스, 쉬바서 칵테일이 가득했다. 쉬바서는 갈증을 가시게 해줄 음료로, 물과 레몬 시럽을 똑같이 넣고 레몬 한 조각과 포도 몇 알을 넣어 만드는데, 미콜이 이 음료를 아주 좋아했다. 그리고 이 음료를 특히 자랑스러워했다.

아, 저 쉬바서! 미콜은 게임을 잠시 쉴 때면 종교적인 반순응주의를 고집하면서 항상 돼지고기햄이 든 파니니를 골라서 베어무는 것 말고도 그녀가 좋아하는 '꽝장한 음료' 한 잔을 단숨에 다 마셔버렸고 계속 우리들에게도 '막을 내린 오스트리아헝가리제국'에 '경의를 표하기 위해' 한잔 들라며 웃으면서 말했다. 이 음료 제조법을 바로 1934년 겨울 오스트리아의 호프가슈타인에서 알게 되었다고 미콜이 말했다. 그해 겨울 처음이자 마지막으로 그녀와 알베르토가 '연합해서' 보름 동안 스키를 타러 그곳에 갈 수 있었다. 그리고 쉬바서, 이 이름에서 스키를 뜻하는 독일어 '쉬ski'가 증명해주듯 겨울 음료이기는 하지만, 이 때문에 따뜻하게 끓여냈어야 하지만, 오스트리아에서도 여름에 계속 마시기 위해 그렇게 만들기도 하고, 얼음이 있는 '상태로' 레몬 조각을 넣지 않고 마시는 사람들도 있는데 이럴 경우에는 힘베어바서라 부른다고 했다.

어쨌든 우리는 메모를 잘했어. 그녀가 한 손가락을 들어 우스꽝스럽게 강조하는 말투로 덧붙였다. 포도 몇 알을 가리켜 "아주 중요해!"라고. 고전적인 티롤 지방의 제조 방식에 포도를 넣은 것은 미콜의 독창적인 생각이었다. 그녀의 아이디어였다. 그녀는 자부심을 느꼈고 이건 우스운 일이 아니었다. 포도는 쉬바서의 그 신성하고 귀족적인 면에 대한 이탈리아의 특별한 공헌, 더 정확히 말하자면 이 음료의 특별한 '이탈리아적 변주, 페라라적이라고 말할 수 없는, 또 어디라고도 말할 수 없는, 기타 등등의……' 것에 대한 어떤 공헌이라는 말이었다.

4

집안의 다른 식구들은 조금 시간이 흐르자 모습을 보이기 시작했다.

아니, 이 점에 대해서 말하자면, 첫날 호기심을 불러일으키는 일이 일어났는데, 그다음주 중반경에야 그 일이 기억났다. 첫날에는 에르만노 교수도 올가 부인도 모습을 보이지 않아서 아드리아나 트렌티니가 통틀어 '노친네들'이라고 부른 어른들이 모두 테니스장에는 가까이 가지 않기로 만장일치 결정을 내린 게 아닐까 하는 의심이 들었다. 우리를 불편하게 하지 않으려고 그랬을 수도 있고, 자신들이 나타나서 파티가 변질될까봐 우려해서일 수도 있었다. 사실 파티라기보다 정원에서 가진 젊은이들끼리의 간단한 모임이긴 했지만.

기이한 일은 우리가 페로티와 요르와 헤어지고 나서 조금 뒤에 일어났다. 페로티와 요르는 그 자리에서 가만히 진입로를 따라 자전거를 타고 멀어지는 우리를 지켜보았다. 시커먼 들보로 만든 희한하게 생긴 튼튼한 다리를 통해 판필리오 운하를 넘어간 뒤, 자전거를 탄 우리 일행이 신고딕양식으로 외로이 서 있는 거대한 저택 마그나도무스에서, 더 정확히 말하자면 그늘이 앞쪽까지 길게 드리워져 있어 어둑어둑하고 쓸쓸한데다 자갈이 깔려 있던 넓은 앞뜰에서, 백여 미터 정도 떨어진 지점에 도착했을 때, 바로 그 뜰 한가운데에 미동도 없이 가만히 있는 두 사람이 우리의 시선을 잡아끌었다. 노부인이 쿠션 여러 개로 등을 받친 채 의자에 앉아 있었고, 가사도우미 같은 분위기를 풍기는 금발머리에 건강한 젊은 여인이 뒤에 서 있었다. 앞으로 달려가는 우리를 발견하자마자 노부인이 흠칫 놀라며 동요했다. 그러더니 곧 아니라고, 우리가 더 앞으로 달려나오면 안 된다고, 자신의 뒤쪽에는 집밖에 없으므로 이 뜰로 오면 안 된다는 뜻으로 두 팔로 크게 신호를 보내기 시작했다. 이쪽이 아니라 왼쪽으로, 작은 덩굴장미 터널 사이로 난 오솔길로 가야 한다고 가리켰다. 그 오솔길 끝에서 자동적으로 테니스장이 나타날 거라고(미콜과 알베르토는 벌써 테니스를 치고 있었다. 우리가 있던 곳에서 왜 공을 받아치는 규칙적인 라켓 소리가 들리지 않았던 걸까?). 그 노부인은 올가 부인의 어머니 레지나 헤레라였다. 나는 목 위로 모아 올린 새하얗게 빛나는 풍성하고 독특한 머리, 어릴 때 사원에서 여성용 기도석의 철망 사이로 얼핏 볼 때마다 감탄했던 그 머리를 보고 금방 부인을 알아보았다. 부인은 흥분해 두 팔과 손을 힘껏 저으면서 뒤에 서 있는 여자, 그러니까 디르체에게 일어서게 좀 도와달라는 신호를 보냈다. 거기 있는 게 피곤해서 안으로 들어가려고 했다. 그러자 가사도우미가 즉시 민첩하게 명령에 따랐다.

그런데 뜻밖에 어느 날 저녁 무렵 에르만노 교수와 올가 부인이 나타났다. 한참 동안 정원을 산책하고 집으로 돌아가던 길에 순전히 우연하게 테니스장에 들른 분위기였다. 두 사람은 팔짱을 끼고 있었다. 에르만노 교수는 아내보다 훨씬 작았고, 내가 이탈리아 시너고그에서 의자를 사이에 두고 소곤소곤 이야기를 나누던 그 시기, 십여 년 전보다 더 등이 굽은 듯했다. 그는 즐겨 입던 밝은색의 가벼운 리넨 양복에 파나마모자를 썼는데, 모자의 검은 리본이 두꺼운 팽스네(코안경) 렌즈 위로 흘러내렸다. 걸을 때 쓰는 대나무 지팡이에 몸을 의지하고 있었다. 상복을 입은 부인은 산책하다가 멀리 떨어진 정원 어딘가에서 꺾은 국화를 한아름 품에 안고 있었다. 자신만의 것임을 보이려는 듯 오른팔로 부드럽게, 어머니가 아기를 안듯 꽃을 품에 꼭 껴안은 모습이었다. 아직 등도 굽지 않아 꼿꼿하고 남편보다 머리 하나가 더 있을 정도로 키가 컸지만, 그녀 역시 많이 늙어 보였다. 머리는 전체가 고르게 회색이었는데 보기 흉한, 음산한 잿빛이었다. 살이 없는 돌출한 이마 밑으로 새까만 두 눈이, 언제나처럼 고통과 광신의 빛이 스며 있는 두 눈이 뜨겁게 빛나고 있었다.

우리 중에서 파라솔 밑에 앉아 있던 누군가는 일어섰고, 테니스를 치던 누군가는 동작을 멈췄다.

"신경쓰지 말아요, 신경쓰지 말아요." 교수가 노래하듯 부드러운 목소리로 말했다. "그냥 앉아 있어요. 경기도 계속하고."

아무도 교수의 말을 따르지 않았다. 미콜과 알베르토가 즉시, 특히 미콜이 우리를 소개할 준비를 했다. 성명을 말하는 것 말고도, 무엇보다 하고 있는 공부나 직업 같은, 자기 아버지의 호기심을 불러일으킬 만한 세세한 사항을 설명하느라 시간을 지체했다. 나와 브루노 라테스부터 시작했는데 우리 둘 다와 거리를 두고, 눈에 띄게 객관적으로 말했다. 마치 그런 특별한 상황에서 아버지가 우리를 인정하고 호감을 표시할 가능성을 되도록 차단이라도 시키고 싶은 듯이. 우리는 '이 무리에 있는 문학가 두 명'이자 '매우 똑똑한 사람들'이라면서. 그러더니 말나테로 넘어갔다. "과학에 헌신한 훌륭한 본보기가 우리 눈앞에 있어요!" 미콜이 빈정거리듯 과장되게 외쳤다. 화학에 대한 억제하기 힘든 확고한 열정이 있어 오로지 이 때문에 ("밀란 레 온 그란 밀란!"*) 밀라노같이 자원이 넘치는 대도시를 뒤로하고 페라라 같은 '소도시'에 와서 파묻혀 살고 있다고.

"공업단지에서 일하고 있습니다." 알베르토가 간결하고 진지하게 설명했다. "몬테카티니 공장에서요."

"합성고무를 생산할 계획이었대요. 그런데 아직까지 성공하지 못한 것 같아요." 미콜이 깔깔댔다.

에르만노 교수가 기침을 했다. 한 손가락으로 말나테를 가리켰다.

"알베르토 대학 동창 맞지요?" 친절하게 물었다. "그렇지요?"

"아, 어떤 의미에서는 그렇습니다." 말나테가 고개를 끄덕이며 대답했다. "과가 다르기도 하고 제가 삼 년 빠릅니다. 그래도 절친한 친구죠."

"알아요, 알아. 내 아들이 친구 얘기를 어찌나 자주 했는지. 말나테 씨 집에도 여러 차례 갔었고, 부모님이 그때마다 친절하고 세심하게 신

---

* Milàn l'è on gran Milàn! '밀라노가 얼마나 굉장한 도시인데!'라는 뜻의 밀라노 방언.

경을 써주셨다고 하던데요. 부모님을 뵈면 우리가 감사해한다고 좀 전해주겠소? 그리고 우리집에 묵으면 정말 기쁠 겁니다. 그러니 또 와요, 음…… 오고 싶을 때는 언제든지 와도 좋아요.”

에르만노 교수가 미콜 쪽으로 돌아서서 아드리아나를 가리키며 물었다.

“저 아가씨는 누구냐? 내 생각이 틀리지 않는다면 자나르디가 틀림없는데……”

미콜이 페라라 테니스계의 ‘두 기대주’라고 정의한 카를레토 사니와 토니노 콜레바티를 포함해서 일행을 모두 소개할 때까지 대화는 이런 식으로 계속 이어졌다. 마지막 소개를 마치자, 그때까지 한마디도 하지 않고 온화한 분위기로 미소만 지으며 남편 곁에 서 있던 올가 부인이 여전히 에르만노 교수의 팔짱을 낀 채 집 쪽으로 멀어져갔다.

교수가 진심으로 “또 만나요!”라고 인사하며 떠났지만 그 약속을 크게 마음에 담은 사람은 아무도 없었다.

하지만 그다음 일요일, 테니스장에서 아드리아나 트렌티니와 브루노 라테스가 한 팀이 되고 데지레 바지올리와 클라우디오 몬테메초가 한 팀이 되어 있는 힘을 다해 싸우는 중이었다. 이 시합을 하자고 부추기고 계획한 아드리아나가 밝힌 바에 따르면, 이 경기 결과가 그녀와 브루노에게 바르비친티 후작이 벌였던 더러운 속임수를 ‘최소한 도덕적으로라도’ 보상해줘야만 한다고 했다(하지만 이번 경기는 전과 같지 않았다. 아드리아나와 브루노가 지고 있었는데 결과가 상당히 빤해져 있었다). 그런데 경기가 끝나갈 무렵 ‘노친네들’이 전부, 한 명씩 덩굴 장미 오솔길에서 걸어나오는 게 아닌가. 소규모 장례 행렬처럼 보였다.

에르만노 교수와 올가 부인이 선두였다. 조금 거리를 두고 베네치아의 헤레라 외삼촌들이 그뒤를 따랐다. 한 외삼촌은 돌출한 두꺼운 입술에 담배를 물고 뒷짐을 진 채, 자신의 의지와 상관없이 시골에 오게 된 도시 사람 같은 분위기로 주위를 둘러보았다. 다른 외삼촌은 어머니인 레지나 부인을 부축하며 느릿느릿 걷는 어머니와 보조를 맞춰 몇 미터 뒤에서 따라왔다. 결핵전문의와 엔지니어가 페라라에 왔다면 틀림없이 어떤 엄숙한 종교행사에 참석하기 위해서일 텐데, 나는 속으로 생각했다. 하지만 어떤 행사? 10월에 지나간 로슈하샤나 말고 가을에 다른 명절이 있는지는 기억나지 않았다. 혹시 수콧* 때문에? 그럴 수도 있었다. 엔지니어인 페데리코가 이탈리아철도청으로부터 해고당할지도 몰라서 특별 가족회의가 소집된 게 아니라면……

그들은 단정하게 앉아 거의 아무 소리도 내지 않았다. 레지나 부인만 예외였다. 긴 의자에 눕히자 그 순간 집에서 사용하는 은어를 귀가 먹먹할 정도로 크게 두세 차례 말했다. 그 시간의 정원이 '무차mucha', 그러니까 '너무' 눅눅하다고 불평했다. 하지만 아들 페데리코가 옆에서 부인을 지켜보았기 때문에 그가 작지 않은 목소리로(대신 그의 목소리는 중성적이었다. 우리 아버지도 여러 사람이 '뒤섞인' 상황에서 가족 중 누군가와, 특히 꼭 그 사람과 의사소통을 해야 할 때마다 그런 식의 톤으로 말하곤 했다) 즉시 어머니가 더이상 말을 하지 못하게 만들었다. 어머니는 '카야다callada' 그러니까 '조용히' 있어야 한다고. '무사피르musafir'가 있으니.

---

* Succòth. 이집트를 탈출한 이스라엘인들이 사십 년 동안 광야에서 장막생활을 한 것을 기념하기 위한 유대인 명절. 초막절 또는 수장절이라고 한다.

내가 미콜 귀에 입을 가까이 대고 말했다.

"카야다까지는 무슨 말인지 알겠어. 그런데 무사피르는 무슨 뜻이야?"

"손님." 그녀도 소곤소곤 대답했다. "특히 고이goi라고 하는 비유대인."

그러더니 어린아이처럼 한 손으로 입을 가리고 윙크하며 웃었다. 1929년의 미콜 스타일이었다.

잠시 후 경기가 끝나고 '새로 끌어들인' 데지레 바지올리와 클라우디오 몬테메초를 소개하는 순서가 지나고 난 뒤, 어쩌다 보니 나와 에르만노 교수가 따로 떨어져나오게 되었다. 정원의 하루는 늘 그렇듯 우윳빛 그늘이 널리 퍼지며 서서히 저물었다. 나는 테니스장 입구의 철책문에서 몇십 미터 멀어졌다. 멀리 햇빛을 받아 환한 안젤리 성벽에서 눈을 떼지 않았는데, 등뒤에서 다른 사람들 목소리를 압도하는 미콜의 날카로운 목소리가 들려왔다. 누구에게 그렇게 화가 났는지, 무슨 이유 때문인지 알 길이 없었다.

"에라 자 로라 케 볼레 일 디시오……"* 빈정거리는 듯하고 나지막한 목소리가 아주 가까이에서 들렸다.

내가 놀라서 돌아보았다. 바로 에르만노 교수였는데 화들짝 놀라는 나를 보고 즐거워하며 온화하게 웃었다. 그가 다정히 내 팔을 잡은 채로, 우리는 계속 철조망과 상당한 거리를 두며 아주 느릿느릿 걸었고 때때로 걸음을 멈춰가면서 테니스장 주위를 함께 걸었다. 거의 한 바퀴

---

* "Era già l'ora che volge il disìo(때는 바야흐로 흘러)……" 단테의 『신곡』 「연옥」 8곡의 시작 부분.

를 다 돌고 나자 결국 오던 길을 되돌아 다시 걸었다. 앞으로 나갔다가 뒤돌아 걷기를 몇 차례 반복하는 가운데, 날은 서서히 어두워지고 있었다.

우리는 걸으며 이야기를 나누었다. 아니, 정확히 말하자면 교수가 주로 이야기했다.

테니스장에 대해 어떻게 생각하느냐는, 정말 그렇게 형편없다고 생각하느냐는 질문으로 대화를 시작했다. 미콜은 확고했다. 미콜 말대로 하려면 처음부터 완전히 현대적인 기준에 맞게 다시 수리를 해야만 했다. 하지만 교수는 그에 대해 확고한 생각이 없었다. 어쩌면 늘 그렇듯이 그의 '사랑하는 천방지축'이 과장해서 말했을 수도 있고, 어쩌면 미콜 주장대로 모두 다 손을 보려면 전부 다 뒤집어엎어야 할지도 몰랐다.

"어쨌든 말일세." 교수가 덧붙여 말했다. "며칠 후면 비가 내리기 시작할 테니 고집을 부려봤자 소용없지. 어떤 보수를 하더라도 내년으로 미루는 게 더 좋을 것 같네, 자네도 그렇게 생각하지 않나?"

이렇게 말한 뒤 다른 질문으로 넘어가서 내가 지금 뭘 하는지, 다가올 장래에는 무슨 일을 할 계획인지를 물었다. 그리고 우리 부모님은 어떻게 지내는지 안부도 물었다.

그가 '아빠' 일을 물을 때, 두 가지 주목할 점이 있었다. 무엇보다 먼저 내게 말 놓는 데 애먹고 있다는 점이었는데, 실제로 대화가 시작되고 나서 얼마 되지 않아 갑자기 말이 끊기는 순간이 있어, 그에게 분명히 밝혀야겠기에 즉시 그 자리에서 아주 진지하게, 진심으로, 존댓말을 사용하지 않으면 정말 기쁠 거라고 간청했고 그러지 않으면 당황스러울 것 같다고 알렸다. 두번째로는 우리 아버지 안부를 물을 때 그의 목소리와 얼굴에(특히 그의 눈에 더 많이 나타났는데, 두꺼운 안경렌즈 때문에 두 눈이 더 확대되어, 한층 강조된 진중하고 온화한 표정이) 담긴 관심과 존중의 표시는 일부러 애를 쓰거나 전혀 위선적으로 보이지 않았다는 점이다. 아버지에게 인사를 전해달라고 그가 부탁했다. 그리고 '감사의 말'도. 아버지가 우리 유대인 묘지 관리를 맡게 된 이후로 나무를 많이 심었기 때문이다. 아니, 소나무도 필요하려나? 레바논삼나무는? 전나무는? 수양버들은 어떨까? 아빠한테 물어보면 될 일이다. 혹시 그런 거목들이 필요하다면 (지금은 현대적인 농기구들을 이용할 수 있으니 아름드리나무들을 옮겨심는 것도 식은 죽 먹기라서) 원하는 대로 나무들을 마음껏 심을 수 있으니 그도 아주 기쁠 터였다. 이건 대단한 생각이다, 나는 인정하지 않을 수 없었다! 우리 묘지에도 아름답고 키 큰 나무들이 울창하게 자란다면, 세월이 흘러 베네치아의 산니콜로델리도 묘지와 겨룰 정도가 되리라.

"그 묘지 가본 적 있나?"

나는 아니라고 대답했다.

"이런, 어쨌든 자넨 꼭 가봐야 해, 되도록 빠른 시간 내에 방문해봐!" 그가 활기 넘치는 목소리로 말했다. "국가기념물이지! 게다가 자네가 글을 쓴다니 조반니 프라티*의 「에메네가르다」가 어떻게 시작하는지 분명 기억하고 있겠지?"

나는 또다시 내 무지를 밝힐 수밖에 없었다.

---

* 1814~1884. 이탈리아 낭만주의 시인이자 정치가. 1842년 발표한 단편소설 「에메네가르다」가 큰 성공을 거두었다. 에메네가르다는 여주인공 이름이다.

"들어보게." 에르만노 교수가 다시 이야기를 시작했다. "프라티는 바로 거기 리도의 유대인 묘지를 19세기 이탈리아에서 가장 낭만적인 장소들 가운데 하나로 생각해서, 「에메네가르다」 도입부에 등장시킨다네. 그렇지만 주의할 게 있어. 만일 자네가 그곳에 간다면 (출입문 열쇠를 보관하고 있는) 묘지 관리인에게 즉시 옛 묘지를 방문하고 싶다고 말하는 걸 잊어선 안 돼. 이건 중요해. 18세기 이후에는 옛 묘지에 아무도 매장되지 않았다네. 그리고 현대 묘지가 근처에 있기는 하지만 따로 떨어져 있어. 난 그 묘지를 1905년에 알게 되었으니, 생각해보게. 지금 자네 나이보다 거의 두 배가 많기는 했지만 아직 미혼이었어. 난 베네치아에 살았지(이 년 동안 머물렀다네). 캄포데이프라리에 있던 국가 공문서기록소에서 16세기와 17세기에 베네치아 공동체가 레반트 국가, 북쪽 국가, 독일 국가, 이탈리아 국가, 이렇게 다양하게 소위 '국가'들로 나뉘어 있던 시기에, 그와 관련해 쓰인 원고들에 파묻혀 있지 않을 때는 그 묘지에 들르곤 했지. 어떨 때는 겨울에도 종종 갔다네. 사실은 혼자 간 적은 거의 없었지." 이 말을 하고서 교수가 미소를 지었다. "어떻게 보자면 16세기 초반경에 만들어진 묘비들, 스페인어나 포르투갈어로 새겨진 묘비들을 하나씩 해석하면서 기록소에서 해야 할 내 연구를 야외에서 계속했다고도 할 수 있겠지. 아, 정말 아름다운 오후였지…… 얼마나 평화롭고 청명하던지…… 석호와 마주해 있던 조그만 입구 문을 여는 사람은 우리밖에 없었으니까. 바로 거기서 올가와 내가 약혼을 했지."

교수가 잠시 말없이 가만히 있었다. 나는 그 기회를 이용해서 공문서기록소에서 정확히 어떤 연구를 했는지 물었다.

"처음에는 베네치아 유대인의 역사를 쓸 생각으로 연구를 시작했다
네." 교수가 대답했다. "그 주제를 제안한 사람은 바로 올가였는데 로
스, 영국의 (유대인) 사학자 세실 로스가 몇십 년 후에 훌륭한 연구를
하게 되지. 그런데 지나치게…… 열정이 넘치는 역사학자들에게 종종
일어나는 일인데, 내가 우연히 보게 된 17세기 자료들이 너무 흥미로
워서 완전히 그 속에 빠져 결국 벗어날 길을 찾지 못한 거야. 나중에 다
시 오면 자네에게 얘기해주지, 얘기해주고말고…… 모든 면에서 진짜
소설이지, 어쨌든 이 년이 끝나갈 무렵 나를 빨아들이는 그 두꺼운 역
사서 대신 나와 붙어다닌 건 작은 책자 두 권뿐이었어(아 물론, 내 아
내는 빼고 말이지). 한 권은 아주 유용했는데 거기에 묘비명들을 모두
적었어. 다른 책자는 내가 자네에게 말했던 17세기 자료들에 대한 정
보를 기록한 거지. 그렇지만 그 자료를 의도적으로 해석한 게 아니라
그냥 사실들을 정리해서 서술했을 뿐이야. 보고 싶은가? 그래? 조만간
날을 잡아 자네에게 보여주도록 하겠네. 그건 그렇고 리도에 있는 유대
인 묘지에(다시 말하지만 옛 묘지에) 꼭 가보게나, 부탁이야! 보면 알
겠지만 가볼 만한 가치가 있어. 가보면 삼십오 년 전 모습 그대로일 거
야. 완전히 똑같지."

　우리는 천천히 테니스장 쪽으로 돌아왔다. 얼핏 보기에는 아무도 없
는 듯했다. 하지만 거의 깜깜한 데서 미콜과 카를레토 사니가 아직 테
니스를 치고 있었다. 미콜이 투덜거렸다. '코셰'*가 공을 너무 빨리 친
다고, 너무 '신사'답지 못하다고, 게다가 '솔직히 지나치게' 깜깜하다고.

---

* cochet. '어린 수탉'이라는 뜻의 프랑스어.

"미콜에게 듣기로는 자네가 예술사로 졸업논문을 쓸지 이탈리아문학으로 논문을 쓸지 망설이고 있다던데." 그 사이 에르만노 교수가 내게 물었다. "그래, 결정했나?"

나는 이탈리아문학으로 쓰기로 결론짓고 결심도 했다고 답했다. 그리고 내가 망설인 이유를 설명했다. 사실 무엇보다 며칠 전까지는 예술사학과 정교수인 론기* 교수의 지도를 받아 졸업하기를 바랐는데, 최근 론기 교수가 이 년간 휴직을 요청했다. 나는 론기 교수 지도하에서 16세기 후반과 17세기 초반 페라라 화파, 그러니까 스카르셀리노와 바스티아니노, 바스타롤로, 보노네, 칼레티, 칼졸라레토 등의 화가들을 다루는 논문을 쓰고 싶었다. 론기 교수의 지도를 받아야만 그와 유사한 주제로 연구해서 뭔가 훌륭한 글을 쓸 수 있으리라. 그런데 그가 교육부로부터 이 년간 휴직 허가를 받았으므로, 이탈리아문학 논문으로 방향을 돌리는 게 훨씬 적절해 보였다.

교수는 생각에 잠겨 내 이야기를 들었다.

"론기라고?" 마침내 의심스러운 듯 입술을 찡그리며 물었다. "어찌된 일이지? 벌써 그 사람을 예술사학과 신임 정교수로 임명했단 말인가?"

난 무슨 말인지 이해할 수 없었다.

---

* 유명한 미술사가 로베르토 론기(1890~1970)는 볼로냐대학에서 1934년부터 1961년까지 교편을 잡았고, 명망 있는 미술가이자 역사가 이지노 벤베누토 수피노는 1906년에 교수 자격을 취득해 서술된 대로 1933년까지 가르쳤다. 바사니는 1935년에 볼로냐대학에 입학해 이듬해 『코리에레 파다노』에 단편 두 편을 발표한 바 있는데, 당시 론기가 그중 「거지들」이란 작품을 높이 평가해, 바사니가 글쓰기를 계속해나갈 수 있는 자극을 받았다고 한다. 1940년대 초까지 바사니는 론기의 세미나를 계속 이어갔고, 론기와 그의 아내가 창간한 『파라고네』 편집장까지 역임했다.

"아, 그래." 그가 계속 말했다. "볼로냐에서 예술사 교수는 이지노 벤베누토 수피노라고 들었는데. 이탈리아 유대인 가운데 가장 유명한 인물 중 하나지. 그런데……"

맞습니다, 라며 내가 교수의 말을 가로막았다. 수피노 교수는 1933년까지 교수였다. 하지만 1934년부터 정년이 되어 퇴직한 수피노 자리에 바로 로베르토 론기가 초빙되었다. 피에로 델라 프란체스카와 카라바조, 그리고 그 화파를 다룬 론기의 중요한 논문들을 교수님은 모르십니까? 교수가 잘못된 정보를 알고 있다는 사실을 확인하고 기분이 좋아진 내가 계속 말했다. 1933년 그토록 큰 반향을 일으켰던 작품, 그러니까 같은 해 팔라초데이디아만티에서 열렸던 페라라 르네상스 전시회 때 선보인 〈오피치나 페라레제〉를 모르신단 말씀입니까? 아마 저는 〈오피치나〉 마지막 부분을 기초로 제 논문을 전개했을 겁니다. 깊이 파고들지는 않겠지만 주로 그 부분을 다루었을 텐데.

내가 말했고 에르만노 교수는 점점 더 몸을 구부리며 말없이 내 이야기를 들었다. 무슨 생각을 하는 걸까? 통일 이후부터 우리 시대까지 이탈리아 유대인 세계가 대학에 배출해낸 '저명인사'들의 수? 아마 그럴 수도 있다.

바로 그때 교수의 얼굴에 눈에 띄게 생기가 돌았다.

주위를 둘러보며 거의 들리지도 않을 정도로 목소리를 낮춰 일급 국가기밀이라도 되듯 놀라운 소식을 알려주었다. 자신이 카르두치의 미공개 편지들을 가지고 있다고 소곤소곤 말했다. 1875년 시인이 자신의 어머니에게 보낸 편지였다. 혹시 그 편지에 관심이 있어 보고 싶으면, 이탈리아문학 졸업논문 주제로 적당하다고 생각한다면, 그가 기꺼이 그 편지들을 내게 줄 수 있다는 거였다.

멜돌레시 선생님을 생각하자 저절로 빙그레 웃음이 나왔다. 그러니까 '누오바 안톨로지아'에 보낸다던 논문은 어떻게 된 거지? 그 문제를 그렇게 여러 차례 말하더니 아무 결과도 얻지 못한 건가? 가여운 멜돌레시 선생님. 선생님은 몇 년 전에 볼로냐의 민게티고등학교로 전근을 갔다. 두말할 필요도 없이 뛸 듯이 기뻐했다! 조만간 정말 선생님을 만나러 가야 할 것 같다……

사방이 어두웠는데도 에르만노 교수는 내가 웃고 있는 걸 알아차렸다.

"아, 그렇지, 나도 알아." 그가 말했다. "자네 젊은이들은 얼마 전부터 조수에 카르두치를 과소평가하고 있지! 파스콜리*나 단눈치오를 훨씬 더 좋아하는 거 나도 안다네."

내가 웃은 건 전혀 다른 이유라고, 그러니까 실망의 미소였다고 납득시키는 게 그리 어렵지는 않았다. 페라라에 카르두치의 미발표 편지가 있다는 걸 진즉 알았더라면! 안타깝게도 칼카테라 교수에게 판차키**에 관한 논문을 쓰겠다고 이미 제안해버렸는데, 진즉 알았으면 그 대신 '페라라 시절의 카르두치' 논문을 제안할 수 있었을 것이다. 그렇지만 혹시 모를 일이기도 했다. 칼카테라 교수님에게 솔직히 이 사실을 말하면, 그분은 아주 훌륭한 인품을 가진 분이니, 어쩌면 크게 소란 떨지 않고 판차키에서 카르두치로 주제를 바꿀 수 있을지도.

"언제 졸업할 생각인가?" 마지막으로 에르만노 교수가 물었다.

---

* 1855~1912. 이탈리아의 시인. 카르두치에 이어 볼로냐대학에서 문학을 가르쳤다.
** 1840~1905. 이탈리아의 시인. 미술 및 음악 평론가.

"글쎄요. 내년 유월에 하고 싶습니다. 저도 푸오리코르소 학생이라는 걸 잊지 말아주세요."

교수가 말없이 여러 차례 고개를 끄덕였다.

"푸오리코르소라고?" 교수가 한숨을 쉬었다. "그래, 그다지 나쁜 건 아니야."

그러더니 애매모호하게 손을 저었는데 꼭 나나 그의 자식들 모두 시간이 너무 남아돌아 지금 이런 일이 일어나는 것이라고 말하는 듯했다.

하지만 우리 아버지가 옳았다. 결국 교수는 이 문제로 크게 스트레스를 받는 것 같지 않았다. 아니, 전혀 받지 않았다.

5

내게 정원을 보여주고 싶어한 사람은 미콜이었다. 그녀는 그 일에 신경을 많이 썼다. "그렇게 할 권리가 나한테 있는 것 같아서." 미콜이 나를 보며 깔깔거렸다.

첫날은 아니었다. 나는 늦게까지 테니스를 쳤다. 그리고 여동생과의 경기를 중단하고 나를 테니스장에서 백여 미터 떨어져 있고 전나무숲에 반쯤 가려진, 알프스산에 있는 (알베르토와 미콜이 독일어로 휘테 Hütte라고 부르던) 조그만 오두막 같은 곳까지 나를 안내해준 사람은 알베르토였다. 탈의실로 사용하는 오두막, 아니 휘테에서 나는 옷을 갈아입을 수 있었고, 나중에 해가 지고 나서 따뜻한 물로 샤워한 후 다시 옷을 입을 수 있었다.

하지만 그다음날은 상황이 전날과 전혀 달랐다. 아드리아나 트렌티니와 브루노 라테스 대 열다섯 살짜리 두 소년의 복식경기는 절대 끝날 것 같지 않았다(말나테는 높은 심판석에 앉아 끈기 있게 점수를 기록하는 일을 맡았다).

"우리 뭐하지?" 갑자기 미콜이 일어나면서 내게 물었다. "나하고 너, 알베르토 오빠하고 우리의 저 밀라노 친구가 여기서 경기하려면 한 시간은 기다려야 할 것 같은데. 기다리는 동안 우리 둘이 산책하는 게 어때? 나무들 좀 보러 가자." 경기장이 비자마자 분명 알베르토가 알아서 우리를 부를 거야, 라며 미콜이 덧붙였다. 손가락 세 개를 입에 넣어 그 유명한 휘파람을 불어서 말이지!

미콜이 웃으면서 알베르토 쪽으로 돌아섰다. 그는 세번째 긴 의자에 누워 농부들이 쓰는 밀짚모자로 얼굴을 가린 채 졸면서 일광욕을 하고 있었다.

"안 그렇습니까, 파샤*님?"

모자 밑으로 파샤님이 고개를 끄덕여 승낙해서, 우리는 산책을 떠났다. 그럼, 오빠는 정말 놀라운 사람이야. 미콜이 계속 내게 설명했다. 필요할 경우 양치기들의 휘파람도 우습게 만들 정도로 힘찬 휘파람을 불 수 있다니까. 별난 사람이지, 응? 겉으로만 보면 그런 줄 누가 알겠어. 그런데…… 그렇게 크게 휘파람 불 정도의 숨이 어디서 나오는지 누가 알랴!

그렇게 우리 둘은 거의 언제나, 경기와 경기 사이의 무료한 시간을 보낼 겸 긴 산책을 시작하게 되었다. 처음에는 자전거를 타고 갔다. 정

---

* 예전에 터키에서 장군·총독·사령관 따위의 신분이 높은 사람에게 주던 영예의 칭호.

원 크기가 '삼만' 평인데다 그 사이로 뻗은 크고 작은 길들을 전부 합치면 십이 킬로미터 정도 되었기에 자전거가 꼭 필요했다. 미콜이 즉석에서 결정을 내렸다. 오늘은 사실 저쪽 끝까지, 해가 지는 쪽까지밖에 '탐색' 못할걸. 미콜이 시인했다. 그쪽은 미콜과 알베르토가 어릴 때부터 역에서 전철轉轍하는 기차를 보러 자주 가던 곳이잖나! 그렇지만 걸어서 간다면 오늘도 어떻게 제때 되돌아올 수 있겠는가? 알베르토의 '휘파람'소리를 적시에 못 들어서 까딱하다가는 재빨리 테니스장에 못 나타날 수도 있었다.

그러니까 그 첫날 우리는 역에서 전철하는 기차를 보러 갔었다. 그 다음에는? 그다음에는 오던 길로 되돌아와서 테니스장 옆을 지나 (평상시처럼 아무도 없었지만 그 어느 때보다 쓸쓸해 보이던) 마그나도무스 앞뜰을 가로질러 반대 방향으로 달려가 거기서 판필리오 운하에 놓인 시커먼 들보다리 너머의 진입로로 들어섰다. 이 길은 등나무 터널과 에르콜레프리모 대로 쪽으로 난 대문으로 이어졌다. 여기에 도착하자 미콜은 담을 따라 이어지는 구불구불한 오솔길로 가자고 고집을 부렸다. 처음에는 왼쪽으로, 안젤리 성벽 쪽으로 갔는데, 십오 분 만에 역이 보이는 곳에 다시 도착했다. 그래서 거기서부터 반대쪽으로 훨씬 더 수목이 우거져 약간 어둑어둑하고 우울해 보이는, 한적한 아리아누오바 거리 옆으로 난 오솔길로 빠졌다. 우리가 거기서 뒤얽힌 고사리들과 쐐기풀들과 가시덤불들을 겨우겨우 헤치고 길을 내며 앞으로 내달리고 있을 때, 갑자기 빼곡하게 늘어선 나무들 뒤에서, 양치기의 휘파람 같은 알베르토의 휘파람소리가 까마득하게 들려왔다. 어서 돌아와 '고된 노동'을 하라고 우리를 부르는 소리였다.

우리는 그뒤 오후에도 경로에 약간씩 변화를 주며 이러한 탐색을 여러 차례 반복했다. 공간이 허락하면 옆으로 나란히 페달을 밟았다. 그러면서 이야기를 나누었는데, 주로 나무 이야기였다. 처음에는 적어도 그랬다.

나무에 관해서는 아는 게 하나도, 아니 거의 없었다. 그런데 미콜은 이 사실에 끝없이 놀라곤 했다. 마치 괴물 보듯 나를 보았다.

"너 어쩜 그렇게 무식할 수 있니?" 미콜이 외쳤다. "학교에서 식물에 관해 공부 좀 했을 텐데!"

"어디 한번 보자." 이미 윗눈썹이 올라갈 정도로 눈을 크게 치켜뜬 채 충격적인 무지를 대면하고 놀랄 태세를 하며 물었다. "저 아래에 있는 나무가 **선생님** 보시기엔 무슨 나무 같은지 말씀해주실 수 있을까요?"

미콜이 단순히 느릅나무나 우리 고장에서 자라는 라임나무를 가리켰을 수도 있고, 전문가만 알 수 있는 아프리카산이나 아시아산 또는 아메리카산의 희귀 나무를 가리켰을 수도 있다. 바르케토델두카에는 그 모든 나무가 다 있었으니까. 내 대답은 언제나 엉터리였다. 정말 느릅나무와 라임나무를 구별할 줄 몰라서이기도 하고, 내가 실수하면 미콜이 그 어느 때보다 즐거워한다는 걸 알고 있었기 때문이기도 하다.

이 세상에 있는 나무들을 보고, '큰, 조용한, 튼튼한, 생각에 잠긴' 나무들을 보고, 자신이 느낀 것과 똑같이 뜨거운 감동을 느낄 수 없는 나 같은 사람이 있다는 게 미콜에게는 황당하게만 보였나보다. 세상에, 어떻게 나는 그 나무가 어떤 나무인지 **헤아릴 줄도** 모르고, 뭔가를 느끼지도 못하고 살 수 있단 말인가? 예를 들어 테니스장에서 서쪽으로 깊은 숲속 빈터에, 몸통이 가냘프면서도 까마득히 키가 큰 워싱턴야자인지 사막의 야자수인지 하는 나무 일곱 그루가 (떡갈나무나 털가시나무, 플라타너스, 마로니에 등 유럽 숲에서 흔히 볼 수 있는 몸통이 굵은) 그 뒤쪽 나무들과 따로 떨어져 무리를 이루고 있었고, 반면 그 주위는 온통 넓은 풀밭이었다. 그런데 그쪽으로 자전거를 타고 지나갈 때면, 미콜은 외로이 무리 지어 있는 워싱턴야자들을 가리키며 언제나 다정한 새 화법을 써서 말했다.

"저기 내 나무들, 할아버지들 일곱이 있네." 이렇게 말하기도 했다. "저 나무 수염들이 얼마나 존경할 만한지 좀 봐!"

정말이지, 내가 보기에는 햇빛과 금식으로 말라버린 테베의 일곱 은자隱者들 같아 보이는데? 암갈색에 메마른 저 몸통, 비늘 같은 껍질에 휘어진 저 몸통들, 너무 우아하고 **고결해!** 미콜이 우겼다. 나무들은 정말 광야에서 메뚜기만 먹고 산 세례자 요한과 흡사했다.

그런데 이미 말했듯 미콜이 이국적인 나무들에만 호감을 보였던 건 아니다.

정원의 다른 그 어떤 나무들보다, 내 생각에는 어쩌면 이 지방의 어떤 나무보다 몸통이 굵은, 하얀색에 울퉁불퉁 혹이 난 것 같은 몸통의 거대한 플라타너스를 볼 때면, 감탄을 넘어 존경을 표하곤 했다. 물론 그 나무는 '요제테 할머니'가 심은 게 아니라, 15세기 말 에르콜레 1세 데스테가 직접, 아니 어쩌면 루크레치아 보르자가 심었을지도 모른다.*

---

* 15세기 말에서 16세기 초 이탈리아에서 유명한 역사적 가문들 데스테가와 보르자가의 인물들로, 에르콜레 1세는 페라라 공작이었고, 루크레치아는 (소설 속 핀치콘티니 가문과 같이) 에스파냐 출신의 귀족 가문으로 마키아벨리의 『군주론』에서 이상적인 전제 군주로 꼽힌 체사레 보르자의 여동생이다.

"거의 오백 년은 됐어, 상상도 안 되지?" 그녀가 눈을 크게 뜨고 나무를 보며 소곤거렸다. "세상에 온 이래로 얼마나 많은 것을 보았을지 상상해봐!"

그 웅장한 플라타너스 역시 눈과 귀가 있는 듯, 눈이 있어 우리를 보고 귀가 있어 우리말을 듣고 있는 듯했다.

북풍을 피해 안젤리 성벽 근처에서 햇빛을 많이 받을 수 있게 마련한 너른 땅에 심은 과일나무에 보이는 미콜의 애정은, 페로티 집안 모든 사람에게 보이는 감정과 유사하다는 걸 난 알아차렸다. 볼품없는 그 과일나무들 이야기를 할 때면 페로티 집안 사람들에 대해 이야기할 때처럼 온화하고도 너그럽게, 또 자주 사투리로, 그러니까 어쩌다 우리가 그 사람들을 만나면 걸음을 멈추고 몇 마디 나눌 때만 쓸 뿐인 그런 단어들을 써서 말하곤 했다. 떡갈나무처럼 아름드리나무가 된 커다란 자두나무 앞에서 그녀가 매번 걸음을 멈추는 걸 알게 되었다. 미콜이 제일 좋아하는 나무였던 것이다. 거기 있는 그 자두나무의 '일 브론 세르비Il brogn sèrbi' 즉 '새콤한 자두'가 어릴 때부터 놀랄 만큼 특별해 보였다고 그녀가 내게 들려주었다. 그 당시에는 그 어떤 종류의 린트 초콜릿보다 이 자두를 더 좋아했다고 한다. 그러다가 열여섯 살이 될 무렵 갑자기 자두가 먹기 싫어졌고 그 이후로는 자두를 좋아하지 않게 되었다고. 그리고 지금은 린트만은 아니지만 린트 초콜릿을 '새콤한 자두'보다 훨씬 좋아하는 것도(그래도 그녀가 좋아하는 건 당연히 다크초콜릿이지만!). 그렇게 미콜은 사과는 '이품i pum', 무화과는 '이피그i figh', 살구는 '일무냐그il mugnàgh', 복숭아는 '일페르사그il pèrsagh'로 불렀다. 이런 과일나무와 과일을 말하려면 사투리를 사용할 수밖에 없다는 것이다. 사투리만이 이런 과일나무와 과일을 칭할 때 마음에서 우러나는 애정과 못마땅함을 샐쭉하게 입술을 오므라뜨려 드러낼 수 있게 해주니까.

좀더 시간이 지나 정찰을 다 마치고 나자 '경건한 순례'가 시작되었다. 미콜은 어떤 순례든 걸어가야만 한다고 생각해서(걷지 않는 순례가 무슨 순례란 말인가?) 우리는 자전거를 타지 않게 되었다. 그렇게 우리는 걷게 되었고 거의 언제나 요르가 천천히 우리와 동행했다.

순례의 시작으로 미콜은 잎이 무성한 버드나무와 은백양과 칼라들에 거의 가려진, 판필리오 운하에 있는 조그맣고 쓸쓸한 부두로 나를 데려갔다. 이끼 긴 붉은색 테라코타 타일 벤치가 경계 표시가 되어주는 그 작은 부두에서, 아마 그 옛날 포강이나 데스테 성의 해자로 가는 배가 닻을 올렸을 것이다. 자신과 알베르토도 어릴 때 여기서 노가 두 개 달린 보트를 띄워 오랫동안 노를 저으며 항해한 적이 있다고 미콜이 들려주었다. 그들이 보트를 타고 시내 한가운데에 있는 데스테 성 밑까지 가본 적은 없다고 한다(나도 알고 있듯이 지금은 성의 해자와 판필리오 운하가 지하의 수로로만 연결되어 있었다). 그렇지만 포강까지, '백색 섬'이란 뜻의 이솔라비안카섬 바로 앞까지는 갔었지! 현재는 '사 바 상 디르' 즉 '두말할 필요도 없이' 보트를 사용할 생각은 더이상 할 수 없지만. 바닥이 반쯤 부서진데다 먼지가 쌓여 일종의 '유령 보트'로 변해버렸기 때문인데, 자기가 잊어버리지만 않는다면 조만간 나를 데리고 창고로 갈 테니 골조만 남은 그 보트를 볼 수 있을 거라고 했다. 하지만 부두 벤치는 여전히 계속 찾아오곤 했단다. 항상, 언제나. 어쩌면 지금도 날이 더워지기 시작하면 조용히 시험공부하는 장소로 쓰고 있을지도 모르고, 또 따지고 보면…… 사실 그 장소는 어떤 면에서는 그녀의 것으로, 오로지 그녀만을 위한 곳으로 남아 있었으니 말이다. 그녀만의 은밀한 피신처로.

한번은 페로티네 집에 가게 되었다. 그들은 건초장과 외양간이 딸린 진짜 농가에 살았는데, 그 집은 주인집과 과수원 사이에 있었다.

페로티 노인의 아내로, 나이를 정확히 알 수 없는 창백하고 슬퍼 보이는 안색에 꼬챙이처럼 마른 아르츠도라*인 비토리나와 큰아들 티타의 아내인 이탈리아가 우리를 맞아주었다. 이탈리아는 코디고로 출신으로, 촉촉한 푸른 눈에 머리카락이 붉은 뚱뚱하고 튼튼한 서른 살 먹은 여인이었다. 며느리는 닭들에게 에워싸인 채 집 앞의 버들고리 의자에 앉아 아기에게 젖을 먹이고 있었다. 미콜이 몸을 숙여 아기를 쓰다듬었다.

"그런데, 완두콩 수프 먹게 나 언제 또 초대해줄 거예요?" 아기를 쓰다듬으며 사투리로 비토리나에게 물었다.

"원하시면 언제라도요, 스뉴리나.** 아가씨가 좋아만 하신다면야……"

"진짜 조만간 하루 약속을 정해야 해요." 미콜이 진지하게 답했다. "너도 알아둬야 해." 나를 돌아보며 덧붙였다. "비토리나가 만드는 완두콩 수프는 예술이야. 돼지껍데기도 당연히 들어가고……"

미콜이 웃었다. 그리고 다시 말했다.

"외양간 한번 둘러볼래? 암소가 딱 여섯 마리 있어."

---

* arzdóra. '안주인'을 뜻하는 페라라 방언.
** sgnurina. '아가씨'라는 뜻의 방언.

우리는 비토리나를 따라 외양간 쪽으로 갔다. 안주인이 검은 앞치마 주머니에 들어 있던 커다란 열쇠로 외양간 문을 열더니 우리가 지나갈 수 있게 옆으로 물러섰다. 외양간 문을 넘는 동안 나는 우리에게 쏟아지는 그녀의 은밀한 시선을 느꼈다. 걱정이 가득한 눈빛 같았으나 그 속에 기쁨도 남몰래 숨어 있는 듯했다.

세번째 순례는 "철없는 사랑의 푸르른 낙원"*인 신성한 장소에 바쳐졌다.

이전에도 그쪽으로 여러 차례 지나가긴 했지만 자전거를 타고 가다 멈춰 선 적은 없었다. 미콜이 사다리를 기대놓곤 하던 바로 그 지점으로, 저기, 담장의 저 지점이지, 라며 지금 미콜이 손가락으로 거기를 가리키며 내게 말했다. 사다리를 이용할 수 없을 때―바로 이런 때―미콜이 사용하던 바로 그 '쐐기'도 있었다("쐐기지요, 선생님. 그렇고말고요!").

"여기에 자그마한 기념 명패 하나는 붙여주는 게 맞다고 생각하지 않아?" 미콜이 내게 물었다.

"명패에 어떤 글을 쓸지도 벌써 다 생각한 것 같은데."

"대강. '이쪽으로―거대한 감시견 두 마리를 피해서……'"

"그만. 네가 기념 명패라고 했잖아. 그런데 그런 구절은 '승전 선언문'**처럼 거대한 동판에 새겨야 할까봐 걱정인걸. 둘째 줄이 너무 길어."

---

* "Vert paradis des amours enfantines." 보들레르의 시 「슬프고 방황하여」의 한 행.
** 1918년 아르만도 디아츠 장군이 발표한 이탈리아의 일차대전 공식 승전보. 적들의 대포를 녹여 만든 청동에 이 글을 새겨 이탈리아 각 부대와 관공서 등에 걸어두었다.

여기서 말다툼이 시작되었다. 나는 고집스러운 방해꾼 역할을 맡았고 미콜은 목소리를 높이며 어린아이처럼 나의 '변함없는 현학적인 태도'를 비난했다. 자기가 내 이름을 기념비에 넣어줄 생각이 전혀 없다는 낌새를 틀림없이 알아차리고는, 그러니까 질투심 때문에 내가 자기 말을 제대로 듣지 않는 게 분명하다고, 그녀가 소리를 질렀다.

잠시 후 둘 다 진정이 되었다. 미콜이 다시 한번 자신과 알베르토의 어릴 적 이야기를 하기 시작했다. 내가 진짜 진실을 알고 싶어하는지는 모르겠지만 그녀와 알베르토는 나처럼 공립학교에서 공부하는 행운을 가진 아이들이 정말 부러웠다고 한다. 내가 그 말을 어떻게 믿을 수 있을까? 그들이 매년 시험 기간이 다가오기만을 설레는 마음으로 기다리게 된 것도, 단지 학교에 가는 재미를 느껴보고 싶어서였단다.

"그 정도로 학교에 가는 게 좋았는데 왜 집에서 공부한 거야?" 내가 물었다.

"아빠와 엄마가, 특히 엄마가 절대 원하지 않으셔. 엄마는 항상 병균에 대한 강박관념에 사로잡혀 있거든. 학교란 게 끔찍한 병을 퍼뜨리기 위해 일부러 만들어졌다는 얘길 자주 하시지. 줄리오 외삼촌이 여기 올 때마다 그런 게 아니라고 엄마를 납득시켜보려 하지만 아무 소용이 없어. 외삼촌이 엄마를 놀리곤 하지. 그런데 줄리오 외삼촌은 의사인데도 의학을 별로 신뢰하지 않아. 아니, 병은 피할 수 없는 거고, 또 어찌 보면 병이 필요하다고 생각하지. 그렇지만 우리 엄마한테 그렇게 말할 엄두가 났겠니? 알베르토 오빠랑 내가 태어나기 전인 1914년에 우리 큰오빠 귀도가 죽고 나서 집밖으로 한 발짝도 안 나간 우리 엄만데 말이야! 물론 나중에는 오빠와 내가 반항했지. 우린 둘 다 대학에 갈 수 있었고, 너한테 한 번 말한 것 같은데, 겨울에 스키 타러 오스트리아까지 갔다오기까지 했지. 하지만 어릴 때야 우리가 뭘 어떻게 할 수 있겠니? 난 얼마나 자주 달아났는지 몰라(알베르토는 아니야. 오빠는 나보다 훨씬 조용하고 훨씬 순종적이거든). 그런데 어느 날 내 친구가 된 남자 아이들과 어울려 그애들 자전거에 타고 너무 오랜 시간 성벽 주위에서 논 적이 있어. 집에 돌아와보니 엄마 아빠가 절망에 빠져 있었지. 그래서 (천성이 선하고 진짜 고귀한 마음을 가진 미콜이니까!) 그날 이후로 착한 애가 되기로 결심했어. 그래서 다시는 달아나지 않았지. 그후 딱 한 번, 1929년 6월 그날, 선생님 때문에 달아났던 것 말고 말이지요, 존경하는 선생님!"

"난 그때 딱 한 번 그랬다고 생각했는걸!" 내가 한숨을 쉬었다.

"후, 딱 한 번은 아니지만 마지막이었던 건 분명해. 게다가 정원으로 들어오라고 누군가를 초대한 건 너 말고 한 번도 없었어."

"정말이야?"

"정말이고말고. 시너고그에서 난 항상 네 쪽을 봤어…… 네가 돌아서서 아빠와 알베르토와 이야기할 때 네 눈이 얼마나 파랗던지! 마음속으로 별명까지 붙였는걸."

"별명이라고? 어떤?"

"첼레스티노."*

"케 페체 페르 빌타데 일 그란 리피우토……"** 내가 투덜거렸다.

---

* '하늘색'이라는 뜻의 이탈리아어.
** "Che fece per viltade il gran rifiuto……" 단테의 『신곡』「지옥」3곡. '비열한 탓에 거사를 거부하다'란 뜻의 이 구절은, 1294년 만장일치로 교황에 선출되었다가 최초로 스스

“정확해!” 미콜이 이렇게 소리치며 웃었다. “어쨌든 얼마간 내가 너한테 살짝 반했던 것 같아.”

“그다음에는?”

“그다음은 인생이 우리를 갈라놓았잖아.”

“그런데, 무슨 생각으로 너희 가족만 사용하는 시너고그를 만든 거야? 그것도 역시 병균이 두려워서?”

미콜이 그렇다는 뜻으로 손짓을 했다.

“음…… 거의 그래……” 그녀가 말했다.

“무슨 말이야, 거의라니!”

하지만 사실을 털어놓게 할 방법이 없었다. 나는 에르만노 교수가 1933년 스페인 시너고그를 자신과 가족들을 위해 재정비하고자 요청한 이유를 잘 알고 있었다. 수치스럽고도 기괴한 ‘인포르나타 델 데첸날레’가 그런 결심을 하게 만들었던 것이다. 그렇지만 미콜은 다시 한번 엄마의 의지가 가장 결정적으로 작용했다고 주장했다. 베네치아에서 헤레라 집안 사람들은 스페인 시너고그에 속해 있었다. 엄마와 레지나 할머니와 줄리오와 페테리코 외삼촌은 항상 가족의 전통을 소중히 지켜왔기 때문에 아빠가 엄마를 기쁘게 해주려고……

“그럼 미안한데 왜 지금은 다시 이탈리아 시너고그로 돌아왔지?” 내가 반박했다. “나팔절 로슈하샤나 저녁에 난 회당에 안 갔어. 회당에 발을 들여놓지 않은 지 삼 년은 됐을걸. 그렇지만 거기 참석했던 아버지

로 교황직에서 물러나 차후 감금된 채 죽는 첼레스티노 5세를 향한 말이다. 단테는 작품에서 교황청에 날라드는 몇몇 위협에 직면하지 않은 채 비열하게도 고귀한 자리를 함부로 버린 이 자진 사임을 죄로 여겨 그를 지옥에 보낸다.

가 자세히 얘기해주셨지."

"아, 걱정하지 마십시오. 선생님이 참석하지 않은 건 아주 많은 사람이 봐서 아니까요, 자유사상가님!" 미콜이 대답했다. "나도 봤고."

그녀가 다시 진지하게 말했다.

"뭘 원하는데…… 이미 우리 모두 같은 배에 탔어. 이런 상황인데 계속 여러 가지 면에서 구분하려고 드는 게 내가 보기에도 상당히 우습거든."

또다른 날, 그러니까 마지막 순례일에 비가 내리기 시작했다. 다른 사람들이 휘테에서 비를 피해 루미 카드*를 하거나 탁구를 치는 동안, 우리는 비에 젖는 것도 아랑곳하지 않고 정원의 반 정도를 가로질러 달려서 창고로 비를 피하러 갔다. 창고는 현재 정말 창고로만 사용된다고 미콜이 내게 말했다. 그렇지만 예전에는 창고 안 절반 정도에는 운동용 장대, 로프, 평행봉, 링, 늑목 같은 도구들이 갖춰져 있었다고 한다. 그녀와 알베르토가 오로지 해마다 있는 체육시험도 제대로 준비할 수 있게 할 목적으로 설치된 도구였다고. 물론 오래전 정년퇴직을 했고 여든이 넘은(상상 좀 해보라!) 아나클레토 자카리니 선생님에게 일주일에 한 번씩 받는 체육수업은 조금도 엄격하지 않았단다. 오히려 아주 재미있었는데 여러 수업 중 아마 제일 흥미로웠던 것 같다고 했다. 보스코 포도주** 병을 가지고 체육관에 오던 선생님을 그녀는 생생하게 기억했다. 할아버지 자카리니 선생님의 코와 뺨은 물론 불그레했는데 차츰차츰 적자색으로 변해갔지. 선생님은 포도주를 마지막 한 방울

---

* 특정한 조합의 카드를 모으며 노는 단순한 카드놀이의 일종.
** 페라라와 라벤나에서 생산되는 포도주.

까지 천천히 마셨어. 겨울날 저녁에 그가 집으로 돌아갈 무렵이면 정말 코에서 빛이 나는 것 같았다고 했다.

창고는 밤색 벽돌로 지은 나지막하고 긴 건물로 양쪽에 격자 창살이 달린 창문 두 개가 나 있었다. 기와로 덮인 지붕은 비가 샜고, 담쟁이덩굴이 외벽을 거의 다 뒤덮고 있었다. 페로티의 건초장과 평행육면체의 유리 온실에서 그리 멀지 않은 그 창고는, 초록 페인트칠을 한 커다란 문을 통해 들어갈 수 있었는데, 그 문은 안젤리 성벽의 반대쪽, 그러니까 집 쪽을 향해 있었다.

우리는 잠시 출입문을 등진 채 입구에 서 있었다. 장대 같은 비가 쏟아졌다. 길고 긴 빗줄기가 비스듬히 풀밭 위로, 집채만한 시커먼 덩어리를 이룬 나무 위로, 모든 것 위로 쏟아져내렸다. 추웠다. 우리는 둘 다 이를 덜덜 떨며 앞쪽을 바라보고 있었다. 여태 계절의 변화를 유예해오던 마법이 돌이킬 수 없이 깨져버렸다.

"들어가볼까?" 마침내 내가 제안했다. "안에 들어가면 좀 따뜻할지도 몰라."

넓은 창고 안에는 휘발유와 윤활유 냄새뿐만 아니라 케케묵은 먼지 냄새와 감귤 냄새가 뒤섞인 오묘한 냄새가 고여 있었다. 그 안쪽, 어둑어둑한 그늘 속에서, 천장까지 닿은 두 개의 노란 운동용 장대 끝머리가 반짝반짝 빛나고 있었다. 내가 코를 킁킁거리는 걸 알아차린 미콜이 그 안 냄새가 정말 좋다고 즉시 말했다. 그녀는 그 냄새를 아주 좋아했다. 그러더니 검은색 나무로 만든 일종의 높은 선반이 놓여 있는 옆쪽 벽을 가리켰다. 선반에는 그때까지 내가 한 번도 본 적 없는, 오렌지나 레몬보다 훨씬 크고 둥그런 노란색 과일들이 가득했다. 온실에서 딴 자몽인데 잘 익히려고 거기 두었다고 미콜이 설명해주었다. 한 번도 먹어본 적 없느냐고 미콜이 묻더니 그중 한 개를 집어서 내게 내밀며 냄새를 맡아보게 했다. 그녀가 칼을 가지고 있지 않아 그걸 '반구半球'로 자르지 못하는 게 유감이었다. 과즙은 여러 가지가 뒤섞인 맛으로, 오렌지와 레몬 맛과 비슷하지만 특유의 쌉쌀한 맛이 더 났다.

창고 한가운데에 탈것 두 개가 나란히 자리를 차지하고 있었다. 차체가 긴 회색 딜람브다*와 파란색 마차였다. 들어올려놓은 끌채는 뒤쪽에 있는 운동용 장대보다 살짝 키가 작았다.

"이제 마차는 사용하지 않아." 그때 미콜이 말했다. "아빠가 가끔 시골에 가셔야 할 일이 있는데 그럴 때는 자동차를 타고 가셔. 나하고 오빠도 마찬가지지. 오빠는 밀라노로 떠날 때, 난 베네치아로 떠날 때 말이야. 한결같은 페로티가 우리를 역까지 데려다주지. 우리집에서 운전할 줄 아는 사람은 (운전 실력이 형편없는) 페로티하고, 오빠뿐이야. 난 아직 면허증이 없어. 내년 봄에는 면허를 딸지 말지 결정해야 해……. 왜냐하면…… 문제는 이 거대한 자동차가 휘발유를 **엄청나게 드신다**는 거지!"

미콜이 마차 옆으로 다가갔다. 겉으로 보기에는 여전히 윤이 났고 자동차 못지않게 잘 달릴 것 같았다.

"이 마차 알지?"

미콜이 마차 문을 열고 올라가 앉았다. 그러더니 자기 옆좌석을 손으로 치며 나도 자기처럼 마차에 오르라고 권했다.

---

* 1928년부터 1935년까지 이탈리아 자동차 회사 란치아에서 생산한 자동차.

나는 마차에 올라가 미콜의 왼쪽에 앉았다. 자리에 앉자마자 순전히 관성에 힘입어 경첩이 천천히 움직이더니 덫이 닫히듯 마차 문이 메마르고 선명한 탁 소리와 함께 저절로 닫혀버렸다.

이제 창고 지붕 위로 요란하게 쏟아지던 빗소리가 들려오지 않았다. 정말 작은 응접실에 앉아 있는 기분이었다. 숨이 막히는 조그만 응접실에.

"마차 관리를 아주 잘했는걸." 내가 말했는데 갑작스러운 흥분을 조절하지 못해 목소리에 가벼운 떨림이 그대로 묻어났다. "아직도 새 마차 같아. 꽃병에 꽃만 없을 뿐이지."

"아, 할머니가 마차를 타고 나가실 때 페로티가 꽃도 꽂아놔."

"그러니까 아직도 마차를 사용하는구나!"

"일 년에 두세 번. 정원을 한 바퀴 돌 때나 쓰지."

"그럼 말은? 그때 그 말이야?"

"아직도 예전의 그 말, 스타야. 스타는 스물두 살이야. 지난번 외양간 안쪽에서 못 봤어? 거의 앞도 잘 못 보지만 아직도 여기 묶여서…… 가여운 동물이야."

웃음을 터뜨리며 고개를 저었다.

"페로티가 이 마차에 진짜 광적일 정도로 집착하거든." 미콜이 씁쓸하게 계속 말했다. "그리고 특히 페로티를 기쁘게 해주려고 (페로티는 자동차를 끔찍하게 싫어하고 무시해. 어느 정도인지 넌 상상도 못할 걸!) 이따금 할머니를 마차에 태우고 가로숫길로 산책시켜드리라고 하거든. 열흘이나 보름에 한 번씩 페로티는 물이 든 양동이하고 스펀지, 사슴가죽, 먼지떨이 같은 걸 가지고 이곳으로 와. 아직도 새것 같은 이

기적이 이제 설명되지. 어둑어둑한 데서 보면 훨씬 더 나은데, 아직 사람들을 충분히 속일 수 있는 게 바로 이 때문이야.”

“충분히라고?” 내가 반박했다. “새것 같아 보이는데!”

미콜이 짜증스럽다는 듯 콧방귀를 뀌었다.

“바보 같은 소리 하지 마, 제발!”

뜻밖에 충동적으로 그녀가 갑자기 몸을 움직여 구석으로 가서 웅크려 앉았다. 양미간을 찡그리고 있는 게, 가끔 테니스를 칠 때 승리를 위해 집중한 채 자기 앞을 뚫어지게 보던 때처럼 이상하게 분노에 찬 날카로운 인상이었다. 갑자기 십 년은 더 늙어 보였다.

우리는 잠시 그렇게 아무 말 없이 있었다. 그러다가 미콜이 그 자세 그대로(짧은 바지에 얇은 면 티셔츠를 입고 등에 두른 스웨터의 양 소매를 목 주위에 묶은 차림 그대로), 마치 몹시 추운 듯 두 팔로 갈색으로 그을린 무릎을 껴안더니 다시 입을 열었다.

“페로티는 이 흉측한 고철덩어리 같은 마차 때문에 힘들여 닦고 광을 내느라 시간을 너무 많이 허비해! 아니, 내 말 들어. 여기 이 어둑어둑한 곳에 있는 마차를 보고 기적이라고 소리칠 수 있지만, 밖에 나가서 자연광 아래서 보면 어쩔 도리가 없지. 말도 못하게 많은 흠집이 금방 눈에 띄거든. 페인트칠은 여기저기 벗겨져나갔고 바큇살과 바퀴통은 벌레가 다 갉아먹었다고. 천으로 된 좌석은(지금 넌 모를 수 있어, 하지만 내가 장담해) 곳곳에 거미줄이 쳐져 있어. 그래서 난 자문하게 돼. 페로티는 왜 자기 **피땀**을 여기에 쏟아부을까? 그럴 가치가 있나? 가여운 페로티는 아빠한테 허락받아 마차를 전부 다 새로 칠해 복구해서 자기 마음에 흡족하게 잘 관리하고 싶을 거야. 하지만 아빠는 언제나처럼 망설이고 계셔. 결정을 내리지 못하지."

미콜이 입을 다물었다. 그녀는 살며시 움직였다.

"대신 저 보트를 좀 봐." 그녀가 계속 말하면서 우리의 숨결 때문에 뿌예지기 시작한 마차 유리창을 통해, 자몽 선반 반대쪽 벽에 기대놓은 가늘고 긴, 해골 같은 형체를 가리켰다. "대신 저기 저 보트를 좀 봐. 얼마나 정직하고 위엄 있는지, 얼마나 정신적인 용기가 있는지, 제발 자세히 좀 봐줘. 보트는 제 기능을 완전히 상실했지만 그뒤에 이어질 결과들을 받아들일 줄 알아. 사물들도 죽어, 친구. 그러니까 사물들도 죽어야 한다면, 그게 사실이라면, 죽게 놔두는 게 더 나아. 무엇보다 그게 훨씬 멋있으니까, 안 그래?"

3부

1

　겨울이 지나 봄이 오고 여름이 이어지는 동안, 페로티 노인이 아끼는 마차 안에서 미콜과 나 사이에 벌어졌던(아니, 좀더 정확히 말하면 벌어지지 않았던) 일을 나는 헤아릴 수도 없을 정도로 여러 번 곱씹곤 했다. 1938년 눈부신 성 마르티노 여름* 절기가 갑자기 끝나버린 그 비오는 날 오후, 적어도 내 마음을 분명히 밝혔더라면 어쩌면 그뒤 미콜과 나 사이가 전혀 다른 방향으로 가지 않았을까 생각하며 쓸쓸해하곤 했다. 그녀에게 내 마음을 말하고 키스를 했더라면. 무슨 일이든 일어날 가능성이 있던 바로 그때에 그렇게 했어야만 했는데! 나는 끊임없이 되뇌곤 했다. 그런데 나는 나 자신에게 근본적인 질문을 던지는 걸

---

* 성 마르티노 축일(11월 11일) 전후의 만추 또는 초겨울의 화창한 날씨.

잊고 있었다. 만일 그 최고의 순간에, 다시 찾아오지 않을 유일한 순간에, 어쩌면 내 인생과 그녀의 인생을 결정했을 수도 있을 그 순간에, 정말로 어떤 행동이든 어떤 말이든 나란 사람이 진정 그런 걸 시도했을 만한 사람이었을까. 예를 들면 그 당시 내가 **정말** 사랑에 빠졌다는 걸 나 스스로가 잘 알고 있었던 걸까. 물론 아니다. 난 몰랐다. 그 당시에는 몰랐다. 그뒤 보름 동안, 이미 시작된 악천후가 계속 이어져 우리가 우연히 함께하던 산책도 기약 없이 무산되어버리고 난 뒤, 그 기나긴 시간 동안에도 나 스스로는 모르고 있었던 게 틀림없다.

지금도 생각난다. 몇 날 며칠 끊임없이 내리던 비로 이제 정원에 드나들 수 있는 가능성이 모두 사라지고 말았던 그때가. 아마 그후 겨울이, 춥고 음울한 포 계곡의 겨울이 이어졌으리라. 계절이 변하기는 했지만 일상은 그대로 흘러갔기에, 나는 본질적으로 변한 건 아무것도 없을 거라는 착각에 빠져 있었다.

우리가 마지막으로 핀치콘티니가를 방문한 다음날―대략 덩굴장미 오솔길에서 한 명씩 테니스장으로 나와 '잘 있었어!' 또는 '얘들아!' '안녕!'이라고 소리치던 시간인―두시 반에 우리집 전화벨이 울려서, 어쨌든 나는 미콜 목소리를 여느 날과 마찬가지로 들을 수 있었다. 같은 날 저녁에는 내가 전화를 했다. 다음날 오후에는 다시 미콜이. 요컨대 우리는 고맙게도 브루노 라테스니 아드리아나 트렌티니니 잠피에로 말나테니 다른 사람들 모두가 우리를 그냥 가만히 내버려두고 우리 존재를 기억하고 있다는 척도 않던 이전처럼 지금 행복하게 대화를 계속 이어나갈 수 있었다. 게다가 나와 미콜만 해도 정원을 이리저리 오랜 시간 돌아다니는 동안 그 사람들 생각을 한 번이라도 했는지 모르겠다.

그렇게 긴 산책에서 때때로 느지막이 돌아와 원래 있던 곳으로 가보면, 테니스장이든 휘테든 사람 그림자는 찾아볼 수도 없었다.

내게로 향하던 우리 부모님의 걱정스러운 눈길을 느끼며 나는 전화가 있는 작은 방에 들어가 문을 닫았다. 전화를 걸었다. 그러면 거의 언제나 미콜이 받았다. 어찌나 빨리 받던지 전화기를 손 닿는 곳에 계속 갖다두는 건 아닌지 의아스러울 정도였다.

"어디서 전화받는 거야?" 내가 물었다.

그녀가 웃었다.

"아…… 아마 집이겠지."

"알려줘서 고마워. 난 다만 네가 어떻게 항상 그렇게 **재깍재깍** 전화받는지 알고 싶어서. 내 말은 그러니까 이렇게 빨리 말이야. 혹시 사업가처럼 책상에 전화기가 있는 거야? 아니면 구스타프 마하티 감독의 영화 〈녹턴〉에 나오는 우리에 갇힌 호랑이처럼, 아침부터 밤까지 전화기 주위를 어슬렁거린 거야?"

수화기 너머로 미콜이 약간 망설인다는 느낌을 받았다. 만약 미콜이 다른 사람들보다 먼저 전화를 받으러 왔다면—나중에 미콜이 이렇게 답한 대로—그건 놀랄 만한 반사신경 덕이기도 하지만 그녀한테 주어진 직관 때문이기도 하다. 내가 머릿속으로 그녀에게 전화해야지 하는 생각이 스치는 족족 그녀가 전화기 옆을 지나가게 되다보니 전화를 받을 수도 있다는 것이다. 그러더니 다른 데로 화제를 돌렸다. 판차키에 대한 내 논문은 어떻게 되어가는지? 그리고 평상시처럼 다시 볼로냐를 오가는 건 그저 분위기를 좀 바꾸기 위한 것인지?

하지만 다른 사람들이 받을 때도 있었다. 알베르토나 에르만노 교수,

가사도우미 중의 누군가, 심지어 레지나 부인이 받을 때도 있었는데 청력이 놀랄 만큼 좋다는 게 전화로 확인되었다. 이럴 경우에는 물론 내 이름을 밝혀야만 했고, 미콜 '씨'와 통화하고 싶다고 말해야 했다. 그렇지만 며칠 뒤(처음에는 상당히 당황스러웠지만 차츰 익숙해졌다), 며칠 뒤에는 내가 수화기에 대고 '여보세요?'라고만 해도 저쪽에서 내가 찾는 사람을 서둘러 바꿔주었다. 알베르토가 직접 전화받아도 그렇게 했다. 그러니까 미콜은 항상 거기서 전화받던 사람의 수화기를 낚아채는 것이다. 설령 가족 모두가 한방에, 거실이나 응접실 또는 서재에 항상 모여 있고, 각자 큰 가죽소파에 푹 파묻혀 앉아 있으며, 몇 미터 떨어지지 않은 곳에 전화기가 놓여 있다고 해도 말이다. 정말 수상한 점이 있었다. (이런 그녀가 눈에 선한데) 전화벨 소리가 울리기가 무섭게 미콜이 즉각 눈을 드니까 어쩌면 모두가 멀리서 미콜한테 수화기를 전달차 건네주기만 하는 건 아닐까. 알베르토는 빈정거림과 애정이 뒤섞인 윙크를 거기다 덧붙일지도 모르고.

어느 날 아침 내 추측이 정확히 맞는지 확인해보기로 결심했다. 미콜은 잠자코 내 말을 듣고 있었다.

"그렇지, 맞지?" 내가 대답을 재촉했다.

아니, 그런 게 아니었다. 내가 진실을 너무 알고 싶다고 했더니 사실은 이렇다고 미콜이 말해주었다. 그들 각자가 자기 방에 전화선을 가지고 있다고 말이다(그녀가 먼저 그렇게 하자 다른 가족들도 각자 자기 방에 전화를 놓게 되었다고). 밤이든 낮이든 다른 사람에게 방해도 안 주고 방해받지도 않으면서, 게다가 무엇보다 밤에는 침대에서 한 발짝도 나오지 않고 통화할 수 있으니 이 얼마나 유용한 장치냐며, 정말 꼭 권하고 싶다면서. 굉장한 아이디어라고! 그러더니 웃으면서, 온 가족이 마치 호텔 홀 같은 곳에 모이듯 늘 한방에 같이 있을 거라는 생각을 대체 어떻게 할 수 있지? 게다가 무슨 이유로 다 모여 있겠어? 라며 덧붙였다. 어쨌든 바로 받지 않을 때는 그녀가 아니었으니 누군가 수화기 내려놓는 찰칵 소리가 났을 텐데 그걸 내가 한 번도 못 들어봤다는 게 이상하다고 했다.

"그래." 미콜이 분명하게 다시 말했다. "각자 자유를 보장받으려면 개인 전화선이 있는 것보다 더 좋은 게 어딨겠어. 정말이야. 너도 네 방에 설치하게 될걸. 특히 밤중에 우리가 통화할 수 있다고 생각해봐!"

"그럼, 너 지금 네 방에서 전화하는 거야?"

"물론이지. 게다가 침대에서."

열한시였다.

"넌 아침에 그다지 일찍 일어나지는 않는구나." 내가 말했다.

"와, 너도 이런 말을 하다니!" 미콜이 투덜거렸다. "연세가 칠십에 걱정이 많은 우리 아빠는, 아빠 말씀에 따르면 좋은 본보기를 보여 우리가 부드러운 깃털이불 속에서 게으름을 피우지 못하게 하려고 매일 아침 여섯시 반에 일어난다고 하셔. 그렇다니까. 그런데 지금 제일 친한 친구가 훈계하려 드는 건 솔직히 지나쳐 보이는데. 내가 몇시에 일어났는지 아니, 친구? 일곱시야. 내가 열한시에 다시 침대에 있다고 해서 놀라지 말라고! 게다가 잠을 자는 것도 아닌데. 책 읽고 논문도 몇 줄 끄적거리고 창밖도 보고! 침대에 있을 때 언제나 많은 일을 하지. 따뜻한 이불 속에 있으면 다른 어디에서보다 활동적이 되니까."

"네 방이 어떤지 말해줘."

거부의 표시로 그녀가 여러 번 혀 차는 소리를 냈다.

"그건 절대 안 되지. 페어보텐. 프리바트.* 원한다면 창밖에 보이는 걸 묘사해줄 수는 있어."

그녀는 유리창 너머로 제일 먼저 '가차없이' 비바람을 맞고 있는, 수염이 난 것 같은 워싱턴야자 윗부분을 보고 있다고 했다. 티타와 베피가 매년 겨울에 하듯 벌써 지푸라기로 나무 몸통을 감싸주기 시작했는데, 이런 보살핌만으로 앞으로 몇 달 동안 계속될 눈앞에 닥친 험악한 날씨에 얼어죽지 않고 살아남을 수 있을지는 아무도 모르는 일. 지금까지는 운좋게도 그런 불행을 피할 수 있었단다. 그리고 거기서 좀더 가면 보이는, 떠다니는 안개 자락에 숨어 있는 데스테 성의 탑 네 개는, 주룩주룩 내리는 비로 타고 남은 숯덩이처럼 새까맣다고 했다. 그 탑 뒤로는 멀찍이 소름 끼치는 납빛 두오모의 대리석 정면과 종탑이 보이는데, 이것들도 가끔 안개에 가려지곤 한다고…… 오, 안개! 자기는 안개를 좋아하지 않는데, 지금 같은 안개를 보면 더러운 걸레가 떠오른다는 것이다. 그렇지만 곧 비가 그칠 거란다. 그러면 아침 안개 속으로 희미한 햇살이 파고들어 안개는 고귀한 무엇, 부드러운 유백색의 무언가로 변할 테고, 거기서 되비치는 빛은 계속 그 색이 변하면서, 자기 방 안에 가득한 '라티미làttimi'와 흡사할 것이라고 했다. 겨울이 따분하다는 것에 동의하는 이유 중에는 테니스를 칠 수 없다는 이유도 포함되지만 보상이 주어진다고 했다. "그러니까 쓸쓸하고 따분한 상황이란 건 없어." 미콜이 결론을 내렸다. "결국은 어떤 보상이 주어지니까, 그것도

---

* 독일어로 'Verboten(금지야), Privat(사적인 거라고)'라는 뜻.

종종 의미 있는 보상이."

"라티미?" 내가 물었다. "그게 뭐야? 먹는 거야?"

"무슨, 아니야, 아니야." 보통 때처럼 내 무지에 경악하면서 그녀가 투덜거렸다. "유리야. 유리컵, 샴페인 잔, 유리병, 유리상자, 대개 골동품 가게에 버려진 그런 물건들이지. 베네치아에서는 그런 것들을 라티미라 부르고, 베네치아 바깥에서는 오팔린opalines, 플뤼트flûtes라고들 하지. 내가 이런 물건들을 얼마나 애지중지하는지 넌 상상도 못할걸. 이런 것들이라면 말 그대로 전부 다 알고 있어. 한번 물어봐, 그럼 알 테니."

미콜이 계속 말을 이어갔다. 혹시 안개에 매력을 느끼게 되었다면 그건 베네치아에서였을 거라고. 베네치아의 안개는 포강 유역인 우리 지역의 짙고 음울한 안개와는 아주 달라서 한없이 밝고 매력적인 가벼운 안개였다(단 한 명의 화가가 이 안개를 그릴 수 있었으니, 후기의 모네가 아니라 '우리의' 데피시스*였다)고 한다. 라티미에 빠져들게 된 것도 베네치아에서였단다. 몇 시간씩 골동품가게를 돌아다니곤 했다는 것이다. 그런 가게가 몇 개 있었는데 특히 산사무엘레 지역 쪽, 캄포산토스테파노 근방이나 역 쪽으로 더 가서 게토에도 있었다고 했다. 게토에는 사실상 팔 물건밖에 없었다고 해야 할 것이다. 줄리오와 페데리코 외삼촌은 산모이세 근처 칼레델크리스토에 살았다. 저녁 무렵이면 뭘 해야 할지 몰라서 미콜은 라티미를 찾아 칼레XXII 마르초 골목으로 나갔다고 한다. 당연히 집사인 블루먼펠트 양이(프랑크푸르트암마인

---

* 1896~1956. 페라라 출신의 화가이자 시인으로, 주요작이 보관된 필리포데피시스미술관이 페라라에 있다.

출신의 품위 있는 요데*인데, 삼십 년 넘게 이탈리아에 살고 있었지, 어찌나 따분한지!) 옆에 딱 달라붙어 있었다고 한다. 산모이세에서 캄포 산토스테파노까지는 몇 걸음 되지 않았다. 게토가 있는 산제레미아는 그렇지 않아서 산바르톨로미오와 리스타디스파냐 거리로 가면 족히 삼십 분은 걸렸지만 배를 타고 대운하를 지나 팔라초그라시 근처로 가서 프라리에서 내리면 아주 가까웠다고…… 라티미 이야기로 돌아가 보면, 뭔가 새롭고 희귀한 것을 발견할 때마다 얼마나 설렜는지, 수맥이나 광맥을 찾아낸 사람처럼 말이지! 내가 라티미를 얼마나 모았는지 알고 싶어? 하고 그녀가 묻는다. 거의 이백 개나 된다면서.

사물이나 물건들 '그것들조차도' 죽음을 기다리고 있고 피해갈 수 없는 그 죽음을 단 몇 시간이라도 유예하려는 그 어떤 시도에 대해서건, 특히 마차를 보존하려는 페로티의 집착에 대해서건, 그에 대한 공공연한 반감이 있어 자기랑은 조금도 맞지 않는다고 내게 말했던 미콜에게 이를 상기시키지 않으려 조심했다. 나는 미콜이 자기 방 이야기를 해주기를, 조금 전 '페어보텐. 프리바트'라고 한 말을 잊어버렸기를 간절히 바랐다.

내 바람이 이루어졌다. (검은색 마호가니 책장 세 개에 그것들을 잘 정리해서 올려뒀는데, 이 선반이 침대가 놓인 앞쪽 벽면을 다 차지하고 있다며) 미콜이 자신의 라티미 이야기를 계속하게 됐고, 그러는 사이 그녀가 무의식적으로 그랬는지도 모르지만 조금씩 구체적으로 그녀 방이 그려지면서 차츰 그 모습을 드러냈다.

---

* jodé. '유대인 여자'라는 뜻의 페라라 유대인들의 방언.

그러니까 방은 이랬다. 창문은 정확히 두 개였다. 둘 다 남향이었고, 창문이 아주 높아서 거기에 서면 밑으로는 넓은 정원이 보이고, 정원 너머로는 시선이 가닿는 곳까지 까마득하게 펼쳐지는 지붕들이 다 보여서, 마치 대서양 횡단 여객선 갑판에 올라 바라보는 기분이 든다는 거였다. 두 창문 사이에 네번째 책장이 있었다. 영어와 프랑스어 서적들을 꽂아둔 책장이었다. 왼쪽 창문과 마주보게 사무용 책상이 놓였고, 그 옆에는 타자기를 올려둔 작은 테이블이 있었다. 다른 쪽에는 이탈리아문학 서적들과 고전과 현대 서적, 대개 푸시킨과 고골, 톨스토이, 도스토옙스키, 체호프의 책들인 번역서를 꽂아둔 다섯번째 책장이 있었다. 바닥에는 페르시아산 넓은 카펫이 깔려 있었다. 길지만 약간 좁은 방 한가운데에는 일인용 소파 세 개와 누워서 책을 읽을 수 있는 기다란 레카미에 안락의자*가 있었다. 문은 두 개였다. 하나는 끝 쪽으로 난 왼쪽 창문 옆 출입문이었는데, 계단과 승강기와 바로 연결되었다. 다른 문은 욕실 문으로, 출입문 반대쪽 모퉁이에서 몇 센티 떨어지지 않은 지점에 있었다. 밤에는 덧창을 완전히 다 닫지 않고, 협탁 위에 놓인 작은 스탠드도 항상 켜놓은 채 잠든다고 했다. 그리고 쉬바서가 담긴 보온병을(전화도 함께!) 올려놓은 이동식 탁자 역시 손 닿는 곳에 두어서 팔을 뻗지 않아도 집을 수 있게 해둔단다. 한밤중에 잠이 깨면 쉬바서 한 모금만 마시면 그만이라며(따뜻하고 맛좋은 쉬바서가 항상 준비되어 있어 아주 편해. 너도 보온병 하나 마련하는 게 어때?) 그러고 나서 다시 누워서 자기가 사랑하는 안갯빛 라티미들을 이것저것 바라본다

---

* 19세기 초반 사교계의 여왕 쥘리에트 레카미에의 이름을 딴, 한쪽에 머리받이와 등받이가 있는 휴식용 긴 라운지 의자.

고 했다. 그러다보면 베네치아의 '수위水位가 높아지듯' 자기도 모르게 잠이 와서는 서서히 그 속으로 가라앉으며 굴하고 만다고.

하지만 우리의 대화 주제가 이것만은 아니었다.

미콜 역시 아무것도 변하지 않았다고, 우리 사이는 '예전'과 같다고, 매일 오후 만날 수 있던 그때처럼 계속되고 있다고 나를 속이고 싶은 듯, 기회가 있을 때마다 놓치지 않고 우리가 함께 보낸 놀라웠던 '믿기지 않던' 그날들을 내게 다시 상기시키곤 했다.

우리는 그때 정원을 돌아다니며 숱한 일에 대해 끊임없이 이야기를 주고받았다. 나무와 식물, 우리의 어린 시절과 부모님에 관한 이야기들을. 그런 대화중에 브루노 라테스와 아드리아나 트렌티니, 그 말나테, 카를레토 사니, 토니노 콜레바티, 그리고 이들과 더불어 나중에 합류한 사람들은 그저 몇 번 언급하거나 이따금 암시적으로 말할 정도밖에 되지 않았고, 어쩌면 그 모두를 뭉뚱그려 대충, 그리고 상당히 무시하는 듯이 '저기 있는 그 사람들'이라고 표현하는 것만으로도 충분했다.

하지만 이제 전화로 대화를 나누다보니 끊임없이 그들이, 특히 브루노 라테스와 아드리아나 트렌티니가 화제에 올랐다. 미콜에 따르면, 두 사람 사이에 틀림없이 뭔가 있었다는 거다. 대체 어떻게! 두 사람이 함께 다니는 걸 너도 눈치챘을 법도 한데, 라는 뜻으로 그녀는 이 말만 했다. 이렇게 분명한데! 브루노는 한시도 아드리아나에게서 눈을 떼지 않았다고. 그녀가 모든 남자들에게, 나뿐만 아니라 곰 같은 말나테, 심지어 알베르토에게까지 조금씩 추파를 던지며 브루노를 노예 다루듯 하지만, 결국 그녀 역시 브루노에게 홀딱 반해 있었다고, **사랑스러운 브루노에게!** 브루노가 예민한 성격이어서(솔직히 병적일 정도라고 할 수 있는데, 밉지 않은 멍텅구리들인 어린 사니와 콜레바티의 역량을 얼마나 존중하는지만 잘 봐도 그가 얼마나 예민한지 충분히 알고도 남을 정도니!) 그 때문에 최근 몇 달이 그에게는 쉽지 않았는데, 주변 상황이 딱 맞아떨어져 돌아간 것이라면서. (어느 날 저녁 휘테에서 미콜은 소파에 반쯤 누운 채 격렬하게 키스하는 두 사람을 보았다고 했는데) 아드리아나는 틀림없이 그에게 반했지만, 그녀가 인종법과 브루노의 부모와 자신의 부모를 무시하고 그렇게 중요한 **무언가**를 지속시켜나갈 사람인지는 또다른 문제라고 했다. 브루노가 쉽지 않은 겨울을 보내고 있을 게 틀림없었다, 정말. 아드리아나가 나쁜 여자여서 그런 게 아니다, 전혀 그렇지 않다! 아드리아나는 브루노와 거의 비슷할 정도로 키가 크고 금발이며, 예전에 브루노가 꿈꾸었던 게 분명한 미국 여배우 캐럴 롬바드처럼 눈부신 피부를 가지고 있었다. 브루노는 분명 '아리아인에 매우 가까운' 여자를 좋아하는 게 맞다. 그런데 아드리아나는 약간 가볍고 머리가 텅 빈데다가 본인은 의식하지 못해도 잔인한 면이 있었다. 그렇다, 이건 확실하다. 아드리아나가 브루노와 함께 데지레 바지올리와 클라우디오 몬테메초 팀과의 경기를 설욕하기 위해 펼쳤던 그 유명한 시합에서 졌을 때 가여운 브루노에게 얼마나 쌜쭉한 표정을 지었는지 기억나지 않는가? 경기에서 진 건 바로 아드리아나 때문이었는데. 그렇게 더블폴트*를 여러 번 했으니(적어도 매 게임당 세 번은 했을 것이다), 결코 브루노 때문이 아니었다! 그런데도 정말 아무 생각이 없는 아드리아나는 그 경기 내내 브루노에게 잔인한 말로 타박

---

* 테니스에서 주어진 서브 두 번을 다 실패하는 것.

만 했다. 마치 그가, 가엾게도!, 그때까지 스스로 느낀 굴욕감과 스트레스만으로는 충분하지 않다는 듯이. 잘 생각해보면 이 사건이 다소 씁쓸하게 끝나지 않았다면 진심으로 웃어넘기고 말았을 것이다. 하지만 그렇게 되고 말았다. 일부러 그러지 않는데도 브루노 같은 도덕주의자들은 어김없이 아드리아나 같은 여자들에게 빠지고 만다. 그래서 질투와 미행과 기습과 눈물과 맹세, 심지어 따귀를 때리는 일들이 벌어지고…… 배신, 끝없는 배신이 이어진다. 아니, 아니, 무엇보다 브루노는 인종법에 감사해야만 한다. 힘겨운 겨울이 그를 기다리고 있었던 건 사실이다. 하지만 인종법이, 항상 가혹하지만은 않아서, 그가 바보 같은 짓, 그러니까 약혼을 하는 어리석은 짓을 못하게 막아줬으니, 하고 그녀가 말했다.

"안 그래?" 다시 미콜이 물었다. "브루노도 너처럼 글을 쓰고 싶어하는 문학가야. 이삼 년 전인가 『파다노』 문화면에 '전위주의자의 시'라는 제목으로 브루노의 시가 실렸을 거야."

"휴!" 내가 한숨을 내쉬었다. "어쨌든 지금 네가 하려는 말이 뭐야? 난 잘 모르겠어."

그녀가 조용히 웃었다. 그 웃음소리가 선명하게 들렸다.

"아, 그래." 미콜이 덧붙였다. "결국 **쓰라림**이 그에게 아무런 상처도 남기지 않을 거라는 거지. '**고통이여, 아직 나를 떠나지 마라.**'* 웅가레티가 말했잖아. 브루노가 글을 쓰고 싶어할까? 그러니까 브루노가 어떻게 하는지 그냥 두고 보자고. 게다가 넌 그냥 보기만 하면 돼. 그가 고

---

* 20세기 이탈리아 시인 주세페 웅가레티의 「생일을 축하하며」에 나오는 시구.

통만을 열망하고 있는 걸 그냥 봐도 알 수 있으니까.”

“너 소름 끼치게 냉소적이구나. 아드리아나와 잘 어울려.”

“그건 네가 틀렸어. 아니, 날 모욕하는 거야. 아드리아나는 순진무구한 천사야. 변덕스럽기는 하지만 ‘하느님 가까이에 있는 평화로운 모든 동물의 암컷들처럼’* 순진무구하지. 이미 네게 했던 말을 되풀이하자면 미콜은 착해. 자기가 할 일이 뭔지 **항상** 잘 알고 있다고, 잊지 마.”

아주 드물기는 했지만 미콜은 잠피에로 말나테의 이름도 언급했다. 그녀는 말나테에 대해 항상 이상한 태도를 보였는데 기본적으로는 비판적이고 빈정거리는 투였다. (솔직히 말해 다소 배타적으로) 마치 그와 알베르토의 우정을 질투하면서 동시에 마지못해 그것을 인정하는 듯했고, 바로 이 때문에 ‘우상파괴’에 열을 올리는 듯했다.

미콜에 따르면, 말나테는 외모에서도 전혀 대단할 게 없다는 거였다. 키가 지나치게 큰데다 몸집도 클 뿐 아니라 외모만 놓고 진지하게 생각해봐도 너무 ‘아버지’ 같다며 수염도 많이 나서 하루에 몇 번이고 면도해도 언제나 약간 지저분하고 안 씻은 것처럼 보이는 그런 남자들 중 하나라고 했다. 그래도 솔직히 그가 그런 사람은 **아니라고** 해야 할 것이다. 어쩌면 자신을 가린답시고 썼는지도 모를 이 센티는 족히 넘는 두꺼운 안경 렌즈 너머로 봐서인지도 모르는데(안경 때문에 땀을 흘리는 것 같아서 안경을 벗겨버리고 싶은 생각이 들었지만) 그의 눈빛이 그다지 나쁜 것 같지는 않다면서. 회색에, **강철같이** 강인한 남자의 눈빛이었지만, 두 눈이 너무 진지하고 엄해 보였다는 거다. 법적 부부 관

---

* 20세기 이탈리아 서정시인 움베르토 사바의 시 「아내에게」의 한 구절.

계를 맺으려 할 때나 오갈 법한 그런 눈빛. 겉으로 보기에는 여자를 싫어하고 경멸하는 듯한 눈빛이지만, 차분하고 자제력 있는 여자든 어떤 여자든 그 앞에서 두려움에 떨게 할 정도로 위협적인 영원의 감정들이 담겨 있더라면서.

그는 또 뿌루퉁한 얼굴이라는 거다, 정말로. 그리고 스스로가 굉장히 독특하다고 생각하는 모양인데, 사실 그렇지도 않다고 했다. 자기가 내기를 걸 수도 있는데, 적절한 질문만 던진다면 어느 순간 그로부터 그 사람이 입고 있던 도시 복장이 불편하게 느껴진다며 어떤 경우든 이런 차림보다는 바람막이 점퍼와 반바지, 몬타로네나 로사에서 주말을 보낼 때 꼭 필요한 등산화를 더 좋아한다는 대답을 끌어낼 수 있지 않겠느냐고 했다. 그가 신뢰하는 파이프가 이 점에 대해 꽤 많은 사실을 알려준다는 것이다. 이는 깃발처럼, 알프스 산악지대의 남성적인 절제와 금욕을 드러내는 방법이라면서.

그는 알베르토와 아주 친했는데, 알베르토로 말하자면, 펀칭볼 같은 수동적인 성격 때문에 모두의 친구이자 그 누구의 친구도 아니라고 했다. 그들은 밀라노에서 몇 년을 함께 살았단다. 이 사실이 분명 알베르토에게는 중요하다며. 어쨌든 나조차도 저토록 끊임없이 대화하는 그들을 보면서 약간 지나치다고 생각하지 않았던가? 소곤소곤, 숙덕숙덕. 그들은 만나자마자 순식간에 사람들과 따로 떨어져 은밀히 이야기를 나누었는데, 그 무엇도 그런 둘을 떼놓지 못했다. 대체 무슨 이야기를 한담! 여자 얘기? 천만에! 미콜은 알베르토가 그 문제에서만큼은 상당히 신중하다는 것을 알고 있었기 때문에 솔직히 그런 이야기는 하지 않을 거라고 장담할 수 있었다.

"너도 그 사람을 계속 만나니?" 어느 날 나는 내가 할 수 있는 한 태연하게 무관심한 어투로 작정하고 그녀에게 물었다.

"아, 응…… 알베르토를 만나러 올 때마다 보긴 하는데……" 미콜이 차분하게 대답했다. "두 사람은 방에 들어가서 차를 마시고 파이프 담배를 피워(알베르토도 여기서 얼마 전부터 파이프 담배를 피우기 시작했어). 그리고 이야기를 하고 또 하지, 얼마나 행복한 사람들이야. 이야기밖에 하지 않으니."

미콜은 너무나 똑똑하고 예민해서 내가 무관심 속에 감춰두고 있던 걸 간파했다. 그러니까 갑자기 찾아온, 다시 그녀를 만나고 싶다는 너무나 날카롭고도 의미심장한 욕망을. 그렇지만 그녀는 전혀 그런 감정을 모르는 듯이 행동했고, 조만간 나 역시 자기 집에 초대될 기회가 있으리라는 사실을 간접적으로라도 암시하지 않았다.

2

나는 몹시 불안하게 그날 밤을 보냈다. 잠들었다 깨고 다시 잠들었다. 다시 잠들 때마다 미콜 꿈을 꾸었다.

이를테면 처음 정원에 발을 들여놓던 그 첫날처럼, 알베르토와 테니스를 치고 있는 미콜을 바라보는 꿈이었다. 꿈에서마저 나는 한시도 미콜에게서 눈을 떼지 않았다. 그렇게 땀에 젖어 상기된 미콜, 웃으면서 다소 시큰둥하게 경기하는 오빠를 이겨보려고 안간힘을 쓰느라 잔뜩 긴장해서는 거의 잔인해 보일 정도의 결연함과 열의로 인해 이마에 세로 주름이 잡힌 미콜을 보면서, 나는 눈부시다고 다시 스스로에게 읊조렸다. 하지만 지금은 불편함과 쓸쓸함, 참기 어려운 고통이 나를 짓누르는 기분이었다. 반바지에 면 티셔츠를 입은 스물두 살의 미콜에게, 최근 몇 년간 런던, 파리, 코트다쥐르, 포리스트힐스같이 국제 테니스의 메카들을 돌아다녔을 거라고 연상될 정도로 이렇게 자유롭고 명랑하고 현대적인(무엇보다 자유로운!) 분위기의 미콜에게, 과연 십 년 전 소녀의 모습이 남아 있기나 할까? 그렇다, 난 스스로를 위로했다, 여전히 가닥가닥이 순백색에 가까운 금발머리 타래를 찰랑이는 소녀가 저기에 있어, 흡사 스칸디나비아 여인 같은 하늘색 눈동자와 벌꿀 같은 피부, 이따금 티셔츠 목 부위에서 샤다이*를 새긴 작은 금목걸이 펜던트가 튀어오르곤 하는 그녀의 가슴이 저기에 있어. 그다음에는?

우리는 어둑한 잿빛에 케케묵은 냄새가 고인 마차 안에 갇혀 있었다. 페로티는 마부석에 말없이 꼼짝 않고 우뚝 앉아 있다. 페로티가 그렇게 높은 곳에, 고집스레 등을 돌리고 있는 것은 분명 마차 안에서 일어난 일, 혹은 일어날 수 있는 일을 보지 않으려고, 간단히 말해 하인으로서의 본분을 다하기 위해서일 거라고 나는 생각했다. 그래도 그는 전부 다 알고 있을 게 분명했다. 말할 것도 없이 늙은 촌부인 그가! 그의 아내, 창백한 비토리나는 반쯤 열린 창고의 양 문틈으로 안을 훔쳐보았다(나는 이따금 파충류처럼 작은 여자 머리를 발견하곤 했다. 윤이 나는 새까만 머리가 문과 문 사이로 조심스레 튀어나왔다). 거기서 그의 아내가 보초를 서는 중이었는데, 불만에 차서 걱정스럽고 어두운 눈으로 남편을 쳐다보다 은밀하게 손짓을 보내거나 미리 약속한 대로 얼굴을 찡그리곤 했다.

심지어 미콜과 함께 그녀 방에 있기도 했다. 하지만 이제 단둘이 아니라 꼭 다른 누군가 끼어들어 '방해'를 했다(이런 말을 속삭인 건 미

---

* 이스라엘의 유대교 신 중 하나로, 전통적으로 '전지전능한 신'으로 풀이된다.

콜이었다). 이번에는 요르였는데, 거대한 화강암 석상처럼 방 한가운데 웅크리고 앉아 한쪽은 검은색이고 한쪽은 파란색인 얼음같이 차가운 눈으로 우리를 뚫어지게 보고 있었다. 좁다랗고 긴 방은 식재료 창고처럼 자몽과 오렌지, 귤이 넘쳐났고 무엇보다 라티미들이 많았다. 라티미들은 장식이 없고 교회 용 같은, 천장까지 닿는 거대한 검은색 책장에 책처럼 일렬로 가지런히 정리되어 있었다. 그런데 미콜이 내게 얘기했던 대로 라티미들이 유리로 만든 물건들이 아니라 내가 상상했던 대로 치즈, 그러니까 유리병 모양에, 조그맣고 물방울처럼 가장자리가 똑똑 떨어지는 치즈들이었다. 미콜이 웃으면서 그 치즈 중 하나를 내가 맛봐야 한다고 우겼다. 그러더니 일어서서 까치발을 했다. 오른손 검지를 쭉 펴서 제일 높은 곳에 있는 치즈 하나를 건드리려 했다(맨 위에 있는 치즈들이 제일 좋은 거야, 가장 신선하고. 미콜이 내게 설명했다). 하지만 난 방 한가운데에 버티고 있는 개만이 아니라 밖이 신경쓰여 몹시 불편했기에 치즈를 받을 수가 없었다. 그렇게 우리가 이야기를 나누고 있는 동안 석호의 수위는 금방 높아졌다. 내가 조금만 더 꾸물거렸다면 차오른 물에 가로막혀 미콜 방에서 나갈 때 다른 사람들 눈에 띨 수밖에 없었을 것이다. 사실 나는 한밤중에 몰래 미콜의 침실에 들어가 있었다. 알베르토와 에르만노 교수와 올가 부인과 레지나 할머니, 줄리오와 페데리코 외삼촌, 성실한 블루먼펠트 양의 눈을 피해. 그러니까 내가 방에 들어온 사실은 요르밖에 몰랐으며, 우리 사이에 다시 일어난 일의 유일한 증인이기도 했지만, 요르는 말을 할 줄 모른다.

마침내 우리가 가진 패를 다 보여주며 아무것도 가장하지 않고 떳떳이 이야기 나누는 꿈도 꾸었다.

보통 때처럼 우린 약간 티격태격했다. 미콜은 우리 사이에 뭔가 일이 시작된 첫날이, 그러니까 나와 그녀가 다시 만나 서로를 알아보고 놀라 어쩔 줄 몰라서 정원을 둘러보겠다며 다른 사람들 몰래 빠져나갔던 그때부터라고 주장한 반면, 나는 절대 아니라고 반박했다. 내 생각에는 그보다 더 조금 전에, 그녀가 내게 전화로 자신이 '못생기고 코가 빨간 노처녀'가 되었다고 알린 그 순간부터 시작된 것 같았다. 물론 난 그 당시 그녀의 말을 믿지 않았다. 그렇지만 그런 말들이 나를 얼마나 괴롭게 했을지 그녀는 상상조차 할 수 없었을 거라고, 목에 뭐가 걸린 듯한 목소리로 내가 덧붙였다. 그녀를 다시 만나기 전까지 며칠 동안 나는 계속 그 생각을 했고 마음의 안정을 찾을 수 없었다.

"아, 어쩌면 네 말이 맞을지도 몰라." 이때 미콜이 내 손에 자기 손을 얹으며 동의했다. "내가 못생겨지고 코가 빨개졌다는 생각만으로도 네가 그렇게 금방 스트레스를 받았다면 그때 자수했을 텐데. 이건 네가 옳다는 뜻이야. 그렇지만 지금 어떻게 해야 해? 테니스 펑계는 더이상 댈 수 없고 게다가 집에 있다가는 수위가 높아져 꼼짝도 못할 위험이 있어(베네치아가 어떤지 알지?). 널 집안에 들이는 게 당찮은 소린데다 시의적절한 것도 아니고."

"뭐가 문제야?" 내가 반박했다. "어쨌든 네가 밖으로 나오면 되잖아."

"내가, 밖에?" 미콜은 눈이 휘둥그레져 외쳤다. "어디 좀 들어보자, 디어 프렌드, 어디로 가야 하지?"

"잘…… 잘 몰라……" 내가 더듬더듬 대답했다. "예를 들면 몬타뇨네나 수도교 근처의 다르미광장, 그런 데가 싫으면 보르소 거리 쪽 체르토사광장은 어때. 데이트하러 **모두가** 찾는 곳이야(너희 부모님은 잘 모르시겠지만, 젊을 적에 우리 부모님도 거기로 가셨대). 함께 데이트하는 게, 솔직히, 뭐 나쁘겠니? 우리가 섹스를 하는 것도 절대 아닌데! 이건 그냥 심연의 가장자리에 있는 첫 계단이라고. 그렇지만 여기서 그 심연의 바닥에 닿으려면 아직 더 많이 내려가야 하지!"

체르토사광장도 미콜의 마음에 안 드는 것 같으니, 우리가 각자 다른 기차를 타고 볼로냐로 가서 만날 수도 있다고 덧붙여 말해보려 했다. 하지만 꿈에서도 용기가 안 나 입을 다물고 있었다. 그러다가 그녀가 웃으면서 고개를 젓더니 어느새 내게 모든 게 다 소용없고 가능하지도 않다며, 예의 그 독일어로 '페어보텐'이라고 분명하게 거절했다. 나와 함께 집밖으로, 정원 밖으로 절대 나갈 수 없다는 거였다. 왜 그럴까? 그녀가 재미있다는 듯 윙크했다. 자기가 '거친 고향 마을의 에로스'들이 즐겨 찾곤 하는 그 평범한 '야외' 장소들을 빙 둘러보겠다며 나를 따라나서기로 했다가 혹여 볼로냐로 빠졌다 치면, 볼로냐라면, 그렇지, 틀림없이 요제테 할머니도 좋아했던 브룬과 발리오니 같은 '그랜드 호텔'에 갈 수도 있을 텐데(어쨌거나 먼저 리셉션 데스크에다 우리가 훌륭한, 완벽하게 동일한 인종임을 증명하는 신분증을 제시해야 할 것이다), 거기서부터는 이제 자기를 데리고 어디로 가자고 둘러댈 거란 말인지?

다음날 저녁 갑작스레 볼로냐에, 거기에 있는 학교에 갔다 돌아오자마자, 전화를 걸어보았다.

알베르토가 받았다.

"어쩐 일이야?" 빈정거리며 느릿느릿 중얼거리듯 말하는 걸 보니 이번에도 내 목소리를 금방 알아챘다는 게 보였다. "못 본 지 진짜 오래됐

군그래. 어떻게 지내? 뭐하고 있어?"

당황한 나는 가슴이 두근거려 급히 말을 내뱉었다. 여러 가지 일이 뒤죽박죽 섞였다. 넘기 힘든 장벽처럼 내 앞에 지금 닥친 졸업논문 관련 소식이며 계절에 대한 이런저런 생각들이며 특히 급히 볼로냐에 다녀온 이야기를 장황하게 뒤섞어 말했다. 날씨는 보름간 악천후가 지속되더니 약간의 서광이 비치는 듯했다(하지만 너무 날씨를 믿어서는 안 되었다. 살을 에는 듯한 차가운 공기가 이미 우리가 겨울 속으로 곤두박질치고 있고 지난 10월의 아름다운 나날들은 잊어버려야만 한다고 분명히 알려주고 있었던 것이다).

아침에는 참보니 거리에 들렀다고 말했다. 거기 사무실에서 몇 가지 일을 처리한 뒤 도서관에서 내가 준비하고 있는 작가 판차키에 관한 서지목록을 확인했다. 조금 뒤 한시 무렵 파파갈로로 점심식사를 하러 갔다. 당연히 토레델레아시넬리 밑에 있는 유명한 파파갈로 '아시우토'* 레스토랑이 아니라 같은 이름의 다른 레스토랑, 즉 파파갈로 '인브로도'**로 갔다. '아시우토'는 값이 어마어마하게 비쌀 뿐만 아니라 내가 보기에는 음식도 명성에 훨씬 못 미치는 반면, 갈리에라 거리의 좁은 골목에 자리한 '인브로도'는 야채와 삶은 고기가 든 파스타 수프가 유명했는데 가격도 정말 소박했다. 점심을 먹고 난 뒤 오후에 친구들을 만났고, 시내 서점을 돌아다니다 파발리오네 끝에 있는 갈바니광장의

---

* asciutto. '물기 없는'이라는 뜻의 이탈리아어로, 파스타에 소스를 부어 국물 없이 비벼 먹는 파스타 요리.
** in brodo. '수프'란 뜻으로 고기나 야채가 들어간 파스타나 쌀을 건더기로 넣어 국물과 함께 떠먹는 요리.

자나리니에서 차를 마셨다. 간단히 말해 '규칙적으로 학교에 다니던 때와 거의 비슷하게' 알찬 하루를 보냈다고 결론을 냈다.

"있잖아." 그렇게 말하고는 완전히 꾸며낸 말을 덧붙였다. 대체 어떤 악령이 속삭여서 갑자기 그런 이야기를 꺼냈는지 누가 알겠는가. "역으로 돌아오기 전에 시간이 좀 있어서 델로카 거리를 잠깐 둘러봤어."

"델로카 거리라고?" 알베르토가 갑자기 흥분해서, 아니 깜짝 놀란 듯 물었다.

이따금 아버지는 핀치콘티니가와 관련된 일이라면 심술궂은 충동에 떠밀려 본래보다 훨씬 더 야비하고 더 비유대인 같은 모습을 보이곤 했는데, 나 역시 아버지로부터 물려받은 건지 그런 충동에 사로잡혔다.

"뭐야!" 내가 소리쳤다. "볼로냐 델로카 거리를 모른단 말야? 이탈리아에서 제일 악명 높은 여관 중 하나가…… 거기에 있다고!"

그가 기침을 했다.

"아니, 몰랐는데." 그가 말했다.

그러더니 전혀 다른 목소리에 다른 말투로 그도 며칠 후면 밀라노로 떠날 거라고 덧붙였다. 짧아도 일주일 정도 밀라노에 머무를 예정이라고. 6월이 보기보다 그리 멀지 않은데 '누더기 같은 논문'을 이어서 완성시킬 수 있게 해줄 교수를 아직 만나지 못했다는 것이다. 솔직히 말하자면 찾아보지도 않았다고 했다.

그후 화제를 바꾸더니 내게 혹시 좀전에 자전거를 타고 안젤리 성벽을 지나지 않았느냐고 물었다. 조금 전 비 때문에 테니스장이 어떻게 된 거나 아닌지 확인하려고 정원에 나가 있었다고 했다. 하지만 약간 거리가 멀기도 하고 이미 사방의 빛도 사그라들어, 자전거에서 내리지 않은 채 한 손을 나무에 기대고 그 위에 가만히 서서 정원을 바라보던 사람이 정말 나인지 확인할 길이 없었다는 것이다. 아, 그래, 그러니까 내가 본 게 맞지? 그가 이어 묻길래, 성벽 길을 통해 역에서 집으로 갔다고 약간 쭈뼛거리며 시인했다. 로마 대로에 있는 델라보르사 카페 앞에 모여 있거나 조베카 대로에 한 줄로 늘어서 있는 '질 나쁜 불량배들'과 부딪칠 때마다 항상 소름이 끼쳐서 그 길로 가게 되었다고 설명을 덧붙였다. 그래, 너 맞는 거지? 그가 되물었다. 꼭 그걸 확인하려 들다니! 어쨌든 내가 맞았다면 왜 내가 그가 부르는 소리에, 휘파람에 답하지 않았겠는가? 내가 그 소리를 못 들었을까봐?

못 들었는데, 하고 나는 다시 한번 거짓말했다. 게다가 네가 정원에 나와 있는 줄도 몰랐지, 라며 잡아뗐다. 이제 서로 진짜 할말이 더 없어졌다. 갑자기 벌어진 우리 사이의 침묵을 채워줄 거라곤 이제 아무것도 없었다.

"아, 너…… 너 미콜 찾는 거지, 맞지?" 마침내 그가 생각난 듯 물었다.

"맞아." 내가 대답했다. "미콜 좀 바꿔줄 수 있어?"

당연히 바꿔주고 싶지. 그가 대답했다. 하지만('그 천사'가 내게 미리 알리지 않은 게 너무 이상해 보이지만) 미콜 역시 마찬가지로 논문을 꼭 끝내겠다는 계획으로 오후가 되자마자 베네치아로 떠났다고 했다. 점심 때 여행복 차림으로 트렁크를 가지고 아래층으로 내려와 '당황한 가족들'에게 자기 계획을 이렇게 알렸다고 한다. 가슴에 무거운 숙제가 얹혀 있는 기분을 느끼며 지내는 게 이제 짜증스럽다. 6월이 아니라 2월에 졸업하고 싶다. 베네치아에 있는 마르치아나와 퀘리니스탐팔

리아 도서관 근처에 있으면 아주 쉽게 할 수 있는 일이지만 페라라에
서는 불가능하다. 여러 가지 이유로 디킨슨에 관한 논문은 제 속도대로
진도가 안 나가고 있다. 이렇게 미콜이 말했다는 것이다. 하지만 베네
치아의 우울한 분위기, 그녀가 좋아하지 않는 외삼촌들 집의 숨막히는
분위기를 버텨낼 수 있을지는 그 누구도 모를 일이다. 일주일이나 보름
뒤 말짱 도루묵이 되어 미콜이 되돌아오는 걸 보게 될 수도 있는 법이
다. 미콜이 페라라를 떠나 한 번이라도 이십 일 이상을 계속 버텨낸다
면, 알베르토는 기적을 보는 기분일 거라고 했으니……

"뭐," 그가 결론을 내렸다. "어쨌든 너 어때(이번주는 불가능하고 다
음주도 안 되지만, 그다음주는 될 것 같은데), 베네치아까지 자동차 여
행을 계획해보는 거 어떻게 생각해? 내 동생에게 갑자기 나타나면 재
밌을 거야. 가령 나랑 너, 그리고 잠피에로 말나테하고!"

"그거 좋지." 내가 말했다. "왜 안 되겠어? 언제든 얘기해보자고."

"그러면 말야." 그가 다시 조심스럽게 말했는데 좀전에 누설한 소식
에 대한 보상을 당장 내게 해주고 싶어하는 강렬한 바람이 그 속에서
느껴졌다. "그런데, 이런 말 해서 미안, 별달리 할일 없으면 우리집에
오는 게 어때, 내일 오후 다섯시경 어떨까? 말나테도 올 것 같아. 우리
차나 한잔하면서…… 음반도 좀 듣고…… 이야기도 좀 하자고…… 네
가 문학가라서 엔지니어하고(앞으로 내가 엔지니어가 될 테니) 공업화
학자하고 어울릴 생각이 있는지 잘 모르겠지만. 네가 **받아준다면**, 와줘,
네가 와주면 기쁠 거야."

우리는 조금 더 통화했는데 알베르토는 점점 더 흥분했고 즉흥적으
로 생각해낸 듯한 자기 계획, 나를 자기 집에 초대하는 일에 들떠 있었

다. 나는 유혹을 느끼기도 했지만 그와 동시에 거부감도 느꼈다. 사실이었다. 지금도 기억하고 있다. 방금 전 성벽에서 나는 거의 삼십 분가량 정원을, 특히 그 집을 바라보고 서 있었다. 내가 있는 곳에서 보이던, 헐벗은 나뭇가지들 사이로 저녁 하늘을 향해 부드럽게 우뚝 솟아, 문장紋章처럼 또렷하게 드러난 그 집을. 정원으로 내려갈 수 있는 테라스 근방의 남향 창문 두 개는 벌써 불이 환했다. 전등 불빛이 그 위쪽의 열린 창문에서도, 뾰족지붕 바로 밑 하나밖에 없는 아주 높다란 작은 창문에서도 스며나왔다. 나는 눈이 빠지게 아플 정도로, 맨 위 창문의 희미한 불빛을 한참 동안 바라보고 서 있었다(서서히 어두워져가는 대기 속에 정지된 채, 별빛처럼 차분하게 깜빡깜빡 반짝이던 그 불빛을). 다만 알베르토의 휘파람소리와 나를 부르는 소리가 멀리서 들려오자 알베르토가 나를 알아봤을지도 모른다는 두려움과 빨리 미콜의 목소리를 다시 듣고 싶다는 초조함이 마음속에서 요동쳐 돌연 그 자리를 떠나고 말았던 것이다……

하지만 이제 어떻게 한다? 나는 낙담하며 속으로 생각했다. 미콜을 다시 만날 수 없다면 지금 그들 집에 가봤자 뭐하겠는가?

그렇지만 내가 전화방에서 나올 때 어머니한테서 들은 소식은, 그러니까 정오경에 미콜 핀치콘티니가 나를 바꿔달라며 전화했다는 소식은("베네치아로 떠나게 되었다며 너한테 인사를 전해달라고 부탁하더구나. 편지 쓰겠다고." 어머니가 다른 곳을 보며 덧붙였다) 급히 생각을 바꾸게 하고도 남았다. 그 순간부터 다음날 오후 다섯시까지의 시간은 한없이 느리게만 흘러갔다.

3

그러니까 그때부터 알베르토의 전용 주거공간에(그는 스튜디오라고 불렀는데, 사실 그럴 법도 한 게 침실과 그 옆에 화장실이 딸려 있었으니) 나는 하루가 멀다 하고 드나들기 시작했다. 미콜이 옆 복도를 지나다보면 방문 너머에서 두런거리는 오빠와 그의 친구 말나테 목소리가 들려왔다던 유명한 그 '방'에 말이다. 그해 겨울 내내 그 방에서 이동식 찻상에 차를 내오던 일하는 여자들 말고는, 가족 그 누구도 만난 적이 없었다. 아, 1938년부터 1939년 초까지 그 겨울! (2월에 눈이 왔고 미콜이 베네치아에서 돌아오는 날이 자꾸 늦춰지던) 시간과 절망에 붙들린 듯 꼼짝도 않던 길고 긴 그 몇 달이, 알베르토 핀치콘티니의 스튜디오 벽들이, 여전히 이십 년이 더 지난 지금도 새록새록 내게는 악습처럼, 그 당시 매일매일 의식하지 못한 채 꼭 찾게 되던 마약처럼 되살아

난다……

물론 그날 밤, 자전거를 타고 바르케토델두카를 다시 가로질러갔던 12월 1일 그날 밤, 나는 전혀 절망스럽지 않았다. 미콜은 떠났다. 그래도 나는 어둠과 안개 속에서 진입로를 따라 페달을 밟고 있었다. 마치 잠시 후면 그녀를, 오로지 그녀만을, 다시 볼 수도 있지 않을까 기대하는 사람처럼. 나는 감격에 차 있었고 기분이 좋았으며 행복하다고 외쳐도 좋을 정도였다. 자전거 전조등으로 앞을 바라보고 달리면서, 까마득해 보이지만 아직도 되찾을 수 있는, 아직 잃어버린 게 아닌 듯한 과거의 장소들을 나는 찾고 있었다. 자그마한 등나무숲이 나타났고 거기서 좀더 가자 오른쪽으로 페로티의 농가가 어슴푸레 윤곽을 드러냈다. 농가 이층 창문에서 노르스름한 불빛이 살짝 흘러나왔다. 조금 더 가서 유령같이 골조만 보이는 판필리오 운하 다리와 만났고, 마침내 자갈길 위에서 끼익하는 자전거 고무바퀴 소리에 드디어 거대한 건물 마그나도무스가 코앞에 있음을 알아차렸다. 마그나도무스는 홀로 서 있는 요새처럼 아무도 접근할 수 없어 보였고, 나를 맞이하기 위해 열려 있는 게 분명한 일층의 작은 문에서 환하게 새어나오는 생기 넘치는 새하얀 빛 말고는 사방이 깜깜했다.

자전거에서 내려 아무도 없는 입구를 잠시 가만히 바라보았다. 왼쪽 문짝이 시커먼 막처럼 닫혀 있어 비스듬히 열린 오른쪽 문 사이로 보니 붉은 카펫이 깔린 작고 가파른 계단이 얼핏 보였다. 불길같이, 피같이, 붉디붉은 진홍빛이었다. 각 계단마다 황금인 듯 반짝반짝 빛나는 구리로 된 양탄자누르개가 보였다.

자전거를 벽에 기대놓은 뒤 자물쇠를 채우기 위해 몸을 숙였다. 그렇게 내가 빛과 함께 따뜻한 난방기의 온기가 퍼져나오는 문가에서 아직 몸을 숙이고 있을 때 (어두워서 자물쇠를 채울 수가 없어 성냥을 하나 켜야지 하는데) 익숙한 에르만노 교수의 목소리가 갑자기 옆에서 들려왔다.

"뭐하나? 자물쇠를 채우려고?" 교수가 문가에 서서 말했다. "훌륭해. 세상일은 아무도 모르지. 아무리 조심해도 지나치지 않아."

평상시처럼 구슬프게 들리는 부드러운 말투로 교수가 하는 말이 농담인지 아닌지 구별하지 못한 채 나는 몸을 폈다.

"안녕하세요." 내가 모자를 벗고 교수에게 한 손을 내밀며 말했다.

"잘 있었나, 자네." 교수가 대답했다. "모자는 그냥 써, 모자 벗지 말게!"

조그맣고 통통한 그의 손이 거의 무기력하게 내 손안으로 들어왔다가 금방 빠져나가는 게 느껴졌다. 그는 모자 대신 낡은 운동용 베레모를 안경 위까지 푹 눌러썼고 양모 목도리를 목에 두르고 있었다. 그는 못 미더운 눈으로 자전거 쪽을 흘깃 보았다.

"자물쇠 채웠지, 안 그래?"

내가 아니라고 대답했다. 그러자 그가 예상과는 반대로 다시 가서 자물쇠를 채우고 오면 좋겠다고 고집했다. 세상일은 아무도 모르기 때문이라고 다시 말했다. 도둑맞을 리 만무했다. 문가에서 그가 계속 말하는 사이, 나는 다시 뒷바퀴살 사이에 맹꽁이자물쇠를 채우려 했다. 그렇기는 해도 정원 가장자리의 담을 어느 정도까지밖에 신뢰할 수 없었다. 담 둘레에, 특히 안젤리 성벽 쪽에, 적어도 십여 개 정도의 발디딤이 있으니 날렵한 아이 한 명 정도는 어렵지 않게 정원에 들어오고도 남을 터였다. 어깨에 둘러멘 자전거 무게 때문에 힘들기는 하겠지만, 재빨리 정원을 빠져나가는 게 그런 아이에게는 식은 죽 먹기라고 할 수 있었다.

나는 마침내 자물쇠를 채웠다. 다시 눈을 들어보니 입구에는 아무도 없었다.

교수는 계단 아래의 조그만 현관 앞에서 나를 기다렸다. 내가 들어가서 문을 닫았다. 그제야 그가 당황스러운 얼굴로 후회하듯 나를 바라보고 있다는 걸 알아차렸다.

"자전거를 차라리 안으로 가져오게 할 걸 그랬나 생각중이었네." 교수가 말했다. "아니, 내 말 잘 들어. 다음번에 올 때는 자전거를 안으로 가져오게나. 저쪽 계단 밑에 놔두면 아무에게도 거치적거리지 않을 거야."

교수가 돌아서서 앞장서 계단을 올라가기 시작했다. 그 어느 때보다 더 구부정했는데 베레모를 쓰고 목도리를 두른 채, 난간을 잡고 천천히 계단을 올라갔다. 그사이 뭐라고 말을 했다. 아니, 투덜거렸다는 게 더 정확하리라. 뒤따르는 내게 하는 말이라기보다 본인에게 하는 말 같았다.

오늘 내가 올 거라고 교수에게 알려준 사람은 알베르토였다. 아침에 페로티가 열이 좀 있었다(심하지 않은 그냥 기관지염인데도 전염될 수도 있어 치료를 받았다)고 했고, 주의가 산만하고 딴생각에 빠져 있는 알베르토한테는 기대할 게 도무지 없어 그가 '보초 서는' 임무를 맡아야만 했다고 했다. 물론 미콜이 있었다면 그가 걱정할 이유가 눈곱만큼도 없었을 텐데, 왜냐하면 미콜은 대체 어떻게 그럴 수 있는지 모르지만 항상 모든 일에 신경쓸 여유가 있었다. 자신의 학업뿐만 아니라 집안이 어떻게 돌아가는지도 전체적으로 신경쓰던 그녀였다. 심지어 '오븐'에까지. 아니, 소설이나 시가 그녀의 마음에 불러일으키는 열정 못지않은 애정을 '오븐'에 쏟아부을 정도였다(주말이면 지나나 비토리나와 정산하는 사람도 미콜이었고, 필요하다면 자기 손으로 닭모가지를 배틀 준비를 하는 사람도 미콜이었다. 동물을 그렇게 사랑하는데도 말이다, 가엾게도!). 그렇지만 미콜이 안타깝게도 어제 오후 베네치아로 떠나서 오늘은 집에 없었다(알베르토가 내게 미콜이 집에 없다는 걸 알렸는지?). 이것이 알베르토에게도, 집안의 '수호천사'에게도 도움을 청할 수가 없어, 더군다나 페로티마저 이용할 수도 없어, 그가 임시로 문지기 역할을 할 수밖에 없게 된 이유에 대한 설명이었다.

그가 또다른 말들도 했는데 기억나지 않는다. 그렇지만 마지막에 다시 미콜 이야기로 돌아갔던 건 기억난다. 이번에는 '최근에 불안정'했던 미콜에 대한 불평이었다. 물론 그런 불안에 '여러 요인'이 있기는 하지만…… 여기서 그가 갑자기 입을 다물었다. 그리고 이런 말을 하면서 우리는 계단 끝까지 올라가 옆으로 돌아 두 개의 복도를 지나고 여러 개의 방을 가로질러갔다. 그사이 에르만노 교수는 계속 앞장을 섰고 지나는 통로에 불을 끌 때만 내가 먼저 가게 내버려두었다.

(직접 두 손으로 부엌에서 닭을 잡았다는 세세한 이야기에 이상하게도 매혹당한 채 나는 그녀) 미콜에 관한 이야기에 그만 넋이 나가 주위를 보고 있긴 한데 거의 아무것도 눈에 들어오지 않았다. 게다가 우리가 가로질러가는 방들은, 유대인 가정이든 아니든 상관없이 페라라 상

류 가정집들과 별다를 바 없는, 대개 그런 집들에 있는 가구들로 빼곡했다. 큼직한 장롱들이며 다리가 사자 모양인 17세기의 묵직한 서랍장들, 식당용 테이블들, 청동 장식 못을 박은 '접이식 가죽의자', 폴트로나프라우사社 소파들, 격자천장 한가운데에 매달린 복잡한 모양의 유리나 철제 샹들리에, 짙은 갈색과 주황색, 그리고 거무스름하게 윤나는 쪽마루 바닥에 깔린 검붉은색의 두꺼운 카펫들이 보였다. 어쩌면 19세기의 풍경화와 초상화들이 여러 점 있을 수도 있었고, 검은 마호가니 책장 유리 뒤에 대부분은 다시 제본한 많은 서적이 꽂혀 있을 수도 있었다. 한편 큼직한 난방기에서는 열이 발산되어 나왔는데, 우리집이라면 아버지는 이렇게 과하게 난방을 트는 걸 미친 짓이라고 했을 것이다(아버지 목소리가 들리는 듯했다!). 개인 집이라기보다는 큰 호텔처럼 따뜻했다. 사실 안에 들어서고 얼마 되지 않아 땀이 나기 시작해서 외투를 벗어야 했다.

그가 앞장서고 내가 뒤를 따르며, 우리는 크기가 각자 다른 방 열두 개 정도를 지났다. 정말 넓은 홀 같은 방도 있었고, 아주 작은 방도 있었다. 방들이 항상 곧게 뻗어 있는 것도 아니고 동일한 높이에 있는 것도 아닌데 복도로 서로 연결되어 있었다. 마침내 그런 복도들 중 어느 복도의 중간쯤에 이르자 에르만노 교수가 어떤 문 앞에서 걸음을 멈췄다.

"다 왔네." 교수가 말했다.

엄지손가락으로 출입문을 가리키더니 윙크했다.

자신은 농지 문제로 처리할 게 있다고 설명하며 안으로 들어갈 수 없으니 양해해달라고 했다. 잠시 후 지나나 디르체 편으로 '따뜻한 마실 거리'를 보내겠다고 약속했다. 그런 다음 다시 오겠다는 약속을 내게서 받은 뒤(교수는 나를 위해 계속 베네치아에서 쓴 간략한 역사 연구 원고를 보관하고 있었다. 내가 잊어버렸을 리가!) 나와 악수하고 재빨리 복도 끝으로 사라졌다.

나는 방안으로 들어갔다.

"아, 왔구나!" 알베르토가 내게 인사했다.

그는 소파에 푹 파묻혀 있었다. 두 손으로 팔걸이를 짚고 간신히 몸을 일으켜세우더니, 읽고 있던 책을 책등이 위로 가게 근처 낮은 탁자에 엎어놓고는 마침내 나를 향해 왔다.

그는 야마모토 바지에 멋진 낙엽색 풀오버를 입고 끈으로 묶는 갈색 구두를 신었다(진짜 도슨 제품이었는데, 나중에 그가 알려주기를 밀라노의 산바빌라 근처 작은 상점에서 찾아낸 것들이라고 한다). 넥타이 없이 목을 열어젖힌 플란넬 셔츠를 입었고, 파이프 담배를 물고 있었다. 특별히 다정한 체는 하지 않으며 그가 나와 악수했다. 그러면서 내 어깨 너머 한 지점을 뚫어지게 쳐다보았다. 그의 관심을 끈 게 뭘까? 나는 몰랐다.

"잠깐만." 그가 중얼거렸다.

긴 상체를 옆으로 구부려 내 옆을 지나갔다. 그가 나를 지나는 순간, 내가 양쪽으로 여닫는 문을 반쯤 열어놓았다는 걸 알아차렸다. 그렇지만 알베르토가 직접 문을 닫으러 갔다. 그가 바깥문 손잡이를 잡더니 문을 당기기 전에 고개를 내밀고 복도 쪽을 자세히 살폈다.

"그런데 말나테는?" 내가 물었다. "아직 안 왔어?"

"응, 아직." 그가 돌아오면서 답했다.

내 모자, 머플러, 외투를 받아들더니 그가 자그마한 옆방으로 사라졌다. 이런 샛문이 있다는 게, 그러니까 내게는 이미 이 방을 뭔가 다르게 보도록 해주었다. 스포티한 빨간색과 파란색 체크무늬 양모 이불이 덮여 있고 발치에 가죽 스툴이 놓인 침대 이외에, 조그만 욕실문 옆벽에는 데피시스가 그린 남자 누드화가 밝은색의 단순한 나무 액자에 걸려 있었다.

"앉아 있어." 그사이 알베르토가 말했다. "곧 올게."

정말이지 금방 돌아와 이제 나와 마주앉은 그는, 어쩌면 권태로운 것 같기도 하고 약간 피로한 것 같기도 한 표정으로 조금 전 몸을 일으켰던 그 소파에 그대로 앉아, 호감이 담겨 있으나 객관적이면서도 거리를 두는 묘한 표정으로 나를 바라보았는데, 타인에게 최대한 관심을 보일 때 그가 그런 표정을 짓는다는 걸 나는 잘 알고 있었다. 그가 외탁한 큰 이를 드러내며 웃었다. 길고 창백한 그의 얼굴에 비해 그 이는 너무 크고 튼튼했으며, 그 위의 잇몸 역시 얼굴 못지않게 핏기가 없었다.

"음악 좀 들을래?" 그가 문 옆 스튜디오 한구석에 놓인 라디오 겸용 전축을 가리키며 제안했다. "필립스야, 정말 음질 최고지."

그가 다시 소파에서 일어나려고 해서 말렸다.

"아니, 잠깐만." 내가 말했다. "이따가."

나는 방을 살피며 주위를 둘러보았다.

"어떤 음반들이 있는데?"

"아, 이것저것 조금씩. 몬테베르디, 스카를라티, 바흐, 모차르트, 베토벤. 그런데 놀라지 마. 재즈 음반도 꽤 가지고 있어. 암스트롱, 듀크 엘링

턴, 패츠 월러, 베니 굿맨, 찰리 쿤츠……"

그가 계속 음악가 이름과 음반 제목들을 친절하고 차분하게, 그러면서도 무심하게 나열했다. 순전히 자신이 신중히 아끼며 맛보는 음식 메뉴를 보여주며 나더러 선택해보라고 권하는 듯한 태도였다. 다만 **자신의 필립스**가 지닌 장점을 자랑할 때는 다소 생기를 띠었다. 이는 상당히 특별한 기기로, 자신이 연구한 바에 따르면 밀라노의 훌륭한 기술자가 조립한 특별한 '기술장비' 때문이라고 했다. 그와 같은 조립은 특히 음질과 관련있는데, 스피커 한 개가 아니라 네 개에서 각기 다른 음들이 흘러나온다는 것이다. 실제로 각 스피커에서 저음, 중음, 고음, 최고음이 나도록 예비되어 있었고, 이를테면 최고음을 내는 스피커 쪽으로 휘파람을 불었더니—그가 히죽거렸는데—그 소리들도 완벽하게 '나왔다'. 무엇보다 스피커 네 개가 서로 나란히 모여 있을 거라고는 생각하지 말아야 한다는 거였다. 절대로! 전축장 안에는 스피커 두 개밖에 없었다. 중음과 고음을 내는 스피커였다. 그가 아이디어를 짜내어 최고음을 내는 스피커는 저쪽 끝, 창문 옆에다 숨겨두었고, 네번째 저음 스피커는 바로 내가 앉은 삼인용 소파 밑에 설치해둔 것이다. 모두 입체음향 효과를 내게 할 목적에서였다.

바로 그때 하늘색 면 블라우스에 허리에 하얀 앞치마를 두른 디르체가 차가 담긴 이동식 찻상을 밀며 들어왔다.

알베르토의 얼굴에 불만스러운 표정이 살짝 스치는 게 보였다. 디르체도 알아차린 게 분명했다.

"교수님께서 곧장 차를 내가라고 하셔서요." 그녀가 방어적으로 덧붙였다.

"괜찮아. 우선 우리끼리 차 한잔 마시지 뭐."

금발 곱슬머리에, 알프스 산자락의 베네토 지방 여인답게 두 뺨이 발그레한 페로티의 딸이, 눈을 내리깔고 조용히 차를 준비하더니 테이블에 찻잔을 내려놓은 뒤 드디어 방에서 나갔다. 방안에 향긋한 비누 냄새와 탤컴파우더 냄새가 남았다. 차에서도 그런 것 같았다. 비누와 분 냄새가 살짝 났다.

차를 마시면서도 나는 주위를 둘러보았다. 너무나도 합리적이고 기능적인데다 현대적이며, 집안의 다른 곳과는 비슷한 데가 조금도 없는 이 실내장식을 나는 감탄하며 바라보았다. 그렇지만 어째서 서서히 불편한 느낌, 답답한 느낌이 커져가는지 그 이유를 알 수 없었다.

"내 스튜디오 실내장식, 맘에 들어?" 알베르토가 물었다.

내가 동의하지 않을까봐 불현듯 초조해 보이는 눈치였다. 물론 맘에 든다고 답하면서 (일어나서 넓은 제도용 책상을 가까이 가서 살펴보다, 창 옆에 비스듬히 놓인 책상 위에 방향을 자유자재로 조절할 수 있는 완벽한 스탠드가 있길래) 간소한 가구, 특히 간접조명에 대한 칭찬을 아끼지 않았다. 조명은 아주 아늑할 뿐만 아니라 작업에도 최상일 것 같다고 말을 보탰다.

가만히 내 말을 듣고 있던 그는 흡족해 보였다.

"가구도 직접 디자인한 거야?"

"무슨, 아니야. 『도무스』하고 『카사벨라』에서 조금씩 베꼈어. 영국 잡지 『스튜디오』에서도 조금…… 코페르타 거리의 목수가 제작해줬지."

내가 그렇게 가구를 칭찬하는 걸 들으면 그 목수도 기뻐하지 않을 수 없으리라고 덧붙였다. 생활하고 작업하고 하는데 뭐하러 흉한 물건과 고물에 둘러싸여 있어야겠는가? 잠피* 말나테의 경우(이 이름을 말하면서 알베르토는 살짝 얼굴을 붉혔다), 그러니까 잠피 말나테에 따르면, 이렇게 꾸며놓은 스튜디오는 스튜디오라기보다는 프랑스식으로 가르소니에르, 즉 독신자 아파트에 가깝다고 넌지시 말했다면서, 더 나아가 훌륭한 공산주의자로서, **그런 사물**은 기껏해야 임시방편, 대용물밖에 될 수 없다고 주장했다는 것이다. 그가 원칙적으로 모든 종류의 임시방편과 대용물에 적대적이기에, 심지어 기술에도, 말하자면 도덕적 정치적 문제를 포함해 사적 문제를 풀 해결책 모두를 완벽히 잠기는 서랍에 넣고 봉해버리는 분위기라서, 기술에도 반대하기 때문이라는 것이다. 알베르토 자신은 어쨌든 의견이 다르다며 자기 가슴에 손을 얹었다. 잠피의 의견을 존중하기는 하지만(물론 잠피는 공산주의자였다. 내가 그걸 몰랐던가?), 그는 이 방에 있는 가구와 도구들, 조용하고 믿음직한 이 친구들이 없었다면 자기 삶이 몹시 혼란스럽고 권태로웠을 것이라고 했다.

그렇게 활기를 띠며 두 가지 다른 생각 중 어느 한쪽을 두둔하는 알베르토의 모습을 본 건 그때가 처음이자 마지막이었다. 우리는 차를 두 잔째 마셨지만 이제 대화가 시들해져 음악에 도움을 청해야 할 순간이 되었다.

우리는 두 장의 음반을 들었다. 디르체가 컵케이크를 가지고 다시 왔다. 마침내 일곱시경에 제도용 책상 옆에 있던 사무용 책상에서 전화벨이 울리기 시작했다.

---

* '잠피에로'의 애칭.

“잠피인지 한번 맞혀볼래?” 알베르토가 전화로 달려가며 우물거렸다.

수화기를 들기 전, 그가 잠시 망설였다. 카드게임을 하는 사람이 카드를 받아든 뒤 자기 운과 마주할 순간을 늦추려 하듯이.

전화한 사람은 내가 금방 알아챘듯 정말 말나테였다.

“그래서, 지금 뭐하고 있어? 못 온다고?” 알베르토가 실망해서 말했는데, 그 목소리에서 거의 어린아이 같은 불만이 묻어났다.

말나테가 아주 오래 이야기를 했다(알베르토의 귀에 달라붙어 있는 수화기에서 굵고 침착한 롬바르디아 말이 울려나오며 수화기가 진동했다). 마지막으로 “잘 있어”라는 말이 들려왔고 통화가 끝났다.

“못 온대.” 알베르토가 말했다.

그가 천천히 소파로 돌아와 의자에 앉아 몸을 쭉 펴며 하품을 했다.

“공장에 붙잡혀 있나봐.” 알베르토가 덧붙였다. “아직 두세 시간 더 있어야 한대. 미안하다네. 너한테도 안부 전해달랬어.”

4

알베르토와 헤어지면서 작별인사차 나눈 "또 보세!"라고 했던 막연한 인사 때문이 아니라, 며칠 후 도착한 미콜의 편지 때문에 다시 그를 만나러 가기로 마음먹었다.

앞뒤로 두 장에 걸쳐 파란색 편지지에다 강렬하면서도 가벼운 글씨체로 망설이거나 고친 부분도 없이 재빨리 써내려간, 지나치게 길지도 짧지도 않은 재치 있는 편지였다. 미콜은 사과로 편지를 시작했다. 갑자기 떠나게 되어 내게 작별인사도 못 했는데, 그녀도 이건 그리 멋진 행동이 아니었다는 걸 인정할 준비가 되어 있었다. 하지만 떠나기 전에 나와 통화해보려 했으나 유감스럽게도 전화 연결이 되지 않았다고 덧붙였다. 그래서 혹시 나를 보거든 바로 자기한테 연락해달라고 알베르토에게 부탁해놨다는 거였다. 일이 이렇게 된 거라면 알베르토가 '무슨 일이 있어도' 나랑 다시 연락해보겠다던 자기 서약을 지킨답시고 날 초대했단 말인가? 냉담하기로 유명한 성격 탓에 항상 모든 이와 연락을 끊어버리곤 하던 알베르토야말로 사람들하고 자주 부대끼는 게 누구보다 필요했건만, 불쌍한 녀석 같으니라고! 미콜의 편지에서 두 페이지 반 정도는 이미 '마지막 목적지를 향해 순항하고 있는' 논문에 대한 이야기였고, 겨울에는 '그저 눈물만 나게' 하는 베네치아를 슬쩍 언급하고는, 뜬금없이 에밀리 디킨슨의 시 번역으로 끝을 맺었다.

나는 미를 위해 죽었네. 조금 전에
묘지로 내려왔지.
누군가 진실을 위해 죽자
옆 묘지에 눕혀졌네.

"당신은 왜 죽었소?" 그가 나지막이 물었지.
내가 말했네. "미를 위해서."
"난 진리를 위해서. 그러니 우리는 똑같구려.
우리는 형제라오." 그가 말했지.

나란히 묘지에서, 둘이 친족처럼
한밤에 만나
그렇게 우리는 이야기했네. 풀이 우리의 이름과 입을
덮어버릴 때까지.

추신이 달려 있었는데 글자 그대로 옮기면 이렇다. "아아, 불쌍한 에 밀리. 이런 종류의 보상은 어쩔 수 없이 비참한 독신생활을 생각하게 한다니까!"

나는 번역이 마음에 들었는데 특히 추신이 인상적이었다. 누구한테 내가 충격받았던 걸까? '불쌍한 에밀리'에게? 그게 아니라면 오히려 스 트레스 받는 상황에서 자기한테 연민을 느끼는 미콜에게?

답장을 쓰면서 나는 다시 한번 조심스레 두꺼운 위장막 뒤에 나를 숨기려 했다. 그녀의 집을 처음 방문했다는 말을 넌지시 꺼내고 나서 내가 얼마나 실망했는지에 대해서는 입을 다물었고, 곧 다시 집으로 찾 아가겠노라고 약속하면서 신중하게 문학 이야기에만 집중했다. 디킨 슨의 시가 훌륭하다고 쓰면서, 그녀가 옮긴 번역 역시 그에 못지않게 아름답다고 했다. 그러고는 그 번역이 내게 흥미로운 지점은 바로 약간 구시대적인 취향, '카르두치적인' 취향* 때문이라고 했다. 무엇보다 나 는 그녀가 충실을 기한 점이 좋았다. 사전을 손에 들고 영어 원문과 비 교해봤는데 결과적으로 어떤 부분에서는, 그러니까 그녀가 '무스키오 muschio, 무파muffa, 보라치나borraccina'**를 의미하는 영어 '모스moss'를 '풀'로 바꾼 그 부분에서는, 논의의 여지가 아예 없다고 할 수는 없었 다. 뭐랄까, 이럴 때는 원문을 충실히 따라 어색하게 옮기기보다는, 불 성실하더라도 아름다운 게 훨씬 좋기에 지금 상태에서도 번역은 완벽 하다고 계속 말해주었다. 어쨌든 내가 그녀에게 지적한 실수를 고치기 란 아주 쉬웠다. 마지막 행만 이렇게 고치면 충분해 보였다.

---

* 카르두치는 낭만주의를 거부하고 고전 연구에 심취해 고전주의를 재창했다.
** 각각 '노루오줌, 곰팡이, 이끼'를 뜻하는 이탈리아어.

나란히 묘지에서, 둘이 친족처럼

한밤에 만나

우리는 이야기했네. 우리의 이름을, 우리의 입을

이끼가 덮어버릴 때까지.

이틀 뒤 미콜이 나의 문학적 조언에 대해 '정말 진심으로 고맙다'는
전보를 보내왔다. 그리고 다음날 자기 번역을 새로 타이핑한 두 가지
버전의 원고를 서류봉투에 담아 우편으로 보내왔다. 나는 그 편지에서
한 단어 한 단어 잘못을 짚어 열 장 분량의 편지를 보냈다. 모든 걸 고
려해봐도 전화할 때보다 편지를 주고받을 때 우리가 훨씬 더 어설프고
생기가 없었기에, 곧 서신 왕래는 중단되었다. 하지만 그사이 나는 다
시 알베르토의 스튜디오를 찾았고 이제 규칙적으로 거의 매일 드나들
다시피 했다.

나처럼 잠피에로 말나테도 어김없이 정확히 비슷한 시각에 그곳을
찾았다. (요컨대 첫 순간부터 서로를 증오하면서 좋아하던 우리는) 대
화를 나누다가 토론을 하기도 하고 종종 다투기도 하면서 그렇게 서로
를 깊이 알아가게 되고 금방 반말하는 사이가 되었다.

미콜이 말나테의 '외모'에 대해 어떻게 표현했는지가 떠올랐다. 나
역시 말나테가 몸집이 크고 중압감을 느끼게 한다고 생각하고 있었다.
나도 미콜처럼 그의 진지함을, 그의 충실함을, 남자다운 솔직함으로 끝
까지 밀어붙이는 그 성격을, 너무나 인간적인 그의 회색 눈에서 빛나던
롬바르디아와 공산주의에 대한 그 흔들림 없는 신뢰를, 몹시 참기 힘들

다는 생각을 자주 하곤 했다. 그러면서도 알베르토의 스튜디오에서 그와 마주앉은 첫날부터 나의 유일한 바람은 이런 것들이었다. 나를 존중해줬으면, 내가 그와 알베르토 사이에 무작정 끼어든 사람이 아니라고 생각해줬으면, 마지막으로 그의 주도로 같은 배를 탄 건 물론 아니지만 매일 만나는 이 삼인조가 서로 잘 어울리지 않는다고 판단하지 않았으면 싶었다. 내가 파이프 담배를 피우게 된 것도 아마 그 무렵으로 거슬러 올라가지 않나 싶다.

우리 두 사람은 많은 이야기를 나누었다(알베르토는 듣고 있는 편을 좋아했다). 하지만 무엇보다 주로 정치 이야기를 했던 건 분명하다.

뮌헨회담*이 체결되고 나서 몇 달 되지 않은 시기였다. 바로 이 때문에 뮌헨회담과 그 결과들이 우리 대화에 자주 등장하는 주제가 되었다. 대게르만제국**에 수데텐 지역을 합병하게 된 히틀러가 이제 앞으로 어떻게 할까? 어떤 방향으로 타격을 주게 될까? 나는 비관주의자가 아니었으니, 이번만큼은 말나테가 내 편을 들었다. 프랑스와 영국이 지난 9월의 위기 끝에 강제적으로 협정에 서명했기에, 이 협정은 오래 지속될 수 없다는 게 내 생각이었다. 맞다. 히틀러와 무솔리니는 체임벌린과 달라디에로부터 베네시의 체코슬로바키아를 포기하게 만들었

---

* 1938년 오스트리아 합병에 성공한 히틀러가 약소국 체코슬로바키아 서쪽의 독일인 거주지 수데텐 지역 할양을 요구하자, 그해 9월 독일(히틀러), 영국(체임벌린), 프랑스(달라디에), 이탈리아(무솔리니)가 뮌헨에서 만나 체결한 협정으로, 전쟁을 피하고자 영국과 프랑스는 이에 동의하고 만다.
** 나치 독일이 이차대전 동안 건국하려 했던 국가의 정식 명칭으로, '도이치 민족의 대게르만제국'의 줄인 말.

다.* 그러니 그다음은? 체임벌린과 달라디에의 자리를 더 젊고 결단력 있는 사람으로 바꾼다면(그게 바로 의원내각제의 장점이야! 내가 외쳤다) 곧 프랑스와 영국은 자기네들 입장을 고수할 수 있을 것이었다. 시간은 그들에게 유리하게 작용할 수밖에 없었다.

그렇지만 대화가 금방 진이 빠질 대로 빠진 스페인 전쟁으로 이어지거나 어떤 식으로든 소비에트사회주의연방을 언급하게 되면, 서구 민주주의와 나에 대한 그의 태도는, 말하자면 이럴 경우 나를 서구 민주주의 대표자이자 수호자로 간주했는데, 금방 경직되어버렸다. 땀이 맺혀 이마가 반짝이고 갈색 머리카락이 덥수룩하게 자란 큰 머리를 앞으로 내밀어 내 눈을 뚫어지게 바라보던 그 모습이 눈에 선하다. 그가 자주 의지하곤 하던, 도덕주의와 감상주의가 뒤섞인 감정을 분출하고자 애타게 시도하는 익숙한 그 눈빛이. 반면 그의 목소리 톤은 낮고 따뜻하며 설득력 있고 인내심이 담겨 있었다. 누구였지, 말해봐. 그가 물었다. 프랑코 반란의 진정한 책임자는 누구였던가? 혹시 처음에 그 반란을 용인했다가 나중에는 직접 지원하고 성원한 프랑스와 영국의 우파들 아니었던가? 형식상으로는 틀린 게 없지만 사실은 애매한 영국과 프랑스의 태도가 1935년 무솔리니가 에티오피아를 한입에 집어삼키게 했듯이, 스페인에서 특히 프랑코 쪽으로 행운의 저울이 기울어지게 한 데에 영국의 총리 볼드윈과 외무장관 핼리팩스, 그리고 당시의 프랑

---

* 에드바르트 베네시(1884~1948)는 1935년 대통령이 되었으나 1938년 뮌헨회담이 성립되자 런던으로 망명했다. 일차대전 때부터 체코슬로바키아 독립운동을 했던 그로서는 나치의 수데텐 합병 때문에 체코슬로바키아 영토의 3분의 1, 100만 명의 체코인, 40퍼센트의 공업설비 상실을 받아들일 수 없었고 이에 항의하다 사직했다. 이차대전중 런던에 망명정권을 수립했고 대선 후 재선되었으나 '2월정변' 이후 사임했다.

스 수상 레옹 블룸 본인의 우유부단함에도 책임이 있었지. 소비에트사회주의연방과 국제여단*에 책임을 돌리는 게 아무 소용이 없다고 그는 더욱 부드러운 말투로 넌지시 말했다. 스페인에서의 상황이 이미 돌이킬 수 없게 전개되고 있는 거였다면 모든 바보가 희생양으로 삼은 러시아를 비난할 필요도 없다는 것이다. 진실은 다른 데 있었다. 러시아만이 두체와 퓌러**가 어떤 사람인지 처음부터 이해했고, 러시아만이 이 두 사람이 틀림없이 동맹을 맺으리라고 분명하게 예견했다는 거다. 반면 어느 시기나 우익이라면 다 그렇듯, 민주주의체제의 전복자인 프랑스와 영국 우익들은 이탈리아 파시스트들과 독일 나치들에 대해 호의어린 시선을 제대로 감추지 못했다. 프랑스와 영국의 반동주의자들이 보기에 두체와 퓌러는 약간 불편하고 살짝 무례하고 지나친 부분이 있긴 해도 모든 면에서 스탈린보다는 나은 사람들일 수 있었다. 다 알다시피 스탈린은 항상 악마였으니까. 오스트리아와 체코슬로바키아를 공격해 합병을 이룩한 독일은 벌써부터 폴란드를 압박하기 시작했다. 어쨌든 프랑스와 영국이 지금 그냥 바라보고 용인하고 있다면 현재의 무능력에 대한 책임은, 바로 지금도 이 두 나라를 통치하는 그 훌륭하고 존경할 만하고 잘 꾸민 신사들, (적어도 옷 입는 방식에서는 19세기의 그 많던 데카당스 문학가들에 대한 향수를 불러일으키고도 남을 만큼) 실크 모자에 프록코트를 입고 있던 바로 그 사람들이 져야 한다는

---

* 1936년 일어난 스페인내란에서 좌파 인민전선 정부를 돕기 위해 구성된 국제적 좌파 연대 의용군.
** 파시스트 체제하에서 쓰이던 '총통, 수령'을 뜻하는 이탈리아어와 독일어로, 각각 무솔리니와 히틀러를 가리킴.

거였다.

하지만 말나테와의 논쟁은 매번 최근 몇십 년간의 이탈리아 역사를 이야기하게 될 때 더욱 활기를 띠었다.

나와 알베르토에게, 결국 파시즘은 건강한 장기를 불시에 공격한 갑작스러우면서도 설명 불가능한 질병이나 다름없는 게 분명하다고 그가 말했다. 아니면 (이쯤에 오면 알베르토는 한 번도 빠지지 않고 부인의 표시로 우울하게 고개를 젓는 반면, 그에 전혀 신경쓰지 않고 말나테가 하던 표현대로) '너희 두 사람 공동의 스승'인 베네데토 크로체*가 좋아하는 문장을 사용하자면, 힉소스**의 침략이라는 것이다. 간단히 말해 우리 두 사람은 졸리티, 니티, 오를란도, 심지어 살란드라와 팍타***의 자유로운 이탈리아가 완전히 아름다웠고 신성했으며, 황금시대에 나온 일종의 경이로운 산물로서, 그때와 비슷하게 되돌아가는 게 적절하다고 생각했다. 그렇지만 잘못 생각한 것이다, 우리가 얼마나 잘못 생각했는지 안다면! 질병이란 게 갑자기 발생한 건 절대 아니었다. 오히려 아주 멀리서부터, 그러니까 리소르지멘토 운

---

* 반파시스트 지식인을 대변하는 이탈리아의 철학자이자 사학자.

** '이민족 통치자'를 가리키는 고대 이집트어 '헤카 크세웨트'에서 유래한 말로, 나일강 동부의 델타 유역을 점령한 민족. 힉소스는 기원전 17세기에 들어 세력을 확장했으며, 108년간 고대 이집트를 통치했다.

*** 모두 일차대전 이후 피폐한 이탈리아의 무산계급 운동을 이끌고 일당독재를 거부하며 파시스트 체제 초기에 활동했던 내각 수상들로, 오를란도-니티-졸리티 순으로 실각했으며, 사회당과 파시스트 측의 화해가 깨져 이후 등장한 파시스트국민당 의장으로 팍타가 앉았고, 살란드라는 무솔리니와 더불어 오랫동안 파시스트당 연립 정부를 구성하려 했으나 하급 지위를 거부하고 단독정부를 수립하고자 하는 무솔리니를 막지 못했다.

동* 초기부터, 이렇게 말해도 된다면 자유와 통합을 위한 움직임에 민중의, 진정한 민중의 참여가 전혀 없다는 특징을 지닌 그 운동의 초기부터 다가오고 있었다. 졸리티? 무솔리니가 마테오티**가 암살당한 뒤 자신의 주위가 모두 무너져내리고 국왕마저 동요하고 있던 1924년, 그 위기를 극복할 수 있었다면 우리는 바로 그 점에 대해 **우리의** 졸리티와 베네데토 크로체에게 감사해야 했으리라. 두 사람 모두 전진하는 민중계급이 장애물을 만나 그 전진 속도를 늦추기만 할 수 있다면 어떤 괴물이라도 참을 준비가 되어 있었다. 무솔리니가 호흡을 가다듬을 시간을 준 사람들은, 바로 우리들의 이상인 그 자유주의자들이었다. 여섯 달도 채 지나지 않아 두체는 출판의 자유를 억압하고 정당을 해산시키는 것으로 그들의 기여에 보답했다. 조반니 졸리티는 정치 일선에서 물러나 피에몬테 시골로 몸을 숨겼다. 베네데토 크로체는 다시 좋아하는 철학과 문학 연구로 돌아갔다. 하지만 그들보다 훨씬 죄가 덜한 사람, 아니 완전히 아무 죄도 없는 사람이 한층 더 가혹한 대가를 치러야 했다. 아멘돌라와 고베티***는 죽을 만큼 맞았다. 필리포 투라티****는 가여운 안나 부인을 불과 몇 년 전 땅에 묻은 밀라

노에서 멀리 떠나 유배 생활중에 사망했다. 안토니오 그람시*는 우리의 그 유명한 감옥에 갇혔다(작년에 감옥에서 사망했다. 우리도 그 사실을 알고 있지 않았나?). 이탈리아 도시노동자와 농민들은 그들의 타고난 지도자와 함께 사회적인 자유를 얻고 인간의 존엄성을 되찾을 수 있다는 실질적인 희망을 모두 잃어버렸다. 그리고 이미 거의 이십여 년 전부터 식물인간이 되어 소리 없이 죽어가고 있다고 했다.

나는 여러 가지 이유 때문에 이런 말나테의 생각들에 반박하기가 쉽지 않았다. 우선 아주 어릴 때부터 가정에서 사회주의와 반파시즘의 공기를 호흡해온 말나테의 정치적인 식견이 나를 압도했기 때문이다. 두 번째로는 그가 나한테 억지로 둘러씌우고자 하는 역할(그의 말에 따르면 베네데토 크로체의 책들을 읽고 정치적 식견을 쌓은 데카당스한 혹은 '신비적인' 문학가의 역할)이 내가 보기에는 부적절하고 맞지 않아서, 우리들 사이에 어떤 논쟁이 불붙기 전에 거부해야만 할 것 같아서였다. 사실 나는 모호하게 빈정거리는 듯한 미소를 지으며 아무 말 하지 않는 편을 좋아했다. 그의 말을 들으며 침묵을 지켰다.

알베르토로 말하자면, 그 역시 물론 아무 말도 없는 편이었다. 대개는 반박할 게 거의 없어서라는 이유였지만, 주로 친구 말나테가 내게 격노하게 내버려두기 위해서였는데, 알베르토가 특히 이를 마음에 들어했던 건 너무나 자명하다. 세 사람이 몇 날 며칠을 한방에 틀어박혀 논쟁을 벌이다보면, 결국 두 사람이 한편이 되고 한 사람만 홀로 남는 게 숙명적이다. 알베르토는 잠피의 의견에 동조하고 그와의 유대감을

---

* 1891~1937. 정치사상가로 이탈리아공산당을 창설했다.

보여주기 위해 잠피가 종종 나랑 한통속이 되든 말든 그의 모든 것을 받아들일 준비가 되어 있는 것 같았다. 사실이었다. 무솔리니와 그 일당들이 이탈리아 유대인들에게 온갖 종류의 비난을 퍼부으며 더더욱 횡포를 부려가는 중이라고 말나테가 예를 들었다. 일명 '파시스트 학자들' 열 명이 작성한 지난 7월에 선포된 악명 높은 인종법을 말나테는 어떻게 생각해야 할지, 수치스럽다고 해야 할지 우습다고 해야 할지 모르겠다고 했다. 하지만 이런 상황을 인정한다면, 그가 덧붙이기를, 우리들이, 1938년 이전에 반파시스트 '이스라엘인'이 몇 명이나 있었는지 자신한테 말해줄 수 있을는지? 거의 없었다, 라며 그가 우려를 표했다. 알베르토가 그에게 여러 차례 말해주었듯, 페라라에서도 파쇼 단에 등록한 숫자는 언제나 아주 많았지만 반파시스트는 소수였다는 것이다. 나만 해도 1936년 파시스트 정권 때 베네치아에서 열린 문예경연대회에 참가했지 않았느냐는 거다. 그 시기에 이미 나는 크로체의 저작 『19세기 유럽사』를 읽고 있었을 텐데? 아니면 이듬해 1938년 나치에 의해 오스트리아가 병합된 해를, 그러니까 이탈리아의 인종차별주의 조짐이 최초로 나타난 그해까지 내가 기다리고 있었다는 건가?

그에게 한 방 먹으니 웃음이 났는데, 이따금 반박하긴 했지만 나도 모르게 그의 솔직함과 진지함에 압도되어, 더 자주 아니라고 반복해서 답하게 됐다. 물론 그런 그의 태도는 다소 지나칠 정도로 거칠고 무정하며, 비유대적이라고 나 스스로 되뇌곤 했지만, 따지고 보면 정말 인간적이고 따뜻했는데, 진정한 평등주의와 형제애가 담겨 있었기 때문이다. 그러다가 말나테가 어느 순간 알베르토를 향해 신랄한 말을 퍼부으면서 어쩌면 아주 농담 같지만은 않은 말로 알베르토와 그의 가족을 비난할 때, 그러니까 알베르토와 그의 가족이 '결국' 더러운 지주에다 사악한 대지주일 뿐만 아니라 중세 봉건제도를 그리워하는 게 분명한 귀족들이기 때문에 '결국' 이제 와서 지금껏 그들이 특권을 누렸던 봉토에 어떤 식으로든 값을 지불한다는 게 전혀 부당한 것만은 아니라고 말할 때(알베르토는 태풍이 불어올 때 거센 바람으로부터 자신을 보호하듯 몸을 구부린 채 눈물이 날 정도로 웃어젖히면서 고개를 끄덕여 그 자신은 정말 기꺼이 값을 치를 수 있다는 뜻을 나타냈는데), 나는 친구를 향해 버럭하는 말나테의 이런 말을 듣는 순간이 솔직히 즐거웠다. 1929년 이전의 어린아이가, 엄마 옆에서 유대인 묘지가 있는 그 길을 따라 걸을 때면 핀치콘티니 가문의 웅장하면서도 쓸쓸한 가족 묘를 두고 그녀가 '흉물스럽다'고 표현하는 소리를 어김없이 듣곤 하던 그 아이가, 갑자기 내 마음 깊은 곳에서 툭 튀어나와 심술궂게 박수를 쳤던 것이다.

한편 말나테가 내 존재를 거의 잊어버린 듯 보이는 일이 종종 벌어지곤 했다. 그가 알베르토와 밀라노 '시절'을, 그 당시 두 사람 모두와 친했던 남자 및 여자 친구들, 함께 자주 들르던 식당, 라스칼라극장의 저녁 공연, 아레나 경기장이나 산시로 스타디움에서 벌어진 축구 경기, 산과 리비에라 해안으로 떠났던 주말여행들을 회상할 때 대개 이런 일이 생겼다. 두 사람 모두 회원들에게 만장일치로 하나의 자격조건, 즉 지성만을 요구하는 어떤 '그룹'에 속해 있었다고 어느 날 밤 말나테가 친절하게 설명해주었다. 정말 거기서 보낸 시간들은 굉장했어! 그가 한숨을 쉬었다. 어떤 식의 편견이나 수사학도 경멸하던 그 시간들이 그들에게는 가장 아름다운 젊은 시절이었다는 것 말고도, 그때는 리리코

극장의 발레리나인 글래디스의 시절이기도 했다. 그녀는 몇 달 동안 그와 친구로 지냈다(진심으로 글래디스는 나쁜 점이 하나도 없었지, 쾌활하고 '좋은 친구'였고, 간단히 말해 타산적이지 않고 적당히 문란하고⋯⋯). 그런데 알베르토에게 반했지만 아무 소용이 없자 두 사람 모두와 연락을 끊어버렸다는 것이다.

"알베르토가 왜 계속 글래디스를 거절했는지 이해가 안 돼, 가여운 글래디스." 말나테가 살짝 윙크하며 말했다.

그러더니 알베르토를 돌아보았다.

"용기를 내. 그때 이후로 삼 년도 더 지났고 우린 범죄 현장에서 거의 삼백 킬로미터나 떨어진 곳에 있잖아. 이제 우리 최종적으로 패를 다 보여주는 게 어때?"

하지만 알베르토는 얼굴을 붉히며 질문을 피했다. 그리고 그 글래디스라는 여자 이야기는 다시 하지 않았다.

말나테는 일 때문에 우리가 사는 지방 쪽으로 와서 좋다고 자주 말하곤 했다. 페라라라는 도시도 좋아해서 나와 알베르토가 이 도시를 무덤이나 감옥으로 생각할 수 있다는 게 그에게는 솔직히 말도 되지 않는 것 같다며 말을 이었다. 우리가 처한 상황이 물론 특별하다고 할 수 있긴 하다면서. 하지만 우리가 이탈리아에서 박해받는 유일한 소수집단이라고 생각하면 잘못이라는 거다. 무슨 소리란 말인가! 그가 일하는 공장의 노동자들을 우리가 어떻게 생각하는지? 감정도 없는 짐승들이라고? 그가 알고 지냈던 노동자들 중 몇몇은, 당원증도 결코 가져본적 없는데도 진정한 사회주의자나 공산주의자들이라고 할 수 있다는 것이다. 그리고 그런 이유로 수없이 맞고 그 상처에 '기름을 바르면서도' 계속해서 대담하게 자신들의 사상을 고수하고 있다고 했다. 그들의 비밀회합 중 어느 모임에서, 어쩌면 자전거를 타고 멀리 메솔라와 고로에서 일부러 왔을지도 모를 노동자와 농민들 말고도, 시내에서 아주 유명한 변호사 서너 명도 만나 살짝 놀라기도 했다고 한다. 이는 여기 페라라에서도 모든 부르주아가 파시즘 편은 아니며 부르주아계급 모두가 배신을 한 상태는 아니라는 증거라고. 우리 두 사람이 클렐리아 트로티 이야기를 한 번도 들어본 적이 없었던가? 없다고? 자, 그녀는 초등학교 교사 출신의 노인인데, 그가 듣기로는 젊은 시절부터 페라라 사회주의운동의 기둥이었고 지금도 계속 그렇다고 한다. 사실이다! 일흔 살 나이에도 불구하고 활기차고 유쾌하게, 회합이란 회합에는 죄다 참석한다고 한다. 말나테는 바로 이런 회합에서 그녀를 만났단다. 그녀가 지닌 안드레아 코스타*식의 인도주의적 사회주의에 대해서는 그냥 지나치는 게 나은데, 분명 거기서는 크게 기대할 게 없기 때문이다. 하지만 그녀의 내면에는 얼마나 뜨거운 열정이, 믿음과 희망이 담겨 있던지! 신체적인 면에서도, 특히 파란 눈과 이제는 백발이 됐지만 금발임이 틀림없었을 그 머리는, 필리포 투라티의 동반자였던 안나 부인을 생각나게 하더라는 것이다. 1922년 무렵 밀라노에서 그가 어릴 적에 만난 안나 부인 말이다. 변호사인 말나테의 아버지는 1898년 투라티와 안나와 함께 거의 일 년간 옥살이를 했다. 두 사람과 친분이 두터웠던 그의 아버지는, 일요일 오후 갈레리아에 있던 투라티의 소박한 아파트

---

* 1851~1910. 제1인터내셔널 이탈리아 지부에 가담했다가 바쿠닌의 무정부주의에서 이탈해 합법적 사회투쟁을 조직했다. 1882년 사회주의자로서 최초의 의원이 되었으며, 개량주의적 경향을 강화해 1908년 하원 부의장으로 선출되었다.

로 위험을 무릅쓰고 둘을 찾아가곤 했던 몇 안 되는 사람 중 하나였다. 그리고 말나테도 자주 아버지를 따라 거기에 가곤 했다고 한다.

아니, 제발. 페라라는 우리가 하는 이야기를 듣고 누군가 떠올릴 수도 있을 법한 그런 감옥이 절대 아니었다. 물론 공업단지에서 보면 둥근 원같이 오래된 담 안에 갇혀 있어, 특히 날이 안 좋을 때면 고립되고 고독한 도시라는 인상을 쉽게 받을 수 있다. 그렇지만 페라라 주위는 풍요롭고 생기 넘치는 비옥한 들판이고, 그 들판 끝으로 사십여 킬로도 못 가서 바다와 한적한 해변이 펼쳐지며, 해변 가장자리로는 아름다운 털가시나무와 소나무 숲이 자리잡고 있다. 그렇다, 바다는 언제나 대단한 자원이다. 하지만 이것 말고도, 그가 결심했듯이 안으로 들어와 가까이에서 선입견 없이 자세히 살펴보게 되면, 다른 모든 도시와 마찬가지로 페라라는 정직과 지성과 선량함, 그리고 용기까지도 자신의 가슴 안에 품고 있던 도시다. 다만 눈멀고 귀먹은 사람들, 아니면 메마른 사람들만이 이를 무시해버리거나 인정하지 않을 뿐.

5

초기에 알베르토는 걸핏하면 자신이 곧 밀라노로 떠날 거라고 알렸다. 하지만 서서히 그런 말을 입에 올리지 않았고, 그러다 보니 그의 논문에 대한 화제는 우리가 조심스레 피해야 할 난처한 문제가 되기에 이르렀다. 그는 논문 이야기를 꺼내지 않았고, 물론 우리도 언급하지 않길 바랐다.

이미 말했다시피 그가 우리 논쟁에 끼어드는 일은 좀체 없었고 있었다 해도 사소한 말뿐이었다. 그는 말나테 편이었다. 이 점은 의심할 바가 없었다. 말나테가 승리하면 기뻐한 반면, 내가 승리자로 윤곽이 드러나면 걱정했다. 하지만 대개는 입을 다물고 있었다. 기껏해야 가끔 몇 마디("아, 이거 멋진걸, 그리고!……" "그렇지만 이런 면에서는……" "잠깐만, 차분히 보자……" 같은) 감탄의 말들을 슬그머니 하다가 뒤이어 짧게 웃거나 소리 죽여 헛기침을 할 때도 있었다.

심지어 그는 신체적으로 몸을 움츠리거나 자꾸 자리에서 사라지려 하는 경향이 있었다. 나와 말나테는 대개 방 한가운데에, 한 사람은 긴 소파에 한 사람은 일인용 소파에 마주보고 앉았다. 가운데에 탁자가 있었고, 둘 다 환한 불빛 아래에 있었다. 우리가 자리에서 일어나는 일이라곤 침실에 딸린 작은 화장실에 가거나 정원 쪽으로 난 넓은 유리창으로 날씨가 어떤지 살펴보러 갈 때뿐이었다. 알베르토는 우리와 반대로 방 안쪽, 이중 바리케이드가 된 책상과 제도용 책상 뒤쪽에 앉는 걸 좋아했다. 그가 자리에서 일어서면 우리는 곧 팔꿈치를 옆구리에 딱 붙이고 까치발로 방안 여기저기를 돌아다니는 그를 보곤 했다. 그는 라디오 겸용 전축의 음반을 갈아끼웠는데, 음악소리가 우리 목소리를 압도하지 않게 항상 주의를 기울였다. 재떨이를 지켜보다가 수북해지면 화장실로 비우러 갈 준비를 했다. 간접조명의 강도를 조절하기도 하고 혹시 차를 더 마실지 조그맣게 물어보기도 했으며 몇몇 물건의 위치를 바로잡아놓기도 했다. 요컨대 그는 오로지 단 하나, 손님들의 중요한 두뇌가 가능한 한 최상의 환경에서 작동할 수 있도록 하는 일에만 신경쓰며, 분주히 움직이고 배려하는 집주인 같은 분위기를 풍겼다.

그렇지만 나는 그 방 안에서 답답한 기분을 막연하게 느꼈는데, 그런 분위기를 공기 중에 퍼뜨려 우리에게 그 공기를 들이마시게 한 사람이 바로 알베르토라고, 그렇게 꼼꼼하고 질서정연하며 예측하지 못한 사려 깊은 행동을 하며 자기 전략들대로 움직이는 알베르토라고 확신했다. 잘 모르겠지만, 우리의 대화가 중단되었을 때 그가 내가 앉은 소파의 장점을, 그러니까 등받이가 척추를 보다 곧게 펴도록 도와주는

'해부학적' 자세를 '보증'해준다는 것을 보여주려 할 때 즉각 그런 느낌을 받았다. 혹은 파이프 담배가 담긴 조그만 검은 가죽가방을 열어 내게 내밀며, 우리의 던힐과 세계질병부담GBD 연구로부터 최고의 맛을 이끌어내기 위해서, 그가 보기에 없어서는 안 될 다양한 품질의 살담배를 내게 상기시킬 때도 마찬가지였다. 또는 그만 감지한 듯 분명하지 않은 이유로 야릇하게 웃으며 라디오 겸용 전축 쪽으로 턱을 들면서 어떤 스피커의 소리를 차단했다고 알려줄 때도. 그런 상황 혹은 이와 유사한 상황에서 내 신경은 숨죽이며 항상 폭발할 틈을 노렸고 점점 더 금방이라도 터져버릴 듯 위태로워졌다.

어느 날 밤 나는 더이상 참을 수 없는 지경이 되었다. 물론이야, 내가 말나테를 향해 소리를 질렀다. 그가 아마추어 애호가 같은, 간단히 말해 관광객 같은 태도를 지니고 있어서 페라라를 너그럽게 바라보고 참아줄 수 있는 거라며 그런 그가 부럽다고 했다. 그렇지만 정직하다는 둥 선의가 넘치는 도시라는 둥 기타 등등으로 페라라에 대해 말하는 그가 바로 며칠 전 오전에 나한테 벌어진 일에 대해서는 어떻게 생각할까?

나는 이야기를 시작했다. 며칠 전 아침에 자료와 책을 가지고 시엔체 거리에 있는 시립도서관 열람실에 가서 공부해야겠다는 그럴듯한 생각이 떠올랐다. 중학교 때부터 자주 드나들어 약간은 집처럼 편안한 곳이었다. 그 오래된 건물 사람들은 누구를 막론하고 내게 친절했다. 내가 문학부에 입학하고 나자 관장인 발롤라 박사는 나를 동료로 생각하기 시작했고, 곧이어 자신의 조그만 특별 서재에 보관하고 있던 아리오스토*의 전기 자료와 관련된 십여 년에 걸친 연구에 나를 참여시키려고 자기 옆에 앉혔다. 그는 이 연구로 분명 '카탈라노**가 이 분야에서 이뤄낸 괄목할 만한 성과'를 뛰어넘을 수 있다고 호언장담했다. 그리고 직원 여러 명이 있었는데, 그들 역시 나를 신뢰했고 친하게 지내서, 책을 빌려야 할 때 대출증에 기록을 남겨야 하는 지루한 일을 면제해주었을 뿐만 아니라 가끔 도서관에서 담배도 한 대씩 피우게 해주었다.

그래서 내가 말했듯, 그날 아침 거기 도서관에 들러 공부해야겠다는 묘안을 생각해낸 것이다. 하지만 열람실 책상에 앉아 내게 필요한 책을 꺼내기가 무섭게 직원 한 사람이, 폴레드렐리라는 예순 살가량의 뚱뚱하고 쾌활하며 파스타 아시우토를 즐기는 것으로 유명할 뿐만 아니라 사투리가 아니면 두 마디도 제대로 못하는 그 직원이, 내게 다가오더니 당장 나가라고 명령했다. 사람 좋은 폴레드렐리가 불룩한 배를 힘껏 안으로 들이밀고 완전히 꼿꼿하게 서서 심지어 표준어로, 큰 소리로 관장님이 이 문제에 대해서 공식적으로 어떤 분명한 명령을 내렸는지를 설명했다. 그러니까 내가 당장 일어나서 나가줬으면 좋겠다고 그가 다시 말했다. 그날 아침 열람실에는 특히 중학생들이 많았다. 무덤 속처럼 고요한 가운데 오십여 개의 눈과 귀가 그 장면을 지켜보고 있었다. 계속 말하지만, 즉시 자리에서 일어나 책상에 늘어놓은 내 물건들을 챙겨 모두 가방에 다시 넣고 커다란 유리 출입문 쪽으로 한 걸음 한 걸음 간

<hr>

* 르네상스 후기의 대표적인 서사시인으로, 페라라의 데스테 후작 궁정에서 일했다. 서사시 『광란의 오를란도』로 유명하다.
** 문헌학자로 이탈리아 도서관과 문서보관소의 자료들을 수집해서 『아리오스토의 생애』(1931) 등을 썼다.

다는 게 나로서는 조금도 유쾌하지 않았다. 여러 학생이 그 광경을 지켜보았기 때문이기도 했다. 좋다. 그 불쌍한 폴레드렐리는 명령을 시행하기만 할 뿐인 사람이다. 하지만 그, 말나테가 혹시라도 우연히 폴레드렐리를 만나게 된다면(이 폴레드렐리가 트로티 여선생님의 그룹에 속해 있을지 누가 알겠는가) 상당히 주의해야 할 필요가 있었다. 한없이 선량해 보이는 서민적인 그 큰 얼굴에 속아넘어가지 않게 조심해야 하는데, 그런 그의 표정은 가식적으로 꾸민 것일 테니 말이다. 장롱처럼 넓은 그 가슴에는 마찬가지로 커다란 심장이 들어 있을 것이다. 물론 민중의 체액이 넘치겠지만 절대 신뢰해서는 안 된다.

그런데, 그런데! 나는 쉴새없이 말했다. 지금 말나테가 알베르토가 아니라, 그러니까 항상 시내와 결부된 생활에서 한 발 떨어져 있는 이 집안이 아니라 나에게, 알베르토와는 달리 다른 사람들에게 지나칠 정도로 개방적이고 그들과 뒤섞여 살 준비가 되어 있는 환경에서 태어나 성장한 나에게 훈계하려 드는 건 다소 경우에 어긋났다. 우리 아버지는 전쟁에 자원해서 참가했고 1919년에 파시스트 당원증을 받았다. 나 역시 어제까지 대학생파시스트단에 속해 있었다. 그러니까 우리는 지극히 정상적인 사람들이므로, 아니 속물적일 정도로 정상적이므로, 지금 갑자기 우리에게 정상을 벗어난 행동을 요구한다는 건 정말 터무니없는 일인 것이다. 아버지는 지부에 불려가서 당에서 축출되었다는 통보를 받았다. 그리고 상인클럽에서도 탐탁지 않은 회원으로 취급되어 제명되었다. 우리 아버지가, 불쌍한 그 양반이, 내 눈으로 본 것보다 덜 비통해하고 덜 당황스러운 얼굴을 했다면 그게 오히려 이상한 일일 테지. 내 동생 에르네스토더러 대학에 가고 싶으면 프랑스로 옮겨 그르노블공과대학에 들어가야만 한다고 했어야 했나? 이제 막 열세 살이 된 내 여동생 파니한테 비냐탈리아타 거리의 이스라엘 학교에서 중학교 과정을 계속 다니라고 강요해야만 했던 걸까? 학교 친구들이며 어릴 적 친구들과 갑자기 헤어진 내 동생들한테 그들이 아주 예외적으로 처신하리라고 기대했어야 하는 걸까? 말도 안 된다. 가장 증오할 만한 반유대주의는 이런 것이다. 유대인들은 다른 사람들과 **전혀** 다르다고 불평하다가, 또 반대로 그들이 주변 환경에 거의 완벽하게 동화되었다는 것을 확인하고는 유대인들이 다른 사람들과 마찬가지라고, 그러니까 평균적인 사람들과 조금도 다르지 않다고 불평하는 것이다.

너무 분노에 빠져 있어서인지 나는 우리가 논쟁하던 주제에서 상당히 벗어나버렸다. 그리고 주의깊게 가만히 내 말을 듣던 말나테는 놓치지 않고 그 점을 주지시켰다. 내가 반유대주의자라고? 그가 투덜거렸다. 솔직히 그는 그런 비난을 한 번도 들어본 적이 없었다! 나는 여전히 몹시 흥분해서 대꾸하고 다른 말을 덧붙이려 했다. 그러나 바로 그 순간 알베르토가 놀란 새처럼 정신없이 재빠르게 내 논적의 등뒤로 지나가면서 애원의 눈길로 나를 보았다. '그만해, 제발 부탁이야!' 그의 눈이 그렇게 말하고 있었다. 그가 절친한 친구도 모르게 우리 둘만 아는 비밀로 하자고 호소하는 게 이상한 사건 같아서 내게는 충격적이었다. 나는 반박하지도, 다른 말을 덧붙이지도 않았다. 그 즉시 독일 음악가 부슈가 연주하는 베토벤 첫 악장이 담배 연기 자욱한 방안에 울려퍼지면서 나의 승리를 암시해주고 있었다.

하지만 그날 밤이 중요했던 이유는 그것만이 아니었다. 여덟시 무렵부터 비가 내리기 시작했는데 어찌나 세차던지, 알베르토가 누군가와,

아마도 어머니였던 듯한데, 가족들끼리만 통하는 말로 짧게 대화를 나눈 뒤, 우리에게 저녁식사를 하고 가라고 권했다.

말나테는 흔쾌히 받아들였다. 그는 거의 언제나 조반니 식당에서 '외로운 개처럼 혼자' 식사한다고 했다. '가정'에서 식사하며 저녁을 보낼 수 있다는 게 믿기지 않는 듯했다.

나도 수락했다. 하지만 집에 전화해서 물어봐야 했다.

"당연하지!" 알베르토가 크게 말했다.

나는 알베르토가 늘 앉던 책상에 앉아 전화를 걸었다. 누군가 전화를 받을 때까지 기다리는 동안 나는 옆을, 빗줄기가 줄줄이 흘러내리는 창문 너머를 바라보았다. 짙은 어둠 속에 빼곡히 서 있는 나무들은 그 형태만 겨우 분간할 수 있었다. 정원 나무들 사이의 짙은 어둠 그 너머 어디에선가 작은 불빛이 깜빡였다.

마침내 구슬픈 아버지 목소리가 들렸다.

"아, 큰애냐?" 아버지가 말했다. "걱정하고 있었다. 어디서 전화하는 거냐?"

"밖에서 저녁 먹을게요." 내가 대답했다.

"비가 이렇게 오는데!"

"그러게요."

"아직도 핀치콘티니 집에 있는 거냐?"

"예."

"몇시에 집에 들어오든 내 방에 좀 잠깐 들러라. 너도 알다시피 내가 요새 잠을 잘 못 자니까……"

내가 수화기를 내려놓고 눈을 들었다. 알베르토가 나를 보고 있었다.

"됐어?" 그가 물었다.

"됐어."

우리 셋은 함께 복도로 나가 여러 개의 홀과 작은 방을 지나 넓은 계단으로 내려갔다. 야회복 재킷에 하얀 장갑을 낀 페로티가 계단 아래에서 기다리고 있었다. 우리는 그 옆을 지나 곧장 식당으로 갔다.

다른 식구들이 벌써 다 모여 있었다. 에르만노 교수와 올가 부인, 레지나 부인, 그리고 베네치아에서 온 외삼촌 중 한 사람인 결핵전문의였다. 외삼촌은 식당으로 들어오는 알베르토를 보자 일어나서 그에게로 와 양쪽 뺨에 입을 맞췄다. 그런 다음 산만하게 손가락으로 눈까풀 가장자리를 밑으로 누르더니 자신이 왜 여기 있는지를 이야기하기 시작했다. 왕진 때문에 볼로냐에 다녀와야만 했다며, 돌아가던 차에 기차를 갈아탈 때까지 시간이 남아 잠시 들러 저녁을 먹는 게 좋겠다고 생각했다는 것이다. 우리가 들어갔을 때 에르만노 교수와 올가 부인, 외삼촌은 불을 피워둔 벽난로 앞에 앉아 있었고, 요르가 그들 발치에 몸을 쭉 펴고 누워 있었다. 반면 레지나 부인은 중앙 샹들리에 바로 밑쪽 식탁에 벌써 자리잡고 앉아 있었다.

핀치콘티니가에서의 내 첫 저녁식사는(아직 1월이었던 것 같은데), 그 겨울 내내 마그나도무스에서 내가 함께 했던 다른 여러 차례의 저녁식사와 뒤섞여 어쩔 수 없이 혼동되곤 한다. 그렇지만 그날 저녁 먹은 음식은 이상하리만치 정확하게 생각난다. 그러니까 닭간과 쌀을 넣은 수프, 육즙으로 만든 투명한 젤리로 굳힌 칠면조 미트볼, 그리고 검은 올리브와 식초에 절인 시금치 줄기가 소금에 절인 소혀 요리에 곁들여 나왔고, 초콜릿 케이크와 신선한 과일, 말린 과일, 호두, 땅콩, 건

포도, 잣이 있었다. 또한 우리가 식탁에 앉자마자 알베르토가 작정하고 최근 내가 시립도서관에서 쫓겨난 이야기를 꺼냈던 일도 또렷이 생각난다. 그리고 그런 소식을 들은 어른 네 명이 전혀 놀라지 않아서 다시 한번 내가 충격받았던 것도. 그뒤 식사 내내 계속 그때의 전반적인 상황에 대해 이야기하고 가끔 그와 관련해 발롤라와 폴레드렐리의 이름이 언급되었는데, 그 네 어른은 별로 쓸쓸해하지도 않았고 평상시처럼 우아하게, 거의 명랑하게 빈정대기만 했다. 그렇다, 명랑했다. 그뒤에 에르만노 교수는 명랑하고도 기쁜 목소리로 내 팔짱을 끼며, 앞으로 내가 원할 때는 언제든 자유롭게, 거의 이만 권에 이르는 이 집의 책들을 이용해도 된다고 했다. 교수는 그중 상당수가 19세기 중반과 후반 이탈리아문학에 관련된 책이라고 말했다.

하지만 첫날 저녁부터 무엇보다 인상적이었던 것은 바로 식당 그 자체였다. 아르누보양식의 불그레한 목재 가구들과 부드러운 곡선의 아치형에, 거의 인간의 입 같은 넓은 벽난로가 자리잡고 있었고, 소리 없이 비가 쏟아지는 깜깜한 정원이 보이는, 노틸러스호*의 현창舷窓 같은 유리창이 한 면을 모두 차지한 벽을 제외하고 삼면의 벽이 가죽으로 장식되어 있었다. 너무나도 내밀하고 너무나도 잘 보호되어 있어, 그러니까 이렇게 말해도 된다면, 잘 숨겨져 있다고도 할 수 있었고, 무엇보다 젊은이 심장에 이따금 게으르게 타오르는 일종의 불길을 보호해줄 만한 곳으로, 그 당시의 나에게, 이제야 그걸 알았다만, 어찌나 잘 어울

---

* 역사적으로 유명한 세 척의 잠수함 이름. '노틸러스'는 '앵무조개'를 뜻하는데, 역사적으로 잠수함 이름으로 사용해왔다. 1870년 발표된 쥘 베른의 공상과학소설 『해저 2만 리』는 이를 소재로 했다.

렸던지!

식당 문을 넘자마자 나나 말나테 모두 아주 따뜻한 환영을 받았는데, 언제나 친절하고 쾌활하고 활기 넘치던 에르만노 교수는 말할 것도 없고, 심지어 올가 부인도 우리를 반겨주었다. 식탁 자리를 배정한 사람도 바로 부인이었다. 말나테가 부인의 오른쪽에 앉게 되었다. 내 자리는 반대쪽 식탁 머리에 앉은, 그녀 남편의 오른쪽이었다. 그녀의 동생 줄리오는 그녀 왼쪽 자리, 그러니까 누나와 노모 사이에 앉게 되었다. 발그레한 두 뺨에 숱이 많고 그 어느 때보다 비단처럼 윤기가 흐르는 풍성한 머리의 아름다운 레지나 부인은 그렇게 자리가 배정되는 동안 온화한 표정으로 즐거운 듯 주위를 둘러보았다.

내 앞쪽에 차려진 접시와 유리컵과 나이프와 포크는 일곱번째 손님을 기다리며 거기에 준비되어 있는 듯했다. 페로티가 아직 리조인브로도* 그릇을 들고 주위를 돌고 있을 때, 내가 에르만노 교수에게 그의 왼쪽 자리는 누구를 위해 준비된 거냐고 조그맣게 물었다. 그러자 그가 목소리도 안 낮춘 채 그 자리는 '아마도' 그 누구를 위한 자리도 아닐 거라고 대답했다(그러더니 손목에 찬 큰 오메가 시계로 시간을 확인하고 고개를 저으며 한숨을 쉬었다). 늘 미콜이, 그가 말한 대로 정확히 표현하자면 '나의 미콜이' 앉던 자리였기 때문이다.

---

* 쌀과 고기, 채소를 섞은 이탈리아식 수프.

6

에르만노 교수가 허풍을 떤 게 아니었다. 그 집에 있는 거의 이만 권에 이르는 책들 중 과학이나 역사 혹은 다양한 학문적 주제를 다룬 책들이 상당히 많았고, 새로운 이탈리아문학*과 관련된 서적은 실제로 수백 권이었다. 그리고 세기말 카르두치의 영향력이 지배적이었던 문학계에서 출간된 책, 그러니까 카르두치가 볼로냐대학에서 학생들을 가르치던 수십 년 동안에 출간된 책은, 단 한 권도 빠짐없이 소장되어 있다고 할 수 있었다. 카르두치의 시와 산문뿐만 아니라 판차키, 세베리노 페라리, 로렌초 스테케티, 우고 브릴리, 귀도 마초니, 젊은 파스콜리와 판치니, 아주 어린 발지밀리의 작품들도 있었다. 대개가 초판이었고

---

* 베네데토 크로체가 발표한 비평서 『신이탈리아문학』(1914~1940, 총 6권)과 연관되는 대목으로, 여기서 크로체는 이탈리아 통일기부터 일차대전까지를 다루고 있다.

거의 모든 책에 요제테 아르톰 디 수세가나*에게 헌정한다는 저자의 자
필 서명이 들어 있었다. 이층 에르만노 교수의 개인 서재 옆의 넓은 홀
벽면 하나를 다 차지한 유리 책장 세 개에, 정성스레 분류해서 꽂아놓
은 이 책들 전부가, 볼로냐의 아르키진나시오도서관을 포함해 모든 공
공도서관이 소장하기를 갈망하는 장서들이라는 데에는 의심의 여지가
없었다. 장서들 중에는 거의 찾아보기 힘든, 플라톤 번역자로 유명한
19세기 철학자이자 역사학자 프란체스코 아크리의 서정적 산문집들까
지 소장되어 있었다. 그러니까 프란체스코 아크리가 알베르토와 미콜
의 할머니에게 바친 헌사들이, 모두 똑같이 다정하고 자신이 헌사를 바
치는 여인의 오만한 아름다움을 남자로서 충분히 인식하고 있음을 여
실히 보여주고 있다고 치면, 고등학교 졸업반 때 멜돌레시 선생님이 우
리에게 자신 있게 말했듯이(멜돌레시 선생님도 아크리의 제자였기 때
문에) 그가 그렇게 '성인聖人'은 아니었다고 할 수 있다.

전문화된 도서관 전체를 자유롭게 이용할 수 있다는 것 말고도, 매
일 아침 그곳의 넓고 따뜻하고 조용한 방에서 시간을 보내고 싶은 마
음이 이상하게 강렬해서, 그뒤 두 달 반 동안 거기서 판차키에 관한 내
논문을 그럭저럭 끝마칠 수 있었다. 윗부분에 빨간 세로 줄무늬가 있
는, 흰 비단 장식 커튼이 달린 넓은 유리창으로 햇빛이 비쳤고, 방 한가
운데에는 쥐색 펠트 천을 깐 당구대가 길게 자리잡고 있었다. 내가 정
말 원했다면 논문을 좀더 일찍 끝냈을지 누가 알겠는가. 하지만 과연
내가 그렇게 하려고 애썼을까? 아니, 오히려 아침에도 핀치콘티니가

---

* 이탈리아 베네토주 트레비소 지방의 수세가나시(市)의 여 남작 요제테 아르톰을 가리
킨다.

에 갈 수 있는 권리를 가능하면 더 오래 누리려고 애쓰지 않았을까? 물론 3월 중순경에(그사이 미콜이 졸업했다는 소식이 도착했다. 110점 만점에 110점을 받았다고 했다) 나는 여전히, 미콜이 고집스레 멀리하고 있는 그 집을 아침에도 이용할 수 있는 초라한 특권에 게으르게 매달려 있었다. 이제 가톨릭 부활절이 얼마 남지 않았는데, 그해에는 유대인 부활절인 페사흐*와 날짜가 거의 비슷했다. 봄이 문턱에 와 있기는 했지만 그 전주에는 이상하리만치 많은 눈이 내렸고, 그뒤 다시 강추위가 찾아왔다. 겨울이 영영 떠나고 싶어하지 않는 것 같았다. 그래서 나도, 어둡고 불가사의한 공포의 호수가 자리잡은 내 마음도, 지난 1월 에르만노 교수가 당구대가 있는 넓은 방 가운데 창 아래에 갖다둔 작은 책상에서 떨어지지 않았다. 그렇게 함으로써 마치 붙잡을 수 없이 흐르는 시간을 정지시킬 수나 있을 것처럼. 나는 자리에서 일어나 창가로 가서 정원을 내려다보았다. 완전히 새하얀 오십 센티 두께의 눈 이불 밑에 파묻힌 바르케토델두카는 북구 전설에나 나올 법한 곳 같았다. 이따금 눈과 얼음이 더이상 녹지 않고 영원히 지속되었으면 좋겠다는 바람에 불현듯 사로잡히곤 했다.

그 두 달 반 동안 나의 일상은 거의 똑같았다. 직장인처럼 정각 여덟시 반에 집에서 추운 공기 속으로 나와 거의 언제나처럼 자전거를 타든가 가끔 걷든가 했다. 아무리 많이 걸려도 이십 분 후면 에르콜레프리모데스테 대로 끝에 있는 대문 앞에 가서 초인종을 눌러 정원을 가로질러갔다. 2월 초부터는 노란 납매의 기분좋은 향기가 정원에 맴돌

았다. 나는 아홉시면 벌써 당구대가 있는 방에서 공부를 시작했고, 한 시까지 그곳에 머물렀다. 그리고 오후 세시경에 다시 그곳으로 갔다. 시간이 좀더 흘러 여섯시경이면 말나테도 만나리라 확신하며 알베르토의 방에 들렀다. 이미 말했듯 그러다 보면 결국 말나테와 나는 자주 저녁식사에 초대받곤 했다. 그뿐만 아니라 사실 이제 저녁을 밖에서 먹는 게 너무 평범한 일상이 되어버려, 나는 집에 전화도 하지 않게 되었다. 아마 집을 나서면서 어머니에게 말했을 것이다. "오늘 저녁에 거기 있을 것 같아요." 거기. 더 정확히 말할 필요도 없었다.

내가 몇 시간씩 공부하고 있어도 아무도 나타나지 않았다. 열한시경 은쟁반에 커피 한 잔을 내오는 페로티 말고는. 이것, 바로 열한시 커피도 금방 일상적인 의식이 되어, 나나 페로티 둘 다 불필요한 말은 하지 않아도 될 만큼 습관화되었다. 내가 커피를 다 마실 때까지 기다리면서 페로티가 혹시 말을 거는 경우, 이를테면 집안 '상황'에 대한 것이 있는데, 그는 '아가씨'가 너무 집을 오래 비워서 집안 상황이 상당히 위태롭다고 생각했다. 물론 다 좋다, 아가씨가 교수가 될 테니, 물론……(그리고 '물론'이라는 말을 할 때면 의문이 담긴 찡그린 표정을 지었는데, 이는 여러 가지를 암시할 수 있는 표정이었다. 주인들, 이렇게 운좋게 태어난 주인들은 먹고살려고 돈을 벌 필요가 전혀 없다는 의미이기도 했고, 어쨌든 우리들의 대학 졸업장을 실제로는 아무 쓸모 없는 단순한 휴짓조각으로 만들어버릴 인종법을 암시할 수도 있었다)…… 어쨌든 아가씨가 집에서 달아나면, 아가씨가 없으면, 집이 순식간에 '엉망진창'이 되어버리므로 달아나더라도 가끔씩만, 가령 일주일은 집에 있고 일주일은 떠나 있는 식으로 했어야만 했다는 것이다. 페로티는 나와 있을 때면 언제나 틈을 노려 주인들에 대한 불만을 늘어놓았다. 불신과 불만의 표시로 입술을 깨물며 눈을 찡긋했고 고개를 젓기도 했다. 올가 부인 이야기를 할라치면 투박한 검지로 자기 이마를 톡톡 치기도 했다. 물론 그 말에 내가 맞장구를 쳐주거나 비열한 험담에 끼어들라는 그 유혹에 결코 넘어가거나 한 건 아니었지만, 나는 그런 이야기가 듣기 싫었을 뿐만 아니라 들으면 마음이 상하기도 했다. 잠시 후 내 침묵과 차가운 미소를 접한 페로티한테 남은 일이라곤, 나를 다시 홀로 남겨두고 그 자리를 뜨는 것밖에 없었다.

어느 날은 페로티 대신 그의 작은 딸 디르체가 왔다. 그녀 역시 내가 커피를 다 마실 때까지 책상 옆에서 기다렸다. 나는 커피를 마시며 그녀를 슬쩍 훔쳐보았다.

"이름이 뭐예요?" 빈 잔을 건네며 묻는데 내 가슴이 쿵쿵 뛰기 시작했다.

"디르체예요." 웃으며 대답하는 그녀의 얼굴이 새빨개졌다.

늘 입던 파란색의 두꺼운 면 블라우스를 입고 있었는데, 이상하게도 그녀한테서 기분좋은 아기방 냄새가 났다. 그녀의 눈길을 찾는 내 시선을 피하며 달아나듯 그녀가 나가버렸다. 잠시 후 나 역시 방금 일어났던 일이(그런데 무슨 일이 일어나긴 일어난 건가?) 비겁하고 저열한 배신행위라도 되듯 어느새 부끄러워졌다.

가족 중에 가끔 모습을 보이는 사람은 에르만노 교수밖에 없었다. 교수는 방 끝 쪽에 있는 서재 문을 살며시 열고 발끝으로 조심스레 방을 가로질러왔기 때문에, 매번 책상 근처 내 앞에 있는 자료나 책 쪽으로 몸을 숙일 때에야 그가 왔음을 알아차릴 수 있었다.

“잘돼가나?” 교수가 흡족한 얼굴로 물었다. “순풍에 돛 단 듯이 잘되고 있는 것 같은데!”

내가 일어서려 했다.

“아니야, 아니야, 공부 계속하게.” 그가 큰 소리로 말했다. “난 금방 갈 거야.”

대개 교수는 오 분 이상 머물지 않았고, 그 시간에도 항상 내 논문작업에 흥미를 갖고 있으며 내가 보여주는 끈기를 높이 사고 있음을 어떻게든 표현하려 애썼다. 반짝이는 뜨거운 눈으로 그가 나를 바라보았으니 말이다. 마치 나한테, 문학가와 학자로서의 내 미래에, 뭔지 모르지만 뭔가를 기대하고 있는 것처럼, 그만이 아니라 나 자신도 초월해야 할 어떤 비밀스러운 계획을 내가 달성해주기를 기대하고 있는 것처럼. 그리고 나에 대한 교수의 이런 태도로 사실 우쭐해질 때도 있었지만 나로서는 불편하기도 했던 게 기억난다. 왜 당신의 아들인 알베르토에게 이런 걸 요구하지 않는 걸까, 나는 자문해보았다. 졸업을 포기한 알베르토에게 아무런 반대의사도 표하지 않고 그를 안타까워하지도 않는 건 무슨 이유일까? 그리고 미콜은? 미콜은 베네치아에서 지금 내가 하는 일과 똑같은 일을 하고 있다. 그녀는 거의 학위논문 마무리 단계에 있었다. 그런데 교수가 미콜을 언급하는 일은 거의 없었다. 혹은 얼핏 이야기하긴 해도 애석해하는 바가 없었다. 말하자면 이런 분위기였다. ‘그앤 여자잖아. 여자들은 가사를 돌보는 게 훨씬 좋지, 문학은 무슨!’ 그런데 내가 정말 교수를 믿고 있기나 했던 걸까?

어느 날 아침, 교수가 평상시보다 훨씬 더 오래 머물며 대화를 나누었다. 이리저리 말을 돌리다가 그가 다시 한번 카르두치의 편지와 베네치아와 관련한 자신의 '소소한 작업' 이야기를 꺼냈다. 그가 보관하고 있는 모든 자료가 다 '저기에' 있다고 하면서 내 등뒤 자신의 서재를 넌지시 가리켰다. 교활해 보이기도 하고 뭔가를 권하는 것 같기도 한 표정으로 그가 불가사의한 미소를 지었다. '저기'로 나를 데려가고 싶어 하면서도 동시에 그곳으로 데려다달라고 내가 직접 자기한테 말해주기를 바라는 게 분명했다.

나는 서둘러 교수 뜻에 따랐다.

그렇게 우리는 서재로 옮겨갔는데, 당구대가 있는 넓은 방보다 조금밖에 작지 않았지만 각양각색의 물건들이 믿기지 않을 정도로 뒤죽박죽 놓여 있어, 그 방보다 훨씬 좁아 보였다. 아니, 협소했다.

그 방에도 책들이 아주 많았다. 문학 서적들이 (수학, 물리학, 경제학, 농학, 의학, 천문학 등등) 다양한 분야의 책들과 뒤섞여 있었고, 페라라나 베네치아 지역 관련 역사서들은 '유대인의 고대'를 다룬 책들과 같이 있었다. 당구대가 있는 방 책장과 같은 유리 책장에는 책들이 무질서하게 되는대로 꽂혀 있었고, 넓은 호두나무 책상 대부분도 책에 뒤덮여 있어서, 에르만노 교수가 그 책상에 앉으면 아마 베레모 끝만 겨우 보일지도 몰랐다. 의자들 위에도 책들이 위태롭게 쌓여 있었고, 심지어 바닥에까지 여기저기 몇 군데씩 책이 무더기로 쌓여 있었다. 그리고 큰 지도 하나와, 독서대, 현미경, 기압계 대여섯 개, 검붉은 칠을 한 철제 금고, 새하얀 수술 침대, 다양한 크기의 모래시계 여러 개와 청동 팀파니, 조그만 독일식 업라이트피아노, 그 위 피라미드 모양의 케이스에 들어 있는 메트로놈 두 개, 그리고 이런 물건들 말고도 어디에 사용하는지 잘 알 수 없고 지금은 정확히 떠올릴 수 없는 다른 물건들이 셀 수도 없었다. 이 물건들로 인해 그 방은 파우스트의 실험실 같은 분위기를 풍겼다. 에르만노 교수가 먼저 그 방을 보고 웃으며 개인적이고 사적인 자기 약점이라도 되듯, 거의 젊은 시절 일시적 취미의 잔재라는 듯 변명을 해댔다. 그런데 대개 그림들이 지나칠 정도로 많이 걸려 있는 이 집의 다른 방과 달리, 이 방에서는 딱 한 점밖에 보이지 않았다는 걸 깜빡하고 말하지 않았다. 그 그림은 19세기 말 초상화가 프란츠 폰 렌바흐가 그린 실물 크기의 거대한 초상화로, 제단 뒤쪽의 장식처럼 책상 뒷벽에 묵직하게 걸려 있었다. 눈부시게 아름다운 금발의 여인이 어깨를 그대로 드러낸 채 장갑 낀 손에 부채를 들고 서 있었다. 여인은 길게 끌리는 흰색의 비단 드레스를 입었는데, 긴 다리와 완벽한 몸매를 강조하려고 옷자락을 앞으로 모으고 있었다. 두말할 필요도 없이 요제테 아르톰 디 수세가나 여 남작이 틀림없었다. 대리석 같은 이마에 아름다운 눈, 오만한 입술, 그 가슴! 정말 여왕 같았다. 그날 아침에도, 그 이후에도, 우리가 서재에 있을 때 에르만노 교수가 유일하게 농담 대상으로 삼지 않은 게 있다면 그건 자기 어머니의 초상화였다.

어쨌든 바로 그날 아침에 드디어 베네치아에서 쓴 소책자 두 권을 선사받았다. 두 권 중 하나는 리도섬에 있는 이스라엘 묘지의 비명들을 모두 수집해 번역한 거라고 교수가 설명해주었다. 대신 또다른 한 권에는, 17세기 초반 베네치아에 살았던 유대인으로 그 당시에는 유명했지만 지금은 '안타깝게도' 잊힌 여성 시인에 대한 기록이었다. 시인의 이름은 사라 엔리케즈(엔리케스인지도 모른다) 아비그도르였다. 그녀는 구 게토에 있던 집에서 수십 년 동안 중요한 문학 살롱을 열었다. 페라라-베네치아 출신의 학식이 뛰어난 랍비 레오네 다 모데나 이외에도,

그 당시 최고의 문학가들이 열심히 드나들었던 살롱이다. 이탈리아 문학가들만이 아니었다. 그녀는 '최고'의 소네트를 상당히 많이 썼는데, 이 소네트들은 지금도 그 아름다움을 재확인해줄 수 있는 사람을 기다리고 있다고 했다. 그녀는 유명한 안살도 체바와 사 년이 넘게 탁월한 편지들을 주고받았다. 안살도 체바는 제노바 출신 신사로 에스텔 왕후에 관한 서사시를 썼는데, 사라를 가톨릭으로 개종시키려는 생각을 늘 가지고 있었지만 결국 아무리 고집을 피워도 소용없음을 알고는 포기해야만 했다. 결론적으로 정말 대단한 여인이었다. 반종교개혁이 한창이던 시기에 이탈리아 유대인의 영광이자 자랑인 여인으로, 자기 아내의 모계 쪽이 바로 이 시인의 혈통이 확실한 듯하기에 어떤 면에서 보면 '가문'의 영광이기도 하다고, 에르만노 교수가 내게 말하며 헌사 두어 줄을 써주려고 책상에 앉았다.

교수가 일어나 책상을 돌아와서 내 팔짱을 끼고 나를 출창出窓으로 데려갔다.

그럼에도 불구하고 내게 알려줘야 할 의무감을 느끼곤 하는 문제가 하나 있다고 했다. 교수는 누가 들을까 겁나는 듯 목소리를 낮추며 계속 말했다. 혹시 앞으로 내가 사라 엔리케즈, 혹은 엔리케스 아비그도르를 연구할 기회가 오면(이 주제는 그가 젊은 시절에 했던 연구보다 오히려 훨씬 신중하고 깊이 있는 연구를 할 만한 가치가 있다면서) 갑자기, 운명적으로 내가 서로 맞지 않는…… 어울리지 않는…… 몇몇 견해와 만나게 될 게 틀림없으리라는 거였다. 간단히 말하면 대개는 시인과 동시대에 살았던 문학가들(질투와 반유대주의 정서가 넘쳐흐르는 중상모략가들)이 쓴 글들인데, 그 글들에서는 시인 이름으로 널리

읽히는 소네트들이, 심지어 그녀가 체바에게 쓴 편지들조차 아마……
음…… 그녀의 작품이 아님을 은근히 암시하는 경향이 있다고 했다.
그러니까 자기 기억에 의지해보면, 그는 분명 이런 중상모략가들이라
는 존재를 무시할 수 없었고, 그래서 내가 보게 되겠지만 실제로 그런
모략들을 꼼꼼하게 다 기록해두었다는 거였다. 어쨌든……

교수는 내 반응이 미심쩍었던지 잠시 말을 멈추고 내 얼굴을 자세히
살폈다.

어쨌든, 그가 다시 말했다. 내가 '미래의 어느 날' 재평가를…… 음,
면밀한 검토를…… 시도해봐야겠다고 생각하거나…… 결심한다 해
도, 지금부터 어쩌면 생생하기도 하고, 어쩌면 솔깃할 수도 있겠지만
무엇보다 올바른 길을 벗어난 악의적인 평가를 지나치게 믿지는 말라
고 조언했다. 요컨대 최고의 역사가가 할 일은 무엇인가? 무엇이 옳고
정의로운가에 대한 의식을 잃지 않은 채 길을 가서 진리에 도달하는
것을 이상으로 제시하는 것이다, 라면서 물었다. 자네 역시 동의하는
가?

나는 동의의 표시로 고개를 끄덕였다. 그러자 교수가 안도하며 손바
닥으로 내 등을 가볍게 쳤다.

그러고 나서 내 곁을 떠나 구부정하게 서재를 가로질러가더니, 몸을
숙이고 금고를 만지작거려 열었다. 그러더니 파란색 벨벳에 덮인 작은
상자를 꺼냈다.

그가 돌아서서 환하게 웃으며 창가로 돌아왔다. 상자를 아직 열기
전, 내가 이게 뭐라 짐작할지 자신이 추측해보고 있다고 했다. 이 안에
바로 유명한 카르두치의 편지들이 보관되어 있다는 거였다. 편지는 열

다섯 통이었다. 자신이 보기에 편지가 모두 다 흥미로운 건 아니라고 덧붙였다. 열다섯 통 가운데 다섯 통에는 오로지 '우리 시골'에서 생산되는 살라마 다 수고*에 대한 이야기밖에 없으니까. 시인은 그것을 선물로 받아 그 진가를 '높이' 평가하고 있다는 것을 편지에서 보여주었다. 그렇기는 하지만 분명 내게 깊은 인상을 남길 편지를 한 통 발견하게 될 거라고 했다. 이미 역사적 우파**의 위기가 서서히 지평선에 윤곽을 드러내기 시작한 1875년에 쓴 편지였다. 1875년 가을에 카르두치의 정치적 입장은 다음과 같아 보였다. 민주주의자이자 공화주의자이자 혁명적인 사람으로서, 자신은 아고스티노 데프레티스의 좌파를 지지할 수 없다고 단언했다. 게다가 "스트라델라의 까칠한 술집 주인"***과 그의 친구 '떼거리들'은 저속한 사람들, '소인배들'로 보였다. 그들은 절대 이탈리아의 소명을 되찾아줄 수 없고 고대 조상들의 이탈리아에 걸맞게 위대한 국가로 만들 수도 없을 것이며……

우리는 서재에서 저녁식사 때까지 이야기를 나누었다. 결론적으로 말해 그뒤에는 그렇게 되었다. 그날 아침 이후로 당구실과 그 옆 서재로 통하는, 항상 닫혀 있던 그 문이, 자주 열려 있게 되었다. 우리는 각자 자기 방에서 대부분의 시간을 보냈다. 그렇지만 에르만노 교수가 내

---

* 돼지고기로 창자 속을 채우고 와인과 향신료를 넣어 일 년 동안 숙성시킨 페라라의 전통 소시지.

** 1861년부터 1876년까지 이탈리아 국정을 담당한 온건자유주의자들로 구성된 정부. 20세기 우파와 구별하기 위해 '역사적'이라는 형용사를 사용한다.

*** 카르두치의 『야만스러운 오드』에 수록된 시 「로마」의 한 행. 원래는 "까칠하고 유령 같은 스트라델라의 술집 주인"으로, 스트라델라의 술집 주인은 아고스티노 데프레티스에 대한 경멸적인 호칭이다.

게 오거나 내가 교수에게로 가서 이전보다 훨씬 자주 만나게 되었다. 문이 열려 있을 때면 심지어 문을 사이에 두고도 몇 마디 나누기까지 했다. "지금 몇시지?" "작업은 어떻게 돼가나?" 같은 말들이었다. 몇 년 뒤, 1943년 봄, 내가 감옥에 수감되었을 때, 늑대 입 같은 통풍구를 향해 크게 소리질러 이름 모르는 옆방 수인과 나누었던 대화들도 이런 종류였다. 무엇보다 스스로의 목소리를 듣고 살아 있음을 느껴야 할 필요 때문에 나눈 말들이었다.

7

그해 우리집에서 유월절은 단 한 번의 저녁식사만으로 끝났다.

그걸 원한 사람은 아버지였다. 에르네스토도 집에 없고 예전과 같은 유월절은 잊어야만 한다고 아버지가 말했다. 그리고 그 밖에 우리가 무얼 할 수 있단 말인가? 그 사람들, 나의 그 핀치콘티니들은 다시 한번 아주 훌륭한 능력을 보여주었다. 정원이 있다는 핑계로 일하는 사람들을 모두 데리고 있으면서, 처음부터 끝까지, 하녀가 아니라 채소밭을 경작하는 농부 아낙네로 보이게 만들었다. 그렇지만 우리는? 엘리사와 마리우차를 어쩔 수 없이 내보내고, 그녀들 대신 맹한 표정의 코헨 노파를 데리고 있은 뒤로, 사실 더이상 집안일을 도와줄 사람을 고용하지 못하고 있었다. 이런 상황에서는 우리 어머니도 기적을 만들어낼 능력이 없는 것이다.

"안 그렇소, 나의 천사?"

'나의 천사'는 예순의 리카 코헨 양에게 우리 아버지처럼 그렇게 따뜻한 감정을 가지고 있지 않았다. 코헨은 공동체에 속한 고상한 은퇴자였다. 우리 중 누군가 그 불쌍한 노파에 대해 호의적이지 않은 이야기를 할 때 늘 그렇듯, 어머니는 기뻐하면서도 유월절을 간소히 보내자는 생각에 진심으로 감사해했다. 좋아요. 어머니가 동의했다. 첫날 저녁만 차리면 되는데, 그걸 준비하는 데 얼마나 걸릴까? 평상시처럼 뚱한 표정을 하고 있을 '저기 저 사람'—어머니는 턱으로 주방에 있는 코헨을 가리켰다—도움 없이 나와 파니 두 사람이 서둘러서 한다면 말이지. 어쩌면 바로 이렇게 하는 게 나을지도 모르겠네. 다리에 힘도 없는 '저기 저 사람'이 어쩔 수 없이, 특히 위험을 무릅쓰고 접시와 큰 그릇들을 가지고 너무 여러 번 왔다갔다하지 않게 하려면 혹시 이렇게 해야 하지 않을까. 주방에서 멀리 떨어진 거실에서 식사하느니, 게다가 눈이 내려 시베리아보다 더 추운 올해에는 거실에다 식탁을 차리느니, 여기 이 아침식사를 하는 식당에서 식사를 하는 게……

저녁식사는 유쾌하지 않았다. 식탁 중앙에는 의식용 '과자들'과 아로세트* 그릇, 나물 다발, 효모를 넣지 않은 빵과 만이인 내 몫의 삶은 달걀이 들어 있는 바구니가, 에스더 할머니가 사십 년 전 직접 수놓은 흰색과 파란색 비단 보자기 밑에서 부질없이 위압적으로 놓여 있었다. 빠짐없이 신경써서 준비했지만, 아니 바로 그랬기에 식탁은 고인이 된 가족들을 기리기 위해서만 마련되는, 키푸르의 저녁 식탁과 너무나 비슷

---

* haròset. 저민 나무 열매나 사과에 포도주와 향신료를 섞어 넣은 것.

한 모습이었다. 뼈는 몬테벨로 거리 끝의 유대인 공동묘지에 묻혀 있지만 영혼으로, 초상으로 함께 앉아 있는 고인들을 위한 식탁. 이제 오늘밤 여기 그들의 자리에 우리 산 사람들이 앉아 있었다. 하지만 예전에 비해 그 수가 줄었고 예전처럼 즐거워하지도 웃지도, 크게 떠들지도 않았다. 오히려 죽은 사람들처럼 우울하고 생각에 잠겨 있었다. 나는 아버지와 어머니를 보았다. 불과 몇 달 사이에 두 분 다 갑자기 늙으신 듯했다. 파니를 보았다. 이제 열다섯 살이었지만 비밀스러운 공포가 성장을 가로막은 듯 열두 살 이상으로는 보이지 않았다. 삼촌과 숙모들, 사촌들을 차례로 보았다. 그들 대부분을 몇 년 뒤 독일 화장장의 소각로가 집어삼켜버렸다. 물론 그날 그들은 자신들이 그렇게 생을 마감하리라고는 상상도 못했을 테고 나도 마찬가지였다. 그렇기는 해도 이미 그때, 그날 저녁 촌스러운 중산층 모자 밑으로 보이는, 혹은 중산층들이 즐겨 하는 파마머리로 장식한 그들의 가여운 얼굴들이 그렇게 무의미해 보이긴 했어도, 그들의 머리가 너무나 둔감해 오늘의 현실이 어떤 의미가 있을지 평가하고 내일을 읽어내기에는 부적절하리라는 걸 알고 있기는 했어도, 이미 그때 내 눈에는 불가사의한 숙명의 엄숙한 기운이 그들을 감싸고 있는 것처럼 보였다. 지금도 기억 속에서 그들을 감싸고 있는 그 기운이. 나는 가끔 대담하게 주방문에서 빼꼼히 얼굴을 내미는 코헨 할머니를 바라보았다. 부유한 유대인 가정에 가사도우미로 가려고 비토리아 거리의 양로원에서 나온 예순 살의 고상한 미혼 여성 리카 코헨의 남은 소원은 그곳으로, 양로원으로 가는 것과, 상황이 더 나빠지기 전에 세상을 뜨는 것, 두 가지밖에 없었다. 마지막으로 어두운 수면 같은 앞쪽 거울에 비친 나 자신을 보았다. 나 역시 벌써 머리가 약간 셌고, 나 역시 동일한 톱니바퀴 속에 들어가 있었지만, 마지못해 거기에 끼어 있으면서도 아직은 포기하지 않은 상태였다. 나는 아직 죽지 않았다, 속으로 말했다. 나는 아직 분명히 살아 있어! 그러나 그때, 아직 살아 있었다면, 뭐 때문에 다른 사람들과 그곳에 계속 앉아 있었던 걸까? 그 절망적이고 기괴한 유령들의 모임을 왜 당장 박차고 나가지 않은 걸까? 아니면 적어도 '차별'이니 '애국공로상'이니, '가계 증명서' '유대 혈통 비율' 같은 소리를 듣지 않기 위해, 게다가 의미 없는 한탄, 단조롭고 우울하고 불필요한 애가를 듣지 않기 위해, 귀를 틀어막지 않았단 말인가? 저녁식사는 그런 식으로 같은 말을 되새김질하며 몇 시간이나 이어질지 알 수 없었다. 거기다 우리 아버지는 씁쓸하면서도 재미있다는 투로 최근 몇 달 동안 당한 다양한 '모욕'과 관련한 이야기를 자주 떠올렸다. 그 이야기는 지부에서, 파시스트당 지부의 비서인 영사 볼로녜시가 죄책감을 느끼는 괴로운 눈빛으로 아버지를 어쩔 수 없이 당 등록자 명단에서 제명시켰다고 알렸던 사건에서 시작해서, 상인클럽 회장이 아버지를 불러 역시 슬픈 눈으로 아버지가 '탈퇴'한 것으로 간주해야만 한다고 알린 일로 끝이 났다. 아버지는 우리에게 할말이 많았다! 자정까지, 새벽 한시까지, 두시까지라도! 그다음에는? 그다음에는 마지막 장면, 작별의 장면이 펼쳐질 것이다. 그 광경이 눈에 선했다. 우리는 학대받는 가축떼처럼 무리 지어 어두운 계단을 내려가곤 했다. 현관 주랑에 도착하면 누군가(어쩌면 나일 수도 있는데) 앞서 나가서 길 쪽으로 난 출입문을 열었다. 그리고 이제 마지막으로 헤어지기 전에 나를 포함해 모두가 다시 잘 자라는 인사와 행운을 빌어주며 악수와 포옹을 나누고 양쪽 뺨에 입을 맞추었다. 그런데 한밤의 어둠을 배경으로 반쯤 열려 있던 출입문으로, 그때 갑자기 돌풍이 불어닥친다. 한밤에 시작된 태풍 바람이다. 현관 주랑으로 몰려들어와 주랑을 가로질러 쉬이익 소리를 내며 정원과 주랑을 갈라놓은 철책들을 지난다. 그러면서 좀더 머물고 싶어하는 사람들을 강제로 흩어놓고, 머뭇거리며 아직도 이야기를 나누고 있던 사람들의 목소리를 거친 울부짖음으로 집어삼켜버린다. 가냘픈 목소리, 가느다란 비명소리들은 곧 눌리고 만다. 가벼운 나뭇잎처럼, 종잇조각처럼, 흐르는 세월과 두려움 때문에 하얗게 센 머리에서 떨어져나온 머리카락처럼 모두를 날려버린다…… 오, 이렇게 되니 에르네스토가 이탈리아에서 대학을 다닐 수 없었던 게 행운이었다. 에르네스토는 굶주림에 시달려 몹시 힘들고 프랑스어에 능숙하지 않아 공과대학 수업을 거의 이해하지 못한다는 편지를 그르노블에서 보내왔다. 그러나 굶주림에 시달려 힘들면서도 시험을 통과하지 못할까 걱정하는 그애는 얼마나 행복한가. 나는 여기 남아 있다. 여기 남아 다시 한번 자존심 때문에, 애매하고 불명료하고 무기력한 희망을 먹고 자라는 고독을 과감히 선택했다. 사실 나에게는 더이상 희망이 없었다. 그 **어떤** 희망도.

하지만 앞일을 그 누가 예측할 수 있을까?

사실 열한시경 아버지가 전반적으로 우울한 분위기를 날려버릴 뚜렷한 목적으로 (아버지가 가장 좋아하는 노래이자 스스로 자신의 '전투마'라고 부르던) 유쾌한 자장가 〈하느님 아버지가 산 염소〉를 막 시작했을 때, 우연히 눈을 들어 내 앞쪽 거울을 보다가 갑자기 내 등뒤의 전화방 문이 살그머니 천천히 열리고 있는 걸 발견했다. 열린 문틈으로 코헨이 조심스레 얼굴을 내밀었다. 그 할머니는 나를, 바로 나를 보고 있었다. 흡사 내게 도움을 청하고 있는 듯 보였다.

나는 일어나 다가갔다.

"무슨 일이에요?"

전화선에 대롱대롱 매달린 수화기를 가리키더니, 출입구 쪽으로 난 문을 통해 반대쪽으로 사라져버렸다.

깜깜한 어둠 속에 혼자 남은 나는, 수화기를 귀에 대기도 전에 전화 건 사람이 알베르토라는 걸 알아차렸다.

"노랫소리가 들리는데?" 알베르토가 이상하게 신이 나서 외쳤다. "너희는 어디까지 진행됐어?"

"〈하느님 아버지가 산 염소〉까지."

"아, 좋아. 우린 벌써 끝났어. 우리집에 올래?"

"지금!" 내가 깜짝 놀라 소리쳤다.

"그러면 어때. 우리집은 화제가 다 떨어져가기 시작했어. 그러니 지략으로 유명한 네가 오면 틀림없이 분위기를 살릴 수 있을 거야."

그가 킬킬거렸다.

"그리고……" 그가 덧붙였다. "네가 깜짝 놀랄 만한 일도 있어."

"깜짝 놀랄 일? 그게 뭘까?"

"와서 봐."

"정말 미스터리인데."

심장이 두방망이질했다.

"말해줘."

"빨리, 나한테 애원하지 말고. 다시 말할게. 와서 봐."

나는 곧바로 출입구로 가서 외투, 목도리, 모자를 집은 뒤 주방에 고개를 들이밀고 코헨에게, 혹시 나를 찾으면 잠깐 외출할 일이 생겨 나갔다고 말해달라고 조그만 소리로 부탁했다. 이 분 뒤 나는 벌써 거리에 나와 있었다.

달빛이 환한, 춥고 청명한 밤이었다. 거리를 지나는 사람은 아무도, 거의 아무도 없었다. 매끄러운 조베카 대로와 에르콜레프리모데스테 대로는 텅 비어 있었으며, 거의 소금처럼 새하얘서 넓은 스키 슬로프 두 개가 내 앞에 펼쳐진 듯했다. 온몸으로 달빛을 받으며 거리 한가운데로 자전거를 내달렸다. 귀가 얼어붙어 무감각해졌다. 그래도 저녁에 포도주를 몇 잔 마신 덕에 춥지는 않았다. 아니, 오히려 땀이 났다. 자전거 앞바퀴가 단단하게 얼어붙은 눈 위를 살짝 스쳤고 그때 위로 날린 마른 눈가루들이 마치 스키를 탈 때처럼 대담한 행복감을 한없이 내게 안겨주었다. 옆으로 미끄러질까 겁낼 틈도 없이 서둘러 달렸다. 그러면서 알베르토가 말한, 핀치콘티니가에서 나를 기다리고 있을 깜짝 놀랄 일이 뭔지 생각해보았다. 혹시 미콜이 돌아온 걸까? 그렇지만 이상했다. 미콜이 왜 직접 전화를 안 했겠는가? 그리고 어째서 저녁식사 전에 아무도 사원에서 미콜을 못 봤지? 사원에 미콜이 왔었다면 아마 내가 벌써 알았을 텐데. 아버지가 식탁에서 늘 그러듯 (나더러 들으라고, 그러니까 의식에 불참시 나를 그렇게 에둘러 질책하려고) 거기 의식에 모인 사람들을 하나씩 거론하곤 했는데, 미콜을 빼놓았을 리가 없었다. 핀치콘티니가와 헤레라가 사람들을 한 사람 한 사람 거명했지만 거기에 미콜은 없었다. 혹시 마지막 순간에, 바로 아홉시 십오분에 자기 혼자 왔을 수도 있으려나?

한층 더 새하얘진 환한 눈과 달빛 속에서 나는 바르케토델두카로 들어섰다. 중간쯤 가서 판필리오 운하 다리로 들어서기 조금 전, 갑자기 커다란 그림자가 내 앞을 가로막았다. 요르였다. 잠시 후 요르가 맞다는 걸 확인하긴 했지만 그러기 전에 하마터면 비명을 지를 뻔했다. 하지만 요르를 알아보고 나자마자 겁이 내 마음속에서 거의 몸이 굳을 정도의 어떤 예감으로 탈바꿈했다. 그러니까 사실이었어, 나는 속으로 생각했다. 미콜이 돌아왔다. 거리 쪽 초인종이 울리는 소리를 듣고 식탁에서 일어나 아래로 내려와서는, 지금 요르를 보내고 가족과 친한 사람들만 이용하게 되어 있는 작은 문 앞에서 나를 기다리고 있었던 것이다. 다시 페달을 좀더 밟고 나니, 거기에 미콜이 있었다. 조그맣고 시커먼 그림자가 새하얀 전등빛을 배경으로 또렷하게 나타났는데, 난방기에서 나오는 따뜻한 기운이 그 어깨를 스치며 감쌌다. 다시 몇 초가 더 흘렀다. 그녀의 목소리가, '안녕' 하는 인사가 들렸다.

"안녕." 미콜이 문가에서 움직이지 않은 채 말했다. "이렇게 와주다니 멋진걸."

모든 게 내 예상대로였다. 키스 말고는 그 모든 것이. 자전거에서 내려 미콜에게 대답했다. "잘 있었어, 언제 온 거야?" 아직은 그녀랑 말할 틈이 있었다. "오늘 오후에, 외삼촌들하고 같이 왔어." 그후에…… 그후에 내가 그녀의 입술에 키스를 해버렸으니까. 갑자기 일어난 일이었다. 그런데 어쩌다가? (어린아기 피부에서 나는 냄새와 탤컴파우더 냄새가 섞인 묘한 향기였는데) 따뜻하고 좋은 냄새가 나는 미콜 목에 얼굴을 대고 있는 순간에도, 벌써 나는 이렇게 자문하고 있었다. 어떻게 이런 일이 일어날 수 있었지? 내가 껴안자 그녀가 힘없이 저항해보려다가 결국 내 뜻에 따랐다. 그렇게 되었던 거지? 아마 그렇게 되었을 것이다.

하지만 지금은?

그녀가 천천히 몸을 떼었다. 이제 그녀가 거기 내 얼굴에서 이십 센티도 떨어지지 않은 곳에 있었다. 믿기지 않아서, 그렇다, 믿기지가 않아서 아무 말 없이, 꼼짝도 하지 않은 채 그녀를 가만히 바라보았다. 검은 양모 숄로 감싼 어깨를 문설주에 기댄 채 그녀도 나를 말없이 바라보았다. 내 눈을 똑바로 쳐다보고 있는 그 눈이, 솔직하고 흔들림 없고 굳어 있는 그 시선이, 냉혹하고 차가운 칼날처럼 내 안으로 들어왔다.

내가 먼저 눈을 돌렸다.

"미안해." 내가 얼버무렸다.

"뭐가 미안해? 널 마중나온 게 잘못인지도 몰라. 내 잘못이야."

그녀가 고개를 저었다. 그러더니 애정이 담긴 온화한 미소를 지었다.

"눈이 정말 예뻐." 고갯짓으로 정원을 가리키며 말했다. "있지, 베네치아에는 일 센티미터도 안 왔어. 여기 눈이 이렇게 많이 온 줄 알았으면……"

그녀가 오른손으로 손짓을 하며 말을 멈췄다. 숄 밑으로 빠져나온 손에서 나는 즉시 반지를 발견했다.

미콜의 손목을 쥐었다.

"이게 뭐야?" 내가 검지 끝으로 반지를 건드리며 물었다.

그녀가 무시하듯 얼굴을 찡그렸다.

"나 **약혼했는데**, 너 몰랐어?"

곧이어 그녀가 웃음을 터뜨렸다.

"아니야, 자……" 그녀가 말했다. "장난인 거 모르겠어. 아무 반지도 아니야. 봐."

그녀가 양 팔꿈치를 크게 움직여 반지를 빼서 내게 주었다. 정말 아무것도 아닌 가느다란 반지, 작은 터키석이 박힌 금반지였다. 오래전 레지나 할머니가 유월절 '달걀' 속에 숨겨서 선물해준 반지라고 미콜이 설명했다.

그녀는 반지를 다시 받아서 낀 뒤 내 손을 잡았다.

"이제 가자." 그녀가 속삭였다. "안 그러면 저 위에서 온갖 생각을 다 할 수도 있어." 그러더니 웃었다.

(계단에서 걸음을 멈춰 불빛 아래서 내 입술을 자세히 살펴보고 침착하게 검사를 마치고는 **"완벽해!"**라고 마무리한 후) 계속 손을 잡고 계단을 오르면서도 잠시도 쉬지 않고 이야기를 계속했다.

아 참, 하고 그녀가 입을 열었다. 학위논문이 감히 그녀가 꿈도 못 꿔봤을 정도로 순조롭게 진행됐다는 것이다. 논문 심사장에서 '막힘없이 열변을 토하며' 꼬박 한 시간 동안 '자리에 앉아' 있었다고 했다. 마침내 심사위원들이 그녀를 밖으로 내보냈고, 그녀는 대강당의 젖빛 유리문 뒤에서 아주 편안히 교수들이 자기 논문에 대해 심사하는 이야기를 다 들을 수 있었다. 대부분이 최고점을 주는 분위기로 기울어졌으나 한 사람, 독일어를 가르치는 (골수 나치!) 교수가 동의하려 들지 않았다는 것이다. 그 '훌륭한 신사'의 입장은 더없이 분명했다. 그의 생각에 따르면 미콜에게 최고점을 주면 심각한 물의를 빚을 게 분명하다는 거였다. 대체 무슨 소리! 교수가 이렇게 소리쳤단다. 저 학생은 유대인인데 심사대상에서 배제당한 것도 아니잖나, 그런데 최고점이라니! 졸업시켜주는 것도 감지덕지해야 할 판에…… 영문학 전공의 지도교수는 다른 사람들 지원에 힘입어 학교는 학교고 똑똑하며 준비를 열심히 한 학생이(얼마나 친절한 교수인지!) 인종과 무슨 관련이 있느냐 등의 말로 되받으며 있는 힘을 다해 반박했다고 한다. 하지만 총점을 낼 순간이 됐을 때는 분명 나치의 승리가 명백해져서, 그녀는 조금 뒤 카포스카리 계단을 쫓아내려온 영문학 교수가 그녀에게 한 사과 말고는(불쌍한 양반. 턱을 떨면서, 눈에는 눈물까지 글썽였다니까⋯⋯) 다른 어떤 위안도 받지 못했다고 했다. 가장 완벽한 로마식 경례*로 평결을 받아들이는 것 말고, 그녀에게는 달리 어떤 위안도 남아 있지 않았다는 것이다. 그녀에게 학위를 수여하려는 순간 학과장이 한 팔을 들더란다. 내가 어찌 행동해야 했겠어? 우아하게 고개만 까딱하고 말았어야 하나? 아, 물론 아니지! 하며 그녀가 말했다.

미콜이 명랑하게 웃었다. 나도 감동이 돼서 웃으면서 내 이야기를, 시립도서관에서 쫓겨난 일을 지나칠 정도로 상세히 코믹하게 미콜에게 들려주었다. 하지만 무슨 이유로 졸업을 하고도 다시 한 달이나 더 베네치아에(그러니까 덧붙이자면 그녀가 잘 지내지 못했던 도시일 뿐만 아니라 마음을 줄 여자친구도 남자친구도 하나 없는 그 도시에) 머물렀는지 물어보자, 미콜이 갑자기 심각해지더니 내 손에서 자기 손을 빼내어 나를 재빨리 흘깃 보는 것으로 대답을 대신했다.

식당 앞방에서 대기하고 있던 페로티를 보자 식당에서 우리를 맞이해줄 행복한 환대가 예감되었다. 그는 요르를 데리고 넓은 계단으로 내려가는 우리를 보자마자 이상하게 흡족한 듯 거의 공범자 같은 미소를 지었다. 다른 상황이었다면 그의 태도가 짜증스러웠을 테고 모욕적으

---

* 팔을 앞으로 펴서 손바닥을 아래로 뻗는 로마제국 군단의 경례로, 파시즘을 상징하는 경례가 되었고 나치 경례로 변형된다.

로 느껴졌을 게 뻔했다. 하지만 몇 분 전부터 내 마음은 아주 특이한 상태였다. 불안의 이유가 될 만한 것들은 마음속으로 밀어넣고, 마치 눈에 보이지 않는 날개에 실려가기라도 하듯 이상할 정도로 가볍게 앞으로 걸어나갔다. 따지고 보면 페로티도 좋은 사람이야, 나는 생각했다. ‘아가씨’가 집에 돌아온 걸 그도 기뻐했다. 불쌍한 노인네, 그를 비난할 수야 있겠는가? 앞으로는 분명 투덜대지 않겠지.

우리는 식당 입구로 나란히 들어갔다. 앞서 말한 대로 우리가 등장하자 모두 더없이 기뻐하며 우리를 환영했다. 식당에 모인 사람들의 얼굴은 발그레하게 상기되어 있었다. 우리 두 사람에게로 향한 눈들에 호감과 온화함이 담겨 있었다. 그리고 식당도, 그날 밤 갑자기 그렇게 보였는데, 평상시보다 훨씬 아늑했고, 매끈한 금빛 목재 가구들이 자리한 그 방 안도 장밋빛이었다. 벽난로에서 활활 타오르며 널름거리는 불꽃들 때문에 가구에서 살색의 부드러운 빛이 번져나왔다. 그 식당이 그렇게 밝은 건 처음이었다. 활활 타오르는 장작에서 발산되는 섬광 이외에도, (식탁 위의 접시와 냅킨은 물론 벌써 다 치워져) 아름다운 새하얀 식탁보에 덮인 식탁 위로 방 한가운데에 커다란 꽃잎을 뒤집어놓은 모양의 샹들리에에서 말 그대로 폭포 같은 빛이 쏟아져내렸다.

“어서 오게, 어서 와!”

“잘 왔어!”

“아무래도 내가 널 설득하지 못했나보다 하고 생각하는 중이었어.”

마지막 말을 한 사람은 알베르토였는데, 이런 말을 하는 그도 내가 와서 진심으로 기뻐한다는 걸 느꼈다. 모두가 나를 보고 있었다. 에르만노 교수처럼 완전히 뒤를 돌아보는 사람도 있었고, 식탁 가장자리로 가슴을 가까이 끌어당기거나 반대로 두 팔을 뻗어 식탁을 미는 사람, 마지막으로 벽난로를 등지고 식탁 맨 윗자리에 앉아 있던 올가 부인처럼 얼굴을 앞으로 내밀고 눈을 지그시 감는 사람도 있었다. 모두들 나를 자세히 바라보며 관찰했다. 머리에서 발끝까지 훑어보았는데 나에게, 미콜 곁에 있는 나의 인상에 흡족한 얼굴들이었다. 철도 엔지니어인 페데리코 헤레라만 당황한 듯 깜짝 놀라더니 잠시 뒤 다른 사람들과 마찬가지로 흡족한 표정이 되었다. 놀란 건 순간에 불과했다. 형제인 줄리오에게 정보를 얻고 나자(노모의 등뒤에서 벗어진 머리를 맞대고 잠깐 소곤거리는 두 사람이 보였다) 나에 대한 호감을 훨씬 더 많이 확연하게 드러냈다. 입술을 실룩여서 커다란 윗니를 드러낸 것 말고도 인사라기보다는 연대감을 보이며, 마치 운동할 때처럼 격려하듯이 한 팔을 높이 치켜들었다.

에르만노 교수는 내가 자기 오른쪽에 앉기를 고집했다. 교수가 미콜에게 이 자리는 내가 늘 앉던 자리, 내가 저녁식사 때까지 머물 때 '보통' 앉던 자리라고 설명했는데, 그러는 사이 미콜은 교수의 왼쪽에, 나와 마주보고 앉았다. 한편 알베르토의 친구 잠피에로 말나테는 '다른 쪽에, 저쪽에' 어머니 오른쪽에 앉곤 했다고 덧붙였다. 미콜은 화가 난 듯도 하고 빈정거리는 것 같기도 한 얼굴로 흥미롭다는 듯 가만히 듣고 있었다. 자기 없이도 가족의 일상이 그녀가 정확히 예상하지는 못한 길을 만들어나갔다는 걸 알아차려서 기분이 나쁘면서도 또 그와 동시에 일이 그렇게 되어 행복하다는 듯이.

나는 자리에 앉았고, 그제야 내가 제대로 보지 못했던 게 있다는 걸 알고 깜짝 놀랐는데, 실제로 식탁이 비어 있던 게 아니었다. 식탁 한가운데에, 가장자리가 낮고 둥근 상당히 넓은 은쟁반이 하나 놓여 있었다. 그리고 그 쟁반 중앙에 딱 하나 놓인 샴페인 잔이 눈에 들어왔는데, 잔 주위로 오 센티미터 정도 사이를 두고 빨간색 볼펜으로 알파벳을 적은 하얀 종이들이 빙 둘러 놓여 있었다.

"저게 뭐야?" 내가 알베르토에게 물었다.

"**깜짝** 놀랄 일이 있다고 너한테 말했잖아!" 알베르토가 외쳤다. "정말 놀랍다니까. 서너 사람이 모여서 한 손가락을 저 잔 가장자리에 갖다대기만 하면 잔이 곧 이리저리 움직여서 알파벳을 가리키고 답을 해줘."

"답을 해준다고?!"

"물론이지! 천천히 모두 대답해준다니까. 그럴듯해, 아무렴, 얼마나 근사하게 대답하는지 넌 상상도 못할 거야!"

그렇게 행복해하고 흥분해 있는 알베르토를 본 게 얼마 만인지 몰랐다.

"이런 신기한 새 물건은 어디서 난 거야?" 내가 물었다.

"그냥 게임이네." 에르만노 교수가 내 팔에 한 손을 얹고 고개를 저으며 우리의 대화에 끼어들었다. "미콜이 베네치아에서 가져온 걸세."

"아, 그러니까 이 일의 주동자는 바로 너구나!" 내가 미콜에게 말했다. "이 잔이 미래도 알아맞힐 수 있어?"

"당연하지!" 미콜이 웃으면서 외쳤다. "아니, 미래를 맞히는 게 내 잔 전문이라고 해야 할걸."

그때 디르체가 검은 나무로 만든 쟁반을 한 손에 균형 있게 높이 받쳐들고 들어왔다. 쟁반에는 유월절 과자들이 수북했다(디르체의 뺨도 발그레하게 상기되어 있었고 반짝반짝 윤이 나서 건강함과 유쾌한 기분이 그대로 드러난 듯했다).

손님이자 맨 마지막에 온 내가 제일 먼저 대접을 받았다. 밀가루와 설탕, 달걀노른자 반죽에 건포도를 섞어 만들어, 추카린이라고 부르는 그 과자는 삼십 분 전 우리집에서 마지못해 맛보았던 것과 거의 비슷한 모양이었다. 그렇지만 핀치콘티니가의 추카린이 훨씬 보기도 좋고 맛있어 보였다. 내가 그 말을 올가 부인에게 하기도 했는데 디르체가 내민 접시에서 과자를 고르느라 여념이 없던 부인은 내 찬사를 듣지 못한 것 같았다.

그다음에는 페로티가 들어왔다. 그는 농부의 손같이 큰 손으로 (이번에는 백랍 쟁반인) 두번째 쟁반을 꽉 쥐고 있었는데, 쟁반에는 백포도주 병과 잔이 몇 개 놓여 있었다. 우리가 계속 식탁에 앉아 각자 알바나 포도주를 홀짝거리며 마시고 추카린을 한 입씩 먹고 있을 때, 알베르토가 특별히 내게 '샴페인 잔이 지닌 예언적 능력'을 설명해주었다. 술잔이 지금은 조용히 있지만 조금 전까지, 그들이 물어보면 특이하면서도 감탄할 정도로 재치 있게 대답을 해주었다는 것이다.

뭘 물어봤느냐고 알베르토에게 물었다.

"아, 이것저것 조금씩."

예를 들면 그가 조만간 공과대학을 졸업할 수 있겠느냐고 묻자, 술잔이 즉시 몹시 건조하게 '아니'라고 대답했다고 한다. 그다음으로 미콜이 결혼할 수 있을지, 언제 하게 될지 알고 싶다고 하자, 이번에는 몹시 우유부단한, 아니 약간 혼란스러워하면서 정말 오래된 신탁같이, 그러니까 정반대로 해석할 수 있을 대답을 내놓더라는 것이다. 심지어 테니스장에 대해서까지 물어보았단다. '불쌍한 술잔!' 아빠가 이 핑계 저

핑계를 대며 테니스장 정비작업 시작을 한 해 한 해 미루기만 하니 그 마음이 바뀔지 어떨지를 확인하고 싶었다고 한다. 이 문제에 대해서는 '피티아'*가 상당히 뜸을 들이더니 다시 조금 전의 분명한 태도로 돌아가서 대망의 정비작업이 '곧', 말하자면 올해 안에 시행될 거라고 확신했다고도 했다.

그렇지만 술잔이 특히 놀라운 예언을 한 것은 정치 관련한 문제라고 한다. 곧, 몇 달 뒤 전쟁이 발발할 거라고 예언했다는 것이다. 피비린내 나는 길고 긴 전쟁, **모두에게** 고통스러운 전쟁으로 전 세계가 휘말려 들겠지만 결국은 끝이 나고, 여러 해 동안 불확실한 전투 끝에 선의 힘이 완전히 승리할 것이라고. "선의 힘?" 작은 실수들에 항상 민감한 미콜이 물었다. "선의 힘이라는 게 뭔지 말해줄래?" 이렇게 묻자 잔은 딱 한 단어로 대답해 그 자리에 있던 사람들의 말문을 막아버렸다고 한다. "스탈린."

"너도 상상할 수 있겠지." 다들 웃는 가운데 알베르토가 큰 소리로 말했다. "잠피가 여기 같이 있었다면 얼마나 좋아했을지 상상할 수 있지 않아? 잠피에게 편지를 쓰고 싶군그래."

"페라라에 없어?"

"없어. 그저께 떠났어. 부활절을 쇠러 자기 집으로 갔지."

알베르토는 그뒤로도 한참 동안 술잔이 한 말을 보고했다. 그러고는 게임을 다시 시작했다. 나도 '술잔' 가장자리에 검지를 대고 질문을 던진 후 답변을 기다렸다. 하지만 이제 대체 무슨 이유 때문인지 모르지

---

* 델포이에서 아폴론의 신탁을 받는 무녀.

만, 신탁에서 전혀 이해할 수 없는 말이 나왔다. 알베르토는 집요하게, 그리고 그 어느 때보다 완강하게 고집을 부렸다. 아무 소용이 없었다.

어쨌든 나는 전혀 개의치 않았다. 알베르토와 술잔 게임에 신경쓰기보다는, 미콜을 바라보았다. 이따금 내 시선을 의식하는 건지 테니스 칠 때처럼 양미간을 찡그리고 있던 미콜이 날 안심시키고자 얼른 사려 깊은 미소를 지으며 주름을 폈다.

나는 루주가 살짝 묻은 그녀의 입술을 뚫어지게 바라보았다. 조금 전 저 입술에 내가, 바로 내가 키스를 했다, 그렇다. 그런데 너무 늦은 게 아니었을까? 여섯 달 전, 아직 가능성이 있었을 때, 아니 적어도 겨울에라도 왜 키스하지 않았단 말인가? 나는 여기 페라라에서, 그녀는 베네치아에서 얼마나 많은 시간을 허비했는지! 어느 일요일 날을 잡아 기차를 타고 그녀를 만나러 베네치아로 충분히 갈 수도 있었을 텐데. 페라라에서 오전 여덟시에 출발해 베네치아에 열시 반에 도착하는 직행열차가 있었으니 말이다. 기차에서 내리자마자 그녀에게 전화해서 날 리도로 데려다달라고 제안해볼 수도 있었건만(이렇게 해서, 무엇보다 그 유명한 산니콜로의 이스라엘 묘지를 드디어 방문할 수 있게 됐네, 라고 그녀한테 말해볼 수도 있었을 텐데). 한시경 계속 리도 쪽에 머물며 뭔가를 같이 먹은 뒤, 집사인 블루먼펠트 양에게 전화해서 안심을 시키고(오, 전화할 때 미콜의 얼굴이 어떨지 봐야 하는 건데, 오므린 입이며 우스꽝스럽게 찡그린 표정이라니!), 한적한 해변을 한참 동안 거닐 수도 있었으리라. 이러고도 시간은 남았다. 그러다가 다시 페라라로 돌아올 수 있는 기차가 두 대나 있었으니까. 다섯시와 일곱시 발이었는데 아무 기차를 타도 우리 부모님이 눈치채지 않게 돌아올 수 있었을 테니 둘 다 상관없었다. 아, 그렇다. 내가 **그렇게 해야만 했을** 그때 그렇게 했더라면 모든 일이 순조로웠을 것이다. 일도 아니었을 텐데.

몇시였지? 한시 반이나 아마 두시쯤 되지 않았을까. 잠시 후 나는 집으로 가야만 했다. 어쩌면 미콜이 나를 정원 문까지 바래다줄지도 모른다.

아마 그녀도 이 생각을 하고 있었고 이 때문에 걱정하고 있었을지 모른다. 방들을 지나고 복도를 지나며 우리는 서로를 바라볼 용기도, 말 한 마디 건넬 용기도 내지 못한 채 나란히 걸었을 것이다. 우리 둘 다 똑같은 걱정을 하고 있다는 것을 나는 느꼈다. 작별, 점점 다가오고 있고 점점 더 상상이 불가능해지는 작별의 순간, 작별의 키스를. 그렇지만 미콜이 배웅을 거절하고 알베르토나 페로티에게 서둘러 그 일을 맡겨버린다면 얼마 남지 않은 그날 밤 내내 내 마음은 어떨까? 그다음 날은?

어쩌면 아닐지도 몰라. 나는 고집스레, 필사적으로 다시 몽상을 했다. 식탁에서 일어날 필요가 없을지도, 꼭 그렇게 하지 않아도 될지 모른다. 그날 밤이 절대 끝나지 않을지도.

4부

$$1$$

곧, 다음날 바로, 나는 미콜과 예전과 같은 관계로 다시 돌아가기가 몹시 힘들다는 걸 알아차리기 시작했다.

한참을 망설이다가 아침 열시쯤 미콜에게 전화를 걸어봤다. '아가씨와 도련님'이 아직 침대에 계시니 '정오'에 다시 전화해주면 좋겠다는 대답을 (디르체에게서) 들었다. 기다리는 시간을 때우려고 침대에 누웠다. 되는대로 책 한 권을, 『적과 흑』을 집어들었지만 아무리 애를 써도 집중할 수가 없었다. 만일 정오에 내가 전화를 걸지 않으면? 그러나 곧 생각을 바꿨다. 갑자기 이제 미콜에게서 딱 한 가지, 그녀의 우정만을 바라는 것 같은 기분이 들었다. 사라지는 것보다는 어제저녁 아무 일도 없었다는 듯이 행동하는 게 더 낫다고 혼자 생각했다. 미콜은 이해할 것이다. 나의 사려 깊은 행동에 깜짝 놀랐다가 완전히 마음이 놓여서는 곧 나를 전적으로 신뢰하게 되겠지. 예전처럼 따뜻한 신뢰를 보여주겠지.

정각 열두시에 용기를 내서 핀치콘티니가에 두번째 전화를 했다.

나는 평상시보다 오래, 훨씬 오래 기다려야 했다.

"여보세요?" 마침내 흥분해서 갈라진 목소리로 내가 입을 열었다.

"아, 너구나."

정말 미콜의 목소리였다.

그녀가 하품을 했다.

"무슨 일이야?"

당황한 나는 할 이야기가 쏙 들어가버려서 기껏 두 시간 전에 전화했었다는 말밖에 하지 못했다. 디르체가 정오경에 다시 전화하라고 일러주었다고 더듬더듬 덧붙였다.

미콜은 가만히 듣고 있었다. 그러더니 자기 앞에 놓인 하루를 불평하기 시작했다. 집을 여러 달 떠나 있었더니 정리해야 할 게 너무 많고 짐도 풀어야 하고 온갖 서류들도 정리해야 하고 등등, 그리고 마지막으로 그녀 자신은 정말 끌리지 않는데 두번째 '만찬'이 예정되어 있다고 했다. 집에서 떠나 있다 돌아올 때면 매번 이렇게 난리야, 라며 그녀가 투덜거렸다. 그리고 제 길로 다시 돌아와 예전의 평범한 일상을 되찾으려면, 거기서 '벗어나기' 위해 치러야 했던 막대한 수고보다 훨씬 더 많은 수고가 필요하다고 했다.

오늘 늦게 사원에 올 건지 그녀에게 물었다.

그녀는 잘 모르겠다고 대답했다. 어쩌면 갈 수도 있지만 가지 않을 수도 있다고. 지금으로서는 내게 결코 확실히 말해줄 수 없다고 했다.

나는 밤에 집에 오라는 초대를 받지 못한 채, 언제 어떻게 다시 만나자는 약속도 없이 수화기를 내려놓았다.

그날 나는 다시 전화하지 않았고 사원에도 가지 않았다. 하지만 일곱시 무렵 마치니 거리를 지나다가 자갈이 깔린 시엔체 거리 모퉁이 뒤에 서 있던 핀치콘티니가의 회색 딜람브다를 발견했다. 페로티가 베레모를 쓰고 기사복을 입고 운전석에 앉아 대기하고 있었다. 기다리고 싶은 유혹을 떨치지 못해 비토리아 거리 입구에 몸을 숨긴 나는, 차가운 추위 속에서 한참을 기다렸다. 저녁식사를 하기 전이라 산책 나온 사람들이 제일 많을 시간이었다. 이제 눈이 절반은 녹아 지저분해진 마치니 거리 양쪽 인도에서 많은 사람이 양방향으로 걸음을 재촉하고 있었다. 마침내 내가 원하던 일이 이뤄졌다. 어느 순간, 멀리 있기는 하나 갑자기 사원 입구에서 나와 문가에 서 있는 그녀가 눈에 띄었다. 짧은 표범 모피 코트를 입고 허리에 가죽 벨트를 한 모습이었다. 진열장 불빛에 그 금발이 눈부시게 빛났는데 마치 누군가를 찾기라도 하듯 그녀가 이쪽저쪽을 두리번거렸다. 나를 찾는 게 아닐까? 내가 어둠에서 벗어나 앞으로 나가려던 찰나, 분명 미콜보다 늦게 계단을 내려온 게 분명한 가족들이 무리 지어 그녀 등뒤로 다가왔다. 레지나 할머니를 포함해서 온 가족이 다 있었다. 나는 발길을 돌려 빠른 걸음으로 비토리아 거리를 따라 멀어졌다.

다음날과 그뒤로도 줄곧 전화했지만 미콜과 통화한 날은 아주 드물었다. 거의 언제나 다른 사람이, 알베르토나 에르만노 교수 혹은 디르체, 페로티까지 전화를 받았던 것이다. 디르체만 당황해서, 그리고 바로 그 때문에 얼어붙어서 전화교환원처럼 짧고 무덤덤하게 전화를 받았고, 다른 사람들은 나를 붙잡고 길게 불필요한 이야기를 늘어놓았다. 어느 시점에 이르면 나는 페로티의 말을 끊어버리곤 했다. 하지만 알베르토나 에르만노 교수에게는 그게 그리 쉽지 않았다. 그들이 하는 말을 그냥 듣기만 했다. 두 사람이 미콜의 이름을 입에 올리기를 늘 기대했다. 부질없었다. 일부러 그 말을 피하기로 작정이라도 한 듯, 아니 그렇게 하기로 함께 상의라도 한 듯, 미콜에 관해 먼저 이야기를 꺼내야 하는 건 나한테 맡겨버렸다. 그 결과 미콜과 통화하고 싶다고 부탁할 용기가 나지 않아 수화기를 내려놓는 일이 잦았다.

그래서 다시 그 집을 찾기 시작했다. 아침에는 논문을 핑계로, 오후에는 알베르토를 만난다는 핑계로. 미콜에게는 내가 집에 있다는 표시를 전혀 하지 않았다. 그녀가 알고 있을 것이고 어느 날엔가는 직접 모습을 드러내리라고 확신했다.

사실 논문이 다 끝나기는 했지만 아직 원고를 타이핑해서 전부 옮기는 일이 남아 있었다. 타자기를 가지고 갔는데 타자치는 소리가 당구대 방의 침묵을 깨기가 무섭게 즉시 에르만노 교수가 서재 입구에 나타났다.

"뭘 하는 건가? 벌써 옮기고 있나?" 교수가 즐겁게 외쳤다.

교수는 내게로 와서 타자기를 보고 싶어했다. 내 타자기는 휴대용으로 이탈리아제인 리토리아였다. 몇 년 전 고등학교 졸업시험을 통과했을 때 아버지한테서 선물받은 타자기였다. 교수가 상표를 보고 웃지나 않을까 우려했으나 그러진 않았다. 아니, 이탈리아에서도 이제 내 타자기처럼 완벽하게 작동하는 듯이 보이는 타자기가 생산된 것을 확인하게 되어 기쁜 듯했다. 자기네 집에는 타자기가 세 대 있다고 교수가 말했다. 한 대는 알베르토가 사용하고, 한 대는 미콜이, 나머지 한 대는 자신이 쓴다고 했다. 세 대가 다 미제 언더우드였다. 알베르토와 미콜의 것은 물론 휴대용으로 아주 튼튼했는데, 내 것처럼(그러면서 타자기 손잡이를 쥐고 들어올려 무게를 가늠해보았다) 이렇게 가볍지는 않다는 거였다. 그의 타자기는 평범한, 말하자면 사무용이었다. 그렇지만……

그가 살짝 움찔했다.

그 타자기로 원한다면 몇 부나 한꺼번에 타이핑할 수 있는지 자네가 알까? 교수가 윙크하며 다시 말했다. 일곱 부까지네.

교수는 나를 서재로 데려가 타자기를 보여주었다. 그 이전까지 타자기인 줄 몰랐던, 관처럼 생긴 검은 금속 뚜껑을 약간 힘을 들여 들어올렸다. 박물관에 전시해놓은 듯, 새것이었을 때도 거의 사용하지 않았던 게 분명한, 그 타자기를 보고 내가 고개를 저었다. 감사하지만 괜찮습니다, 라고 말했다. 내 리토리아를 사용하면 세 부 이상은 타이핑할 수 없다. 그중 두 부는 박엽지를 사용했다. 그렇지만 지금처럼 계속 내 타자기로 하는 게 좋을 것 같았다.

한 장 한 장 타자를 치면서도 내 생각은 딴 데에 가 있었다. 오후에 알베르토의 스튜디오에 내려가 있을 때에도, 내 생각은 다른 곳으로 달아났다. 말나테가 유월절이 지나고 일주일 후에 밀라노에서 돌아왔는데, 그사이 벌어진 일들 때문에 그는 몹시 분개했다(프랑코 손에 올해 1939년 마드리드가 함락되다니, 아, 그렇지만 끝난 게 아니야! 무솔리니가 알바니아를 점령했어, 수치스러운 일이야, 터무니없는 짓거리지!). 알바니아 점령에 관한 소식은 그와 알베르토가 함께 아는 밀라노

친구들에게서 들었단다. 알바니아 문제는 '두체'보다는 '갈레아초 차노'*가 더 원했던 일이라고 그가 말했다. 폰 리벤트로프**를 질투하던 갈레아초는 그런 구역질나는 비겁한 행동으로 자신도 번개 같은 외교력에서는 폰 리벤트로프에 절대 뒤지지 않는다는 것을 보여줄 생각이었다고 말이다. 정말 그럴까? 심지어 슈스터 추기경***조차 그 문제를 비난하며 경고했던 것 같다. 자기들끼리 아주 은밀히 말했겠지만 곧 밀라노 사람 모두가 알게 되었다는 것이다. 잠피는 다른 밀라노 소식도 전했다. 라스칼라극장에서 모차르트의 〈돈 조반니〉를 공연중인데, 그가 운좋게도 그 공연을 놓치지 않았다고 했다. 바구타 거리에서 '새로운 그룹' 회화 전시회도 열렸다고 전했다. 그리고 글래디스 소식도 있었다. 모피로 몸을 휘감고 철강업계의 유명한 기업인과 팔짱을 끼고 가던 그녀를 갈레리아에서 우연히 만나게 되었단다. 언제나 한없이 호의적인 글래디스가 그와 스쳐지나가면서 한 손가락으로 조그맣게 신호를 보냈는데, 틀림없이 '전화해요' 혹은 '내가 전화할게요'라는 뜻이었다면서. 다만 그가 당장 '회사'로 돌아와야 하는 게 아쉬울 뿐이었다나! '코앞에 임박한' 전쟁의 수혜자가 될 철강계의 거물 기업인을 오쟁이진 남자로 만들 기회여서 기꺼이 그러고 싶었는데…… 그는 주절주절 이야기를 계속했는데 대개는 주로 나를 보며 말했다. 그런데 그 이야

---

* 1903~1944. 이탈리아 귀족으로 정치가이자 외교관. 무솔리니의 사위로, 파시스트 내각의 외무장관. 후에 반무솔리니 쿠데타에 가담한 게 발각되어 총살당했다.

** 1893~1946. 1932년 나치스에 입당해 주로 외교정책을 담당한 인물로, 독일·이탈리아·일본 삼국동맹, 독소불가침조약 체결 등 침략주의 외교를 펼쳤다. 이차대전 후 뉘른베르크재판에 회부되어 사형당했다.

*** 1880~1954. 이차대전 당시 베네딕트회 수도사로, 밀라노 대주교를 지냈다.

기들을 모두 하는 동안 그전처럼 가르치려 드는 태도나 단호한 말투는 많이 사라진 듯했다. 밀라노로 달려가서 가족과 친구들을 다시 포옹하고 나자 다른 사람들과 다른 의견에 관대해지는 새로운 성질이 생기기라도 한 듯이.

이미 말했듯이 미콜과는 전화로 가끔 통화하는 게 전부였는데, 통화하는 와중에도 우리 둘 다 되도록 지나치게 사적인 이야기들은 피했다. 하지만 사원 앞에서 한 시간 넘게 기다리고 난 일이 있은 지 며칠 뒤, 내가 더이상 참지 못하고 그녀의 냉담한 반응에 대해 불평을 늘어놓고 말았다.

"너도 알다시피 말이야." 내가 말했다. "유월절 둘째 날 널 봤어."

"아, 그래? 너도 사원에 왔었니?"

"아니. 마치니 거리를 지나다가 너희 집 차를 봤지. 하지만 밖에서 기다리고 싶었어."

"진짜 이상하네."

"너 굉장히 우아하더라. 어떤 차림이었는지 말해줄까?"

"믿어, 네 말 믿어. 어디서 **잠복중**이었는데?"

"건너편 인도, 비토리아 거리 모퉁이에. 어느 순간 네가 내 쪽을 보더라고. 솔직히 말해봐. 나 알아본 거 아냐?"

"무슨 소리. 내가 왜 거짓말을 하겠니? 그건 그렇고 너야말로 왜 그랬는지 이해가 안 되네…… 미안하지만, 왜 **한발 앞으로 나올** 수 없었던 건데?"

"그러려고 했지. 그런데 네가 혼자가 아니라는 걸 알아차리고는 그냥 포기했어."

"내가 혼자가 아니라는 걸 알았다니, 대단한 발견이네! 그런데 참 이상하다. 그래도 와서 인사는 할 수 있었을 텐데."

"물론 이성적으로 생각해보면 그래. 그런데 사람이 항상 이성적으로 생각하지만은 않는다는 게 안타까운 일이지. 그러나저러나 내가 나타났으면 네가 좋아했을까?"

"맙소사, 무슨 쓸데없는 소리야!" 그녀가 한숨을 쉬었다.

못 되어도 열두 밤 정도 지난 뒤에 다시 통화하게 됐을 때, 미콜은 아프다고 했다. 지독한 감기에 걸리고 열도 많이 난다고. 짜증나는 일이야! 하며 물었다. 왜 자기를 만나러 오지 않는지? 내가 자기를 잊어버린 게 아닌지?

"그럼…… 그럼 너 침대에 누워 있는 거야?" 나 자신이 엄청나게 부당한 일의 희생자가 된 기분이 들어 당황해서 말을 더듬었다.

"당연하지. 게다가 이불까지 뒤집어쓰고 있다고. 솔직히 말해봐. 너 감기 옮을까봐 안 오는 거지?"

"아니, 아니야, 미콜." 내가 쓸쓸하게 대답했다. "내가 겁쟁이이긴 하지만 그런 비겁한 사람으로 만들지는 마라. 다만 네가 너를 잊어버린 게 분명하다고 비난하니까 너무 놀라서, 실은…… 기억하는지 잘 모르겠지만." 내가 가라앉은 목소리로 계속했다. "네가 베네치아로 가기 전에는 너한테 전화하는 게 아주 쉬웠어. 그렇지만 지금은 무슨 큰 모험이라도 하는 게 되어버렸지, 너도 인정해야 해. 요즘 너희 집에 여러 차례 갔던 거 알아? 들었어?"

"응."

"그러니까! 네가 날 만나고 싶었다면 내가 어디에 있는지 금방 알아닐 수 있었을걸. 아침에는 당구대가 있는 방에 있고, 오후에는 네 오빠 방에 있었어. 솔직히 넌 날 만나고 싶은 생각이 조금도 없었던 거야."

"무슨 바보 같은 소리야! 알베르토는 내가 자기 방에 가는 거 안 좋아해. 특히 친구들이 있을 때는. 오전에 가는 문제는, 오전에는 네가 일하고 있는 거 아니었어? 내가 **진짜 싫어하는** 일이 하나 있다면 바로 일하는 사람을 방해하는 거야. 어쨌든 정말 네가 그런 걸 중요하게 생각한다면 내일이나 모레 잠깐 들러서 인사하지 뭐."

다음날 아침, 미콜은 나타나지 않았다. 하지만 오후에 내가 알베르토를 만나러 갔을 때(아마 일곱시쯤이었을 거다. 말나테는 몇 분 전 갑자기 떠나고 없었다) 페로티가 미콜의 소식을 가지고 들어왔다. '아가씨'가 내게 괜찮으면 잠깐 위층에 올라와달라고 했다고 무표정하게 알려줬지만, 내 눈에 페로티의 기분이 썩 좋아 보이지는 않았다. 미콜이 미안하다고 했단다. 그녀가 아직 침대에 누워 있다고 했다. 그런 게 아니라면 직접 아래층으로 내려왔을 텐데. 나한테 물었다. 어떻게 하고 싶은지? 당장 올라가볼지, 아니면 저녁식사 때까지 머물렀다가 그 다음에 올라갈지? 아가씨는 머리가 좀 아파서 일찌감치 자리에 들고 싶어하니 당장 와주길 바란다고 했다. 하지만 혹시 더 머물기를 바란다면……

"아니요, 물론." 내가 이렇게 말하고 알베르토를 보았다. "바로 가야죠."

나는 일어서서 페로티를 뒤따를 준비를 했다.

"너무 격식 차리지 마, 부탁이야." 알베르토가 친절하게 문까지 나를 배웅하면서 말했다. "오늘 저녁에는 나하고 아버지하고 단둘이 식사해야겠네. 할머니도 감기로 편찮으셔서 엄마가 한시도 할머니 곁을 떠날 수 없어. 그러니까 괜찮으면 우리하고 식사를 좀 하고, 그뒤에 미콜에게 들르면 어떨까…… 아버지도 좋아하실 텐데."

아홉시에 '광장'에서 '어떤 사람'을 만나야 해서 그럴 수 없다고 답했다. 그러고는 벌써 복도 끝에 가 있는 페로티를 따라 달렸다.

우리는 말 한마디 나누지 않은 채 곧장 걸어가다가 위쪽에 채광창이 있는 작은 탑으로 길게 이어지는 기다란 나선형 계단 밑에 도착했다. 미콜의 방은 내가 알기로는 이 집의 제일 높은 곳에, 마지막 층계참보다 불과 반층 정도 아래에 있었다.

승강기를 보지 못했기 때문에 계단으로 올라가려 했다.

"젊어서 다행입니다." 페로티가 씩 웃었다. "그래도 백스물세 개 계단은 너무 많지요. 승강기 타시지 않겠습니까? 보시다시피, 작동이 됩니다."

그가 검은색 바깥 철창문을 열고 내부 승강기의 미닫이문을 연 뒤, 내가 들어갈 수 있게 옆으로 물러섰다.

M, F, C라는 글자를 정교하게 뒤섞어 장식한 유리들이 눈부시게 반짝이고 포도주색 나무 부분에는 윤기가 도는 널찍한 구식 승강기 안으로 들어가자, 협소한 공간에 고여 있던 공기에 밴 곰팡이 및 테레빈유 냄새가 뒤섞인 자극적인 냄새로 목이 따갑고 약간 숨이 막혔는데, 갑자기 별다른 이유 없이 차분함이, 숙명적인 체념과 모순적인 거리감이라고까지 할 수 있을 기운이 감지되었다. 그런데 이 세 가지 일이 일시에 일어났다. 이런 냄새를 어디서 맡았더라? 언제? 나는 자문했다.

　승강기가 계단통으로 천천히 올라가기 시작했다. 숨을 들이마시며 내 앞에 서 있는 페로티를, 가는 줄무늬 옷을 입은 그의 등을 바라보았다. 노인은 부드러운 벨벳으로 덮인 의자를 내가 온전히 이용할 수 있게 해주었다. 나와 두 뼘 거리에서 긴장한 채 생각에 잠겨, 한 손으로는 미닫이문의 놋쇠 손잡이를 잡고, 다른 손은 역시 놋쇠로 반짝반짝 윤나는 작동용 버튼에 댄 채, 페로티는 다시 온갖 의미가 담겨 있을 수도 있는 침묵 속에 빠져버렸다. 하지만 바로 그 순간 갑자기 어떤 기억인가 떠올라 그를 이해하게 되었다. 어느 순간 내 뇌리를 스쳐지나간 생각처럼, 미콜이 나를 자기 방에서 만나려 했다는 게 불만스러워서 그렇게 아무 말도 없이 가만히 있다기보다는, 승강기를 작동할 기회가 그에게 주어져서(이런 기회는 아마 거의 드물 것이다) 페로티는 강렬하면서도 은밀한, 거의 비밀스러운 만족감을 가슴이 터질 듯 느끼는 중이었다. 승강기는 저 아래 창고에 있는 마차 못지않게 그에게 소중했다. 이런 물건들에, 이미 그에게도 지나가버린 과거의 존경스러운 증거인 이런 물건들에, 그는 자신이 어릴 때부터 모셔온 가족에 대한 혼란스러운 애정을, 늙은 가축이 가질 법한 분노가 뒤섞인 충성심을 쏟아붓고 있었던 것이다.

　"잘 올라가네요." 내가 감탄했다. "어디 제품인가요?"

　"미국산입니다." 얼굴을 반쯤 돌리며 대답했는데, 입술이 일그러졌다. 감탄을 숨기려고 할 때 종종 그렇게 입술을 일그러뜨리며 애써 대수롭지 않은 척 표정을 자아내는 농부들처럼. "사십 년도 넘게 운행했지만 아직 한 연대가 와도 다 태울 수 있습니다."

　"웨스팅하우스에서 만든 걸 겁니다." 내가 되는대로 말해보았다.

"음, 소조 미*……" 그가 투덜거렸다. "저기 있는 이름 중 하나요."

이때 그는 이 승강기가 어떻게 언제 '설치'되었는지 내게 이야기하려던 참이었다. 하지만 승강기가 갑자기 서는 바람에, 아쉽지만 당장 그 이야기를 중단할 수밖에 없었다.

---

* sogio mì. '내게 물어보지 마시오'라는 뜻의 베네토주(베네치아)식 페라라 방언.

2

그때의 내 마음 상태, 아무런 환상도 갖지 않은 채 일시적으로 평온을 찾은 상태에서 미콜의 환대를 받자, 나는 예상치 못했던, 내게 어울리지 않는 선물을 받기라도 한 듯 깜짝 놀랐다. 미콜이 최근과 똑같이 잔인할 정도로 무심하게 나를 막 대하면 어쩌나 걱정하고 있던 참이었다. 하지만 그녀의 방에 들어서자마자(페로티는 나를 안내한 뒤 조심스럽게 내 등뒤에서 문을 닫았다) 따뜻하고 친절하고 친근하게 웃는 미콜을 보게 되었다. 내가 서 있던 어둠을 벗어나 자신 있게 다가갈 수 있었던 것은, 앞으로 다가오라는 분명한 권유보다, 부드러움과 용서가 가득 담긴 그녀의 그 환한 미소 때문이었다.

그리하여 나는 침대로 다가가 침대 옆널에 양손을 올려놓았다. 미콜은 등뒤에 베개 두 개를 받치고 상체를 이불 밖으로 내놓고 있었다. 소매가 길고 목 위로 올라오는 진초록의 풀오버를 입고 있었다. 가슴 윗부분, 양모 스웨터 위에서 샤다이 금 펜던트가 반짝였다…… 내가 방에 들어갔을 때, 미콜은 책을 읽고 있었다. 멀리서 흰색과 붉은색 표지 모습을 보고 프랑스 소설이라는 걸 금방 알게 되었다.* 눈 밑에 피곤한 기색이 역력한 것은 감기보다 독서 때문이었을 것이다. 아니야, 그래도 언제나 아름다워, 이렇게 아름답고 매력적인 모습은 처음인걸, 이제 나는 그녀를 물끄러미 바라보며 속으로 생각했다.

침대 옆, 베개 근처에 호두나무로 만든 이층짜리 이동식 탁상이 보였다. 방향 조절이 가능한 불 켜진 스탠드가 그 위에 있었고 전화기, 붉은 도기 찻주전자, 가장자리에 금테를 두른 하얀 도자기 찻잔 두 개, 그리고 양은 보온병 하나가 가지런히 놓여 있었다. 미콜이 팔을 뻗어 거기에 책을 올려놓은 뒤, 몸을 돌려 침대 머리판 반대쪽에 늘어져 있는 길쭉한 배梨 모양의 전기 스위치를 찾았다. 가엾어라, 미콜이 그러면서 입속말로 중얼거렸다. 이렇게 어두컴컴한 영안실 같은 곳에 나를 그대로 내버려두는 건 옳지 않은 일이었어! 곧이어 불빛이 좀더 환해지자 만족스러운지 '야아' 하고 큰 소리로 내게 인사했다.

그러더니 계속 말했다. '우울한' 감기 때문에 꼬박 나흘이나 침대에 누워 있어야 했다고. 아빠뿐만 아니라 발한제를 격렬하게 반대하는 줄리오 외삼촌(두 사람의 이야기를 들어보면 발한제는 심장에 해를 입힐 수 있다는 건데, 이건 전혀 사실이 아니었다!) 둘 몰래 아스피린을 먹어 이 불행을 서둘러 해결해보려 했다고. 책을 읽고 싶은 의욕도 나

---

* 1911년부터 프랑스 갈리마르출판사에서 내기 시작한 유서 깊은 문학 선집으로, 미백색 바탕에 빨간 글자로 제목이 들어간 '블랑슈 컬렉션'을 가리키는 듯하다.

지 않던 그 길고 긴 투병 시간 동안 얼마나 따분했는지 모른다고도 했다. 아, 독서! 예전에 그녀가 열세 살 때 유명한 독감에 걸려 열이 난 적이 있는데, 그때 단 며칠 만에 톨스토이의 『전쟁과 평화』와 뒤마의 『삼총사』 전권을 다 읽었다고 했다. 하지만 지금은 이 불행한 감기를 앓는 동안 머리까지 아파서, 큰 글씨로 인쇄된 프랑스 소설 몇 편 덕에 그나마 이 불행에서 '벗어날 수' 있었던 것만으로도 감사해야 할 지경이라고 했다. 혹시 콕토의 『무서운 아이들』을 알고 있으려나? 그녀가 이동식 탁상에 놔둔 책을 다시 집어 내게 내밀며 이어 물었다. 나쁘지 않아, 재미있고 시크하더라. 그러나저러나 뒤마의 『삼총사』 『이십 년 후』 『철가면』을 읽어볼 생각 있어? 정말 굉장한 소설들이야! 분명히 말하자. '우아함이라는 측면'에서 봐도 '아주 훌륭한' 작품들이지.

갑자기 미콜이 말을 멈췄다.

"저런, 왜 거기 말뚝처럼 서 있어?" 그녀가 외쳤다. "세상에나, 너 정말 어린애만도 못하구나! 저기 작은 안락의자 가져와." (그러면서 의자를 가리켰다.) "그리고 여기 좀더 앞으로 와서 앉아."

나는 서둘러 명령을 따랐지만 그게 끝이 아니었다. 이제 난 뭔가를 마셔야만 했다.

"너한테 뭐 줄 게 없을까?" 그녀가 말했다. "차 마실래?"

"고맙지만 괜찮아." 내가 대답했다. "저녁식사 전에는 안 좋아. 위를 씻어내려서 식욕이 없어지거든."

"그럼 혹시 쉬바서는?"

"그것도 마찬가지."

"따뜻한 건데, 알지! 내 기억이 틀리지 않다면 넌 얼음 넣은 여름용만 마셔봤을걸. 그러니까 **이단적인 것**, 힘베어바서 말이야."

"아니, 됐어, 고마워."

"맙소사." 그녀가 우는 시늉을 했다. "벨 눌러서 아페리티프 한 잔 가져다달랄까? 우린 그거 절대 안 마시지만 집안 어딘가에 비터캄파리가 한 병 있을 거야. 페로티, 오니 수아*가 분명 어디 있는지 찾아낼걸……"

내가 고개를 저었다.

"너 정말 아무것도 안 마시고 싶구나!" 그녀가 실망해서 소리쳤다. "정말 특이하네!"

"안 그러는 편이 낫겠어."

'안 그러는 편이 낫겠어'라고 말하자마자 그녀가 크게 웃었다.

"왜 웃는 거지?" 약간 맘이 상해서 물었다.

그녀가 마치 내 얼굴을 처음 보듯 자세히 뜯어보았다.

"네가 바틀비처럼 '안 그러는 편이 낫겠어'라고 했잖아. 바틀비 같은 얼굴로."

"바틀비? 그 사람이 누군데?"

"멜빌 소설 안 읽은 게 분명하구나."

멜빌 소설은 작가 체사레 파베세가 번역한 『모비 딕』밖에 모른다고 했다. 그러자 나더러 일어나서 앞쪽, 두 창문 사이에 있는 책장으로 가서 멜빌의 『피아차 이야기』를 가져다달라고 했다. 내가 책을 찾는 동안

---

* 프랑스 속담 '나쁜 생각을 하는 자에게 화 있으라!(Honi soit qui mal y pense!)'에서 문두만 딴 표현으로, 여기서는 '꿍꿍이가 있는 영감' 정도로 풀이할 수 있다. '비터캄파리'는 캄파리사에서 낸 쓴맛이 강한 식전주용 리큐어.

그녀가 소설의 줄거리를 들려주었다. 바틀비는 필경사라고 했다. 뉴욕의 유명 변호사('영화배우 스펜서 트레이시가 연기하면 딱 맞을 19세기 미국인 중 하나'라면서, 최고의 전문가로 활동적이고 능력 있고 '자유사상'을 가진 이 변호사) 사무실에서 사무용 서류와 법률 서류 등등을 필사시키려고 고용한 필경사라고. 이제 바틀비는 글을 쓰기 위해 고용되었으니 꼼꼼히 자기 일을 열심히 해나갔다고 한다. 하지만 스펜서 트레이시가 원본 서류와 복사본을 조합한다거나 우표를 사러 길모퉁이 담뱃가게에 뛰어갔다 온다거나 하는 사소한 보조업무를 그에게 맡기려고 하자, 바틀비가 아무 일도 하지 않는다는 것이다. 그저 애매하게 웃으며 예의바르지만 단호하게 이렇게 대답할 뿐이었다고. "안 그러는 편이 낫겠는걸요."

"바틀비는 왜 그런 건데?" 내가 책을 가지고 돌아오면서 물었다.

"필경사가 할 일이 아니니까. 그는 필경사일 뿐이니까."

"그런데 잠깐만." 내가 반박했다. "스펜서 트레이시가 그에게 규칙적으로 월급을 줬을 거 아냐."

"물론이지." 미콜이 대답했다. "그렇지만 그게 무슨 의미가 있어? 월급은 노동 자체에 대한 대가지 노동을 한 **사람**에게 주는 건 아니잖아."

"난 이해 못하겠어." 내가 고집을 부렸다. "스펜서 트레이시는 바틀비를 사무실의 필경사로 고용한 게 틀림없어. 내 생각에는 사무실이 전체적으로 잘 돌아가게 도와주도록 말이야. 결국 그에게 뭘 요구하겠어? 어쩌면 **조금** 더 하는 게 **조금** 덜 하는 것보다 나을 수 있어. 계속 앉아 있어야만 하는 사람에게 길모퉁이 담뱃가게에 갔다오는 건 기분전환에 도움이 되거나 꼭 필요한 휴식이 될 수도 있지. 어쨌든 다리 좀 펼

수 있는 멋진 기회잖아. 아니, 미안해. 나로서는 스펜서 트레이시 생각이 다 맞는 것 같은데. 너의 그 바틀비가 거기서 그렇게 눈엣가시처럼 있을 게 아니라, 그가 요구하는 일을 즉시 해줘야 한다고 주장하는 그 사람이 옳다고.”

우리는 가여운 바틀비와 스펜서 트레이시를 놓고 상당히 오랫동안 토론했다. 그녀는 내가 이해를 하지 못하며 통속적이라고, 흔히 볼 수 있는 뿌리깊은 순응주의자라고 비난했다. 순응주의자라고? 그녀가 농담을 계속했다. 그렇기는 하지만 사실 조금 전에는 불쌍한 분위기 때문에 나를 바틀비에 비유했다. 이제는 반대로 내가 ‘일자리를 제공하는 유산계급’ 편에 서 있는 것으로 보고, 바틀비가 보여준 ‘모든 인간이 지닌 양도 불가능한 비협조 권리’, 그러니까 자유를 강조하기 시작했다. 간단히 말해 그녀는 계속 나를 비난했는데, 정반대의 이유들 때문이었다.

갑자기 전화벨이 울렸다. 저녁식사를 할 건지, 또 그렇다면 언제 식사 쟁반을 위층으로 올려갈지를 알아보기 위해 주방에서 건 전화였다. 미콜은 지금은 배가 고프지 않으니 나중에 자신이 전화하겠다고 말했다. 미네스트라인브로도 수프 괜찮을까요? 수화기에서 꼭 집어서 묻자 그녀가 얼굴을 찌푸리며 이렇게 대답했다. 물론이지. 어쨌든 지금은 준비하지 말아줘요. 만든 지 ‘한참 된 음식’은 참을 수 없을 정도로 싫으니까.

수화기를 내려놓은 뒤 내 쪽으로 향했다. 부드러우면서도 진지한 눈으로 나를 뚫어지게 쳐다보던 그녀는 몇 초 동안 아무 말도 하지 않았다.

"어떻게 지냈어?" 마침내 낮은 목소리로 물었다.

나는 침을 삼켰다.

"그냥저냥."

내가 웃으면서 주위를 둘러보았다. "이 방의 모든 게 내가 상상했던 그대로야. 예를 들면 저기 침대 의자가 있잖아. 이미 한 번 본 것 같아. 아니 정말 **봤고**."

나는 미콜에게 여섯 달 전, 그녀가 베네치아로 떠나기 전에 꾼 꿈 이야기를 해주었다. 어둑어둑한 책장 선반에 모여 있는 반짝이는 라티미를 가리켰다. 이 방 안에서, 꿈에서 본 것과 실제가 다른 물건은 유일하게 저것뿐이라고 했다. 내가 꿈에서 본 모양을 설명하자 미콜은 중간에 끼어들지 않고 진지하게 주의를 기울여 그 말을 들었다.

이야기를 다 마치고 나니 그녀가 내 재킷 소매를 가볍게 어루만졌다. 그래서 나는 침대 옆에 무릎을 꿇은 채로 그녀를 안은 뒤, 목과 눈과 입술에 입을 맞추었다. 그녀는 내가 하는 대로 그냥 놔뒀지만 계속 나를 뚫어지게 바라보았다. 그리고 고개를 조금씩 움직여 계속 입술을 피하려 애썼다.

"이러지 마…… 이러지 마……" 그녀는 이 말밖에 하지 않았다. "그만해…… 부탁이야…… 제발…… 이러지 마, 이러지 마…… 누가 올지도 몰라…… 안 돼."

소용없었다. 천천히, 처음에는 다리 한쪽을 짚고, 그다음에는 다른 쪽을 이용해서 침대에 올라갔다. 이제 온몸으로 그녀를 눌렀다. 정신없이 그녀의 얼굴에 연거푸 키스를 했지만 그녀의 입술과 부딪치는 일은 거의 없었고, 그녀가 눈을 감는 것도 아니었다. 마침내 내 얼굴을 그녀의 목에 묻었다. 그리고 내 몸이 나 자신의 의지와 상관없이 이불 속에서 석상처럼 꼼짝 않는 그녀의 몸 위에 올라가 발작적으로 움직이는 동안, 나 스스로가 갑자기 격렬하고 끔찍한 고통에 사로잡힌 채 그녀를 잃고 있다는, 이미 잃었다는 분명한 느낌을 받았다.

그녀가 먼저 입을 열었다.

“일어나줘, 제발.” 내 귀에 바짝 대고 말하는 소리가 들렸다. “숨을 쉴 수가 없어.”

나는 말 그대로 완전히 패했다. 침대에서 내려오는 게 내 힘에 부치는 과업 같았다. 하지만 나로서는 다른 선택의 여지가 없었다.

내가 일어섰다. 비틀거리며 방안을 몇 발짝 걸었다. 마침내 다시 침대 옆 작은 안락의자에 털썩 주저앉았다. 두 손으로 얼굴을 가렸다. 두 뺨이 달아올랐다.

“왜 그랬어?” 미콜이 말했다. “봐, 다 소용없어.”

“왜 소용없다는 거야?” 내가 급히 눈을 들며 물었다. “그 이유 좀 알 수 있을까?”

그녀가 나를 쳐다보는데, 입가에 묘한 미소가 맴돌고 있었다.

“저기 좀 갔다올래?” 벽에 난 욕실 문을 가리키며 말했다. “너무 얼굴이 빨개, 임피차,* 빨개졌어. 세수해.”

“그래, 고마워. 그게 좋겠다.”

나는 벌떡 일어나서 욕실 쪽으로 갔다. 그런데 바로 그 순간 계단 쪽의 문에 뭔가 세게 부딪혀 문이 흔들렸다. 누군가 어깨로 문을 밀어 안

---

* impizà. ‘불타는, 불난 것처럼’ 등을 뜻하는 페라라 방언.

으로 들어오려는 것 같았다.

"무슨 일이지?" 내가 조그맣게 말했다.

"요르야. 가서 문 열어줘." 미콜이 침착하게 답했다.

3

세면대 위에 걸린 타원형 거울에 비친 내 얼굴을 바라보았다.

마치 내 얼굴이 아닌 것처럼, 다른 사람 얼굴이라도 되는 것처럼, 유심히 살펴보았다. 차가운 물에 여러 번 담그긴 했지만 얼굴은 여전히 빨개 보였다. 미콜 말대로 불이 난 것처럼 빨갰고 코와 윗입술 사이에, 광대뼈 위와 그 주변에 검은 얼룩들도 보였다. 불빛에 비친 그 커다란 얼굴, 거기 내 앞에 있는 얼굴을 객관적으로 자세히 살펴봤다. 이마와 관자놀이 밑 동맥들이 펄떡펄떡 뛰다가 서서히 경직되어갔고, 가느다란 진홍빛 혈관들이 그물처럼 퍼져 있어서 눈을 크게 뜨면 파란 홍채가 그 그물에 포위되어 있는 것 같았으며, 아래턱과 긴 위턱에 뻣뻣한 수염이 무성하게 자라 있고, 여드름들이 보일락 말락 난 그 얼굴을…… 나는 아무 생각도 하지 않았다. 얇은 벽을 통해 미콜이 누군가와 통화하는 소리가 들렸다. 누구와 통화하는 걸까? 주방 사람에게 저녁식사를 위로 가져오라고 알리는 중이라고 추측했다. 잘됐다. 잠시 후 작별이 덜 당황스러울 수 있었다. 둘 다에게.

내가 방으로 돌아오자 그녀가 수화기를 내려놓았다. 그리고 그녀가 나에게 전혀 화가 나 있지 않다는 걸 알고는 약간 놀라지 않을 수 없었다.

그녀가 침대 밖으로 몸을 내밀고 찻잔에 차를 따랐다.

"이제 의자에 좀 앉지 그래." 그녀가 말했다. "그리고 뭐라도 좀 마셔."

나는 조용히 그녀 말에 따랐다. 눈을 들지 않은 채, 천천히 한 모금씩 차를 마셨다. 요르는 내 등뒤 바닥에 누워 자고 있었다. 술 취한 걸인의 숨소리같이 묵직한 숨소리가 방안을 채웠다.

내가 찻잔을 내려놓았다.

이번에도 미콜이 먼저 말을 시작했다. 조금 전 벌어진 일은 전혀 입에 올리지 않은 채, 오래전부터, 어쩌면 내가 생각하는 것보다 훨씬 오래전부터, 우리 사이에서 서서히 형성되고 있는 뭔가에 대해 솔직하게 나와 이야기해야겠다는 생각을 했다며 말을 꺼냈다. 그때, 지난 10월, 비를 피하려고 우리 둘이 창고로 들어가서 마차 안에 앉아 있던 그때, 너 기억 안 나니? 그녀가 계속 말을 이었다. 그러니까 우리 관계가 잘못된 방향으로 가고 있음을 알아차린 게 바로 그때부터였다는 거다. 우리 둘 사이에 위선적이고 그릇되고 아주 위험한 무언가가 생겨나고 있음을 그녀는 곧 알게 됐다고 한다. 산사태로 무너진 바위와 흙이 비탈을 따라 한참을 굴러떨어지고 있다면, 그녀가 기꺼이 인정한 바와 같이 잘못은 대부분 자신한테 있다는 거다. 자기가 어떻게 했어야 할까? 간단하다, 나와 떨어져 있고 그 당시 바로 나한테 솔직히 말했어야 했다. 하지만 그러기는커녕, 자기가 겁쟁이라서 달아나버리는 최악의 방법을 택했다는 것이다. 아, 그래, 끈을 자르기란 쉽지. 하지만 거의 언제나처럼, 더군다나 '이러지도 저러지도 못하는 상황'이라면, 어떤 일이 벌어질까? 구십 퍼센트는 불씨가 재 속에 계속 살아남아 있어 다시 만나게 되었을 때 좋은 친구로 침착하게 대화를 나누기가 아주 어려워지는, 거의 불가능해지는 놀라운 결과를 낳게 될 거야.

나도 알고 있어, 이 지점에서 내가 그녀의 말에 끼어들었다. 이것저것 생각해보면 그녀가 솔직히 말해줘서 너무나 감사하다고 했다.

그렇지만 그녀에게 설명을 듣고 싶은 일이 하나 있었다. 나에게 인사도 없이 갑자기 달아나버렸고, 그뒤 베네치아에 도착하자마자 그녀는 한 가지 일만 염려했다. 내가 계속 오빠 알베르토를 만나는지 확인하는 일 말이다.

"대체 왜 그랬지?" 내가 물었다. "네 말대로 내가 널 잊어주길(이런 표현을 써서 미안해. 면전에서 날 비웃지는 말아줘!) 정말 원했다면, 날 완전히 놔줬어야 하는 거 아닌가? 물론 힘들었겠지. 말하자면, 장작을 더 넣지 않으면 불씨가 저절로 서서히 꺼지는 게 완전히 불가능한 일은 아니니까."

그녀가 놀란 표정을 감추지 않은 채 나를 보았다. 사실 별로 확신을 가지고 한 말은 아니지만, 그래도 내가 반박할 힘을 찾아내서 깜짝 놀란 듯했다.

내 잘못은 아니라고, 그녀가 생각에 잠겨 고개를 저으며 시인했다. 내 잘못이 전혀 아니라고. 어쨌든 자기 말을 믿어달라고 간청했다. 그녀가 그런 식으로 행동하긴 했지만 그 상황을 이용하려는 생각은 조금도 없었다는 거다. 나와의 우정을 중요하게 생각했다면서. 이게 전부라고. 다소 지나칠 정도로 그 우정을 소유하려고 했던 면이 있기는 했지만. 솔직히 나보다는 알베르토를 더 많이 생각했던 게 사실이라고 했다. 알베르토는 잠피에로 말나테 말고는 이따금 이야기 나눌 수 있는 사람이라곤 하나도 없이 이 집에 남아 있었으니까. 불쌍한 알베르토! 그녀가 한숨을 쉬었다. 지난 몇 달 동안 이 집에 드나들었던 내가, 알베르토에게 얼마나 친구가 필요한지 알아차리지 못했단 말인가? 공연장과 극장이 즐비하고 뭐든 마음대로 이용할 수 있는 밀라노에서 겨울을 보내는 데 이미 익숙한 알베르토 같은 사람이 여기 페라라 집에 몇 달이고 틀어박혀 시간을 보내야 할 뿐만 아니라 아무 할 일도 없다는 게 썩 즐거운 일은 아니라고 난 인정해야만 했다. 불쌍한 알베르토! 그녀가 다시 말했다. 알베르토와 비교하면 자기는 훨씬 강하고 훨씬 독립적이어서 필요하다면 아주 잔인한 고독까지도 잘 견딜 수 있는 사람이라고 했다. 게다가 이미 한 번 내게 이렇게 말한 적이 있는 것도 같다고. 쓸쓸한 걸로 치면 베네치아의 겨울이 페라라보다 더 심하다고도 할 수 있다고. 그리고 외삼촌들 집 역시 마찬가지로 우울했고 그곳 역시 외부와의 끈이 단절되어 있었다고 했다.

"여긴 전혀 우울하지 않아." 내가 갑자기 마음이 뭉클해져 말했다.

"넌 여기가 좋니?" 그녀가 명랑하게 물었다. "그러면 너한테 한 가지 고백할게(그렇지만 내게 화내지 마, 응, 위선적이라거나 혹시 이중적이라고 비난하면 안 돼!). 네가 얼마나 보고 싶었는지 몰라."

"왜?"

“이유는 모르겠어. 정말 왜 그런 건지 말로는 설명이 안 되네. 내 생각에는, 어릴 때 사원에서 아빠의 탈리스 밑으로 너도 끌어들이고 싶었던 그때랑 똑같은 이유 때문에 그러지 않았을까 해…… 아, 그렇게 할 수 있었다면! 우리 앞좌석의 너희 아빠 탈리스 밑에 있던 네가 아직도 눈에 선해. 너를 보면서 얼마나 마음이 아팠는지. 터무니없다는 거 알아. 하지만 너를 보면 마치 네가 아빠도 엄마도 없는 고아라도 되듯 마음이 아팠어.”

그녀가 잠시 말을 멈추고 천장을 보았다. 그러더니 팔꿈치를 베개에 기대고 다시 말을 시작했다. 하지만 이제는 진지하고 심각했다.

내게 고통을 줘서 미안하다고, 정말 미안하다고 하며 이어 말했다. 게다가 너도 납득할 필요가 있어. 우리가 공유하는 어린 시절의 아름다운 추억들이 절대 다치면 안 되는데, 지금 그런 위태로운 상황에 우리가 처해 있다는 걸, 하고 이어 말했다. 우리 둘이 육체적 사랑을 하다니! 그게 정말 가능할 거라고 생각하니?

그게 왜 그리 불가능한 일인지 내가 물었다.

이유야 셀 수도 없이 많다고 그녀가 대답했다. 하지만 무엇보다 나와 육체적 관계를 맺는다고 생각하면 혼란스럽고 당혹스럽다고 했다. 마치 오빠와, 말하자면 알베르토와 그런 짓을 한다고 상상할 때처럼. 어릴 때 내게 조금 ‘끌린’ 건 사실이었다고. 어쩌면 지금 나에게 더 가까이 가지 못하게 자기를 막는 게 바로 그런 감정인지도 모른다면서. 나는…… 나는 그녀 ‘옆에’ 있었다, 이해했는지? 그러니까 ‘앞’이 아니라고. 사랑은 서로를 이기려고 작정한 사람들을 위한 것이라고(적어도 그녀는 그렇게 생각했다)! 잔인하고 힘든 운동, 테니스보다 훨씬 잔인하고 힘든 운동! 수단과 방법을 가리지 않고 공격해야 하고, 확고한 마음에서 선량함과 정숙함을 덜어내기 위해 동요 없이 해야 하는 운동.

> 부질없는 몽상가에게 두고두고 저주 있으라,
> 자기 어리석음에 빠져
> 풀 수 없고 아무 결실 없는 문제에 골몰한 채,
> 앞다투어 사랑이라는 것을 정숙과 뒤섞어버린 그자에게!*

사랑에 정통했던 보들레르가 경고했지. 그러면 우리는? 둘 다 어리석을 정도로 정직하고 물방울처럼 완전히 똑같은 우리가("똑같은 사람들은 절대 싸우지 않아, 내 말 믿어!") 서로를 이기려 들고, 정말 서로 '갈기갈기 찢기기'를 원할 수 있단 말이야? 아니, 제발. 훌륭하신 하느님께서 우리를 만들어주셨으니 그런 일은 바랄 수도 없고 가능하지도 않을 거야.

지금의 우리와 달랐다고, 간단히 말해 우리 사이에 그런 '잔인한' 관계가 될 일말의 가능성이라도 있었다고 순수하게 가정해본다면, 우리는 어떻게 처신하게 되었을까? 혹시 '약혼'을 해서 반지를 교환하고 각자의 부모님을 찾아뵙는 등 그런 일을 했으려나? 이 무슨 교훈적인 이야기란 말이야? 이스라엘 쟁월**이 살아 있어서 이 소식을 듣는다면 분

---

* 보들레르의 『악의 꽃』 처벌시편 중 하나인 「천벌받은 여인들―델핀과 이폴리트」의 일부.

** 1864~1926. 런던 출신의 유대인 작가. 『게토의 아이들』(1892)로 세계적인 명성을 얻은 작가로, 평화주의자이자 시오니스트이기도 했으며, 여성의 참정권 및 정치활동을 옹호했다.

명 『게토의 몽상가들』에 첨부할 흥미진진한 자료를 얻어냈을 거야. 그리고 우리가 다음 키푸르에 이탈리아 시너고그에 같이 나타나면 모두 얼마나 기뻐할지, 물론 '종교적인' 기쁨이겠지. 단식을 해서 약간 생기가 없지만 아름답고, 어쨌든 모든 면에서 정말 너무나 잘 어울린다고! 물론 우리를 보고 인종법에 감사하면서 이렇게 아름다운 부부가 탄생하는 현실 앞에 모든 악이 나쁜 것만은 아니군, 하고 선언하는 일도 빠지지 않겠지. 심지어 파시스트당 지부의 비서까지도 카보우르 거리에서 감격하고 앉았을지 누가 알겠어! 물론 비밀리이긴 하겠지만, 그 훌륭한 볼로녜시 영사도 사실은 유대인에게 굉장한 호감을 가지고 있는 사람 아닐까? 풋!

나는 고통스러워서 아무 말도 하지 않았다.

그녀는 그 틈을 타서 수화기를 들고 식사를 가져와도 된다고 주방에 알렸다. 그렇지만 약 삼십 분쯤 있다가 가져오라고, 그날 밤은 '식욕이 전혀 없으니' 그전에는 안 된다고 다시 말했다. 그다음날이 되어서야 전날 밤 일을 다시 떠올리다가, 내가 화장실에 있을 때 미콜이 통화하던 소리를 들었던 게 기억났다. 그러니까 내가 잘못 들었던 거네, 다음 날 나는 혼자 생각했다. 주방이 아니라 집안(또는 집밖)의 누군가와 통화하는 소리일 수도 있었다. 미콜이 수화기를 내려놓았을 때 내가 고개를 들었다.

"우리 둘이 똑같다고 했지." 내가 말했다. "어떤 면에서?"

아무튼 그래, 어쨌든 그렇다고, 그녀가 크게 말했다. 나 역시 그녀와 마찬가지로 보통 사람들이 즐길 만한 전형적인 것들에 본능적으로 취미가 없었다. 그녀는 그걸 직감적으로 너무나 잘 알았다. 나도, 그녀도,

현재보다는 과거를, 소유보다는 그것을 기억하는 걸 더 중요하게 생각했다. 기억 앞에서 모든 소유는 실망스럽고 통속적이고 불충분해 보일 수 있었다…… 그녀가 그토록 날 잘 알고 있었을 줄이야! 언제든 내 편에서 마음대로 현재를 사랑하고 응시할 수 있기에 현재가 '순식간에' 과거가 되어버리지나 않을까 하는 나의 불안감은, 그녀의 불안감이기도 했다. 이게 바로 '우리'의 악습이었다. 즉 앞으로 나아가면서 항상 고개는 뒤를 향해 있는 것. 그렇지 않은가?

그랬다, 나는 속으로 인정하지 않을 수 없었다. 정말 그랬으니까. 내가 언제 그녀를 포옹했더라? 기껏해야 한 시간 전이었다. 그런데 늘 그랬듯이 그 모든 일이 어느새 비현실적인 상상 속 이야기가 되어버렸다. 믿을 수 없는, 혹은 두려워해야 할 사건이 되어버렸다.

"누가 알겠어." 내가 대답했다. "훨씬 단순한 이유 때문인지도 모르지. 내 외모가 마음에 안 들 수도 있고. 이게 다지 뭐."

"바보 같은 소리 마." 그녀가 반박했다. "그게 무슨 상관이야?"

"분명히 상관있지!"

"유 알 피싱 포 컴플리먼츠, 칭찬을 노린다 이거지. 너, 너무 잘 알잖아. 그런 걸로 널 기쁘게 해줄 수야 없지, 넌 칭찬받을 자격도 없어. 그리고 내가 지금 전부 다 좋다고, 네 그 유명한 청록색 눈을(그야 눈만이 아니긴 하지만) 항상 생각했다고 네게 다시 말한다 해도, 결과가 뭐 달라지겠어? 먼저 나에 대해서 나쁘게 평가한 건 바로 너였을걸, 빌어먹을 위선자라고. 한번 생각해봐, 시작해보자고, 채찍 다음에 당근, 덤……"

"만일……"

“뭐가 만일이야?”

나는 망설이다가 마침내 결심했다.

“만일 우리 사이에 누군가가 끼어 있지 않다면.”

미콜이 나를 뚫어지게 보면서 고개를 저었다.

“우리 사이에 아무도 없어.” 그녀가 대답했다. “그리고 누가 있을 수 있겠어?”

나는 그녀의 말을 믿었다. 하지만 절망하고 있었기에 그녀에게 상처를 주고 싶었다.

“나한테 그걸 묻는 거야?” 내가 입을 삐죽 내밀고 말했다. “누구라도 있을 수 있지. 지난겨울 베네치아에서 네가 아무도 안 만났다고 누가 내게 보장해주겠어?”

그녀가 웃음을 터뜨렸다. 유쾌하고 신선하고 투명한 웃음이었다.

“대체 어떻게 그런 생각을.” 그녀가 외쳤다. “나는 겨울 내내 논문만 썼다고!”

“오 년 동안 대학을 다니면서 누군가와 사귀어본 적도 없다고 주장하려는 건 설마 아니겠지! 자, 어디 말해봐. 학교에서 따라다니던 남자 몇 명 정도는 있었을 거 아냐!”

난 미콜이 틀림없이 부인하리라고 생각했다. 하지만 내 생각이 틀렸다.

“그래, 따라다니던 애들은 좀 있었어.” 미콜이 시인했다.

마치 어떤 손이 내 배를 꽉 움켜잡고 비트는 것 같은 기분이 들었다.

“많았어?” 겨우 물어봤다.

미콜은 침대에 반듯하게 누워 천장을 뚫어지게 보며 한쪽 팔을 살짝 들었다.

"으음…… 잘 모르겠어." 그녀가 말했다. "생각 좀 해볼게."

"그러면 그렇게 많았다는 거야?"

그녀가 짓궂은 표정으로, 분명히 음탕해 보이는 표정으로, 날 슬쩍 넘겨다보았다. 내가 알지 못하던 표정이어서 나는 깜짝 놀랐다.

"아…… 서너 명이라고 해두자. 아니 정확히 따지면 다섯 명…… 그런데 모두 그냥 시시한 연애 같은 거야, 알잖아, 그냥 무해한 거…… 게다가 아주 지루하고."

"시시한 연애가 어떤 건데?"

"뭐 그런 거…… 리도섬을 한참 산책하거나…… 토르첼로섬으로 두어 번 소풍을 가거나…… 가끔 키스도 하고…… 손은 여러 번 잡았지…… 그리고 영화를 말도 못하게 많이 봤어. 영화의 향연이었어."

"전부 다 학교 친구들이었어?"

"대개는."

"가톨릭교도였겠지."

"물론이지. 그렇지만 원칙을 따라서 그런 건 아니야. 알잖아, 사람들은 옆에 있는 사람들과 사귈 수밖에 없는 거."

"그러면……?"

"아니. 내 말은 유딤, 그러니까 유대인들을 만난 건 아니라는 뜻이야. 학교에 한 사람도 없었던 건 아니니까. 그렇지만 너무 진지하고 못생겼었거든!"

미콜이 다시 나를 보았다.

"어쨌든 이번 겨울은 아니었어." 웃으면서 덧붙였다. "맹세도 할 수 있어. 난 공부하고 담배 피우는 일밖에 안 했거든. 블루먼펠트 양이 밖에 좀 나가라고 날 떠밀었을 정도로 말이야."

그녀가 베개 밑에서 뜯지 않은 러키스트라이크 한 갑을 꺼냈다.

"한 대 피울래? 보다시피 난 독한 담배로 시작했어."

재킷 주머니에 있던 파이프 담배를 내가 말없이 가리켰다.

"너도!" 미콜은 이상하게 재미있어하며 웃었다. "그러니까 **너희들**의 그 잠피가 제자들을 사방에 키웠구나!"

"그런데 너, 전에는 베네치아에 친구 하나 없다고 불평했잖아!" 내가 비난했다. "눈썹 하나 깜빡하지 않고 거짓말을 하다니. 너도 다른 여자 애들하고 똑같아, 그만해!"

그녀가 고개를 저었는데 나를 불쌍히 여긴다는 건지 자신이 불쌍하다는 건지 알 수 없었다.

"**시시한 연애**, 그게 아주 사소한 것이라도 친구들과 할 수 있는 일은 아니야." 그녀가 우울하게 말했다. "그러니까 너한테 내가 친구들 이야기라고 하면서 했던 게 어느 정도 거짓말이었다는 걸 알아야 해. 그렇지만 네 말이 맞아. 나도 다른 여자들하고 똑같아. 거짓말쟁이에, 배신도 하고, **부정하고**…… 따지고 보면 아드리아나 트렌티니와 별반 다르지 않아."

그녀는 습관대로 '부정하고'라는 글자 하나하나에 강세를 주어 말했는데, 일종의 쓸쓸한 자부심 같은 게 훨씬 더 많이 담겨 있었다. 내게 잘못이 있다면 자기를 다소 지나치게 과대평가해온 것이라고 덧붙였다. 이에 대해서 자기는 잘못이 없다는 걸 증명할 생각이 추호도 없다는 건 물론이고. 그렇지만 그녀는 내 눈에서 언제나 '이상주의'를 읽어냈는데, 그로 인해 어떻게 보면 내 눈에 자기가 실제보다 훨씬 근사하게 비쳤을 수밖에 없었을 거라고 했다.

더이상 할말이 남아 있지 않았다. 잠시 후 지나가 저녁식사를 가지고 들어왔을 때 (벌써 아홉시가 넘어서) 나는 그만 자리에서 일어났다.

"미안, 이제 가봐야 해." 내가 그녀의 손을 잡으며 말했다.

"길 알지, 안 그래? 아니면 지나에게 바래다주라고 할까?"

"아냐, 필요 없어. 혼자 갈 수 있어."

"승강기 타고 가, 부탁이야."

"그럴게."

내가 문 앞에서 돌아보았다. 그녀는 벌써 숟가락을 입에 가져가는 중이었다.

"잘 있어." 내가 말했다.

그녀가 미소를 지었다.

"잘 가. 내일 전화할게."

4

하지만 최악의 상황은 이십여 일 뒤, 내가 4월의 마지막 두 주 동안 프랑스에 다녀오고 나서야 시작되었다.

나는 매우 분명한 이유가 있어 프랑스 그르노블에 갔다. 다달이 합법적 방식으로 동생 에르네스토에게 송금할 수 있는 수백 리라의 돈만으로는, 에르네스토가 사는 플라스보캉송의 방세를 내기에 한참 부족했고, 동생도 계속 편지를 보내왔던 차였다. 그래서 급히 돈을 더 조달해주어야 했다. 평상시보다 늦게 귀가한 어느 날 밤, (그 말을 하려고 일부러 깨어 있던) 아버지가 나더러 직접 동생한테 돈을 전해주고 오라고 간청했다. 이번 기회를 좀 이용하는 게 어떻겠느냐? '여기 이곳'과는 다른 공기를 좀 호흡하고 세상도 좀 보고 기분전환할 기회로 삼는 게. 딱 지금 내게 필요한 일이었다! 내 정신에도 신체에도 이로울 테니까.

그렇게 해서 나는 떠나게 되었다. 토리노에 두 시간, 샹베리에 네 시간 머물고 나서, 마침내 그르노블에 도착했다. 숙식이 다 제공되는 데로 옮긴 에르네스토의 하숙집에서 곧 이탈리아 학생 여러 명을 알게 되었는데, 모두 내 동생과 같은 상황이었고 전부 그르노블공과대학에 다니고 있었다. 토리노에서 온 레비라는 학생, 살루초에서 온 세그레, 트리에스테의 소라니, 만토바의 칸토니, 피렌체의 카스텔누오보라는 학생과 로마에서 온 핀케를레라는 여학생도 있었다. 나는 누구와도 가까워지지 않았다. 그곳에 머물던 열이틀 동안 대부분의 시간을 시립도서관에서 스탕달 사본을 뒤적이며 보냈다. 그르노블은 추웠고 비가 내렸다. 주거지 근방 산들은 눈과 구름에 가려져 있었는데, 이따금 그 사이로 산 정상들이 모습을 보이기도 했다. 밤이 되면 시험적으로 등화관제를 시행해서 외출할 엄두를 낼 수 없었다. 페라라가 너무나 멀리 있는 듯했다. 마치 다시는 돌아갈 수 없는 곳처럼. 그런데 미콜은? 페라라를 떠난 이후로 계속 그녀의 목소리가, '왜 그랬어? 봐, 다 소용없어'라고 내게 말하던 그 목소리가 계속 귓전에 맴돌았다. 그러던 어느 날, 뭔가 놀라운 일이 일어났다. 우연히 스탕달의 일지 중 하나에서 따로 적혀 있던 이 말, 올 로스트, 낫싱 로스트, 모두 잃었다는 건 아무것도 잃지 않았다는 것이다, 라는 문장을 읽게 되었을 때, 갑자기 기적처럼 나 자신이 자유로워지고 치유된 기분이 들었다. 나는 엽서를 하나 집어 거기에 스탕달의 이 문장을 적고는 그녀에게, 미콜에게 그대로 보냈다. 다른 말을 더 쓰지도 않았고, 이름조차도 쓰지 않은 채로. 그녀는 자기가 생각하고 싶은 대로 생각할 수 있으리라. 모두 잃었지만 아무것도 잃지 않았다. 이 얼마나 맞는 말인가! 나는 혼자 되뇌었다. 그리고 다시 숨을 쉴 수 있었다.

내가 착각하고 있었던 건 물론이다. 5월 초에 이탈리아로 돌아왔을 때 봄이 한창이었다. 알레산드리아와 피아첸차 사이의 드넓은 풀밭을 노란 꽃들이 여기저기 물들였고, 맨살의 팔다리를 드러낸 소녀들이 에밀리아 들길을 자전거를 타고 내달렸다. 페라라 성벽의 큰 나무들에는 꽃이 활짝 피어 있었다. 나는 일요일 정오경에 도착했다. 집에 들어서자마자 샤워를 하고 식구들과 점심을 먹었고, 수많은 질문에 인내심을 가지고 차분히 대답했다. 그러다가 기차에서 페라라의 탑들과 종탑이 지평선에 나타나는 걸 봤던 그 순간에 갑작스레 사로잡혔던 흥분이 따라와 초조해진 나는 더이상 머뭇거리고 있을 수가 없었다. 두시 반에 어느새 나는 자전거를 타고 안젤리 성벽을 따라 달리고 있었고, 그러는 동안 움직임이 없는 바르케토델두카의 싱싱한 나무들에서 눈을 떼지 못했다. 최근 보름간 잠에 빠져 지내느라 알아차리지 못하기라도 한 듯, 어느새 모든 게 예전으로 돌아와 있었다.

저 아래 테니스장에서 그들이 테니스를 치고 있었다. 미콜과 하얀색 긴바지를 입은 청년이 시합중이었는데, 그가 말나테라는 건 어렵지 않게 알 수 있었다. 얼마 안 있어 내 쪽을 보더니 나를 알아보았다. 둘 다 경기를 중단하고 라켓을 높이 쳐든 채 두 팔을 크게 흔들었다. 그렇지만 두 사람만 있는 게 아니었다. 알베르토도 있었다. 무성한 나뭇잎들에 파묻혀 있다 밖으로 빠져나온 나는, 테니스장 한가운데에서 내 쪽을 바라보다가 두 손을 입으로 가져가는 알베르토를 보았다. 그가 두 번, 세 번 휘파람을 불어댔다. 쟤가 저기 성벽 꼭대기에서 뭐하는 거지? 각자 자기 식으로 이렇게 묻는 것처럼 보였다. 왜 당장 정원으로 안 들어오고 저기서 괴짜처럼 저러고 있어? 나는 이미 에르콜레프리모데스테 대로가 시작되는 쪽을 향해 담을 따라 자전거를 달렸다. 대문이 보이는 곳에 도착했다. 알베르토가 이제 다시 그의 '나팔'을 불었다. "잘 들어, 몰래 도망치지 마!" 휘파람소리가 이제 더 강력해졌지만 그사이 약간 유쾌해져서 경고의 느낌은 훨씬 약했다.

"잘 있었나!" 언제나처럼 이렇게 외치면서, 나는 칭칭 휘감아올라간 들장미 덩굴 오솔길에서 밖으로 빠져나왔다.

미콜과 말나테가 다시 하고 있던 경기를 계속하면서 동시에 "잘 있었어"라고 답했다. 알베르토가 일어나 내게로 왔다.

"최근에 어디 숨어 있었는지 말해줄래?" 그가 물었다. "너희 집에 여러 번 전화했는데 그때마다 집에 없더라."

"프랑스에 갔었대." 미콜이 테니스장에서 대답했다.

"프랑스라고!" 알베르토가 소리쳤는데 깜짝 놀란 눈빛에서 진심이 느껴졌다. "뭐하러?"

"그르노블에 있는 동생을 만나러 갔었어."

"아, 그래, 맞아, 네 동생이 그르노블에서 공부하는 중이지. 그래, 동생은 잘 지내? 잘하고 있어?"

그사이 우리 둘은 테니스장 옆으로 난 입구 앞에 나란히 놓인 긴 의자에 자리를 잡았다. 경기를 지켜보기에는 최적의 자리였다. 지난가을과 달리 미콜은 짧은 옷을 입지 않았다. 굉장히 구식 스타일인 하얀 양모 주름치마에 역시 하얀 블라우스를 입고 소매를 걷어올렸으며 이상한 흰색 면양말, 적십자 간호사가 신을 법한 양말을 신고 있었다. 땀에 흠뻑 젖고 얼굴이 빨갛게 상기된 채 힘껏 공을 받아내 테니스 코트에서 제일 먼 귀퉁이로 보내는 데 열중해 있었다. 말나테는 뚱뚱해서 숨을 헐떡거렸지만 있는 힘을 다해 미콜을 상대했다.

테니스공 하나가 굴러오다가 우리와 얼마 떨어지지 않은 곳에 멈췄다. 미콜이 공을 주우러 다가왔다. 잠시 내 눈과 그녀의 눈이 마주쳤다.

그녀가 얼굴을 찡그리는 것을 보았다. 눈에 띄게 짜증스러워하며 말나테 쪽으로 급히 돌아섰다.

“한 세트 더 할까?” 미콜이 소리쳤다.

“해보지 뭐.” 말나테가 투덜거렸다. “핸디캡 게임 몇 번이나 줄 건데?”

“한 번도 안 돼.” 미콜이 얼굴을 찡그리며 대꾸했다. “너한테 서브를 먼저 할 기회까지는 줄 수 있어. 자, 서브해!”

네트 너머로 공을 던졌다. 그리고 상대의 서브를 받아낼 자세를 취했다.

잠시 동안 나와 알베르토는 경기하는 그들을 구경했다. 불편하고 불행하다는 생각뿐이었다. 말나테를 보고 ‘너’라고 부르며 고집스레 나를 무시하는 미콜을 보자, 새삼 내가 멀리 떠나 있던 시간이 얼마나 길었는지 실감이 났다. 알베르토는 평상시처럼 잠피만 바라보고 있었다. 하지만 틈만 나면 그때마다 그에게 감탄하거나 칭찬을 하는 게 아니라, 한시도 멈추지 않고 그를 헐뜯고 있다는 걸 알아차렸다.

저기 있는 쟤 말이야, 그는 내게 소곤소곤 속을 터놓았다. 그 말이 어찌나 놀랍던지, 내가 고통에 빠져 있기는 했지만 그가 한 말을 한마디도 놓치지 않았다. 저기 있는 저 사람은 독일의 한스 뉘슬라인이나 프랑스의 마르탱 플라 같은 국제적인 선수한테서 매일같이 하루종일 테니스 강습을 받아도 결단코 일반 테니스 선수만도 못할 거야. 뭐가 부족해서 발전이 없는 거지? 어디 보자. 다리? 물론 다리는 아니지. 다리에 문제가 있다면 의심할 바 없이 뛰어난 등산가가 되지는 못했을 테니까. 호흡? 호흡도 같은 이유에서 아니야. 근육의 힘? 힘이야 남아돌지. 악수만 한 번 해봐도 금방 알 수 있으니. 그렇다면? 사실 테니스는 운동이면서 예술이기도 하지, 라며 알베르토는 이상하게 과장해서 말했다. 그래서 모든 예술에 특별한 재능이 필요하듯 재능이 없는 사람은 언제나 평생토록 '무능한 사람'으로 남게 될 뿐이라는 얘기였다.

"부탁인데!" 어느 순간 말나테가 소리쳤다. "너희 둘, 조용히 좀 있어 줄래?"

"경기나 해, 경기나!" 알베르토가 응수했다. "여기 신경쓰느니 여자한테 지지나 좀 말지 그래!"

난 내 귀를 의심했다. 이게 있을 수 있는 일인가? 저 친구한테 언제나 부드럽고 저 친구 말이라면 뭐든 따르던 알베르토는 대체 어디로 갔단 말인가? 난 알베르토를 자세히 살펴보았다. 핏기 없는 낯빛에 너무 일찍 늙어버려 주름이 자글자글한 사람처럼 그의 얼굴은 갑자기 창백하고 수척해 보였다. 혹시 어디 아픈 걸까?

그에게 물어보고 싶었지만 용기가 나지 않았다. 그 대신 그날 처음으로 테니스 경기를 시작한 것인지, 웬일로 작년처럼 브루노 라테스나 아드리아나 트렌티니, 그리고 나머지 초츠가*가 테니스를 치러 오지 않았는지 물어봤다.

"그러니까 너 정말 아무것도 모르는구나!" 그가 큰 소리로 말하며 잇몸이 드러나도록 웃었다.

그가 곧 이야기를 시작했다. 그와 미콜은 근 일주일 전에 테니스 치기 좋은 계절이 시작된 걸 확인하고, 훌륭한 목적으로, 그러니까 바로 지난해처럼 근사한 테니스 경기를 다시 시작할 생각으로 십여 통의 전화를 돌리기로 결정했다고 한다. 아드리아나 트렌티니와 브루노 라테스, 어린 사니와 콜레바티에게, 그리고 작년에는 미처 생각 못했던 신세대 젊은이들 중에서 남녀 불문하고 뛰어난 모범이 될 만한 여러 사람에게 전화를 돌렸다는 것이다. '나이가 많든 적든' 모두가 칭찬해도 좋을 만큼 재빠르게 초대를 수락했단다. 5월 1일 토요일 첫 경기를 하는 날은 대충 봐도 자랑할 만큼 성공을 확신할 정도였단다. 경기만 한 게 아니라 수다도 좀 떨고 남녀가 시시덕거리기도 하고 무엇보다 거기 휘테에서 '적절히 설치해놓은' 필립스 음에 맞춰 춤도 췄다고 했다.

5월 2일 일요일 오후 두번째 세션은 한층 성황리에 마쳤다며, 알베르토는 이야기를 계속했다. 그런데 5월 3일 월요일 아침부터 벌써 성가신 일들이 서서히 생기기 시작하더란 거다. 실제로 열한시경에 변호사 타베트가 자전거를 타고, 불가사의한 명함을 내밀며 나타났다. 그렇다. 바로 그 대단한 파시스트 변호사 제레미아 타베트가 몸소 납신 것이다. 그놈이 '아빠'랑 같이 서재에 들어가 문을 닫더니, 파시스트 지부 비서의 엄중한 명령을 전달했다고 한다. 일상에 물의를 일으키고 있는 자극적인 연회, 특히 무엇보다 건전한 스포츠 활동이랄 만한 거라곤 하나 없는, 이 집에서 오래전부터 열려온 이 연회를 즉각 중단하라는 명령이었다. 정말 용납할 수 없는 명령이었다. 볼로녜시 영사가 '공동의'

친구인 타베트를 통해 이렇게 알렸다고 한다. 핀치콘티니가의 정원이 서서히, 페라라 스포츠계에서 그 공적을 인정받아야 마땅한 단체인 엘레오노라데스테 테니스클럽과 경쟁하는 일종의 클럽으로 변해가는 것을 진정 허용할 수 없다면서. 그러니 당장 중단해야 한다고. '우르비살리아*에서의 무기한 유형 생활' 같은 공식적인 처벌을 피하려면, 앞으로 엘레오노라데스테에 등록한 회원은 그 누구도 자기네가 만들어놓은 환경에서 벗어날 수 없을 거란 얘기였다.

"그래서 너희 아버님은 뭐라고 대답하셨어?" 내가 물었다.

"뭐라고 대답하셨으면 좋겠니?" 알베르토가 웃었다. "돈 아본디오**처럼 하실 수밖에 없었어. 고개를 푹 숙이고 중얼거리셨지. '언제든 명령에 따를 준비가 되어 있다'고. 대략 그렇게 말씀하셨던 것 같아."

"내 생각에는 바르비친티 때문인 것 같아." 미콜이 테니스장에서 외쳤다. 그 거리에서도 우리 대화가 다 들리는 게 분명했다. "누가 뭐라든 난 불평을 쏟아내며 카보우르 거리로 달려가던 그 사람 모습이 뇌리에서 떠나지 않아. 눈에 선해. 게다가 그 사람이 어떤지 알았어야지, 불쌍한 오빠. 질투에 사로잡히면 못할 짓이 없거든……"

별 뜻 없이 한 말이겠지만 미콜의 이 말이 내게 몹시 아프게 박혔다. 나는 막 일어나 떠나려던 참이었다.

누가 알겠는가, 아마 정말 그렇게 가버릴 수도 있었을지. 바로 그 순간 증언과 도움이라도 바라듯, 알베르토 쪽으로 돌아서다가 그의 잿빛

---

* 이탈리아 중부 마르케주의 도시로, 1940년부터 1943년까지 수용소가 있었다.

** 이탈리아의 소설가 알레산드로 만초니(1785~1873)의 역사소설 『약혼자들』에 나오는 등장인물.

얼굴과 이제는 너무나 커져버린 풀오버 속으로 움츠러든, 안쓰러울 정
도로 마른 어깨를 보고 다시 동작을 멈추지 않았더라면(알베르토가 기
분 상하지 말라고 나를 달래듯 윙크했다. 그리고 어느새 다른 이야기들
을 하고 있었다. 테니스장과 주변 상황이 이렇기는 하지만 일주일 이내
에 '기초부터' 보수가 시작될 거라는 등……), 그리고 바로 그때 빈터
가장자리에서 나타난, 검은 옷을 입은 애잔한 모습의 에르만노 교수와
올가 부인을 보지 않았더라면 나는 정말 그 자리를 떴을지도. 오후 정
원 산책을 마치고 난 두 사람이 우리 쪽으로 천천히 걸어오고 있었다.

5

1939년 8월의 숙명적인 마지막 시기까지, 그러니까 나치가 폴란드를 침공해 가짜 전쟁*이 발발하기 전날까지, 쭉 이어져온 그 긴 시기를, 나는 끝도 없는 엄청난 소용돌이 속으로 서서히 빠져들어가고 있던 시기로 기억한다. 이몰라산의 붉은 흙으로 족히 한 뼘은 덮인 테니스장 주인으로 남은 사람은 나, 미콜, 알베르토, 말나테, 이렇게 넷뿐이었다 (브루노 라테스는 아마도 아드리아나 트렌티니의 뒤를 쫓느라 정신이 없는 듯해서 기대할 게 전혀 없었다). 우리는 서로 짝을 바꿔가며 오후 내내 복식경기를 했다. 알베르토는 호흡이 짧아지고 피곤해 보였는데

---

* drôle de guerre. '가짜 전쟁'을 뜻하는 프랑스어. 이차대전 초기를 가리키는 말로, 폴란드를 침공한 독일에게 영불동맹이 선전포고를 한 1939년 9월부터 독일의 본격적인 프랑스 공격이 시작된 1940년 5월까지, 교전이 없던 그사이를 일컫는 말.

도, 대체 무슨 이유 때문인지 알 수 없으나 언제나 다시 경기를 시작하고 자기 자신에게도, 우리에게도 절대 쉴 틈을 주지 않으려고 했다.

굴욕감과 씁쓸함밖에 얻을 게 없다는 것을 잘 알면서도 나는 왜 매일 고집스레 그 장소에 갔을까? 그 이유를 정확히 말할 수는 없으리라. 어쩌면 기적을 바랐는지도, 상황이 갑자기 변하길 기대했는지도 모른다. 아니면 혹시 바로 그 굴욕감과 씁쓸함을 구하고자 갔는지도…… 우리는 테니스를 치거나, 휘테 앞 그늘에 놓인 긴 의자 네 개에 누워 늘 예술이며 정치 이야기를 나누곤 했다. 그러나 내가 미콜에게, 어쨌든 여전히 친절하고 때로는 다정하기까지 한 미콜에게 정원이나 한 바퀴 돌자고 제안할 때면 미콜이 승낙하는 일은 아주 드물었다. 승낙을 하더라도 마지못해 내 뒤를 따라왔다. 그러다가 싫은 내색을 하기도 하고 관용을 베푸는 표정을 얼핏 보이기도 해서, 나는 곧 그녀를 알베르토와 말나테에게서 떼어놓은 걸 후회하곤 했다.

하지만 난 무기를 내려놓지도, 항복을 하지도 않았다. 다 그만두고 영원히 사라지고 싶은 충동과 그곳에 있는 걸 절대 포기하지 않고 무슨 일이 있어도 굴복하지 않으리라는 상반되는 충동 사이에서 갈팡질팡하며, 실제로는 한 번도 빠지지 않고 그곳에 갔다. 사실 이따금 평상시보다 더 차가운 미콜의 시선, 참을 수 없어하는 그녀의 몸짓, 빈정대 듯 혹은 따분한 듯 찡그리는 얼굴만으로도, 솔직히 모든 게 결정되었고 끝났다고 생각하기에 충분했다. 그러나 그곳을 멀리하는 걸 며칠이나 버틸 수 있었던가? 기껏해야 사나흘이었다. 닷새째 되는 날이면, 나는 방금 아주 유익한 여행에서 돌아온 사람처럼(다시 등장할 때면 항상 여행을 다녀왔다고 말했다. 밀라노, 피렌체, 로마로. 그리고 천만다

행으로 세 사람 모두 내 말을 믿는 분위기였다!) 기분좋고 느긋한 얼굴
을 과시하며 다시 그곳에 나타났다. 그러나 마음이 쓰라렸고 두 눈은
어느새 미콜의 눈을 다시 찾기 시작했지만, 그녀와 시선을 마주치는 일
은 불가능했다. 미콜이 '부부간의 소동'이라고 부르는 시간이 있었다.
그때 기회가 닿으면 나는 키스를 해보려고 했다. 그녀는 거기에 응했고
절대 무례한 태도를 보이지 않았다.

그렇지만 6월 중순경의 어느 날 밤은 상황이 전혀 달랐다.

우리는 휘테 바깥 계단에 나란히 앉아 있었다. 여덟시 삼십분 무렵
이었는데도 아직 서로를 알아볼 수 있었다. 나는 멀리 테니스장에서 부
지런히 네트를 떼어내 둘둘 말고 있는 페로티를 바라보았다. 로마냐에
서 붉은 새 흙이 온 뒤로 테니스장을 아무리 손본들 그의 눈에는 흡족
하지 않아 보였나보다. 말나테는 안에서 샤워중이었다(샤워기에서 쏟
아지는 따뜻한 물줄기 밑에서 크게 숨을 헐떡이는 소리가 우리 등뒤에
서 들렸다). 알베르토는 조금 전 우울하게 바이바이하며 자리를 떴다.
결국 나와 미콜 단둘이 남게 되었다. 곧 나는 그 기회를 이용해 짜증나
고 터무니없고 영원히 끝나지 않을지도 모를 공격을 다시 개시했다. 언
제나처럼 미콜을 설득해보려고 고집을 부렸다. 우리 사이에 감정적인
관계를 유지하는 게 부적절하다고 생각하는 그녀의 생각이 잘못되었
다고. 우리 사이에 아무도 없다고 내게 확언한 게 불과 한 달도 안 되었
는데, 그때 그녀가 정직하지 못한 태도로 나를 속였다고 언제나처럼 비
난했다. 내 생각에는, 그녀의 말과 달리 지금 누군가 그녀 곁에 있었다.
아니면 적어도 겨울에 베네치아에 있을 때 누군가 있었다.

"수천 번도 더 되풀이하지만 네가 잘못 생각한 거야." 미콜이 나지막

이 말했다. "하지만 난 소용없다는 걸 알아. 내일이면 넌 다시 똑같은 이야기로 고집을 피울 테니까. 내게 듣고 싶은 말이 뭔데? 내가 비밀리에 널 속이고 있다고, 내가 이중생활을 하고 있다고? 정말 알고 싶은 게 그거라면 네가 원하는 대로 말해줄게."

"아니야, 미콜." 나도 미콜과 똑같이 작은 목소리로 대답했지만 미콜보다 훨씬 흥분해 있었다. "난 마조히스트만 빼면 뭐가 되어도 좋아. 내 바람이 얼마나 평범한지, 얼마나 끔찍할 정도로 통속적인지 네가 안다면! 웃어도 돼. 내가 바라는 게 있다면 이런 걸 거야. 네가 했던 말이 사실이라는 **맹세**를 듣는 것, 그래서 너를 믿는 것."

"난 당장 맹세할 수 있어. 하지만 네가 날 믿을 수 있어?"

"아니."

"그러니까 네가 최악까지 가지!"

"맞아, 난 최악이야. 하지만 정말 너를 믿을 수 있다면……"

"어떻게 할 건데? 어디 들어보자."

"아, 역시 아주 평범하고 통속적인 것들이지, 문제는 바로 이거야! 예를 들어 이런 거."

나는 그녀의 손을 잡고 그 손에 키스를 퍼부으며 눈물로 적셨다.

그녀는 잠시 내가 하는 대로 내버려두었다. 그녀의 무릎에 내 얼굴을 묻었다. 매끄럽고 부드럽고, 땀냄새가 약간 섞인 그녀의 살내음에 나는 정신이 아득했다. 그녀의 다리에 입을 맞췄다.

"이제 됐어." 그녀가 말했다.

내 손에서 손을 빼더니 일어섰다.

"잘 가, 추워." 그녀가 계속 말했다. "안에 들어가야겠어. 벌써 식사 준비가 다 됐을 거야. 가서 씻고 옷을 입어야겠어. 너도 일어나, 그렇게 어린애처럼 굴지 말고."

"잘 가!" 그러더니 휘테 쪽으로 돌아서서 소리쳤다. "나 갈게."

"잘 가." 안에서 말나테가 대답했다. "고마워."

"다음에 봐. 내일 올 거야?"

"내일은 모르겠어. 두고 보지 뭐."

우리는 각자의 자전거를 끌고 모기와 박쥐 떼들이 차지한 여름 저녁의 허공에 높이 시커멓게 서 있는 마그나도무스 쪽으로 걸어갔다. 자전거 핸들을 잡은 내 손이 떨렸다. 우리는 아무 말도 하지 않았다. 멍에를 씌운 두 마리 소가 끄는 수레가 우리와 반대 방향에서 오고 있었다. 건초를 가득 실은 수레였다. 그 위에 페로티의 아들이 앉아 있었는데 우리와 마주치자 베레모를 벗고 저녁 인사를 했다. 미콜의 말을 믿을 수 없다고 비난하기는 했지만, 그래도 그녀에게 연극 따위는 집어치우라고 소리치고 싶었다. 그녀를 모욕하고 따귀라도 때리고 싶었다. 하지만 그다음은? 그런다고 내게 무슨 소득이 있을까?

어쨌든 내가 잘못 생각했다.

"부정해봐야 소용없어." 내가 말했다. "그 사람이 누군지도 아니까."

이 말을 마치자마자 나는 이미 후회하고 있었다.

그녀가 진지하면서도 고통스러운 얼굴로 나를 보았다.

"그래." 그녀가 말했다. "이제 네 예상대로라면 내가 아마 네 마음속에 간직하고 있는 이름과 성을 털어놔야만 하겠네. 만약 네가 정말 어떤 이름을 알고 있다면 말이지. 어쨌든 됐어. 난 더이상 알고 싶지 않아. 다만 여기까지 오게 됐으니, 앞으로는 네가 좀 덜 부지런해졌으면…… 그래…… 요점은, 네가 우리집에 자주 안 와주면 고맙겠다는 거야. 솔직히 말할게. 집안에서 쏟아져나올 이야기들, 대체 왜, 무슨 이유로 등등의 질문 따위가 걱정되지 않는다면, 다시는 오지 말라고, 절대 오지 말라고 부탁하고 싶어.”

“용서해줘.” 내가 중얼거렸다.

“아니, 난 널 용서할 수 없어.” 그녀가 고개를 저으며 대답했다. “내가 용서하면 며칠 뒤에 다시 시작될 테니까.”

오래전부터 여기 이 집에서 내 행동이 나를 봐도, 그녀를 봐도 품위가 없었다고 덧붙였다. 그녀가 내게 소용없는 일이라고, 우리의 관계를 우정과 애정의 차원과는 다른 차원으로 바꾸려 애쓰지 말라고 수천 번 반복해서 말했다. 그런데, 나는 반대로 기회만 되면 그녀에게 키스하고 그 이상을 하려 들었다. 마치 우리 같은 상황에서 그보다 더 혐오스럽고 금기시된 건 없다는 걸 모르고 있다는 듯. 맙소사! 나는 왜 자제를 할 수 없었던 걸까? 이전에 우리 사이가 키스 몇 번으로 결정된 관계가 아니라 다소 깊은 육체적 관계가 있었다면, 그래서 어쩌면 내가 어떤지를…… 그녀가 어떻게 내 속에 들어왔는지를 그녀가 이해할 수 있었을지도. 그렇지만 우리 둘 사이의 관계가 늘상 그랬다고 보면, 그녀를 포옹하고 그녀의 몸에 내 몸을 대고자 하는 열망은 아마 단지 하나의 표시에 불과했는지 모른다. 내가 지닌 본질적인 무미건조함, 진정으로 사랑할 줄 모르는 타고난 무능함의 표시에 불과했는지도. 게다가 또! 예고 없이 나타나지 않았다가 갑자기 다시 등장하고, 취조하는 듯한 혹은 ‘비극적인’ 눈초리로 바라보고, 토라진 듯 아무 말도 안 하고, 무례하게 굴고, 비이성적인 암시를 해대고, 대체 이런 것들이 무슨 의미였을까?

이 모든 게 내가 최소한의 수치심도 없이 지칠 줄 모르고 들이댄 당황스럽고도 경솔한 목록이 아니라면 뭐란 말인가? '부부간의 소동'을 따로 떨어진 곳에서 그녀에게만 했어도 그녀는 아마 참았을 것이다. 하지만 그녀의 오빠와 잠피 말나테 역시 그 광경을 지켜보았다. 이러는 건 아니다, 절대, 절대로.

"지금 네가 과장하는 것 같은데." 내가 말했다. "내가 말나테와 알베르토 앞에서 그런 적이 있었어?"

"항상, 계속 그랬잖아!" 그녀가 반박했다.

일주일씩 오지 않다가 나타날 때마다 매번 로마에 다녀왔다고 밝혔다고, 그녀가 계속 말했다. 그러면서 아무 이유도 없이 웃었는데, 약간 신경질적이고 미친 사람 같은 웃음이었다. 어쩌면 알베르토와 말나테가 내가 하는 허튼소리들을 못 알아먹을 거라고, 로마에 간 적도 없다는 걸 설마 다들 모르고 있을 거라고 착각했을 수도 있으려나 물었다. 그리고 '『조롱의 저녁식사』*에서처럼' 통쾌하게 터뜨리던 내 웃음이 그녀를 향한 게 아니었다고? 토론 도중 언제나 사적인 문제들을 끌어들여서, 내가 미친 사람처럼 자기한테 언성을 높이고 심하게 비난할 때 (조만간 잠피가 화를 낼지도 모르는데 그런다 해도 그의 잘못은 아니다, 그도 짜증날 테니!) 혹시 내가 그만큼 흥분한 데에는 그녀한테 책임이 있지 않을까라고 사람들이 눈짐작할 거라고는 생각해보지 못했단 말인가? 그녀는 아무 잘못도 없는데 말이다.

"알았어." 내가 고개를 숙이고 말했다. "네가 날 다시 보고 싶어하지

---

* 이탈리아의 시인이자 극작가 셈 베넬리가 1909년에 쓴 역사시극으로, 차후에 오페라와 영화로 만들어지기도 했다.

않는다는 거 분명히 알았다.”

“내 책임이 아니야. 점점 참을 수 없게 만든 건 바로 너였어.”

“그렇지만 아까 그랬잖아.” 잠시 후 내가 더듬거렸다. “가끔 와도 된다고, 아니 그래야만 한다고 말했잖아. 안 그래?”

“맞아.”

“좋아…… 그럼 네가 결정해. 실수하지 않으려면 나 자신을 어떻게 통제하면 좋을지.”

“뭐, 난 몰라.” 그녀가 어깨를 으쓱하며 대답했다. “처음에는 적어도 이십 일 정도는 사이를 둬야 할 것 같아. 그러다가 원한다면 다시 드나들면 되겠지. 그런데 부탁이야. **그후에도** 일주일에 두 번 이상은 오지 말아줘.”

“화요일하고 금요일, 괜찮니? 피아노 레슨처럼.”

“바보 같기는.” 미콜이 투덜대다가 자기도 모르게 웃었다. “너 정말 바보구나.”

6

 무엇보다 처음에는 노력하는 게 몹시 힘들기는 했지만, 일종의 명예를 걸고 미콜의 금지사항에 충실히 복종했다. 그게 어느 정도였는지는 이런 일화를 이야기하는 것만으로도 충분하리라. 내가 6월 29일에 졸업하고 곧 에르만노 교수로부터 진심어린 따뜻한 축하인사와 특히 저녁초대 카드를 받았을 때, 가지 못한다고, 죄송하지만 갈 수 없다고 답하는 게 옳다고 나는 생각했다. 편도선염을 앓고 있어 아버지가 저녁 외출을 금지하셨다고 편지를 써보냈다. 그렇지만 내가 초대를 거절한 건 미콜이 명령한 이십 일의 출입금지 기간 중 겨우 십육 일밖에 지나지 않았기에 내린 결정일 뿐이었다.

 노력한다는 게 생각보다 힘들었다. 조만간 보상받을 것이라는 기대를 품고 있기는 했지만 나의 희망은 막연할 뿐이었고, 나는 미콜의 말에 복종하고 있고 그러한 복종을 통해 그녀와, 지금은 배제되어 있는 천국의 장소와, 다시 연결되리라 생각하는 것으로 만족했다. 예전에는 항상 미콜을 비난할 거리가 있었다면 이제는 하나도 없었다. 잘못은 모두 나, 나 때문이었다. 내가 얼마나 많은 실수를 했던가! 나는 혼자 되뇌었다. 종종 강제로 그녀의 입술에 키스하던 때를 떠올려봐도, 나를 거부하면서도 그렇게 오랜 시간 나를 참아준 그녀가 틀림없이 옳았다는 생각과 더불어 감정과 이상주의의 가면을 쓴 호색한 같은 욕정이 수치스럽다는 생각만이 떠올랐다. 이십 일이 지난 뒤, 조마조마해하며 나는 다시 그곳에 모습을 드러냈고, 이제부터는 내내 원칙에 따라 일주일에 두 번씩 들르기로 했다. 하지만 이렇게 해도 미콜은 내가 유형流刑을 떠나면서부터 그녀를 올려놓았던, 높디높은 도덕적 순수성과 우월성의 단壇에서 내려오지 않았다. 그녀는 계속 그 위에 머물렀다. 멀리 있는 그녀의 모습, 내면이나 외면 모두 아름다운 그녀를 계속 감탄의 눈으로 바라볼 수 있어 나는 행운아라고 생각했다. "진실 그 자체─그녀처럼 슬프고 아름다우니……" 1939년 8월의 미콜을 묘사하는, 그 당시 내 눈에 비친 그녀와 관련된 이 시 두 행을 아주 오랜 뒤 전쟁이 끝난 직후에도 결코 끝내지 못했다.

낙원에서 쫓겨난 나는 다시 그곳에서 환영받을 날만을 조용히 기다렸다. 하지만 고통스러웠다. 어떤 날은 참을 수 없을 정도로 극심했다. 미콜과의 마지막 대화, 그 처참한 대화를 나누고 난 뒤 대략 일주일 정도 지나자, 종종 느껴지는 참을 수 없는 거리감과 외로움을 어떤 식으로든 덜어볼 요량으로 말나테를 찾아가 그 친구와라도 계속 연락하고 지내야겠다는 생각이 떠올랐다.

어디에 가야 만날 수 있을지 알고 있었다. 예전의 멜돌레시 선생님처럼 그 역시 산베네데토 성문을 벗어나자마자 카닐레와 도로 굽잇길 사이에 자리한, 나지막한 주택들이 모여 있는 지역에 살고 있었다. 최근 십오 년간의 건축투기 바람이 온 지역을 뒤집어놓기 전이던 그 무렵, 그 지역은 약간 회색빛에 소박하기는 했어도 그렇게 보기 흉하지는 않았다. 집들은 모두 이층으로 각각 작은 정원이 딸려 있었는데, 대부분 치안판사, 교사, 회사원, 시청 직원 등이 살고 있었다. 그래서 여름에 오후 여섯시가 넘어 그 지역을 지나게 되면, 쇠막대들이 촘촘히 이어진 울타리 너머에서 때로는 잠옷 차림으로 화초에 물을 주거나 나뭇가지를 다듬거나 열심히 잡초를 뽑는 그 사람들의 모습을 심심찮게 볼 수 있다. 말나테가 사는 집의 주인은 법원 판사였다. 쉰 살가량의 시칠리아 사람으로, 몹시 말랐고 숱 많은 회색 머리를 꽤 길게 기른 상태였다. 자전거에서 내리지 않은 채 창처럼 끝이 뾰족한 대문의 쇠막대들을 양손으로 잡고 정원을 기웃거리는 나를 발견하자마자, 판사는 화단에 물을 주고 있던 고무호스를 내려놓았다.

"무슨 일인가요?" 그가 다가와서 물었다.

"여기 말나테 씨가 사나요?"

"여기 삽니다. 그런데요?"

"지금 집에 있습니까?"

"모르죠. 약속했습니까?"

"저는 친굽니다. 다시 들르죠. 지나가는 길에 잠깐 인사나 하려고 했어요."

그런 말을 하는 동안 십여 미터 떨어진 곳에 있던 판사가 바짝 다가

왔다. 그의 키 높이까지 철책 창살이 둘러쳐진 함석문 가장자리 너머로 고개를 살짝 내민 모습에서, 이제 뼈만 남은 광신자 같은 얼굴 위쪽과 핀처럼 찌를 듯 넘겨다보는 검은 두 눈만 보였다. 그가 미덥지 않은 눈으로 나를 살폈다. 그렇지만 그 탐색이 나한테 이롭게 끝난 게 틀림없었다. 거의 즉시 대문을 열어줘서 안으로 들어갈 수 있었으니 말이다.

"저쪽으로 가시오." 마침내 라루미아 판사가 앙상한 팔을 들어올리며 말했다. "집 뒤로 이어지는 보도를 따라가요. 일층 작은 문이 말나테 씨가 사는 집이오. 초인종을 눌러요. 아마 집에 있을 겁니다. 없어도 내 아내가 문을 열어줄 거요. 지금 거기서 침대 정리를 해주고 있을 테니."

이렇게 말하고 등을 돌리더니 더이상 내게 신경쓰지 않고 다시 고무호스를 집었다.

판사가 알려준 작은 문 앞에서 말나테 대신, 가운을 걸친 뚱뚱한 몸집의 금발 중년 여성이 나타났다.

"안녕하십니까. 말나테 씨를 찾아왔는데요." 내가 말했다.

"아직 안 들어왔어요." 라루미아 부인이 아주 친절히 답했다. "그래도 늦게 귀가하지는 않을 거예요. 매일 밤 공장에서 나오자마자 핀치콘티니가에 가서 테니스를 치고 오죠, 아시죠, 에르콜레프리모 대로에 사는 그 사람들…… 그렇지만 어쨌든 곧 돌아올 게 분명해요. 저녁식사 전에." 그녀가 기쁜 표정으로 눈을 살며시 내리깔며 웃었다. "편지 온 게 없나 확인하러 저녁식사 전에 항상 집에 들르니까요."

나는 조금 뒤에 다시 들르겠다고 했다. 그리고 출입문 옆벽에 기대 놓은 자전거를 다시 잡으려 했다. 하지만 부인이 기다리라고 강하게 권했다. 그녀는 내가 안으로 들어가서 안락의자에 앉아 있길 바랐다. 그

사이 부인은 내 앞에 서서 자신은 페라라 사람, 그러니까 '페라라 순수 혈통'이며, 우리 가족 가운데 특히 우리 어머니, '선생의 엄마'를 잘 알고 있다며 알려주었다. "사십 년 전인가." (이렇게 말하면서 다시 부드럽게 눈을 내리깔고 미소를 지었다.) 카를로마이어 거리에 있는 산주세페성당 옆 레지나엘레나초등학교에서 어머니와 같은 반이었다는 것이다. 엄마는 어떻게 지내시는지? 부인이 물었다. 에드비제, 에드비제 산티가 안부 전하더라고 엄마한테 잊지 말고 꼭 말해줘요, 라고 했다. 엄마가 분명 누군지 알 테니. 그녀는 전쟁이 임박했는지도 모르겠다고 몇 마디 하더니, 한숨을 쉬고 고개를 저으며 인종법을 넌지시 거론하면서 며칠 전부터 '하녀'가 없어서 요리를 포함한 모든 일을 자신이 도맡아 하고 있다고 덧붙였다. 그러더니 실례하겠다고 하며 나를 혼자 남겨두고 나갔다.

부인이 나가고 난 뒤 나는 주위를 둘러보았다. 넓지만 천장이 낮은 방이었는데, 침실 이외에도 서재와 응접실로 쓰고 있는 게 분명했다. 여덟시가 지났다. 세로로 기다랗고 큰 창문으로 석양빛이 스며들어와 공기 중에 떠도는 먼지들이 반짝였다. 나는 주변 가구들을 둘러보았다. 매트리스를 가리기 위해 씌운 빨간 꽃무늬가 있는 초라한 면 침대보와 베개커버 없이 한쪽에 따로 떨어져 있는 커다란 하얀 베개로 보아, 침대 겸 소파로 사용하는 게 분명한 소파 겸용 침대가 하나, 그것과 더불어 내가 앉아 있는 이 방의 유일한 의자인 인조가죽 의자, 그 사이에 약간 동양풍이 나는 작은 테이블이 하나 있었다. 그리고 여기저기 흩어져 있는 가짜 양피지로 만든 전등갓들이 보였고, 서랍이 잔뜩 달린 낡아빠진 변호사용 책상이 있었는데 시커멓고 을씨년스러운 그 책상 위에서 크림색 전화기가 유독 눈에 띄었다. 벽에는 조잡한 유화 몇 점이 걸려 있었다. 알베르토의 '20세기' 가구들을 보고 콧방귀를 뀌다니, 잠피 이 사람 대단한 배짱이라고 혼잣말을 하기는 했으나(어떤 도덕을 가졌길래 타인에 대해서는 그렇게 엄격하게 검열하면서 자신과 자기 물건에 대해서는 한없이 너그러울 수 있는 걸까?), 느닷없이 미콜이 떠오르면서 누군가 내 심장을 움켜쥐는 기분에—미콜 본인이 제 손으로 내 심장을 움켜쥐는 것 같기도 했다—말나테와 더이상 논쟁을 벌이지 않고 싸우지 않으며 점잖은 사람이 되어야겠다고, 다시 한번 엄숙한 결심을 다졌다. 이 사실을 알게 되면 미콜은 이 점도 높이 사줄 테니까.

폰텔라고스쿠로에 있는 어느 설탕공장에서 울리는 사이렌 소리가 멀리서 들려왔다. 곧이어 묵직한 발걸음에 정원에 깔린 자갈에서 자그락거리는 소리가 났다.

벽 너머 아주 가까이에서 판사의 목소리가 들렸다.

"이봐요, 말나테 씨." 그가 콧소리가 선명한 억양으로 말했다. "집에 친구가 와서 기다리고 있는데."

"친구요?" 말나테가 차갑게 말했다. "누굴까요?"

"가봐요, 가봐……" 판사가 그를 떠밀었다. "친구라고 했으니까."

원체 키가 크고 뚱뚱하지만, 아마 천장이 낮아서인 듯 그 어느 때보다 키 크고 뚱뚱한 말나테가 문가에 나타났다.

"이게 누구야!" 깜짝 놀라 눈이 휘둥그레져 소리치면서 코 위 안경을 고쳐 썼다.

앞으로 나와서 내 오른손을 힘껏 쥐더니 등을 몇 번 툭툭 쳤다. 우리가 알게 된 이후로 항상 그에게 반감을 느끼던 나로서는 이렇게 친절하고 자상하고 기꺼이 대화를 나눌 준비가 된 그를 보자 정말 이상한 기분이 들었다. 지금 무슨 일이 벌어지고 있는 거지? 혼란스러워 자문했다. 말나테 역시 나에 대한 근본적인 태도를 바꾸기로 결심한 걸까? 누가 알겠는가. 물론 지금 그의 집에서 본 그에게서 고집스러운 반대자 모습이라곤 전혀 찾아볼 수 없었다. 알베르토와 미콜이 주시하고 있을 때면 나와 수없이 다투던 그런 모습이. 그를 보기만 해도 알 수 있었다. (최근 우리가 서로에게 상처를 줄 정도로, 거의 손찌검을 할 지경에 이를 정도로 심하게 다투었다고 생각해보라!) 핀치콘티니가를 벗어나 있으니, 우리 두 사람 사이에 있던 대립의 이유들은 해가 뜨면 안개가 사라지듯 온데간데없이 사라져버렸음을 그를 보기만 해도 한눈에 알 수 있었다.

그사이 말나테가 말했는데, 믿기지 않을 정도로 말이 많은데다 상냥하기까지 했다. 그가 정원을 지나오다가 혹시 집주인을 만났느냐고, 만났다면 친절하게 대해주더냐고 물었다. 주인을 만났다고 대답하고 웃으면서 그 광경을 묘사했다.

"다행이야."

내가 집주인 부부와 몇 마디 대화를 나눴다는 이야기를 할 틈도 주지 않고, 그가 판사와 그 아내에 대해 계속 이야기를 늘어놓았다. 아주 좋은 양반들이라면서. 물론 두 사람 모두 '이 넓고 넓은 세상'의 위험과 음모로부터 자기를 지켜주겠다는 공통된 주장을 해서 전체적으로 보면 약간 성가신 사람들이기는 하지만. 판사는 (열정적으로 군주제를 찬성하니) 분명 반파시스트가 맞긴 한데 골치 아픈 일이 생기는 걸 원치 않는다는 거다. 그래서 (여러 차례 판사가 이런 표현을 썼듯)

말나테가 장래의 특별법원 고객이 될 가능성이 있다는 냄새를 금방 맡은 게 분명한데, 그가 혹시 몰래 집안에 위험 인물을, 그러니까 정치범 전과가 있는 사람이나 감시당하는 사람, 체제를 전복하려는 어떤 사람을 데려오지나 않을지 걱정하면서 계속 경계를 늦추지 않는다는 것이다. 에드비제 부인으로 말하자면, 부인 역시 늘 경계 태세를 갖추고 있었다. 하루종일 일층 덧창 뒤에 웅크린 채 덧창 틈에서 눈을 떼지 않으며 시간을 보낸단다. 혹은 그가 귀가하는 소리를 들으면 한밤중에도 그의 집 앞으로 왔다고 한다. 그녀의 불안은 남편의 것과 성질이 전혀 달랐다. 점잖은 페라라 여인인 그녀는 (본인이 산티니에서 태어난 페라라 여인이기에) 미혼이든 기혼이든 페라라시의 여자들이 어떤지 잘 안다고 자신 있게 말하더란다. 그녀의 생각으로는, 대학을 졸업했고 이방인이고 독립된 출입문이 있는 작은 아파트가 있는 독신 젊은이는 페라라에서 아주 위험하다고 볼 수 있다는 것이다. 말하자면 당장에 여자들이 그의 척추를 정말 오소부코*처럼 골수까지 빨아먹을 정도로 흐물흐물 녹아버리게 할 수 있다는 거였다. 그러면 그는? 그는 물론 항상 안주인을 안심시키려 최선을 다했다고 한다. 하지만 러닝셔츠에 잠옷 바지, 슬리퍼를 끌고 끊임없이 부엌 냄비 근처에서 코를 킁킁거리는 처량한 하숙인으로 자기를 바꿔놔야지만, 그제야 마담 라루미아가 마음을 놓을 게 분명하다고 했다.

"아, 뭐 따지고 보면 나쁠 것도 없는데?" 내가 대꾸했다. "레스토랑과 식당 음식이 좋지 않다고 불평하던 소리를 들었던 것 같은데."

---

* 뼈가 붙은 송아지 정강이 고기를 토마토 및 백포도주와 함께 푹 쪄서 만드는 요리.

"맞아." 말나테가 이상하리만치 유순하게 대답했다. 그런 유순함에 나는 끊임없이 놀랐다. "게다가 소용없는 일이기도 하지. 자유란 게 굉장히 아름다운 것은 틀림없지만, 우리가 어느 순간에 이르러 그 경계를 찾지 못한다면(그가 이렇게 말하면서 한쪽 눈을 찡긋했다) 한도 끝도 없이 치달을지 누가 알겠나?"

밖이 어두워지기 시작했다. 말나테가 옆으로 길게 누워 있던 소파베드에서 일어나 욕실로 갔다. 수염이 약간 긴 것 같다고 하더니 욕실 안에서 물었다. 면도할 시간 좀 주겠나? 면도한 뒤에 함께 나가자면서.

그는 욕실에 있고 나는 방에 있는 상태에서 계속 대화를 주고받았다. 그날 오후에도 그는 핀치콘티니가에 갔었고 지금 바로 거기서 오는 길이라고 했다. 두 시간 정도 테니스를 쳤다고 한다. 처음에는 그와 미콜이, 그다음에는 그와 알베르토가, 나중에는 셋이 함께. 미국식 복식 좋아해? 라며 물었다.

"많이 좋아하지는 않아." 내가 답했다.

"이해해." 그가 동의했다. "넌 테니스 잘 치니까 미국식이 별 의미가 없을 거야. 그런데 재밌더라고."

"누가 이겼어?"

"미국식?"

"응."

"물론 미콜이지!" 그가 웃었다. "누가 미콜을 휘어잡을지 몰라도 굉장한 사람일 거야. 코트에서도 정말 회오리바람 같다니까……"

그러더니 며칠 전부터 왜 안 왔지, 무슨 일 있었나, 여행 다녀왔어? 하고 물었다.

나는 미콜이 했던 말, 그러니까 내가 며칠씩 나타나지 않다가 다시 모습을 보이며 여행을 다녀왔다고 말했을 때 아무도 그 말을 믿지 않았다고 했던 말을 떠올리고는, 그저 싫증나서 그랬다고 답했다. 최근에는 내가 별로 환영받지 못한다는 느낌을 자주 받았다고 했다. 특히 미콜에게. 그래서 '좀 거리를 두기'로 결정했다고.

"무슨 소리야!" 그가 말했다. "내가 보기에는 미콜은 너한테 정말 반감이 없던데. 확실히 네가 잘못 생각하고 있는 거 아니야?"

"틀림없어."

"휴." 그가 한숨을 쉬었다.

더이상 다른 말은 없었다. 나도 조용히 있었다. 잠시 후 그가 말끔하게 면도하고 웃으면서 욕실 밖으로 나왔다. 내가 벽에 걸린 조잡한 그림들을 살펴보고 있다는 것을 그가 알아차렸다.

"그래, 이 커다란 내 쥐덫을 보니 어때? 아직 네 의견을 듣지 못했는데." 그가 물었다.

그가 예전처럼 킬킬거리며 입구에 서서 내 의견을 기다리고 있었다. 그와 동시에 나는 그의 눈에서 내가 무슨 말을 해도 개의치 않겠다는 의지를 읽었다.

"네가 부러워." 내가 대답했다. "나도 내 마음대로 할 수 있는 이런 방을 갖고 싶어! 늘 꿈꿔왔는데."

그가 기쁜 눈으로 나를 보았다. 맞다, 그도 가구에 대한 라루미아 부부의 한계를 잘 알고 있다고 동의했다. 하지만 전형적인 소시민 취향을 가진 그들에게는("결국 소시민이 나라의 핵심이고 척추지" 하고 그가 여담으로 말했지만) 생기 있고 활력 넘치고 뭔가 건강한 점도 담겨 있다고 덧붙였다. 그리고 이것이 어쩌면 그 자체의 통속성과 저속함의 직접적인 이유가 될지도 모른다고 했다.

"결국 물건은 물건일 뿐이야." 그가 크게 말했다. "왜 물건의 노예가 되어야 하지?"

알베르토를 이런 면에서 바라보기도 했지, 그가 계속 말했다. 빌어먹을! 그렇게도 우아하고 결함 없이 완벽한 물건들에 둘러싸여 있으려고 하니 그러다가 개도 조만간 결국은……

그가 말을 끝내지 않고 출입문 쪽으로 갔다.

"어떻게 지내고 있어?" 내가 물었다.

나도 일어서서 출입문 쪽에 있는 말나테에게로 갔다.

"누구, 알베르토?" 그가 흠칫 놀랐다.

내가 고개를 끄덕였다.

"아, 그래." 내가 계속 말했다. "요 근래 들어 약간 피곤해 보이고 더 해쓱해진 것 같던데. 안 그래 보였어? 건강이 안 좋아 보이던데."

그가 어깨를 으쓱하더니 불을 껐다. 앞장서서 어두운 문밖으로 나가 대문 쪽 중간쯤에서 창문에 얼굴을 내민 라루미아 부인에게 "저녁 편안히 보내세요"라고 말한 것 말고는, 대문에 도착할 때까지 말나테는 아무 말도 하지 않았다. 그리고 바로 대문에 이르자 자기와 함께 조반니에 가서 저녁식사를 하지 않겠느냐고 제안했다.

7

나는 나 자신을 속이지 않았다, 절대. 말나테는 내가 핀치콘티니가를 멀리하는 이유를 하나도 빠짐없이 전부 다 속속들이 알고 있었다(그 당시에도 난 그 사실을 완벽하게 알고 있었다). 그렇기는 해도 우리가 대화중에 다시 그 문제를 화제에 올린 적은 한 번도 없었다. 핀치콘티니가에 대한 화제는 우리 둘 다 특별히 신중하게, 신경써서 다뤘다. 특히 나는 말나테가 첫날 저녁 내가 말했던 대로 믿어주는 척해줘서 고마웠다. 그리고 간단히 말해 나를 도와주고 응원해줘서 고마웠다.

우리는 거의 매일 밤 만났다. 7월 초부터 더위가 갑자기 숨막히는 무더위로 변하면서 시내가 텅 비었다. 대개 일곱시에서 여덟시 사이에 내가 그를 찾아갔다. 그가 집에 없으면 서두르지 않고 기다렸는데, 어떨 때는 에드비제 부인과 수다를 떨며 즐겁게 시간을 보내기도 했다. 하지만 가보면 그는 대부분 혼자 있었다. 러닝셔츠 차림으로 소파베드에 누워 팔베개를 하고 천장에서 눈을 떼지 않거나 책상에 앉아 어머니에게, 약간은 지나치게 깊은 애정을 느끼는 누군가에게 편지를 쓰고 있기도 했다. 어쨌든 내가 들어서면 날 보자마자 서둘러 욕실로 들어가 문을 닫고 면도를 했다. 그런 다음 함께 저녁식사를 하기로 했기에 같이 밖으로 나왔다.

우리는 주로 조반니에 가서, 돌로미티 절벽들처럼 우리 머리 위에 높이 서 있는 데스테 성의 탑들과 마주보게 밖에 앉았다. 돌로미티산 정상처럼, 탑 위로도 하루의 마지막 빛이 넘실거렸다. 아니면 레노 성문 밖에 있는 조그만 대중식당인 볼티니에 가곤 했다. 여기서는 우아한 주랑 밑에 일렬로 놓인 좌석에 앉았다. 주랑은 남쪽으로 나 있었고, 그 당시에는 들판 쪽이 트여 있어서 멀리 공항의 드넓은 풀밭까지 볼 수 있었다. 그렇지만 아주 무더운 밤이면 시내 쪽으로 가는 대신, 폰텔라고스쿠로의 아름다운 길을 따라 멀리 나가 포강 위의 철교를 지나, 오른쪽으로는 강을 두고 왼쪽으로 베네토 평야를 두고, 둑 위로 나란히 자전거를 달렸다. 십오 분 후면 폰텔라고스쿠로와 폴레셀라 중간쯤의 외딴집, 장어튀김으로 유명한 도가나베키아에 도착했다. 우리는 항상 아주 느릿느릿 식사했다. 람브루스코 포도주와 도수가 약한 보스코 포도주를 마시고 파이프 담배를 피우며 마지막까지 식당에 남아 있었다. 그렇지만 시내에서 식사할 경우 어느 순간에 이르면 냅킨을 내려놓고 각자 자기 밥값을 계산한 후, 자전거를 끌고 조베카 대로를 산책하기 시작했다. 성에서 프로스페티바 거리로, 혹은 카보우르 거리를 따라 가다가 성에서 역까지 왔다갔다하기도 했다. 그러고 나면 대개 자정쯤 그가 나를 집까지 다시 바래다주겠다고 제안했다. 시계를 흘긋 보고는 빨리 가서 자야 할 시간이 되었다고 하면서(공장 사이렌이 여덟시에 울리는데 '기술자들'과는 상관없지만 그래도 '최소한' 여섯시 사십분에는 언제나 침대에서 일어날 필요가 있다고 그가 자주, 엄숙하게 덧붙이곤 했다). 이따금 내가 그를 바래다주겠다고 고집을 부리기도 했는데 아무리 해도 그가 허락해주지 않았다. 내 기억 속에 마지막까지 남아 있는 그의 모습은 언제나 변함없었다. 자전거를 탄 채 길 한가운데에 가만히 서서 자기 눈앞에서 내가 대문을 잘 닫고 들어가기를 기다리던 그 모습.

식사를 하고 나서 두 번인가 세 번, 저녁에 레노 성문 근처에까지 간 적이 있었다. 그해 여름, 한쪽에는 가스탱크가 우뚝 서 있고 다른 쪽으로는 트라발리오광장으로 이어지는 넓은 공터에 놀이공원이 자리해 있었다. 싼값에 즐길 수 있는 놀이공원으로, 작은 서커스단이 쳐놓은 암갈색 버섯 모양의 천막, 누덕누덕 기운 그 캔버스 천막 주위로, 사격 연습장 같은 부스들 대여섯 개가 옹기종기 모여 있었다. 나는 그 장소에 끌렸다. 가난한 매춘부들과 어린 부랑자들, 군인과 습관적으로 그곳에 드나드는 변두리의 가난한 동성애자들 같은 우울한 무리들을 보자 매혹당해 가슴이 뭉클했다. 나는 조그맣게 시인 아폴리네르와 웅가레티를 인용했다. 말나테가 마지못해 끌려온 것 같은 분위기로 '질 나쁜 황혼파'*라고 나를 비난하기는 했지만, 볼티니에서 저녁식사를 마치

---

* 20세기 초에 활동한 이탈리아 시인 유파 중 하나로, 화려하고 수사학적인 전통시의 불꽃이 사그라들 무렵에 나타났다 하여 붙여진 이름. 전통적 수사법에 구애받지 않는 자유로운 시세계를 추구했다.

고 그 위로, 흙먼지 날리는 공터로 가서 수박장수가 켜놓은 아세틸렌 램프 옆에 서서 수박 한 조각을 먹거나 사격장에서 이십여 분 사격에 몰두하는 걸 사실 그도 좋아했다. 잠피는 최고의 사격수였다. 키가 크고 몸집이 좋은데다가, 여름이 시작될 때부터 보아온 말끔하게 다린 크림색 사파리 재킷을 입어 세련되어 보이는 옷차림에 거북이 등딱지 테로 된 두꺼운 안경을 통해 과녁을 차분히 겨냥하고 있는 그의 모습은, 화장을 진하게 하고 입이 거친—그곳의 여왕과 같은—토스카나 출신의 젊은 여인의 환상을 자극했던 게 분명하다. 우리가 트라발리오광장에서 성벽 위로 이어지는 좁은 돌계단 위로 올라가기가 무섭게 그녀가 나타나서 부스에 잠시 들렀다 가라고 도도하게 청하곤 했으니 말이다. 말나테가 사격을 하는 동안, 그 젊은 여인은 그에게 외설스러움이 밑바닥에 깔린 칭찬을 놀리듯 조금씩 뱉어냈다. 그러면 말나테는 아주 재치 있게, 젊은 시절 사창가에서 상당 시간을 보낸 사람 특유의 차분하면서도 자유분방한 태도로 그녀의 말에 응수했다.

유난히 무더웠던 8월 어느 날 밤, 그날 우리는 성벽 대신 야외극장에 갔다. 지금도 기억하는데, 크리스티나 쇠더바움*이 등장하는 독일 영화를 상영중이었다. 우리가 들어갔을 때 막 영화가 시작되었고, 말나테가 나더러 주의하라면서, **시끄러워질 만한 일은 그만두라**고 여러 차례 내게 말을 걸었는데, 나는 그 말이 그럴 만한 가치가 없었기에 귀를 기울이지도 않았다. 우리가 좌석에 앉기도 전에 소곤소곤 빈정거리며 이러쿵저러쿵 평을 해댔으니 말이다. 말나테가 전적으로 옳았다. 실제

---

* 나치 치하 때 활동한 스웨덴 출신의 독일 영화배우로, 요제프 괴벨스 지휘 아래 감독이자 남편인 파이트 하를란과 함께 열 편의 영화를 찍었다.

로 앞줄에 앉은 어떤 남자가 우윳빛 스크린을 향해 갑자기 한 발을 번쩍 들더니 내게 입 다물라고 위협적으로 명령했다. 내가 욕설로 받아치자, 다른 남자가 소리를 질렀다. "꺼져버려, 이 더러운 유대인 자식아!" 그 말과 동시에 그놈이 달려들어 내 멱살을 잡았다. 그 즉시 말나테가 한마디도 하지 않고 나를 공격한 남자를 팔꿈치로 밀어내 그의 자리로 쫓아버렸고, 그대로 날 끌고 나왔기에 천만다행이었다.

"너 진짜 바보 멍텅구리구나." 자전거보관소에 맡겨둔 자전거를 급히 찾고 난 뒤, 그가 내게 고함을 쳤다. "이제 당분간 돌아다니지 마. 저기 있는 저 쓰레기 같은 인간이 한 말이 그냥 아무렇게나 내뱉은 말에 불과하길 너희 신에게 기도나 하라고."

이런 식으로 우리는 매번 자축하는 분위기로 우리의 저녁 시간을 이용했으니, 이제 알베르토가 있을 때와 달리 언쟁을 벌이지 않고도 대화를 나눌 수 있겠거니 했다. 그래도 우리가 전화 한 통으로 알베르토를 집에서 불러내 우리랑 함께 어울리자고 해볼 수도 있지 않을까 하는 생각은 한 번도 해본 적 없었다.

이미 우리는 정치적 문제들은 한쪽으로 밀어두었다. 얼마 전 모스크바에 외교사절을 보낸 프랑스와 영국이 소비에트연방과 의견 일치를 보았으리라는 데 우리 둘 다 한 치의 의심도 없었다(그와 같은 합의가 폴란드의 독립과 평화를 구하게 되고 그 결과 강철조약이 와해되면서 적어도 무솔리니의 몰락만큼은 필연적일 것이라고 우리는 생각했다). 이제 우리는 거의 언제나 문학과 예술 이야기만 나누었다. 말나테는 차분한 태도를 유지한 채 (더군다나 예술은 그가 잘 아는 분야가 아니라서 아는 게 한정되어 있다고 말하면서) 지나치게 논쟁적

인 말투는 절대 사용하지 않았지만 엘리엇과 몬탈레, 가르시아 로르
카와 세르게이 예세닌같이 내가 가장 사랑하는 시인들은 모두 고집스
레 거부했다. 그는 내가 열정적으로 몬탈레의 「사방을 재단하려는 말
을 우리에게 요구 마오」 같은 시나 로르카의 「이냐시오를 기리는 비
가」 같은 시를 읊어주면 가만히 듣고는 있어도, 그를 흥분하게 만들어
내 취향 쪽으로 돌아서게 하려는 내 바람은 매번 허사가 되고 말았다.
그는 고개를 저으며 아니라고, 자신은 몬탈레의 시 「우리가 아닌 것,
우리가 원하지 않는 것」을 들어도 아무 감동도 관심도 생기지 않는다
고 밝혔다. 진정한 시는 부정이 아니라(제발 레오파르디는 거론하지
말길! 레오파르디는 다른 문제다. 그리고 내가 잊지 말아야 할 건, 레
오파르디가 장시 「지네스트라」를 썼다는 거다*……) 확신에 기초해
서, 시인이 마지막 분석을 할 때 적대적인 자연과 죽음에 대해 '그래'라
는 말을 할 수밖에 없는 긍정에 기초해서 쓰여야만 한다는 것이다. 조르
조 모란디의 회화도 그는 납득이 되지 않는다고 말했다. 정제되고, 분
명 섬세하지만 그가 보기에는 지나치게 '주관적이고' 또 '확고한 토대
가 없다'는 것이다. 현실에 대한 두려움, 실수에 대한 두려움, 바로 이게
모란디의 정물화와 유명한 병들과 꽃 그림들이 결국 표현하는 것들이
라면서. 그러니까 예술에서도 두려움은 언제나 최악의 조언자다……
이런 그를 몰래 미워하기도 했지만 반박할 논리를 찾지 못했다. 이런
행운아가 다음날 오후 분명 알베르토와 미콜과 만나 어쩌면 그들과 내

---

* 자코모 레오파르디는 초현실주의나 상징주의 계열의 다른 시인들보다 조금 앞선 세대
의 시인으로, 장시 「지네스트라」(1836)는 레오파르디의 후기 서정시로 염세주의를 뛰어
넘어 인간적인 연대감을 강조하며 미래로 시선을 돌린다.

이야기를 할지도 모른다고 생각하면, 실현 불가능한 반박을 포기한 채 내 껍질 속으로 움츠러들고 말았다.

그렇기는 해도 이따금 반박하고 싶어 안달이 나곤 했다.

"아, 어쨌든 너도 말야." 어느 날 밤 내가 반박했다. "너도 유일하게 살아 있는 현대문학을 똑같이 근본적으로 부정하고 있어. 반대로 우리 문학이 삶을 부정하면 넌 그걸 참을 수 없어하면서 말이야. 이게 정당하다고 생각해? 네게 이상적인 시인이란 빅토르 위고하고 카르두치밖에 없어. 인정하라고."

"왜 아니겠어?" 그가 대답했다. "내 생각에는 공화주의자 시절에 쓴 카르두치의 시들, 정치적으로 전향하기 이전의 시들, 아니 더 정확히 말하자면 유아적으로 신고전주의와 군주제 지지자로 돌아가기 이전의 시들은 모두 재평가되어야 해. 최근에 다시 읽은 적 있나? 한번 읽어봐, 그럼 알게 될 테니."

난 다시 읽어본 적 없고, 다시 읽고 싶은 생각이 추호도 없다고 반박했다. 내게는 그 시들도 애국심을 담은 과장된 수사로 써내려간 공허한 '흰소리'에 불과할 뿐이라고 했다. 솔직히 이해할 수도 없다. 정말 이해할 수 없다면 재미있는 일이다. 이해할 수 없기 때문에, 그러니까 결국 '초현실주의적'인 시가 될 테니까.

그렇지만 어느 날 밤, 좋은 인상을 주려고 신경썼기 때문이기도 하지만, 어쩌면 나 자신에 대해 털어놓고 얼마 전부터 마음속에서 나를 짓누르던 짐에서 벗어나버리고픈 막연한 욕구에 떠밀려 그랬는지, 내 시를 그에게 들려주고 싶은 유혹에는 넘어가고 말았다. 졸업논문 심사를 마친 뒤 볼로냐에서 돌아오던 기차에서 쓴 시였다. 그리고 그 무렵의 내 깊은 고뇌, 나 자신이 그 당시 맛보았던 끔찍한 마음을 충실히 반영해 썼다고 몇 주 동안 계속 그렇게 여겨오긴 했는데, 지금 와서 말나테에게 시 이야기를 천천히 시작하자 그 시의 허위성과 문학성이 아주 선명하게 드러나는지라, 나는 절망스러웠다기보다는 왠지 불편한 마음이 들었다. 우리는 조베카 대로를 따라 프로스페티바 거리 쪽으로 걸어갔다. 그 너머 들판의 어둠은 앞이 보이지 않게 짙어서, 마치 검은 성벽 같았다. 나는 되도록 박자를 넣어보려고 애쓰며, 손상된 내 초라한 물건이 좋은 물건으로 비춰지게 하려고 격정을 담아 천천히 시를 읊었다. 하지만 차츰 시가 끝나갈수록, 내 낭송은 어쩔 수 없이 실패로 끝나고 말리라는 확신이 점점 더 커졌다. 그런데 내 생각이 틀렸다. 낭송을 끝내자마자 말나테가 이상할 정도로 진지하게 나를 뚫어지게 쳐다보았다. 그러더니 입을 다물지 못한 채 내 시가 아주, 굉장히 마음에 든다고 분명하게 말했다. 그러더니 다시 한번 낭송해달라고 부탁했다(난 즉시 그렇게 했다). 그렇게 다시 읊고 나자, 보잘것없는 자기 의견으로는 내 '서정시' 단 한 편이 '몬탈레와 웅가레티가 고통스러운 노력으로' 쓴 그 모든 시를 합친 것보다 더 가치 있다는 말을 자신 있게 내뱉는 게 아닌가. 그는 내 시에서 진정한 고뇌와 완전히 새롭고 진실한 '도덕적 책임'이 느껴진다고 했다. 말나테는 솔직한 사람일까? 적어도 그 상황에서만큼은 틀림없이 그랬다고 말할 수 있다. 그날 이후로 그가 큰 소리로 내 시를 계속 읊어대는가 하면, 그 몇 행에서 형식주의와 신비주의에 좌초되어 있는 현대시, 이탈리아 현대문학의 '출구'를 얼핏 볼 수 있다고까지 주장했으니 말이다. 나로 말하자면 솔직히 그때 거기서 그런 말을 듣는 게 별로 기분 나쁘지 않았다는 말을 부끄러움 없이 할 수 있겠다. 과장된 그의 칭찬을 들으며 나는 이따금 미약하게나마 반박하려는 시도만 해보았을 뿐이다. 지금 다시 생각해보면 감사의 마음과, 비겁한 게 아니라 감동적인 희망이 가슴에 충만했던 것 같다.

어쨌든 말나테의 시 취향과 관련되어 이야기하고 있으니, 여기서 그가 제일 좋아했던 시인이 카르두치도 빅토르 위고도 아니었다는 말을 꼭 해야 할 의무감을 느낀다. 그는 반파시스트와 마르크스주의자로서 카르두치와 위고를 존경했다. 그러나 훌륭한 밀라노 사람으로서, 그가 제일 좋아하는 시인은 카를로 포르타*였다. 그때까지 내가 주세페 벨리**를 포르타 앞에 두었는데, 그건 아니다, 내가 잘못 생각한 것이다, 라고 말나테가 주장했다. 벨리의 음울하고 단조로운 '반종교개혁'적인 시와 포르타의 다양하고 따뜻한 인간미가 담긴 시를 비교해보고 싶은 생각은 없는지? 하며 물었다.

그는 포르타의 시 수백 편을 암송할 수 있었다.

훌륭해, 나의 발디사르! 훌륭해, 나의 꼬마!
나를 찾아올 시간이 되었어.
알고 있는지, 지저분한 익살꾼.
여기 와서 사랑을 나누지 않은 지 어언 한 달이 지난걸?

---

* 1775~1821. 밀라노 출신의 이탈리아 시인. 오스트리아 지배를 받던 밀라노에서 태어났고, 밀라노 방언으로 쓴 시를 통해 성직자나 귀족들의 위선과 어리석음을 비판하여 서민 대중의 공감을 샀다.
** 1791~1863. 로마 출신으로 2천여 편의 로마 방언 풍자시를 썼다.

오, 예수님! 예수님! 이 손은 왜 이리 차갑습니까!

매일 밤 산책하며 사카 또는 콜롬바 거리 근처로 가까이 가거나 천천히 델레볼테 거리로 올라가면서, 반쯤 열려 있는 문으로 불빛이 환하게 켜진 사창가 내부를 흘긋 바라보며, 말나테는 굵고 약간 쉰 듯한 목소리에 밀라노 억양으로 시 읊기를 즐겼다. 예의 포르타의 장시 「베르체에 시장의 니네타」 한 편을 다 외웠다. 내가 그 시를 발견한 것도 말나테를 통해서였다.

한 손가락으로 나한테 주의를 주면서, 교활하면서도 뭔가를 암시하는 표정으로(내 짐작으로는 오래전 밀라노에서 보낸 자신의 청소년기 일화를 암시했던 것 같다) 윙크를 하며 이런 시들을 자주 속삭이곤 했다.

아니오, 기티나, 난 당신을
배신할 수 없다오, 아니오, 날 믿어주오.
나를 불한당이나 평판 나쁜 놈들과
같이 생각하지 말아요.

혹은 슬프면서도 씁쓸한 톤으로 이렇게 시작하기도 했다.

군인들이, 롬바르디아에서 달아나……

소네트의 매 행마다 윙크를 하며 강조했는데, 물론 나폴레옹의 프랑스 병사들이 아니라 파시스트들을 겨냥한 윙크였다.

에르네스토 라가초니*와 델리오 테사**의 시도 똑같이 열정적으로 공감하며 인용했다. 특히 테사의 시를 많이 암송했다. 매번 빠짐없이 그에게 지적했듯이, 내가 보기에는 황혼파나 데카당스 시에서처럼 감수성이 뚝뚝 떨어져 '고전적' 시인으로 분류될 수 없어 보이기는 했지만 말이다. 하지만 사실 밀라노와 밀라노 방언과 관계있는 것이라면 어떤 것이든 그는 항상 이상하리만치 너그러워질 준비가 되어 있었다. 그는 밀라노의 모든 것을 받아들였고 그 모든 것을 향해 선량한 미소를 지었다. 그에게 밀라노라면 데카당스 문학도, 파시즘도 뭔가 긍정적인 면이 있었다.

그가 시를 낭송했다.

생각해보고 힘써 일해봐, 보고 들어봐,

오래 살면 살수록 더 많은 걸 배울 테니;

나, 다시 태어난다면

문지기 여자의 고양이로 태어났으면!

가령 루가벨라에서

피닌 씨 고양이로 태어났더라면……

310

……내장이 든 깡통,

다진 고기와 간, 주인의 모자

그 위에서 잠이 들려면……

그가 혼자 웃었다. 애정과 향수가 가득 담긴 웃음이었다.

물론 내가 밀라노 사람을 다 이해하고 있었던 건 아니다. 그래서 이해가 되지 않으면 물었다.

"미안한데, 잠피." 어느 날 밤 내가 물었다. "루가벨라가 뭐지? 사실 밀라노에 가본 적은 있는데 잘 안다고 확실히 말할 수는 없어서. 믿어져? 내가 제일 길을 잘 잃는 도시가 아마 밀라노일 거야. 베네치아보다 더 힘들다니까."

"무슨 소리야!" 그가 이상하게 버럭하며 펄쩍 뛰었다. "그렇게 분명하고 이성적인 도시가 어딨다고! 대체 어떻게 물에 젖은 숨막히는 뒷간 같은 베네치아하고 밀라노를 비교할 용기를 낼 수 있단 말인가!"

그러나 곧 다시 표정이 밝아져서 루가벨라는 거리 이름이라고 설명해주었다. 밀라노 두오모에서 그리 멀리 떨어지지 않은 곳에 있는 오래된 거리로, 그는 거기서 태어났고 지금도 그의 부모님이 살고 계시며 몇 달 후, 아마 연말이 되기 전에(밀라노 본사 이사회에서 그의 전근 신청서를 쓰레기통에 버리지만 않는다면!) 그도 다시 돌아가 살 수 있기를 바라는 거리라고 했다. 그 이유는, 알잖아, 그가 설명했다. 페라라는 대단히 아름답고 생기 있고 정치를 포함한 모든 면에서 흥미로운 도시라면서, 페라라에서 보낸 이 년 동안의 경험은 없어서는 안 될 경험이라고까지는 말하지 못하더라도, 아주 중요하게 생각한다고 했다. 그래도, 집은 언제나 집이고 엄마는 언제나 엄마고, '아름다울 때는 그렇게 아름다울 수 없는' 롬바르디아 하늘과 비교할 만한 하늘은 세상 천지 어디에도 없다는 것이다. 적어도 그에게는.

8

이미 말했듯이 이십 일의 유형 생활이 끝나자, 나는 다시 매주 화요일과 금요일에 핀치콘티니가에 드나들기 시작했다. 하지만 일요일을 어찌 보내야 할지 알 수 없어서(고등학교 때의 옛친구들, 예를 들면 니노 보테키아리와 오텔로 포르티, 아니면 보다 최근에 볼로냐에서 몇 년 동안 알고 지낸 대학 친구들과 다시 연락을 취해보고 싶기는 했지만, 모두들 휴가를 떠나버려서 불가능했다) 언제부터인가 일요일에도 그곳에 가기 시작했다. 미콜은 그런 나를 내버려두었고, 우리가 합의한 사항들을 그대로 지키라고 상기시키지도 않았다.

이제 우리는 서로 매우, 지나칠 정도로 정중하게 대했다. 우리가 도달한 균형 상태가 불안정하다는 것을 둘 다 의식하고 있어서, 그 균형을 깨지 않으면서 지나치게 냉담하지도 넘치게 친밀하지도 않은 중립

지대에 있으려 애썼다. 알베르토가 경기를 하고 싶어하면, 이런 일은 점점 더 드물었는데, 나는 기꺼이 네번째 주자로 나섰다. 하지만 한 번도 옷을 갈아입지는 않았다. 나는 미콜과 말나테 사이에 벌어지는 길고 격렬한 단식경기에서 심판을 보는 게 더 좋았다. 아니면 테니스장 옆의 파라솔 아래 앉아 알베르토의 말동무가 되어주었다.

알베르토의 건강 때문에 나는 걱정되었고 마음이 아팠다. 그 생각밖에 하지 않았다. 여위어서 점점 더 길어 보이는 그의 얼굴을 보았다. 반면 얼굴과 달리 숨쉴 때면 굵어지고 부어오르는 그의 목을 봤을 때는 깜짝 놀라 가슴이 찢어지는 듯했다. 이상한 자책감이 나를 짓누르는 기분이었다. 그때 그가 다시 건강을 회복할 수만 있다면 뭐라도 할 수 있을 것 같았다.

"잠시 떠나보는 건 어때?" 내가 물었다.

그가 돌아서서 나를 유심히 보았다.

"내가 기력 없어 보여서?"

"아, 기력이 없어 보여서 그런 게 아니라…… 약간 여원 듯해서, 그뿐이야. 더위 싫지 않아?"

"약간."

그가 길게 숨을 들이쉬려고 두 팔을 들었다.

"친구, 얼마 전부터 난 정말 이를 악물고 숨을 쉬고 있어. 떠난다…… 그렇지만 **어디로** 간다지?"

"내 생각엔 산이 좋을 것 같은데. 외삼촌은 뭐라고 하시디? 외삼촌한테 진찰받았겠지?"

"당연하지. 줄리오 외삼촌은 별일 아니라고 장담하셨어. 틀림없겠지,

안 그래? 무슨 문제가 있었으면 치료받으라고 명령이라도 했을 테니까…… 오히려 외삼촌 생각으로는 내가 원하는 만큼 실컷 테니스를 쳐도 된다던데. 더 어떻게? 분명 더워서 이렇게 기운이 없나봐. 사실 거의 아무것도 못 먹어. 정말 바보 같지."

"그러니까, 더위 때문에 이런 거니까, 한 보름 산에 다녀오는 게 어때?"

"팔월에 산이라고? 제발. 그리고……"(여기서 그가 웃었다)"……그리고 사방이, 유덴 진트 우너뷘슈트, 즉 유대인은 달가워하지 않는다고. 잊었어?"

"쓸데없는 소리. 카로차의 산마르티노 같은 곳은 안 그래. 산마르티노에는 아직 갈 수 있어. 게다가 베네치아의 리도, 알베로니도 마찬가지고…… 지난주『코리에레 델라 세라』신문에 기사도 났어."

"얼마나 슬픈 일이야. 팔월 휴가*를 호텔에서 경쾌하게 차려입은 유쾌한 레비와 코헨 무리들과 나란히 보내야 하다니, 미안하지만 그러고 싶지 않아. 여기서 가만히 구월을 기다리는 편이 좋아."

다음날 저녁 대담하게 마음먹고, 내 시에 대한 말나테의 의견을 달게 받아들인 뒤 그와 나 사이에 만들어진 친밀한 분위기를 다시 이용해서, 알베르토의 건강에 대해 그와 대화해보기로 결심했다. 의심의 여지가 없어, 하고 내가 말을 꺼냈다. 내가 보기에 알베르토에게 뭔가 이상이 있어. 그가 힘들게 숨쉬는 걸 자네가 못 봤을 리가 있어? 그 집의 누구도, 외삼촌이나 아버지도, 그때까지 알베르토를 치료해보려는 최

소한의 시도도 하지 않았다는 게 적어도 이상하게 생각되지 않아? 베네치아에 사는 그 의사 외삼촌은 의학을 신뢰하지 않는대. 그러니 됐고. 그렇지만 여동생을 포함해서 다른 가족들은? 모두 평온하고 미소를 짓고 있으며 천사 같지. 그 어느 누구도 손가락 하나 까딱하지 않는다고.

말나테는 아무 말 없이 가만히 듣고 앉아 있었다.

"네 걱정이 지나친 거라면 오히려 좋겠는데." 마침내 그가 말했는데 목소리에서 약간 당혹스러움이 묻어났다. "정말 그렇게 쇠약해 보였어?"

"맙소사!" 내가 폭발했다. "두 달 만에 십 킬로는 빠졌을 거야!"

"에이, 무슨! 십 킬로면 엄청난 무게라는 거 명심해!"

"십 킬로가 아니면 칠팔 킬로는 될걸. 적어도."

그는 생각에 잠겨 아무 말도 하지 않았다. 그러다가 그 역시, 얼마 전부터 알베르토의 건강이 좋지 않다는 걸 눈치챘다고 인정했다. 게다가, 라고 그가 다시 운을 뗐다. 우리 둘이 정말 아무것도 아닌 일에 수선을 떤 건 아니라고 자신할 수 있을까? 가까운 가족들이 움직이지 않는다면, 에르만노 교수 얼굴에 조그만 불안의 기색조차도 드러나지 않는다면, 그건…… 에르만노 교수, 그렇지. 알베르토가 정말 아프다면 테니스장 보수를 위해 이몰라에서 붉은 흙을 두 트럭이나 실어올 생각 같은 건 꿈에도 할 수 없었을 텐데! 그리고 테니스장 이야기가 나와서 말인데 내가 알기로는 악명 높은 백코트를 확장하는 작업도 며칠 뒤에 시작될 거야.

그래서 알베르토와 혹시 그가 앓고 있을지도 모를 병에서 시작된 한

밤중의 우리 대화는 우리도 모르는 사이에 그때까지 금기시되던 핀치콘티니가에 관한 화제로 옮아갔다. 서로가 지뢰밭을 걷고 있다는 걸 둘 다 너무나 잘 알고 있었다. 그리고 바로 이 때문에 우리는 매우 조심스레, 균형을 잃지 않으려 계속 주의하며 앞으로 나아갔다. 하지만 정확히 말하자면, '가족'으로서, '단체'로서(이 말은 누가 먼저 사용했는지 모른다. 우리가 이 단어를 마음에 들어했고 많이 웃었던 기억이 난다) 그들에 대해 이야기할 때마다 말나테는 서슴없이 비판했는데, 아주 가혹한 말들도 있었다. 어떻게 그런 사람들이 있을 수가! 그가 말했다. 터무니없는데다 부조리하며 고치기 힘든 모순으로 뒤얽힌 상태를 '사회적'으로 대변하는 자들이라니까! 가끔 그 가족이 소유한 수백만 평의 땅들을 생각하면, 그들을 위해 밭을 가는 수천의 육체노동자들, 통제가 잘되며 협동조합 체제에 속한 순종적인 노예들을 생각해보면, 이따금 그들보다는 차라리 '일반적인' 냉혹한 지주들을 더 좋아하고 싶은 생각이 들 정도라네. 1920년, 1921년, 1922년에 자신들의 위치를 지키기로 결심하고, 채찍과 당근을 휘두르는 검은셔츠단*에 돈을 대기로 한 그 지주들은 한시도 망설이지 않고 가방을 열었지. '적어도' 그들은 파시스트들이야. 그 지주들을 단죄할 기회가 오면 의심할 여지 없이 그들에게 어떤 처분이 내려질 게 분명해. 그렇지만 핀치콘티니가 사람들은?

그는 원한다면 이해해볼 수야 있겠지만 그러고 싶지도, 썩 내키지도 않는다는 표정으로 고개를 저었다. 그들의 복잡함, 세련됨, 흥미로운 것과 재미있는 것에 대한 자잘한 구별, 이 모든 게 지금으로서는 충분

---

* 1919년 3월 일차대전중에 무솔리니가 결성한 파시스트당의 전위활동대로, 유니폼으로 검은 셔츠를 입고 다녀 붙여진 이름.

하므로 그들도 그만 끝장을 봐야 한다는 뜻이었다.

성모승천 축일 이후의 어느 날 밤늦게 우리는 포도주를 마시러 두오모 옆 고르가델로 거리의 작은 바에 들어갔다. 바는 일 년 반 전까지 유명한 이비인후과의사였던 파디가티의 진료소에서 몇 발짝 떨어지지 않은 곳에 있었다. 한 잔 두 잔 술잔을 기울이며 말나테에게 다섯 달 전 '사랑 때문에' 자살한 의사 이야기를 들려주었다. 그 의사는 나랑 가까운 친구로, 이 시내에 남은 마지막 친구였다(내가 '사랑 때문에'라고 말했을 때, 말나테가 참지 못하고 전형적인 대학생 같은 분위기로 빈정거리듯 웃었다). 파디가티에게서 일반적인 동성애로 화제가 옮아가는 데에는 시간이 얼마 걸리지 않았다. 말나테는 그 문제에 대해 아주 단순하게 생각했다. 정말 고이로군, 나는 혼자 생각했다. 그는 동성애자들을 단순히 '불행한 사람'이나 불쌍한 '강박증 환자'라고 생각했으며, 의학적 측면에서나 사회적 예방 차원에서 관여해야 할 문제라고 생각했다. 반면 나는 사랑은 모든 것을, 동성애까지도, 정당하고 신성하게 만든다고 주장했다. 게다가 순수할 때, 그러니까 이해관계가 전혀 없을 때, 사랑은 항상 비정상적인 것이고 비사회적인 것이라는 등의 얘기를 하면서, 예술과 똑같다고 말했다. 예술이 순수할 때, 그러니까 효용가치가 하나도 없을 때, 사회주의자를 포함한 모든 종교의 사제들은 그 예술을 좋아하지 않았다. 중용을 지키자는 우리의 선한 의도를 옆으로 치워놓고 나자, 그때 다시 한번 우리는 거의 처음 만났던 때처럼 격렬한 토론을 벌였다. 그러다가 둘 다 상당히 취한 걸 알아차리고는 폭소를 터뜨렸다. 이어 바를 나와 인적이 드문 리스토네를 가로질러 산로마노로 다시 거슬러올라갔다. 뚜렷한 목적지 없이 델레볼테 거리를 걷기 위해서였다.

인도가 없는데다 포장된 자갈들이 여기저기 빠져나가 구멍투성이가 된 거리는 평상시보다 더 깜깜해 보였다. 거의 손으로 더듬거리며, 반쯤 문이 열려 있는 사창가에서 흘러나오는 불빛의 도움을 받아 그쪽을 향해 걸어가는 동안, 말나테가 습관처럼 포르타의 시를 읊조리기 시작했다. 「니네타」가 아니라 「절름발이 마르키온」이었던 것으로 기억한다.

애가를 골라 읊을 때면 늘 그랬듯이 쓸쓸하면서도 고뇌어린 어조로 나지막이 읊었다.

마침내 새벽, 그리도 기다리던,
그녀가 덧창 사이로 나타나고……

하지만 그가 여기서 갑자기 낭송을 멈췄다.

"저기 한번 들어가볼까, 어때?" 내게 물으며 턱으로 사창가 문을 가리켰다.

특별할 것 하나 없는 제안이었다. 그렇지만 진지한 대화 이외에 다른 걸 같이 해본 적이 없는 그의 입에서 나온 말이라, 나는 깜짝 놀랐고 당황스러웠다.

"별로 괜찮은 곳은 아니야." 내가 대답했다. "십 리라를 채 안 내도 되는 형편없는 곳이 틀림없어…… 어쨌든 들어가보자."

자정이 넘어 거의 한시에 가까운 늦은 시간이어서 물론 그다지 뜨거운 환영은 받지 못했다. 출입문 뒤의 버들고리 의자에 앉아 있던 시골 아낙 같은 노파가 자전거를 안으로 들여놨다고 야단법석을 떨기 시작했다. 그 뒤를 이어 여자 포주 역시 그 시간에 자전거를 가져왔다고 투덜댔다. 안경을 끼고 수녀처럼 검은 옷을 입은 그녀는 나이를 짐작할 수 없는 여자였는데, 몹시 마른데다 사악해 보였다. 벌써 빗자루와 걸레, 쓰레받기의 긴 손잡이 막대를 겨드랑이에 끼고 작은 응접실들을 청소하던 하녀가, 입구 쪽에 있는 작은 방을 지나는 우리를 경멸이 가득 담긴 눈으로 쳐다보았다. 큰 응접실에 모여 몇몇 단골손님 주위에 앉아 태평하게 수다를 떨던 여자들조차 우리에게 인사 한마디 하지 않았다. 아무도 우리에게 오지 않았다. 그렇게 십여 분 정도 지났고, 포주가 안내한 따로 떨어진 조그만 응접실에 서로 마주보고 앉아 있던 말나테와 나는, 실제로 단 한마디도 나누지 않았다(벽을 통해 여자들의 웃음소리, 기침소리, 단골이자 친구들 같은 남자들의 나른한 목소리가 들려왔다). 고상한 분위기에 금발머리를 목 뒤로 넘겨 묶고 좋은 집안의 고등학생처럼 얌전하게 차려입은 여자가 문가에 모습을 드러내기 전까지는.

별로 짜증스러워 보이지는 않는 낯빛이었다.

"안녕하세요." 그녀가 인사했다.

빈정거리는 듯한 파란 눈으로 침착하게 우리를 훑어보더니, 나를 보고 말했다.

"당신도 하늘색 눈이네, 어떻게 해줄까요?"

"이름이 뭐죠?" 내가 겨우 더듬더듬 물었다.

"지젤라."

"어디 출신이에요?"

"볼로냐요!" 그녀가 뭔지 모르지만 뭔가를 주겠다고 약속하듯 눈을 크게 뜨며 큰 소리로 말했다.

사실이 아니었다. 침착하고 완벽하게 스스로를 제어할 줄 아는 말나테가 곧 그 사실을 알아차렸다.

"볼로냐는 무슨." 그가 끼어들었다. "딱 보니 롬바르디아 출신이야. 하지만 밀라노는 절대 아니지. 코모 근방 어디서 온 게 분명해."

"어떻게 알아맞혔어요?" 여자가 깜짝 놀라며 물었다.

그사이 그녀 등뒤로 교활한 포주의 못생긴 얼굴이 나타났다.

"어휴." 그녀가 투덜거렸다. "여기서도 허튼소리로 시간 낭비만 하고 있는 것 같은데."

"아니에요." 여자가 반박하더니 웃으며 나를 가리켰다. "저 하늘색 눈 양반은 진짜 생각이 있어요. 갈까요?"

나는 말나테 쪽으로 돌아섰다. 그 역시 애정어린 눈으로 부추기듯 나를 보았다.

"너는?" 내가 물었다.

그가 한 손을 애매하게 흔들고는 짧게 웃었다.

"내 생각은 하지 마." 그가 말했다. "올라가, 여기서 기다릴게."

모든 게 눈 깜짝할 사이에 끝났다. 우리가 다시 아래층으로 내려왔을 때 말나테는 포주와 잡담을 하는 중이었다. 그가 파이프를 꺼냈다. 이야기를 하면서 담배를 피웠다. 매춘부들을 위한 '경제적 처우'와 보름에 한 번씩 돌아가는 '교대 체계' '검진' 등에 대해 물었고, 여자도 말나테 못지않게 열심히, 진지하게 대답했다.

"좋습니다." 내가 내려온 걸 안 말나테가 마침내 이렇게 말하고 일어섰다.

우리는 현관방을 지나 거리로 향한 출입문 옆벽에 나란히 기대놓은 자전거 쪽으로 갔고, 이제 아주 친절해진 포주가 달려나와 출입문을 열어주었다.

"안녕히 계십시오." 말나테가 인사했다.

말나테는 문지기가 내민 손바닥에 동전을 하나 올려놓고 먼저 밖으로 나갔다.

지젤라가 내 뒤에 서 있었다.

"잘 가요, 자기." 그녀가 노래하듯 말했다. "또 와요, 응!"

그녀가 하품을 했다.

"잘 있어." 나도 나가면서 대답했다.

"편히 쉬세요, 선생님들." 포주가 우리 등뒤에서 깍듯하게 소곤거렸다. 그러더니 문이 닫히고 문고리를 거는 소리가 들렸다.

우리는 자전거에 몸을 기댄 체 시엔체 거리로 가서 마치니 거리 모퉁이에 이른 다음 오른쪽으로, 사라체노 쪽으로 꺾었다. 이제 주로 말나테가 말했다. 몇 년 전쯤 밀라노에서 그는 산피에트로알로르토에 있는 아주 유명한 사창가의 단골이었다고 했다. 하지만 오늘밤은 다만 이런 '시스템'을 관리하는 법에 대해 정확한 정보를 좀 얻어야겠다는 생각이 문득 들었다고. 세상에나, 저 매춘부들은 대체 어떤 비참한 삶을 사는 건지! 국가가, '윤리적인 국가'가 얼마나 비열하면 저런 인간 시장을 만들 수 있는 건지!

그 순간 내가 한마디도 않고 있다는 걸 그가 알아차렸다.

"무슨 일 있어?" 그가 물었다. "어디 안 좋아?"

"아니야."

그의 한숨소리가 들렸다.

"옴네 아니말 포스트 코이툼 트리스테."* 그가 우울하게 말했다. "생각하지 마." 잠시 아무 말도 하지 않다가 목소리를 바꿔 말했다. "올라가서 푹 자, 내일 아침이면 모든 게 다시 멋지게 시작될 테니, 두고 봐."

"알아, 알아."

우리는 왼쪽으로 보르고디소토 거리로 돌아섰다. 말나테가 오른쪽, 폰도반케토 거리 쪽의 초라한 집들을 가리켰다.

"트로티 선생님 댁이 이쪽일 텐데, 아마." 그가 말했다.

난 대답하지 않았다. 그가 기침을 했다.

"그건 그렇고……" 그가 계속 말했다. "미콜하고는 어떻게 되어가는 중이야?"

나는 갑자기 그에게 다 털어놓고 내 마음을 보여주고 싶은 강한 욕구에 사로잡혔다.

"안 좋아. 내가 미콜에게 정신을 못 차렸지."

"음, 그거야 우리도 눈치챘어." 그가 사람 좋게 웃었다. "좀 됐지. 그런데 지금은 어때? 아직도 너한테 퉁명스럽게 구나?"

"아니야. 너도 봤겠지만 최근에는 어떤 모두스 비벤디**에 도달했어."

"그래, 내가 보기에도 너희 둘이 예전처럼 옥신각신하는 것 같지는 않더라. 너희 둘이 친구 사이로 돌아가니 보기 좋아. 사실 어색했거든."

내 얼굴이 일그러지며 입술이 실룩거렸고 눈물이 뿌옇게 시야를 가렸다.

---

* '모든 동물은 교미 후에 슬프다'라는 뜻의 라틴어.
** '삶의 방식, 타협안'을 뜻하는 라틴어.

말나테가 내 상태를 즉시 알아차렸다.

"이런, 이런." 그가 당황해서 위로했다. "이러지 말게."

내가 애써 눈물을 삼켰다.

"우리가 다시 친구로 돌아갈 수 있을 거란 생각이 안 드는군." 내가 중얼거렸다. "소용없어."

"바보 같은 소리." 그가 반박했다. "미콜이 널 얼마나 생각하는지 안다면! 네가 없을 때는 네 이야기를 해. 네 털끝이라도 건드릴 생각을 하는 사람은 큰일날걸. 독사처럼 달려드니까. 알베르토도 널 좋아하고 높이 평가하고 있어. 며칠 전 내가 두 사람에게도 네 시를 낭송해줬어(약간 경솔한 행동이었을 수도 있겠어, 미안해……) 세상에나! 두 사람이 그 시를 얼마나 마음에 들어했는지 넌 상상도 못할 거다. 두 사람 모두, 잘 들어, 두 사람 모두라고……"

"두 사람이 날 생각하고 존중해봤자 내게 무슨 소용이 있나 싶은데." 내가 말했다.

그사이 우리는 산타마리아인바도 교회 앞 작은 광장으로 나갔다. 사람 그림자 하나 보이지 않았다. 그곳도, 몬타뇨네까지 이어지는 스칸디아나 거리에도. 우리는 말없이 교회 옆에 있는 작은 분수 쪽으로 갔다. 말나테가 몸을 숙여 물을 마셨고 나도 그에 이어 물을 마시고 세수를 했다.

"있잖아," 말나테가 걸으면서 다시 말을 시작했다. "내가 보기엔 네가 잘못 생각하는 것 같아. 지금 같은 시기에는 사람들 사이에서 애정이나 존경을 주고받는 것, 간단히 말해 우정을 나누는 것밖에 기대할 수 없어…… 이럴 수는 있어, 시간이 흐르면…… 봐, 예를 들면 이런 거야.

몇 달 전처럼 좀 자주 테니스 치러 가는 게 어떨까? 부재의 전략이 훌륭하다고만은 할 수 없잖아! 친구, 내 느낌에 넌 여자들을 잘 모르는 것 같아."

"집에 자주 오지 말라고 명령한 건 바로 미콜이었다고!" 내가 엉겁결에 말해버렸다. "그 명령을 나더라 어기라고? 무엇보다 그곳이 걔네 집인데!"

말나테는 생각에 잠겨 잠시 말이 없었다.

"믿기지 않는데." 그가 마침내 말했다. "혹시 너희 둘 사이에 뭔가…… 심각한, 회복 불가능한 어떤 일이 있었다면 혹시 이해할 수 있을지도. 그런데 결국 무슨 일이 있긴 있었던 거야?"

그가 자신 없는 듯 나를 보았다.

"미안해. 질문이 약간… 외교적이다." 그가 다시 말하며 웃었다. "적어도 키스 정도는 했겠지?"

"아, 물론, 여러 차례." 내가 절망적으로 대답했다. "나에게는 안타까운 일이지."

그래서 그에게 우리 관계를 자세히 이야기했다. 처음부터 지난 5월 그녀의 방에서 일어났던 일까지 전부 말했다. 그녀의 방에서 일어난 일이 부정적인 의미에서 결정적이었고 되돌이킬 수 없는 일이 되었다는 생각이 든다고 말했다. 특히 내가 그녀에게 어떻게 키스를 했는지, 아니 적어도, 그날 그녀의 침실에서만이 아니라 다른 데서도 어떻게 여러 번 키스를 시도하려고 했는지 자세히 털어놓고 싶어졌다. 어떤 때는 심하게 혐오감을 드러내고 어떤 때는 좀 덜했던, 그녀의 다양한 반응에 대해서도.

그는 내가 속내를 다 말하게 내버려두었다. 그 쓸쓸한 기억들을 회상하는 데 깊이 빠져 이성을 잃은 채 이야기하느라, 나는 말나테가 이상하게 아무 말도 하지 않는다는 데 별다른 신경을 쓰지 못했다.

우리는 거의 삼십 분가량을 우리집 앞에 서 있었다.

갑자기 깜짝 놀라는 그를 보았다.

"이런," 그가 시계를 보며 투덜거렸다. "벌써 두시 십오분이군. 진짜 가봐야겠어, 안 그랬다간 내일 못 일어나겠는데?"

그가 자전거를 탔다.

"잘 있어, 음……" 그가 인사했다. "인생은 계속되니까!"

그의 얼굴 표정이 이상하게 어두운 게 눈에 띄었다. 내 고백이 따분하고 짜증났나?

급히 멀어져가는 그를 가만히 바라보았다. 그런 식으로, 내가 대문을 닫을 때까지 기다리지 않고 나를 그냥 그렇게 세워둔 채 가버린 건, 그때가 처음이었다.

9

늦은 시간이었는데도 아버지 방에는 아직 불이 켜져 있었다.

신문마다 반유대주의 운동을 떠들기 시작하던 1937년 여름부터 아버지는 심각한 불면증에 시달렸는데, 무더위가 찾아오는 여름이면 그게 절정에 달했다. 눈 한 번 붙이지 못한 채 책을 읽거나 집안을 서성거리거나 식당에 앉아 외국 라디오방송국에서 이탈리아어로 보내는 뉴스를 듣거나 엄마의 방에서 엄마와 이야기를 나누며 밤을 지새웠다. 한시 넘어 집에 들어가도 침실이 나란히 붙어 있는 복도를 아버지 몰래 지나가기란 쉽지 않았다(첫번째 침실은 아버지 방이었고, 그 다음이 엄마 방, 그리고 에르네스토와 파니, 복도 끝에 마지막으로 내 방이 있었다). 나는 구두를 벗고 발끝으로 살금살금 걸었다. 예민해진 아버지의 귀는 바닥이 조금만 삐걱거려도, 옷 스치는 소리만 들려도 금방 알아차렸다.

"큰애니?"

예상처럼 그날 밤도 나는 아버지의 감시망을 피하지 못했다. 보통은 아버지가 '큰애니?'라고 하면 난 즉시 걸음을 서둘렀다. 대답 없이 못 들은 척 방으로 곧장 들어갔다. 하지만 그날 밤은 아니었다. ("왜 이렇게 늦게 다니는 거냐?" "몇신지 아니?" "어디를 돌아다닌 거냐?" 등) 오래전부터 들어온 항상 똑같은 질문들에 답하는 일이 꽤나 짜증스러우리라 예상했지만, 그날은 걸음을 멈추고 싶었다. 반쯤 열려 있는 문틈으로 얼굴을 내밀었다.

"거기서 뭐하는 거냐?" 곧 침대에 있던 아버지가 안경 너머로 나를 흘깃 보며 말했다. "들어와, 잠깐 들어오렴."

아버지는 잠옷 차림으로 침대에 눕지 않고 시트 한 장으로 배 아래쪽까지만 덮은 채 조각 상식이 들어간 금빛 목조 침대 머리판에 등과 목을 기대고 앉아 있었다. 아버지와 그 주위의 모든 게 흰 빛이어서 나는 깜짝 놀랐다. 아버지 머리는 은색이었고, 지친 얼굴은 창백했으며, 잠옷이며 허리를 받친 베개도, 시트도, 배 위에 펴놓은 책도 새하얀 색이었다. 그리고 (병원 같이 하얘, 라는 생각이 들었는데) 그런 흰색이 놀라우면서도, 이상한 평온함과 더불어 난생처음 보는 다정한 아버지의 표정과 조화를 이루고 있었다. 지혜로워 보이는 아버지의 연하늘색 눈이 반짝였다.

"많이 늦었구나!" 아버지가 침대에서조차 풀지 않고 차고 있던 롤렉스 방수 시계를 슬쩍 보며 미소를 지은 채 말했다. "지금 몇신지 아니? 두시 이십칠분이다."

열여덟 살 되던 해에 집 열쇠를 받은 이후, 처음으로 아버지의 그 말을 듣고도 반항심이 생기지 않았다.

"산책을 좀 했어요." 내가 차분하게 말했다.

"밀라노에서 온 그 친구하고?"

"예."

"그 친구는 뭐하는 애냐? 아직 학생인가?"

"학생은요. 벌써 스물여섯 살인데요. 회사원이에요…… 공업단지의 몬테카티니 합성고무 공장에서 화학자로 일해요."

"그렇구나. 난 아직 대학생이라고 생각했었지. 왜 집에 초대하지 않니?"

"글쎄요…… 엄마가 지금도 일이 많으신데 더 힘들게 할 때가 아니라고 생각했어요."

"아니다, 무슨 소리야! 그런 게 뭐 중요하니. 미네스트라 수프 한 그릇 더 놓는 게 뭐 그리 힘들겠니. 집에 데려와라, 데려와봐. 그럼…… 너희들 저녁은 어디서 먹는 거냐? 조반니?"

내가 고개를 끄덕였다.

"어디 뭐 맛있는 거 먹었는지 얘기 좀 해봐라."

나는 기꺼이 아버지 요청을 받아들여 나 자신도 적잖이 놀랄 만큼 상냥하게 내가 선택한 음식과 말나테가 고른 다양한 음식들을 하나씩 말했다. 그러면서 자리에 앉았다.

"잘했구나." 마침내 아버지가 흐뭇한 얼굴로 말했다.

"그다음에는 말이다." 아버지가 잠시 뜸을 들였다가 말했다. "두벨라 마이 카 신다 아 파르 단, 투트 두?* 틀림없어." (여기서 아버지는 내가 혹시 할지도 모를 거짓말을 막기라도 하려는 듯 손을 들었다) "분명 여자에게 갔지."

그 문제에 관해 아버지와 내가 솔직히 말해본 적은 지금까지 한 번도 없었다. 성 문제에 대해서는 한없이 소심한데다가, 강렬하고도 비이성적으로 자유와 독립을 갈망하던 나는, 아버지가 조심스레 이 문제를 거론하려고 하면 초장에 거부하며 차단해왔다. 하지만 그날 밤은 아니었다. 너무나 창백하고 힘없고 늙은 아버지를 바라보자, 내 마음속에서 뭔가가, 일종의 매듭 같은 게, 아주 오랫동안 은밀히 뒤얽혀 있던 매듭이 천천히 풀려나가는 것 같았다.

"물론이죠." 내가 대답했다. "딱 알아맞히셨어요."

"사창가에 갔을 것 같은데."

"맞아요."

"잘했다." 아버지가 낯장구를 쳤다. "너희들 나이 때, 특히 네 나이 때는 어느 면에서 보나 사창가가 가장 건전한 해결책이지. 건강 문제까지 포함해서 말이야. 그런데 어디 말 좀 해봐라. 돈 문제는 어떻게 해결하는 거냐? 엄마에게 매주 받는 용돈으로 감당이 되니? 돈이 부족하면 아빠에게라도 말해. 할 수 있는 만큼 도와줄 테니."

"고맙습니다."

"어디 갔었니? 마리아 루다르냐니 집? 우리가 젊었을 적 그 여자는 벌써부터 왕성히 일하고 있었지."

"아니에요. 델레볼테 거리에 있는 곳이에요."

---

* '너희 둘이 쏘다니며 무슨 일을 벌이는 거지?'라는 뜻의 페라라 방언.

"다만 네게 부탁하고 싶은 건." 아버지가 갑자기 의사 같은 말투로 계속 말했다. 아버지는 젊은 시절에만 의사로 일하다가 할아버지가 돌아가시고 난 뒤 마시토렐로에 있는 농지와 비냐탈리아타에 소유한 건물 두 채를 관리하는 일만 해왔다. "다만 네게 부탁하고 싶은 건 콘돔 사용하는 걸 절대 잊어버리면 안 된다는 거야. 짜증나겠지, 나도 알아. 그게 없는 게 훨씬 좋지. 그렇지만 성병, 대개 임질이나 더 나쁜 성병에 걸리지 않으려면 그 방법밖에 없다. 특히 아침에 일어났을 때 어디가 안 좋은 것 같으면 당장 욕실로 와서 아버지에게 보여줘야 한다. 그럴 경우 네가 어떻게 해야 할지 말해주마."

"알겠어요. 걱정하지 마세요."

나는 아버지가 나를 가장 현명하게 도와줄 방법을 찾고 있다고 느꼈다. 이제 대학을 졸업했으니 혹시 장래에 대한 어떤 생각, 계획을 가지고 있는지? 아버지가 곧 이 말을 물으려 한다고 추측했다. 하지만 아버지는 정치 문제로 화제를 돌렸다. 내가 집에 들어오기 전, 한시에서 두시 사이에 아버지가 스위스의 몬테체네리, 파리, 런던, 베로뮌스터 등 외국의 여러 라디오방송 채널 주파수를 잡아내는 데 성공했다고 했다. 최근 소식을 바탕으로 아버지는 국제 정세가 급격히 악화되고 있다고 확신했다. 그렇다. 안타깝게도 정말 아파르 네그로*였다. 모스크바에 파견되었던 영국과 프랑스 외교사절단들이 이미 출발을 하려 하다니(아무 성과도 못 올리고!). 그 사람들이 정말 그렇게 모스크바를 떠날 건가? 우려할 만한 일이었다. 그러니까 우리 모두를 신의 가호에 맡길 수

---

* afar negro. '검은 거래'를 뜻하는 페라라 방언.

밖에 없는 것이다.

"뭘 기대하겠니!" 아버지가 외쳤다. "스탈린은 절대 망설이는 스타일이 아니야. 자기에게 이롭다고 생각되면 히틀러에게 동의하는 데 일 분도 채 안 걸릴 게 분명해!"

"독일하고 소비에트연방이 협조를 한다고요?" 내가 보일락 말락 미소를 지었다. "아니요, 전 그렇게 생각하지 않아요. 불가능한 일 같아요."

"두고 보자." 아버지도 웃으면서 대답했다. "하느님께서 네 말을 들어주기를!"

그때 옆방에서 웅얼거리는 소리가 났다. 어머니가 잠에서 깬 것이다.

"뭐라고 했어요, 기고?" 어머니가 물었다. "히틀러가 죽었어요?!"

"그랬으면 얼마나 좋아!" 아버지가 한숨을 쉬었다. "자요, 자. 내 천사. 불안해하지 말고."

"지금 몇시예요?"

"거의 세시 다 됐어."

"그애도 자러 보내요!"

엄마가 다시 알아들을 수 없는 말을 몇 마디 하더니 조용해졌다.

아버지는 한참 동안 내 눈을 물끄러미 보았다. 그러더니 목소리를 낮춰 거의 속삭이듯 말했다.

"미안하지만 이 이야기는 좀 하게 해다오." 아버지가 말했다. "알겠지만…… 나나 네 엄마는 작년부터 네가 그…… 미콜 핀치콘티니를 좋아하고 있다는 걸 분명 눈치채고 있었다. 맞지, 안 그러냐?"

"맞아요."

“그래 지금 너희들 관계는 어떠니? 계속 안 좋으냐?”

“이 이상 나쁠 수 없을 정도로 안 좋아요.” 내가 얼버무렸다. 갑자기 내가 변할 수 없는 진실을 말했다는 걸 더할 나위 없이 분명히 알게 되었다. 사실 우리 관계는 더 나쁠 수 없을 정도로 악화되었다. 말나테가 반대 의견을 제시하긴 했지만 나는 몇 달 전부터 비탈길 밑에서 발버둥치기만 할 뿐 그 위로 다시 올라갈 수 없었다.

아버지가 한숨을 내쉬었다.

“그래, 정말 안타까운 일이구나…… 그렇지만 어떻게 보면 이게 훨씬 잘된 건지도 몰라.”

나는 고개를 숙인 채 아무 말도 하지 않았다.

“틀림없어.” 아버지가 방금 전보다 조금 큰 소리로 계속 말했다. “네가 원하던 게 뭐였니? 약혼?”

그날 밤 미콜도 자기 방에서 내게 똑같은 질문을 했다. 이렇게 말했다. “네가 주장하고 싶은 게 뭐야? 혹시 **우리가 약혼하는 거?**” 나는 아무 말도 하지 않았다. 대답할 말이 하나도 없었다. 지금처럼, 지금 아버지에게 할 말이 없듯이, 하고 나는 생각했다.

“그러면 안 되나요?” 그럼에도 이렇게 물으며 아버지를 보았다.

“내가 널 이해하지 못한다고 생각하니?” 아버지가 말했다. “나도 그 애는 좋아. 제 아버지의 손을 잡고 베라하를 받으러 사원에 오던 어릴 때부터 언제나 마음에 들었다. 사랑스럽고, 아니 아름답고(어쩌면 지나치게 아름다울 수도 있어!), 똑똑하고 재치 있고…… 그렇지만 약-혼-이-라-니!” 아버지는 눈이 휘둥그레져서 한 음절마다 힘을 주어 말했다. “애야, 약혼은 결혼을 의미할 수 있어. 지금처럼 어수선한 시기에,

게다가 너는 뚜렷한 직업도 없는데, 어디 말 좀 해봐라…… 내가 보기에 넌 가정을 꾸려나가는 데 내 도움을 기대하지도 않을 거고(게다가 나도 네게 도움을 줄 수 없을 거다, 내 말은, 필요한 만큼 말이야) 그애…… 그애 집에 기대려고도 않을 거야. 그애가 물론 막대한 지참금을 받겠지만." 아버지가 덧붙였다. "당연히 그렇겠지! 그렇지만 내 생각에 넌……"

"지참금 얘긴 하지 마세요." 내가 말했다. "저희 둘이 정말 사랑한다면 지참금이 뭐 중요하겠어요?"

"네 말이 맞다." 아버지가 동의했다. "네 말이 정말 맞아. 나도 1911년 네 엄마와 약혼했을 때 그런 문제는 신경쓰지 않았단다. 그렇지만 그때는 지금과 달랐어. 평온하게 미래를 바라볼 수 있었지. 그리고 미래가 우리 두 사람이 상상했던 것처럼 즐겁지도 쉽지도 않았지만(너도 알다시피 우린 1915년, 전쟁이 발발하던 해에 결혼했다. 결혼하자마자 난 군대에 자원했고) 그 당시에는 사회가 달랐어. 사회가 미래를 보장해주었지…… 그뿐만 아니라 난 의학을 공부했는데 넌……"

"저는요?"

"말인즉 그렇다고. 넌 의학 대신 문학을 택했잖니. 네가 결정해야 할 순간이 왔을 때, 아버지가 어떤 식으로도 반대하지 않았다는 거 알 거다. 네가 문학에 열정을 품고 있었으니까. 우리 둘 다 우리 의무를 다했어. 넌 네가 선택해야 한다고 생각한 길을 선택했고, 난 그걸 막지 않았다. 하지만 지금은? 물론 네가 대학에서 교수로 경력을 쌓고 싶어하기는 하지만……"

내가 고개를 저어 부정했다.

"안타깝구나." 아버지가 다시 말했다. "안타까워! 지금도 네 공부를 가로막을 수 있는 건 사실 아무것도 없다…… 계속 학문을 연마해서 나중에 가능하다면 20세기 초반의 에도아르도 스카르폴리오, 빈첸초 모렐로, 우고 오예티 같은 작가로, 참여적인 비평가로서 아주 어렵고 모험적인 경력을 쌓아나가겠다고 해도 말이다. 아니면 소설가로, 왜 안 되겠니? 소설가로……" 아버지가 미소를 지었다. "……시인으로…… 바로 이 때문이야. 이제 갓 스물세 살이 된 네 나이에, 앞으로 펼쳐질 미래가 아직 눈앞에 한창인 네 나이에…… 어떻게 배우자를 얻고 가정을 꾸려가겠니?"

아버지는 나의 문학적 미래를 아름답고 매력적이지만 구체적이고 현실적인 뭔가로, 뒤바꿀 수 없는 꿈으로 이야기하시는구나, 나는 생각했다. 마치 당신과 내가 이미 죽은 사람이라도 되듯. 그리고 이제 공간과 시간을 벗어나 삶에 대해, 우리 각자의 삶에서 일어날 수 있었으나 그렇게 되지 못했던 일에 대해 함께 이야기하는 듯했다. 히틀러와 스탈린이 합의에 이르게 될까? 나도 자문했다. 왜 아니겠는가. 히틀러와 스탈린이 손잡을 가능성이 아주 많았다.

"이런 건 미뤄두고," 아버지가 계속 말했다. "그러니까 다른 중요한 수많은 문제를 일단 미뤄두고 솔직하게 네게…… 친구로서 충고 하나 해도 되겠니?"

"말씀하세요."

"남자는, 특히 네 나이 때는, 여자 때문에 이성을 잃어서 전혀 계산이라곤 하지 않는다는 거 나도 잘 안다…… 또 네 성격이 약간 특이하다는 것도 알지…… 이 년 전 일은 생각하지 말거라. 불행한 파디가티가 그때……"

파디가티가 죽은 뒤로 집에서는 한 번도 그의 이름이 거론된 적이 없었다. 지금의 이 대화와 파디가티가 무슨 상관이 있단 말인가?

아버지 얼굴을 바라보았다.

"그래, 내 말 계속 들어라." 아버지가 말했다. "네 기질은(네 할머니에게서 물려받은 것 같아), 네 기질은…… 넌 너무 예민해, 그래. 그래서 너 자신에게 만족하지 못하고…… 항상 찾아다니고……"

아버지의 말이 다 끝나지 않았다. 아버지는 손으로 이상적인 세계, 환상의 생물들만이 사는 세계를 가리켰다.

"어쨌든 용서하렴." 아버지가 다시 말했다. "그렇지만 핀치콘티니 가문 같은 사람들은 우리에게 어울리지 않아…… 우리와 다른 사람들이다…… 그런 애랑 결혼하면 조만간 넌 불행해질 거야, 분명해…… 아, 그래, 그래." 아버지는 내가 반박하는 몸짓을 하거나 대들지나 않을까 걱정하며 강하게 말했다. "그 문제에 대해서 내가 늘 어떻게 생각했었는지 너도 알고 있겠지. 다른 사람들이야…… 유대인처럼 보이지도 않아…… 아, 안다. 네가 그래서 미콜 그애를 그렇게 좋아할지도 모르지…… 우리보다 **사회적으로**…… 위에 있으니까. 하지만 내 말 잘 들어라. 차라리 이렇게 된 게 잘된 일이야. 이런 속담도 있잖니. '마누라와 황소는 네 고향에서 골라라.' 그애가 겉보기에는 몰라도, 절대 네 고향 여자는 아니다. 눈곱만큼도."

나는 고개를 숙였고 내 무릎에 놓인 아버지 손을 뚫어지게 쳐다보았다.

"다 지나갈 거다." 아버지가 말을 이었다. "다 지나갈 거야. 네가 생각

336

하는 것보다 훨씬 빨리. 물론 지금 이 순간 네가 어떤 기분일지 생각하면 마음이 아프구나. 그래도 약간 부러운 마음도 있단다, 아니? 살아가는 동안 이 세상 일들이 어떻게 돌아가는지 진심으로 이해하고 싶다면 적어도 한 번은 죽어야만 하겠지. 그러니까 법칙이 이렇다면야, 젊어서 죽어보는 게 더 좋다는 거다. 일어나서 부활할 시간이 아직 눈앞에 많이 남아 있을 때 말이다…… 늙어서 이 세상을 이해한다는 건 유쾌하지 않은 일이지, 아주 씁쓸해. 무슨 일을 할 수 있겠니? 완전히 처음부터 다시 시작할 시간이란 이제 없어. 우리 세대는 너무나 큰 실수들을 많이 했다! 어쨌든 하느님의 가호가 있기를, 넌 이렇게 젊으니! 두고 보렴, 몇 달 뒤면 이런 상황이 꿈속 같을 테니. 아마 다행이라고까지 생각할지도 몰라. 너 자신이 더 충만해지고, 뭐랄까…… 더 성숙해진 기분……"

"그러길 바라야죠." 내가 우물거렸다.

"네가 터놓고 이야기해줘서, 내 마음속에서 무거운 납덩이를 꺼내줘서 기쁘구나…… 이제 마지막으로 한 가지만 부탁하마. 괜찮겠지?"

내가 고개를 끄덕였다.

"다시는 그 집에 가지 마라. 공부를 다시 시작해. 뭐든 열심히 하렴. 개인교습을 해도 될 것 같은데. 개인교습을 해줄 사람을 구한다는 이야기를 여기저기서 많이 들었어…… 다시는 가지 마라, 특히 남자로서."

아버지 말이 맞았다. 특히 남자로서 다시는 가지 말아야 했다.

"해볼게요." 내가 다시 얼굴을 들고 말했다. "제가 할 수 있는 일은 다 해볼게요."

"바로 그거야!"

아버지가 시계를 보았다.

"이제 가서 자거라." 아버지가 말했다. "네겐 잠이 필요해. 나도 잠깐이라도 눈을 붙여봐야겠다."

나는 일어서서 몸을 숙이고 아버지에게 입을 맞추었다. 입맞춤을 나누던 우리는 말없이 다정히 포옹한 채 한참을 그러고 있었다.

10

그렇게 미콜을 포기했다.

다음날 저녁 아버지와의 약속을 지키기 위해 말나테의 집에 가는 걸 자제했다. 그다음날은 금요일이었는데 핀치콘티니가에 가지 않았다. 그런 식으로 일주일을, 말나테도 다른 누구도 만나지 않고 처음으로 한 주를 보냈다. 다행히 그 일주일 동안 아무도 나를 찾지 않았고 그런 상황이 확실히 내게 도움이 되었다. 그렇지 않았다면 나는 유혹에 저항할 수 없었을 테고 다시 말려들어갔을 게 틀림없다.

우리가 마지막으로 만난 날로부터 열흘 정도 지난 뒤, 25일경에 말나테가 내게 전화를 걸어왔다. 그때까지 한 번도 없던 일이었다. 전화를 안 받았으면 해서 집에 없다고 전해달라고 할까 하는 유혹에 빠졌다. 그러나 곧 후회했다. 나는 이미 충분히 강해진 기분이었다. 그를 다시 만나지는 않더라도 적어도 통화는 할 수 있을 정도로.

"잘 지내지?" 그가 먼저 말을 꺼냈다. "날 완전히 내팽개쳐버렸구나."

"어디 갔다왔어."

"어디 갔었는데? 피렌체, 로마?" 그 말에 빈정거리는 기색이 없지는 않았다.

"이번에는 조금 더 멀리." 이렇게 대답하며 나는 벌써 이런 감상적인 말을 한 것을 후회했다.

"좋아. 취조하려는 건 아니야. 그건 그렇고 우리 한번 봐야지?"

그날 저녁은 갈 수 없고 다음날 저녁에는 늘 들르던 시간에 확실히 갈 수 있다고 답했다. 하지만 혹시 내가 늦어지면 날 기다리지 말라고 이어 말했다. 그럴 경우 직접 조반니에서 만나자고. 너도 조반니에 저녁식사를 하러 갈 거지? 라고 물으면서.

"아마도." 그가 짧게 확인해주었다. 그리고 말했다.

"뉴스 들었어?"

"들었어."

"어떻게 돌아가는 판인지! 내일 와줘, 부탁이야, 얘기 좀 나누자."

"그럼 내일 봐." 내가 부드럽게 대꾸했다.

"그래."

그가 전화를 끊었다.

다음날 저녁 나는 식사를 마치기가 무섭게 자전거를 타고 나갔다. 조베카 대로를 지나 레스토랑에서 백 미터 정도 떨어진 곳까지 가서 멈췄다. 말나테가 정말 식당에 있는지 확인하고 싶었을 뿐 다른 생각은 없었다. 사실 그가 식당에 있다는 걸 확인하자마자(그는 평소처럼 예의 그 사파리 재킷을 입고 야외 테이블에 앉아 있었다) 그에게로 가지 않고 오던 길을 되돌아서, 그를 지켜보기 위해 데스테 성의 세 도개교 중 조반니와 마주보는 다리로 올라갔다. 그렇게 하면 들킬 염려 없이 그를 좀더 자세히 지켜볼 수 있으리라고 계산했다. 다리 난간의 뾰족한 돌 모서리에 가슴을 기댄 채 한참 동안 저녁식사를 하는 그를 지켜보았다. 그 아래에 있는 그와 벽을 등지고 일렬로 앉아 있는 다른 손님들을 보았다. 하얀 재킷을 입고 테이블 사이를 분주히 오가는 종업원들을 보았다. 그러자 어둠 속에 정지한 채 거울 같은 해자 물 위에 서 있는 나 자신이, 마치 극장에서 유쾌하고 의미 없는 공연을 남몰래 구경하는 관객처럼 여겨졌다. 말나테는 이제 과일을 먹고 있었다. 커다란 포도 알을 별로 먹고 싶지 않은 듯 조금씩 베어서, 한 알 한 알 먹었다. 물론 내 모습이 보이길 기다리고 있었으니 그 외중에도 고개를 좌우로 힘차게 움직이고 있었다. 그럴 때면 미콜이 '두꺼운 안경'이라고 불렀던 안경알이 흔들리며 신경질적으로 번득였다…… 포도를 다 먹고 나자 그가 손짓으로 종업원을 불렀고 그와 잠시 이야기를 나누었다. 계산서를 갖다달라고 하는 것 같았다. 그래서 나도 이제 떠날 채비를 하면서, 커피를 가져오는 종업원을 바라보았다. 말나테는 커피를 딱 한 모금 마셨다. 그러고 나더니 사파리 재킷의 가슴 주머니에서 아주 작은 뭔가를 꺼냈다. 수첩이었는데 곧 연필로 그 위에 뭔가를 적기 시작했다. 빌어먹을, 뭘 쓰는 걸까? 내가 혼자 미소를 지었다. 말나테도 시를 쓰나? 수첩에 몸을 숙인 채 뭔가를 쓰는 데 골몰한 그를 놔두고 자리를 떴다. 그는 가끔 이쪽저쪽 주위를 살피거나 영감이나 아이디어를 찾기라도 하려는 듯 별이 총총한 하늘을 올려다보았다.

바로 그다음날 밤부터 나는 되는대로 시내 거리를 쏘다니며 모든 것에 눈길을 주었고 그 모두에 똑같이 이끌렸다. 시내 가판대를 도배하다시피 한 신문의 표제, 빨간 잉크로 강조한 큰 글씨의 표제에도, 영화와 영화관 입구 옆에 붙은 영화 상영 전 쇼 사진에도, 구시가 골목길 한가운데에 모여 은밀히 쑤군거리는 술꾼들에게도, 두오모광장에 늘어선 자동차 번호판에도, 몬타뇨네의 어두컴컴한 관목 그늘에서 나와 최근 스칸디아나 끝의 산토마소 성벽 위에 생긴 노점의 아연을 씌운 계산대로 아이스크림이나 맥주, 탄산음료를 마시러 가는 사람들과 사창가에서 나오는 각양각색의 사람들에게도…… 어느 날 밤, 열한시 무렵 트라발리오광장 쪽으로 가게 되었고, 거리의 매춘부들과 시내에서 별로 멀리 떨어지지 않은 보르고산루카 노동자들이 주로 드나든다는 유명한 산가이 카페의 어둑한 실내를 몰래 훔쳐보았다. 그러고 나서 곧 그 위로 우뚝 자리잡은 성벽 위로 올라가서 활기가 없는 사격경기를 지켜보았다. 불량배 같은 청소년 둘이 말다툼중이었고 말나테에게 반했던 토스카나 여자가 차갑게 둘을 지켜보고 있었다.

나는 자전거에서 내리지도 않은 채 거기 한쪽에 아무 말 없이 서 있었다. 그러자 토스카나 여자가 갑자기 바로 내게 말을 걸었다.

"거기, 어린 총각." 그녀가 말했다. "이쪽으로 와서 한 발 쏴보지 그래요? 자, 용기 내봐요, 겁내지 말고. 당신이 잘할 수 있다는 걸 이 계집애 같은 애들한테 좀 보여줘요."

"고맙지만, 됐어요." 내가 대답했다.

"고맙지만, 됐어요." 그녀가 따라했다. "맙소사, 젊은이들이 다 왜 이래! 당신 친구는 어디다 숨겨뒀어요? 그 사람은 정말 사내였지! 말해봐요, 어디다 파묻었어요?"

내가 아무 말도 하지 않자 그녀가 웃음을 터뜨렸다.

"불쌍해라!" 그녀가 날 동정했다. "당장 집에 가요, 집에, 안 그러면 아빠한테 혁대로 맞을 테니. 얼른 가서 잠이나 자!"

다음날 자정 무렵 나 자신도 그 이유를 모른 채, 내가 정말 뭘 원하는지도 모르는 채, 시내 반대쪽으로, 안젤리 성벽 안쪽 가장자리로 구불구불하고 길게 뻗어나간 평평한 비포장도로로 자전거를 달렸다. 보름달이 환하게 밝았다. 구름 한 점 없는 하늘에서 눈부시게 환히 빛나는 달 때문에 자전거 전조등도 필요 없을 정도였다. 나는 천천히 페달을 밟았다. 풀밭에 누워 있는 연인들이 계속 새로 눈에 띄었다. 어떤 연인들은 반라인 채로 연인의 위에서 혹은 아래에서 격렬하게 움직이고 있었다. 이제는 각자 떨어져 손을 잡은 채 나란히 누워 있는 연인들도 있었다. 꼭 껴안은 채 미동도 하지 않는 연인들도 있었는데, 잠이 든 것 같기도 했다. 천천히 세어보니 서른 커플이 넘었다. 가끔은 자전거 바퀴가 그들을 스칠 정도로 가까이 지나갔지만, 소리 죽인 내 존재를 알아차린 기색을 보이는 사람은 아무도 없었다. 삶과 죽음이, 열정과 연민이 동시에 충만한 채, 나는 일종의 유령이 된 기분이었고, 정말 유령이었다.

바르케토델두카 근처에 도착하자 자전거에서 내려 나무에 자전거를 기대놓았다. 정지되어 있는 은빛의 드넓은 정원 쪽으로 시선을 돌려 잠시 그렇게 바라만 보고 있었다. 정확하게 어떤 생각을 하고 있었던 것도 아니다. 정원을 바라보며 가느다랗게 울려퍼지는 무수한 귀뚜라미와 개구리들 울음소리를 들었다. 당혹스러워서인지 입가에 가벼운 미소가 번져 나 자신도 깜짝 놀랐다. "여기야." 내가 천천히 말했다. 어떻게 해야 할지 몰랐고, 왜 여기 왔는지도 몰랐다. 그 무엇이든 기념하는 게 다 부질없다는 막연한 생각이 마음속으로 번져나갔다.

나는 마그나도무스에서 눈을 떼지 않은 채 풀이 무성한 비탈길 가장자리로 걸어갔다. 핀치콘티니 저택은 모두 불이 꺼져 있었다. 남쪽으로 난 미콜의 방 창문은 보이지 않았지만 그날 밤 그 창문에서도 작은 불빛 하나 새어나오지 않았던 것만은 확신한다. 마침내 '신성한' 담장, 미콜이 보들레르 시구를 빌려 "철없는 사랑의 푸르른 낙원"이라고 불렀던 바로 그곳을 위에서 내려다 볼 수 있는 지점에 이르자, 돌연 어떤 생각에 사로잡혔다. 담을 타고 올라가 정원에 몰래 들어가볼 수 있지 않을까? 어린 시절 까마득한 옛날, 6월의 그날 오후, 난 감히 그렇게 해볼 엄두도 못 냈었다. 겁이 났으니까. 하지만 지금은?

잠시 후 나는 벌써 밑으로, 담장 아래로 내려갔고, 예전과 똑같이 쐐기풀 냄새와 배설물 냄새가 뒤섞여 숨이 막히는 어둠을 다시 만나게 되었다. 하지만 담벼락은 아니었다, 예전과 달랐다. 십 년의 나이를 더 먹어서 그럴 수도 있었는데(그사이 나도 열 살을 더 먹었고 키도 크고 힘도 세졌다), 담벼락은 내가 기억하듯 그렇게 난공불락 같지도 높아 보이지도 않았다. 한 번 실패한 후 성냥불을 켰다. 발을 디딜 곳도 없지 않았다. 아니, 충분했다. 심지어 녹슨 굵은 못까지 아직도 벽에서 튀어나와 있었다. 두 번의 시도 후에 못이 있는 곳까지 올라가서 못을 잡았고, 그후에는 아주 쉽게 담장 위로 올라갔다.

다리를 양쪽으로 벌리고 흔들며 담장에 걸터앉아 있던 나는, 곧 내 신발 바로 밑에 기대 있던 사다리를 발견했다. 놀라운 게 아니라 그런 상황이 재미있었다. "이런," 내가 중얼거렸다. "사다리까지 있다니." 하지만 사다리로 내려가기 전에 먼저 뒤쪽의 안젤리 성벽 쪽을 돌아보았다. 거기 나무에, 나무 밑에 자전거를 놔두고 왔다. 신경쓰지 말자. 누가 훔쳐가고 싶은 생각도 별로 안 들 정도로 낡은 자전거였다.

땅을 밟았다. 땅에 내려온 뒤 담장과 나란히 있는 오솔길을 지나서 과실수들이 여기저기 서 있는 풀밭을 가로질러갔다. 페로티의 농가와 판필리오 운하 다리와 거의 같은 거리에 있는 진입로로 가야겠다는 생각에서였다. 나는 소리 내지 않고 풀밭 위로 걸었다. 사실 이따금 양심의 가책을 느끼기도 했으나 그럴 때마다 어깨를 으쓱하며 희미하게 돋아나는 걱정과 불안감을 떨쳐내버렸다. 달빛이 부드럽게 비춰주는 한밤의 바르케토델두카는 정말 아름답구나! 나는 생각했다. 우윳빛 그림자와 은빛 바다에서 나는 아무것도 찾지 않았다. 사실 그 순간 정원에서 어슬렁거리는 나를 누군가 발견한다 해도 나를 크게 나무랄 수는 없을 것이다. 그뿐만 아니라, 따지고 보면 내게도 그럴 만한 약간의 권리가 있었다.

진입로로 나와서 판필리오 다리를 건너서, 그러니까 오른쪽으로 방향을 돌려 테니스장에 도착했다. 에르만노 교수는 약속을 지켰다. 테니스장은 확장중이었다. 철거한 철조망 울타리를 테니스장 옆에 아무렇게나 쌓아둬서 철조망더미가 허옇게 번득였다. 평상시 구경꾼들이 앉아 경기를 보던 반대쪽이었다. 적어도 옆으로 삼 미터, 백코트 뒤쪽으로 오 미터 정도의 풀밭을 갈아놓은 것 같았다…… 알베르토의 병세가 심각했다. 얼마 살지 못할 것 같았다. 이런 식으로, **그렇게라도** 알베르토의 병의 심각성을 숨길 필요가 있었으리라. "완벽해." 나는 인정했다.

그리고 계속 걸었다.

테니스장을 벗어나 빈터 주위를 크게 한 바퀴 돌아볼 생각으로 더 밖으로 나갔다. 어느 순간 휘테 쪽에서 친숙한 요르의 형체가 종종걸음으로 앞으로 나오는 걸 봤을 때도 나는 전혀 놀라지 않았다. 가만히 서서 요르를 기다렸다. 요르도 십여 미터 정도의 거리를 남겨두고 곧 동작을 멈췄다. "요르!" 내가 조그맣게 불렀다. 요르가 나를 알아보았다. 꼬리를 잠깐 흔들더니 신이 나서 평화롭게 천천히 오던 길로 돌아갔다.

가끔 내가 잘 따라오는지 확인하려는 듯 뒤를 돌아보았다. 하지만 난 요르를 따라가지 않았다. 아니, 정확히 말하자면 차츰 휘테에 다가가기는 했지만, 빈터 가장자리를 벗어나지 않았다. 휘테 부근에서 자라나 곡선을 그리며 서 있는 크고 시커먼 나무들과 이십여 미터 정도 거리를 두고 계속 왼쪽을 바라보며 걸었다. 이제 달을 등지고 있었다. 빈터, 테니스장, 마그나도무스의 부벽, 그리고 그 뒤쪽으로 잎이 무성한 사과나무, 무화과나무, 자두나무, 배나무 들 위로 불쑥 솟은 안젤리 성벽을 보았다. 그 모든 것이 돋을새김을 한 것처럼, 대낮에 보는 것보다 더 밝고 선명했다.

그렇게 걸어가다보니 어느 순간 휘테에서 몇 발짝 떨어지지 않은 지점에 와 있다는 걸 알아차렸다. 앞이 아니라, 그러니까 테니스장 쪽을 바라보는 부분이 아니라 뒤쪽, 휘테에 바짝 붙어 서 있는 어린 전나무들과 낙엽송들 사이였다. 여기서 나는 걸음을 멈췄다. 역광에 휩싸인 매끈하지 않은 시커먼 휘테의 형체가 보였다. 갑자기 이제 어디로 가야 할지, 어느 쪽으로 방향을 잡아야 할지 알 수 없었다.

"어떻게 할까?" 나지막이 혼자 말했다. "어떻게 할까?"

그러면서 계속 휘테를 보았다. 그리고 생각하기 시작했다. 그렇고 그런 생각중에도 내 심장박동이 빨라지거나 한 건 아니었다. 그리고 잔잔한 물이 빛을 통과시키듯 무심하게 그 생각을 받아들였다. 이제 생각해보니 그래, 어쨌든 잠피 말나테가 매일 밤 우리집 대문 앞에서 나와 헤어진 뒤 여기 미콜에게 와 있었다면(왜 아니겠는가? 어쩌면 바로 이 때문에 그가 나와 저녁을 먹으러 외출하기 전에 항상 그렇게 정성들여 면도를 한 게 아닐까?), 그러니까 그럴 경우, 테니스장의 탈의장은 그들에게는 틀림없이 멋진, 가장 적절한 은신처가 되어줄 게 틀림없었다.

어쨌든 그래. 나는 마음속으로 재빨리 속삭이듯 계속 차분히 논리적으로 생각을 해봤다. 어쨌든 확실해. 말나테가 나와 함께 돌아다닌 건 그저 늦게까지 시간을 때우기 위해서일 뿐이었다. 그러니까 말하자면 내가 침대에 들어간 뒤 그는 전속력으로 페달을 밟아 미콜에게로 갔고, 그녀는 이미 정원에서 그를 기다리고 있었고…… 어쨌든 분명하다. 지금에서야 델레볼테 거리 사창가에서 했던 그의 행동이 이해가 되었다! 바로 그거다. 매번, 아니 거의 매일 밤 미콜과 육체적 사랑을 나누는데, 엄마니 롬바르디아 하늘이니 등을 그리워할 순간이 정말이지 퍽이나 있었을까 싶다. 그리고 담장에 기대놓은 사다리는? 바로 그 **지점**에 사다리를 갖다놓은 게 미콜이 아니라면 누구겠는가.

이제 나는 정신이 또렷했고 차분하고 평온했다. 모든 일이 앞뒤가 다 맞아들어갔다. 퍼즐처럼 모든 조각이 다 들어맞았다.

분명 미콜이었다. 잠피 말나테하고. 아픈 오빠의 절친한 친구하고. 오빠와 집안 다른 식구들, 부모와 친지, 일하는 사람들 몰래 항상 밤에. 물론 휘테에서 만났겠지만 혹시 이따금 저 위 침실, 라티미가 있는 방에서 만났을지도 모른다. 정말 아무도 모르게? 아니면 언제나 그렇듯이 이 집 사람들은 못 본 척하고 그들이 달려가게 내버려두었겠지. 그뿐만 아니라 결혼을 원하지 않거나 할 수 없을지도 모를 스물세 살의 처녀가 본능이 명령하는 바로 그 일을 하는 게 어찌 보면 인간적이고 정당한 일이므로 은밀히 그 짓을 조장한 건 아닐까? 그들은 한집에서 알베르토의 병조차도 모르는 척하고 산 사람들이다. 그게 그들의 시스템이었다.

귀를 기울여보았다. 쥐죽은듯 조용했다.

그런데 요르는? 요르는 어디로 간 거지?

휘테 쪽으로 살금살금 몇 발짝 움직였다.

"요르!" 내가 크게 불렀다.

바로 그때 대답처럼, 아주 멀리서 밤공기를 가르며, 힘없고 비탄에 잠긴 듯한, 사람이 내는 소리에 가까운 소리가 들렸다. 나는 곧 그 소리의 정체를 알게 되었다. 십오 분마다 한 번씩, 그리고 매 시간마다 시간을 알리는 오래되고 친근한 광장의 시계 종소리였다. 지금 몇시지? 시계가 다시 한번 너무 늦었다고 말해주었다. 내가 이렇게 아버지를 계속 고문하는 건 어리석고 불효한 일이라고. 아버지는 오늘밤 내가 집에 돌아오지 않아 아마 주무시지 못할지도 모른다. 결국 이제 아버지를 편안히 해드려야 할 때다. 진실로. 영원히.

"재미있는 소설이야." 구제불능의 어린아이 앞에서처럼 고개를 저으며 내가 킬킬거렸다.

휘테를 등지고 나는 반대쪽 나무들 속으로 출발했다.

에필로그

미콜 핀치콘티니와 내 이야기는 여기서 끝났다. 그러니 이 이야기도 끝내는 게 좋을 것이다. 이미 내가 덧붙일 수 있는 이야기는, 그녀가 아니라 오로지 나와 관련된 것뿐이므로.

그녀와 그녀의 부모님이 어떤 운명을 맞았는지는 처음에 이미 밝혔다.

알베르토는 다른 사람들보다 먼저, 1942년 악성 림프육아종으로 오랫동안 혼수상태에 빠져 있다가 사망했다. 인종법이 시민들 사이의 골을 깊게 만들었지만, 페라라 사람들 모두가 멀리서 그의 상태에 관심을 보였다. 그는 호흡곤란을 겪었다. 호흡을 도우려면 산소가 필요했는데 그 양이 점점 더 많아졌다. 전쟁 때문에 시내에서는 산소통을 구하기가 힘들어져서, 말 그대로 각지에서 산소통을 날라다 비축했다. 값이 얼마든 상관없이 산소통을 구입해 오라고 볼로냐, 라벤나, 리미니, 파르마, 피아첸차 등지로 사람을 보냈다……

다른 가족들은 1943년 9월에 공화주의자들에게 체포되었다. 피안지 파네 거리에 있는 교도소에 잠시 수감되었다가 11월에 카르피에 있는 포솔리 수용소로 가게 되었고, 그뒤 독일로 이송되었다. 그렇지만 나는 1939년 여름부터 1943년 가을까지 사 년 동안, 그들 중 누구도 만나지 않았다. 미콜조차도. 알베르토의 장례식에서, 메탄을 사용하게 개조된 구식 딜람브다에 타고 있던 그녀를, 장례 행렬을 따라 느릿느릿 움직이다가 장례차가 몬테벨로 거리 끝에 자리한 묘지 입구로 들어서자마자 되돌아나오던 딜람브다의 차창 너머에서 잠시 미콜의 잿빛 금발을 본 것도 같다. 그때 말고는 만난 적이 없었다. 페라라 같은 작은 도시에서도, 맘만 먹으면 몇 년이고 서로의 눈앞에서 사라져, 마치 죽은 사람들처럼, 공존하며 잘 살아갈 수 있었으니.

1939년 11월에 밀라노로부터 호출을 받았던 말나테(그는 9월에 전화로 나를 찾았으나 나는 그와 통화하지 않았다. 그는 편지까지 남겼다……) 역시 1939년 8월 이후에는 한 번도 다시 만나지 못했다. 불쌍한 잠피. 그는 롬바르디아 사람으로서, 공산주의자로서, 그 당시 눈앞에 임박한 전쟁의 어둠 너머에서 정직한 미래가 자신에게 미소를 지어주리라 굳게 믿고 있었다. 그 미래가 멀리 있다는 걸 그는 인정했다. 하지만 확실하고 절대적으로 옳은 미래였다. 그의 마음은 진실로 확신하고 있었을까? 1941년 러시아 파견대와 함께 러시아 전선으로 떠났다가 돌아오지 못한 말나테를 생각하면, 테니스 경기와 경기 사이의 휴식 시간에 그가 우리에게 '교리문답'을 시작할 때마다 미콜이 보이던 반응이 생생히 떠오른다. 그는 차분하고 나지막하며 윙윙 울리는 목소리로 말했다. 하지만 미콜은 나와 달리 그의 말을 주의깊게 듣지 않았다. 미콜은 쉬지 않고 그를 비웃고 자극하고 놀렸다.

"결론적으로 말해서 넌 누구 편이야? 파시스트?" 어느 날 말나테가 땀에 젖은 큰 머리를 흔들며 미콜에게 물었던 게 기억난다. 그는 이해하지 못했다.

그러니까 둘 사이에 무슨 일이 있었던 건가? 아무 일도 없었던 건 아닐까? 누가 알겠는가.

분명 자신과 부모의 종말이 목전에 있음을 어느 정도 예감했을 미콜은, 말나테한테조차 민주적이고 사회주의적인 그의 미래 따위는 그 자체로 조금도 자기한테 중요하지 않다고 되풀이해서 말했을 것이다. 그녀는 미래를 증오했고 미래보다는 "순결하고 강인하고 아름다운 오늘"*을, 그리고 과거를, '친근하고 달콤하고 성스러운 과거'를 훨씬 더 사랑했으니.

그리고 바로 이 몇 마디 말, 내가 알다시피, 오직 진정한 입맞춤만이 그녀의 입에서 흘러나오는 흔하디흔한 속임수와 절망이 담겨 있는 이 몇 마디를 막을 수 있었기에, 다른 단어들이 아니라 바로 이 단어들로 여기서 가슴이 간직한 얼마 안 되는 기억을 봉인하려 한다.

---

* 말라르메의 「백조의 소네트」 시편들 중 두번째 시의 첫 행.

상처받은 인간 존재에 대한 성찰

실제와 허구 사이, 증언담의 문학성을 극대화한 작품 세계

조르조 바사니의 대표작 『핀치콘티니가의 정원』은 무엇보다 '기억의 소설'이다. 바사니는 이 작품에서 단순히 과거를 회상하는 것을 넘어 기억과 그 재현, 망각, 그리고 추모의 의미를 독특하고 깊이 있게 펼쳐 보인다. 소설은 홀로코스트라는 거대한 비극 속에서 무덤조차 없이 사라져간 핀치콘티니가 사람들을 서술자의 기억을 통해 생생하게 되살려낸다. 바사니에게 기억이란 단순한 사실의 기록이나 사회 고발적 증언에 그치는 것이 아니다. 그것은 망각에 저항하여 '결코 죽지 않는 과거'를 현재로 불러오는 행위이자, 역사적 폭력에 희생된 이들을 위로하는 가장 문학적인 추모 방식이다. 작가는 이를 통해 네오리얼리즘의 객관적 기록을 넘어, 슬픔을 예술적으로 승화시킨 독자적인 기억의 서사를 완성한다.

이 작품은 1962년 발표되자마자 평단과 대중의 뜨거운 찬사를 받으며 그해에만 20만 부가 팔리는 이례적인 호응을 얻었다. 이 작품으로 바사니는 그해 비아레조상을 수상하며 이탈리아 현대문학을 대표하는 작가로 자리매김했다. 이러한 문학적 성공과 대중적 인기에 힘입어 1970년에는 네오리얼리즘 영화의 거장 비토리오 데시카 감독이 이 작품을 스크린으로 옮겼으며, 영화 역시 베를린국제영화제 황금곰상과 아카데미 최우수외국어영화상을 수상하며 원작의 명성을 전 세계에 알리는 계기가 되었다.

이 소설은 1938년부터 1943년까지 이탈리아 북부의 작은 도시 페라라의 부유한 유대인인 핀치콘티니가를 중심으로 펼쳐지는 이야기다. 파시즘 말기, 특히 인종법이 선포된 해인 1938년부터 이차대전을 전후해서 벌어지는 사건들이 소설의 큰 줄기를 형성한다. 서술자인 주인공을 제외하고 거의 모든 등장인물이 수용소에서 혹은 전쟁터에서 죽음을 맞는 비극적인 이야기로, 서술자는 그들의 삶을 '기억'을 통해 되살려 낸다. 이 작품이 종종 이탈리아에서 프리모 레비의 『이것이 인간인가』와 함께 대표적인 홀로코스트 문학으로 꼽히는 이유이기도 하다. 게다가 이 작품은 레비의 작품이 발표되고 바로 십오 년 뒤에 발표되었다.

거대하고 불합리한 폭력 앞에서 말살된 인간성을 기억을 통해 이야기하고 증언하는 것이 홀로코스트 문학의 중요한 기능 중 하나라면 이 소설도 그 범주에 들 수 있겠지만, 바사니의 『핀치콘티니가의 정원』은 레비의 작품과는 사뭇 다른 양상을 보인다. 무엇보다 인종법이나 수용소 이야기가 전면에 등장하지 않는다. 오히려 바사니의 다른 작품에서도 반복적으로 등장하는 배경이자 화제인 '페라라'와 '유대인 공동체'를 중심으로, 한 젊은이의 성장소설이라 할 이야기가 펼쳐진다. 물론 작품 속에 그 시대의 사회적 역사적 정치적 상황이 자세히 묘사되어 있긴 하지만, 거기에 교훈적인 내용이나 증언의 의도가 담겨 있지는 않다.

바사니가 보여주고자 한 것은, 그러한 상황하에서 인간이 겪는 내적인 갈등, 파멸하기 쉬운 인간과 세상이 만들어내는 우울한 미래, 삶에서 자연스레 발생하는 고뇌와 고독이다. 그는 기억에 의지해 이러한 것들을 애가조로 서정적으로 그려냄으로써, 네오리얼리즘의 영향하에서 글을 쓰면서도 거리를 두고 더 나아가 그것을 극복할 수 있었다. 그는 특히 네오리얼리즘 소설이 서사로서의 특징을 잃고 기록으로, 사회고발이나 연대기로 변해버렸다고 비판했던 작가다. 또 아우슈비츠 이후 서정시는 더이상 쓸 수 없다고 한 아도르노의 말에 반대하며, 비극적인 상황도 순수하게, 시적으로 묘사할 수 있다고 말했던 작가다. 다시 말해, 단순히 그것을 증언하는 게 아니라 반드시 '시인'이 되어 '순수하게 시적으로 무심하게' 표현해야 한다는 것이다. 작가가 되고 시인이 된다는 것은 글쓰기의 소재를 '실존적이고 초역사적인' 관점에서 다루는 임무를 맡는다는 것을 뜻한다. 한편으로는 인간의 보편적인 삶을 지나치게 자세히 있는 그대로 묘사하지 않으면서도 다른 한편으로는 세밀한 작품, 진정으로 살아 있으며 시학적 규칙을 따르는 유기체를 만들어내야 한다. 소설은 특히 문학적 규범과 질서를 따라야만 한다는 것이다.

그래서 바사니는 이 소설을 비롯해 여러 작품에서 유대인 작가로서 파시즘과 인종법, 홀로코스트를 소설의 역사적인 배경으로 사용하고 있긴 하지만 유대인 박해 자체를 증언하고 기록하기보다는, 문학적 형식을 통해 보편적인 인간이 느끼는 사람과 사물에 대한 애정과 거기에서 비롯되는 고뇌와 고독, 그리고 사회적인 분열과 소외 및 집단적인 폭력 앞에서 무력하게 사라지고 역사로부터 모욕당하고 상처받은 인간 존재에 대한 성찰을 보여주려 애썼던 작가다.

페라라와 바사니의 자전적 삶이 녹아 있는 이야기

『핀치콘티니가의 정원』에서 화자의 이름은 단 한 번도 등장하지 않지만, 이 주인공은 바사니와 여러 면에서 비슷하다. 1916년 볼로냐에서 태어난 작가는 집안이 페라라에 뿌리를 두고 있어 곧 페라라로 이주했다. 주요하게는 페라라의 부유한 유대인 중산층이라는 점이 공통적인데, 이런 그의 출신과 그가 살아낸 삶이 고스란히 작품에 스며들어 있다. 작품 속에 등장하는 실존 인물들에 관한 화자의 인용이나 비판적 사유 역시 작가의 젊은 날 체험을 풀어놓은 듯 전기적 사실들이 많다. 바사니는 주인공처럼 페라라에서 볼로냐까지 매일 기차로 통학했으며, 1939년 볼로냐대학 문학부를 졸업했다. 또한 주인공과 마찬가지로 베네데토 크로체에 심취해 있었으며, 론기 교수의 수업을 들었던 학생이기도 하다. 이후 유대인 학교에서 교사생활을 했지만, 이 소설에서도 화자의 회상에서 수감당했던 과거사가 나오듯 실제로 바사니는 반파시스트 활동으로 1943년 투옥되었다가 그해에 풀려났다. 전쟁이 끝난 뒤에는 로마에 거주했지만 페라라와의 유대관계는 계속 이어져 그의 작품에 반복적으로 등장하는 주요 배경이 된다.

이 소설에 나오는 '핀치콘티니가'의 실제 모델은 1930년부터 페라라 유대인 공동체 대표였던 '실비오 마그리니 가족'이라고 한다. 실비오 가족은 소설에서 묘사된 것과 같은 저택에 살았고 실비오와 아내는 아우슈비츠에서 사망했다. 그러나 정작 이 소설을 쓸 수 있게 영감을 준 정원은, 세르모네타라는 로마 귀족 가문의 정원과 트라스테베레에 위치한 식물원이었다고 한다. 바사니는 이 정원과 그가 젊은 시절 알고 지낸 많은 여인이 없었다면 이 소설을 쓸 수 없었을 거라고 했다. 젊은 여인들의 이상적인 모습 하나하나가 미콜이라는 여인의 탄생을 도왔다고도 한다. 그러니까 실제 여인들의 모습에 작가의 시적 상상력이 더해진 인물이 바로 '미콜'이다.

이렇다보니 이 소설을 다양한 방식으로 설명해볼 수 있겠다. 작가가 사랑한 여인 미콜의 이야기라고 볼 수도 있고, 주인공과 미콜의 불행한 사랑 이야기, 페라라 유대인 공동체와 가족이 주제가 되는 이야기, 혹은 페라라를 무대로 이탈리아 현대사를 그려낸 이야기라고도 볼 수 있다. 실제로 이러한 주제들이 모두 어우러져 『핀치콘티니가의 정원』을 만들어낸다. 소설은 전쟁이 끝나고 수십 년이 흐른 뒤, 로마에서 시작된다. 친구들과 로마 근교로 소풍을 갔던 주인공은 우연히 에트루리아인들의 묘지를 방문하게 된다. 일행의 딸인 잔니나가 "왜 오래된 무덤보다 새로 생긴 무덤을 보면 더 슬픈 거예요"라는 물음 때문에 주인공은 멀리 있는 페라라의 핀치콘티니가의 무덤을, 홀로코스트의 희생자가 되어 무덤이 있는지 없는지조차 모르는 핀치콘티니 가족들을 떠올리며, 그들에 대한 이야기를 쓰게 된다. 그러니까 '프롤로그'에서 이미 독자들은 비극적인 결말을 알고 이야기를 읽게 되는 것이다.

페라라 유대인 공동체의 마지막 절경과 죽음의 문제

핀치콘티니가는 막대한 재산과 삼만 평에 이르는 넓은 정원을 가진 유대인 귀족으로, 다른 사람들과 거의 교류 없이 이 정원 안의 마그나 도무스에서 고립된 생활을 한다. 이 집안의 자식인 알베르토와 미콜은 주인공과 또래로, 학교를 다니지 않고 집에서 개인교습을 받는다. 그들과 주인공의 만남은 주로 유대인 사원인 시너고그나 가끔 그들이 시험 치러 오는 과리니 학교에서 이뤄진다. 이들이 다시 재회하게 되는 건 1938년 인종법이 선포되어, 유대인이 그 어떤 사회생활에도 참가할 수 없게 되고부터다. 이 무렵 그토록 고립되고 폐쇄적이던 핀치콘티니가의 정원 대문이 조금씩 열리기 시작한다.

알베르토와 미콜은 테니스클럽에서 쫓겨난 유대인 친구들을 위해 본격적으로 자신들의 정원을 개방하고 테니스장을 내준다. 그렇게 해서 주인공을 비롯한 젊은이들은 그동안 페라라 사람 누구도 들어가보지 못했던 핀치콘티니가의 정원에서, 유대인 탄압이라는 외압이 점점 거세지는 가운데 마지막 여름의 절정을 즐긴다. 차후에 자주 드나들던 시립도서관에서마저 쫓겨난 주인공에게 이런저런 문학적 조언과 더불어 졸업논문을 완성할 수 있게 자기 서재를 내주는 사람도 미콜의 아버지 에르만노 교수다. 주인공 집안이 대변하는 이탈리아 시너고그와 주인공이 사랑하는 미콜 핀치콘티니로 대변되는 스페인 시너고그 사이의 거리, 사원 내에서 벌이는 유대교 공동체의 의식과 자기네들끼리만 주고받는 은밀한 시선, 극장이나 사창가 주변부에서 비유대인들이 그들을 대하는 태도나 말 등에서 그 당시 이들 공동체 내부와 외부의 공기를 감지해볼 수 있다. 개방된 핀치콘티니가의 푸르른 정원을 향유하던 그 사람들, 대저택의 저녁 만찬에서 논쟁하고 즐기던 그 사람들을 회상하다가, 불현듯 주인공이 그들을 몇 년 후면 수용소에서 한줌 재로다 화해버릴 유령처럼 묘사하는 대목은 정말이지 이 절경이 절벽 위에서 바라보는 낙원의 세계임을 비극적으로 암시하는 듯하다.

언젠가 소멸하는 게 생명 있는 것들의 숙명이라면, 그 생명이 쓰던 사물도, 체제도, 현실도 언젠가 사라질 영광된 무의 세계로 함께 사라지는 게 맞을 것이다. 이는 죽음을 겸허히 받아들이는 자세를 사물에도 마땅히 들이댈 줄 아는 도발적인 미콜의 입을 통해 직접적으로 전달된다. 이 자세를 체념으로 볼 것인지, 복종으로 볼 것인지, 순리로 받아들일 것인지는 독자에 따라 의견이 분분할 수 있다. 갑자기 비가 쏟아진 어느 날 미콜이 주인공을 데리고 창고로 가는데, 거기에는 예전에 그녀와 알베르토가 학교에 타고 오던 마차가 있었다. 미콜은 마차에 대한 페로티의 지극정성을 이야기하다가 이런 말을 한다.

"대신 저기 저 보트를 좀 봐. 얼마나 정직하고 위엄 있는지, 얼마나 정신적인 용기가 있는지, 제발 자세히 좀 봐줘. 보트는 제 기능을 완전히 상실했지만 그뒤에 이어질 결과들을 받아들일 줄 알아. 사물들도 죽어, 친구. 그러니까 사물들도 죽어야 한다면, 그게 사실이라면,

죽게 놔두는 게 더 나아. 무엇보다 그게 훨씬 멋있으니까, 안 그래?”

(143쪽)

여기서 미콜은 인간이든 사물이든 언젠가는 죽게 되므로 그걸 순리대로 받아들이는 게 낫다고 말한다. 죽음에 관한 이러한 미콜의 생각은 그녀의 아버지 에르만노 교수와도 일치한다. 즉 그들은 삶이 죽음을 향해 가는 여정이라 본다. 이것은 작가 바사니의 생각이기도 하다. 필연적인 핀치콘티니가의 몰락과 붕괴가 체제나 이념을 넘어선 역사의 바깥에서 바라볼 필요가 있음을 상기시키는 대목이기도 하다. 이것이 작가가 이 작품을 덜 비극적으로 다독이고 있는 지점일 수도 있다. 바사니는 언젠가 어느 인터뷰에서 이런 말을 한 적이 있다. “죽음을 받아들이지 못하는 사람은 삶도 받아들이지 못한다. 죽음에 대한 생각을 거부하고 죽고 싶어하지 않고 죽기를 두려워하는 사람은 살 수도 없다.” 작가란 죽음을 받아들이는 삶을 표현하고 싶어하며, 순수한 리듬과 전망을 가진 삶을 표현할 때에만 만족을 느끼는 사람이라고 덧붙이면서.

정원을 바라보는 법—낙원? 실낙원? 또다른 게토?

이 소설의 제목에 등장하는 ‘정원’은 삶과 죽음의 은유로서의 공간이다. 정원은 그것을 밖에서 보느냐, 안에서 보느냐에 따라 그 의미가 달라진다. 페라라의 일상과 완전히 단절된 채 안젤리 성벽 안에서, 자신들만의 게토에서 살아가는 핀치콘티니가를 외부의 시선으로 바라보면, 정원은 생명이 없고 우울한, 거의 무덤과 같은 이미지다. 그러나 페라라 테니스클럽에서 쫓겨난 주인공이 드나들며 발견한 내부의 정원은 생명력과 활기가 넘치는 지상낙원과도 같다.

특히 인종법이 페라라 유대인들의 목을 하루하루 조여올 때, 유월절 만찬을 위해 핀치콘티니가를 찾은 주인공은 우울한 자신의 집과 대비되는, 환한 빛의 세계를 그곳에서 발견한다. 그러니까 핀치콘티니가의 정원과 마그나도무스는 폭력적인 외부 현실에서 독립되어 있는 공간이다. 그 속에서 핀치콘티니들은 외부의 현실에 눈을 돌리지도 않고 심각하게 염려하지도 않으며 고립된 채 살아가는 것이다. 그러나 이러한 두 개의 이미지가 상반된 것은 아니다. 무덤이 죽은 자들의 휴식을 위한 곳이라면, 지상낙원은 산 자들을 위한 곳이다. 즉 정원은 삶과 죽음이 공존하는 이 세상과 같다고도 할 수 있으리라. 바사니 스스로가, 핀치콘티니가의 정원은 현실과 같으며, 주인공은 그 현실로 들어가서 그 현실을 소유하려 시도하지만 결국은 패배하고 만다고 술회한 바 있다. 그러므로 이 소설은 패배를 향해 나아가는 소설이다.

주인공과 정원의 관계는 소설이 진행되면서 서서히 변해간다. 제1부에서 주인공은 담장 밖에 머물러 있다. 1929년 여름에 소녀 미콜은 주인공더러 그 안으로 들어오라고 권하지만 주인공은 엄두를 내지 못한다. 제2부에서 주인공은 드디어 정원에 들어가지만 테니스장에만 머물 뿐 집까지는 들어가지 못한다. 제3부에서는 집에 들어가지만 가장 중요한 중심에는 도달하지 못한다. 제4부에서는 마침내 주인공이 원하던 중심, 즉 미콜의 방에 들어가지만 미콜의 마음에는 들어가지 못하고 만다. 그러니까 작가는 미콜을 주인공이 소유하고자 한 현실로 그리는 것이다. 미콜은 손으로 잡을 수 없는 행복에 대한 약속, 복잡하게 뒤얽힌 욕망과 신비, 삶에 대한 일종의 부정, 평범한 일상의 거부를 상징한다.

이런 공간적 구성과 더불어 파국을 향해 치달아가는 주인공의 여정은 계절을 통해서도 암시된다. 1929년 안젤리 성벽 근방의 담 앞에서 미콜을 만나던 때는 태양이 눈부시게 빛나고 하늘은 맑고 시원한 바람이 불던 여름이다. 분위기만으로 기분이 상쾌해지는 그런 여름은 소설에 다시 등장하지 않는다. 이때 여름은 생동감 넘치는 삶과 청소년기, 기쁨, 사랑을 상징한다. 주인공이 처음 핀치콘티니가의 정원에 들어가게 된 것은 1938년 여름이 끝나갈 무렵으로 "특별하다고 할 만큼 유리같이 투명하고 눈부신 날씨가 마법에 걸린 듯 정지"되어 있었다. 그러나 갑자기 비가 내리며 마법은 깨지고 사건은 차츰 파멸로 치닫는다. 가을과 함께 젊음이 떠나고 겨울이, 추위와 수용소, 핀치콘티니가 사람들과 말나테의 죽음이 그 자리를 차지하고 주인공만이 살아남아 그들을, 가슴에 간직한 몇 마디 말들을 기억해낼 뿐이다. 그들은 죽었지만 과거는 결코 죽지 않기에 그 '기억'을 복구해야 한다. 그것을 기록하는 게 작가의 역할이며, 특히 자신과 같이 저주받은 공동체의 일원으로 살아남은 자의 역할이다.

기억과 체험의 이중주—바사니 특유의 모호한 화법이 지닌 매력

바사니는 우리나라 독자에게는 다소 생소하지만 이탈리아 내에서는 알베르토 모라비아, 체사레 파베세, 이탈로 칼비노 등과 함께 20세기 후반 이탈리아문학을 대표하는 작가로 평가받는다. 이탈리아문학에 발을 담근 한 사람으로서 그동안 바사니의『핀치콘티니가의 정원』이 지닌 문학사적 가치에 대해서는 익히 들었으나 미처 읽어볼 기회를 갖지 못했다. 그래서 다른 어떤 작품들보다 관심과 흥미, 애정을 가지고 번역을 시작했다.

그런데 이 소설은 지금까지 번역한 다른 작품들과 다소 달랐다. 작가가 자신의 '감수성'을 모두 담은 작품이라고 밝혔듯, 서정적인 언어들과 아련하게 추억을 불러일으키는 문장들로 묘사되는 인물들과 풍경은 더할 나위 없이 사실적이고 아름다웠다. 그러나 인물들 간의 대화가 자유직접화법으로 처리되어 우리말로 적절히 옮기기가 쉽지 않았다. 대개 소설에서 등장인물들의 대화는 큰따옴표나 '~라고 말했다' 같은 동사를 통해 독자들에게 전해지는 게 일반적이지만, 여기서 바사니는 그런 장치 없이 화자의 문장 속에 천연덕스럽게 다른 등장인물들의 목소리를 녹여서 썼다. 말하자면 일인칭시점으로 이야기가 전개되기에, 등장인물의 말과 화자 '나'의 말이 혼동되는 경우가 빈번했다. 또 등장인물의 관점이 '나'의 관점으로 바뀌기도 했다. 이에 대해 바사니는, 기억 속에만 존재하는 인물들을 이야기 속으로 끌어들였기에 그들과의 대화가 기억에 의존하고 있음을 지속적으로 상기시키기 위해, 그리고 죽은 사람들과의 대화이기에 다소 모호함을 만들어내기 위해 이런 기법을 사용했다고 밝힌 바 있다.

사실 바사니가 말하려는 이 모호한 경계는 영화와 소설의 후반부를 묘사한 차이에서도 드러난다. 비토리오 데시카가 만든 영화 〈핀치콘티니가의 정원〉에서, 주인공이 휘테에서 말나테와 미콜의 정사 장면을 목격하는 장면이 소설에는 없다. 즉 주인공이 마지막으로 휘테까지 갔을 때의 상황이 분명하지 않고 모호하다. 독자는 그때 주인공이 휘테에서 미콜과 말나테를 본 건지, 그 둘 사이에 과연 무슨 일이 있었던 건지 정확히 알지 못한다. 바사니는 "이러한 모호함은 자신이 경험해보지 않아 말로 표현할 수 없기에 깊이 탐구할 수 없고, 이해할 수 없는 감정이기 때문에 그렇게 표현되었다"고 말한 바 있다. 자신도 어떤 일이 거기서 벌어졌는지 정확히 알 수 없기 때문이라고. 그리하여 바사니는 데시카의 영화 결말에 크게 불만을 표했던 것으로 알려져 있다. 바사니는 데시카의 영화가 "너무 많은 것을 말하고" 결말은 지나치게 감상적이고 교훈적이라고 밝힌다. 소설의 결말은 그렇게 될 수밖에 없는 설득력이 있지만 영화는 그렇지 않다는 것이다. 그래서 초반의 대본 작업에 같이 참여했던 바사니는 영화자막에서 자신의 이름을 빼줄 것을 강력하게 요구했다고 한다.

그러한 바사니의 모호한 의도를 살리되 독자들에게 현재 누가 말을 하고 있는가, 누구의 시점에서 이 기억이 흘러나오고 있는가, 정도는 구분해줄 필요가 있다고 판단했다. 대개 그런 경우 기억 속에서 불려나온 화자의 목소리를 살리기 위해 따옴표 없이 그대로 대화체로 옮기기도 했지만, 그 경계가 혼동될 우려가 있는 경우 몇몇 곳에서 '~했다고 한다, ~라고 했다' 등을 덧붙여 간접화법을 쓰기도 했다. 이것이 작가의 의도를 크게 훼손하지는 않았으리라, 독자들이 『핀치콘티니가의 정원』을 생생하게 보고 느끼는 데 크게 걸림돌이 되지는 않으리라 생각한다.

이현경

1916년~ 3월 4일 이탈리아 볼로냐에서 태어난다. 아버지 안젤로 엔리코 바사니와 어머니 도라 미네르비는 페라라의 부유한 유대인이다. 동생 파올로(1920년생), 제니(1924년생)와 함께 유년기부터 1943년까지 페라라의 치스테르나델폴로 거리에 있는 집안의 저택에서 산다. 세 살 때인 1919년 이탈리아에서 파시즘 운동이 시작되고 1921년 베니토 무솔리니가 집권한다. 초기에는 페라라의 많은 유대인이 파시스트당을 지지한다.

1926년~ 페라라의 왕립 루도비코아리오스토 중고등학교에 입학하여 중학교 5학년 과정과 고등학교 3학년 과정을 다닌다. 이 시기에 처음 시를 쓰기 시작하고, 피아노도 꾸준히 치면서 한때 음악가를 꿈꾸기도 한다.

1934년 볼로냐대학 문학부에 입학해서 기차로 통학한다. 대학 시절 운동에도 심취해 스키, 축구, 테니스를 즐겼고, 특히 테니스는 평생 취미가 되어 그의 여러 작품에서 언급된다. 테니스클럽에서 훗날 작가이자 영화감독이 되는 미켈란젤로 안토니오니를 만나 교유한다.

1935년 미술사가 로베르토 론기의 강의에 큰 감명을 받고, 대표적인 반파시즘 지식인 베네데토 크로체의 글에 심취한다. 페라라의 일간지 『코리에레 파다노*Corriere Padano*』 문화면에 첫 단편소설 「삼등석 Terza classe」을 발표한다(『코리에레 파다노』는 무솔리니의 오른팔로 파시스트 정권의 핵심이던 이탈로 발보가 1925년 창간했으나 당시엔 넬로 퀼리치가 이끌었고 안토니오니가 영화비평을 맡을 만큼 문화면에 역점을 두던 시절이다).

1936년　『코리에레 파다노』에 「구름과 바다Nuvole e mare」「거지들 I mendicanti」을 발표한다. 특히 「거지들」은 로베르토 론기의 극찬을 받는데, 이는 바사니가 작가의 길을 선택하는 데 큰 동기가 된다. 한동안 전직 초등학교 교사로 사회주의자이자 반파시즘 활동가인 알다 코스타(단편 「클렐리아 트로티의 말년」의 실제 모델)와 교유한다.

1937년　볼로냐에서 크로체의 제자인 미술비평가 카를로 루도비코 라기안티를 알게 되고 반파시즘 비밀조직에 가담한다.

1938년　반유대주의를 공식화하는 인종법이 공포된다. 이탈리아에서 유대인의 삶은 인종법 시행 전과 후로 극명하게 대비되며, 이는 바사니 소설 대부분에서 중요한 제재로 등장한다.『코리에레 파다노』에 글을 쓸 수 없게 되고 더이상 테니스클럽에도 나가지 않는다. 좀더 적극적으로 반파시즘 활동에 나선다.

1939년　19세기 언어학자이자 작가로, 이탈리아 통일운동에도 참여했던 니콜로 톰마세오에 관한 논문으로 대학을 졸업한다.

1940년　첫 단편집『평야의 도시Una città di pianura』를 '자코모 마르키'라는 가명으로 출간한다. 1938년까지 쓴 작품들을 모은 책으로, 가명은 인종법에 따른 정치적 검열을 피하기 위해 외삼촌의 이름과 외할머니의 성을 붙여서 만든 것이다. 9월에 자주 드나들던 어느 개인 소유의 테니스장에서 스물두 살의 유대인 여성 발레리아 시니갈리아와 만나고 12월에 베네치아에서 결혼을 약속한다.

1941년～　이 시기 로베르토 론기의 세미나에 자주 참석하며, 대학 친구들과의 문학적 연대도 공고히 다진다. 정치적 활동도 계속되어 비밀 임무를 띠고 밀라노, 로마, 피렌체 등에서 주요 반파시즘 인사들을 접촉한다.

1943년   5월 반파시즘 활동으로 체포되어 페라라 시립 감옥에 갇힌다.
연합군이 이탈리아로 진격하는 상황에서 사위인 갈레아초 차노
외무장관 등 측근들마저 무솔리니에게 등을 돌리고, 결국 7월
24일 파시스트 대평의회에서 무솔리니가 실각된다. 이후 7월
26일 바사니도 감옥에서 풀려나고, 8월에 볼로냐에서 발레리아
와 결혼한다. 신변의 위협을 느낀 두 사람은 페라라로 돌아가지
않고 피렌체로 가서 가짜 신분증을 만들어 체류한다. 무솔리니
실각 후 정권을 잡은 피에트로 바돌리오는 연합국에 가담하여
독일에 선전포고한다. 하지만 9월에 독일군이 남하해 감금 상태
인 무솔리니를 구출하고 로마를 점령한다. 언제 밀고당할지 모
르는 상황에서도 바사니는 행동당의 동료들과 반파시즘 활동
을 계속하는 한편, 헤밍웨이의 『무기여 잘 있거라』를 번역하고
많은 시를 쓴다. 이탈리아 본토에서 독일군과 연합군이 공방전
을 벌이는 가운데 독일은 이탈리아 북부에 무솔리니를 수반으
로 하는 괴뢰정부 살로공화국을 수립한다. 12월에 바사니 부부
는 로마행 마지막 기차에 가까스로 올라타고 이후 사망할 때까
지 로마에 거주한다.

1945년   첫아이인 딸 파올라가 태어난다. 첫 시집 『가난한 연인들의 이
야기와 다른 시들 *Storie dei poveri amanti e altri versi*』을 출간
한다. 나치 독일이 패망함에 따라 무솔리니의 살로공화국 역시
종말을 맞이한다.

1947년   두번째 시집 『빛이 다하기 전에 *Te lucis ante*』를 출간한다.

1948년   영국 출신 문인이자 저널리스트 마거릿 카에타니가 창간한 문
예지 『보테게 오스쿠레 *Botteghe Oscure*』의 편집장이 된다. '어
두운 상점'이라는 의미의 잡지 제호는 잡지사가 위치한 로마의
델보테게오스쿠레 거리 이름에서 따온 것이다. 이 잡지를 통해
딜런 토머스, 르네 샤르, 앙리 미쇼, 모리스 블랑쇼, 조르주 바타

유, 앙토냉 아르토 같은 외국 작가들과 마리오 솔다티, 카를로 카솔라, 이탈로 칼비노, 아틸리오 베르톨루치 같은 이탈리아 작가들을 널리 알리고, 파올로 파솔리니 같은 신진 작가들을 발굴하고 후원한다.

1949년   아들 엔리코가 태어난다.

1951년~   시집 『또다른 자유*Un'altra libertà*』(1951)를 출간하고, 단편소설 「마치니 거리의 추모 명판Una lapide in via Mazzini」(1952)과 「저녁 먹기 전의 산책La passeggiata prima di cena」(1951~1953)을 『보테게 오스쿠레』에 발표한다. 소설가이자 영화감독인 솔다티, 안토니오니의 영화 시나리오 작업에 참여하기 시작하며, 이후 소설 원작 영화의 각색 작업을 비롯해 영화인들과 활발히 협력한다.

1953년   로베르토 론기, 안나 반티가 1950년에 창간한 문예비평지 『파라고네*Paragone*』의 편집진에 참여한다. 작가이자 에이나우디출판사의 편집자이던 이탈로 칼비노가 「마치니 거리의 추모 명판」을 높이 평가한다. 나중에 칼비노는 바사니에 대해 "이탈리아 부르주아 의식의 혼란상을 파헤치는" 작가로 정의한 바 있다.

1955년   소설 「클렐리아 트로티의 말년Gli ultimi anni di Clelia Trotti」이 니스트리리스키출판사에서 발간되고 스위스의 문학상 샤를베용상을 수상한다. 「1943년 어느 날 밤Una notte del '43」을 『보테게 오스쿠레』에 발표한다. 이탈리아의 문화, 예술, 자연 유산을 보호하고 후원하기 위한 협회 '우리 이탈리아Italia Nostra'를 동료들과 함께 창립한다.

1956년   다섯 편의 단편소설을 엮은 『페라라의 다섯 이야기*Cinque storie ferraresi*』가 에이나우디출판사에서 출간된다. 이 작품으로 이탈리아에서 최고 권위를 지닌 문학상인 스트레가상을 받는다. 잔자코모 펠트리넬리가 1954년에 세운 펠트리넬리출판사의 편집위원 겸 편집장이 되어 문학 총서 '오늘의 작가' '현대의 고전'을 기획한다. 『보테게 오스쿠레』와 『파라고네』에서 함께했던 작가들 대부분을 끌어들였고 주세페 토마시 디 람페두사 등의 새로운 작가들을 다수 발굴하며 1963년까지 출간 기획을 주도한다.

1957년　실비오다미코 국립연극아카데미의 연극사 교수가 되어 1967년까지 강의한다. 펠트리넬리출판사에서 러시아 작가 보리스 파스테르나크의 『닥터 지바고』를 펴내 대성공을 거둔다.

1958년　『금테 안경 *Gli occhiali d'oro*』을 『파라고네』에 먼저 발표한 뒤 에이나우디에서 출간한다. 알베르토 모라비아와 칼비노가 이 작품을 극찬한다. 특히 칼비노는 프랑스 쇠유출판사 편집자 프랑수아 발에게 보낸 편지에서 바사니를 "요사이 등장한 이탈리아 작가들 가운데 가장 수준 높은 두세 작가 중 하나"로 소개한다. 몬다도리, 에이나우디 같은 대형 출판사에서 모두 거절당한 람페두사의 『표범』을 펠트리넬리에서 출간한다. 바사니가 서문을 쓴 이 작품은 20세기 이탈리아문학사의 가장 놀라운 발견이라는 평가를 받는다.

1960년　단편 「1943년 어느 날 밤」이 플로레스타노 반치니 감독에 의해 영화로 만들어진다. 각색에는 엔니오 데 콘치니와 파솔리니가 참여하고 바사니 자신은 간단한 조언만 한다. 『페라라의 다섯 이야기』와 『금테 안경』을 한 권으로 엮어 『페라라 이야기 *Le storie ferraresi*』라는 제목으로 출간한다.

1962년　장편소설 『핀치콘티니가의 정원 *Il giardino dei Finzi-Contini*』이 에이나우디에서 출간된다. 이 작품으로 비아레조문학상을 받으며 작가로서 큰 명성을 얻고 상업적으로도 성공을 거둔다. 프랑스 갈리마르출판사에서 『금테 안경과 다른 페라라 이야기

들*Les lunettes d'or et autres histoires de Ferrare*』이 출간되면
서 그의 작품들이 세계 여러 나라에 소개되기 시작한다.

1964년 자전적 소설『문 뒤에서*Dietro la porta*』를 에이나우디에서 출
간한다. 이탈리아 국영방송 라이Rai의 부사장으로 취임해 문화
프로그램을 담당한다.

1965년 '우리 이탈리아'의 대표를 맡는다.

1966년 자신의 에세이와 인터뷰 등을 모아서 엮은『준비된 말과 그 밖
의 문학에 대한 글쓰기*Le parole preparate e altri scritti di
letteratura*』를 에이나우디에서 출간한다.

1968년 『파라고네』에 발표한 마지막 소설『왜가리*L'airone*』를 몬다도
리출판사에서 출간한다. 이 작품으로 이듬해 캄피엘로문학상을
받는다.

1970년 『핀치콘티니가의 정원』이 비토리오 데시카 감독에 의해 영화
로 만들어진다. 각색 작업은 처음 1963년에 시작되었으나 난항
을 겪다가 바사니가 직접 참여해 비토리오 보니첼리와 함께 완
성하지만, 그후 작가의 동의 없이 수정된 채로 영화가 제작된
다. 바사니는 자막에서 자신의 이름을 빼라고 요구한다. 이듬해
에 데시카 감독은 이 영화로 제21회 베를린국제영화제 황금곰
상과 제44회 아카데미 시상식 최우수외국어영화상을 수상한다.
같은 해 로베르토 론기가 세상을 떠난 뒤『파라고네』와의 협력
관계도 끝난다.

1972년 단편들을 엮은『건초 냄새*L'odore del fieno*』를 몬다도리에서
출간한다. 문화와 예술에 대한 공로를 인정받아 프랑스의 레지
옹도뇌르 훈장을 받는다.

1973년 『페라라의 다섯 이야기』를 수정하고 보완하여『성벽 안에서
Dentro le mura』라는 제목으로 출간한다.

1974년 페라라에 관한 모든 소설을 한 권의 책으로 엮은『페라라 소

설 *Il romanzo di Ferrara*』을 출간한다. 이 책을 몇 해 전 세상을 떠난 자신의 오랜 친구이자 몬다도리의 편집자 니콜로 갈로에게 헌정한다. 시집『비문*Epitaffio*』을 출간한다.

1978년 시집『위대한 비밀 안에서*In gran segreto*』를 출간한다.

1980년 『페라라 소설』의 최종판이 몬다도리에서 출간된다.

1982년 시 작품 전체를 한데 엮은『운율 있는 시와 없는 시*In rima e senza*』를 출간한다. 이 책으로 바구타문학상을 수상한다. 이탈리아 정부에서 주는 황금펜상을 수상한다.

1984년 1940년부터 1980년까지 신문과 잡지에 발표한 평론과 에세이를 모아『마음 너머*Di là dal cuore*』를 출간한다. 1966년에 출간한『준비된 말』에 내용을 좀더 보태고 다듬은 책이다.

1987년 『금테 안경』이 줄리아노 몬탈도 감독에 의해 영화로 만들어진다. 엔니오 모리코네의 아름다운 음악과 영화 〈시네마 천국〉〈일 포스티노〉로 유명한 프랑스 국민배우 필리프 누아레의 애상적인 연기가 인상적인 영화다.

1990년 알츠하이머병 증세가 나타난다.

1992년 국립린체이아카데미아에서 수여하는 안토니오펠트리넬리상을 받는다.

2000년 4월 13일 로마의 산카밀로병원에서 사망. 페라라의 유대인 묘지에 묻힌다.

문학동네 세계문학전집 발간에 부쳐

세계문학은 국민문학 혹은 지역문학을 떠나 존재하는 문학이 아니지만 그것들의 총합도 아니다. 세계문학이라는 용어에는 그 나름의 언어와 전통을 갖고 있는 국민문학이나 지역문학의 존재를 인정하면서 그것을 넘어서는 문학의 보편적 질서에 대한 관념이 새겨져 있다. 그 용어를 처음 고안한 19세기 유럽인들은 유럽문학을 중심으로 그 질서를 구축했지만 풍부한 국민문학의 전통을 가지고 있는 현대의 문학 강국들은 나름의 방식으로 세계문학을 이해하면서 정전(正典)의 목록을 작성하고 또 수정한다.

한국에서도 세계문학 관념은 우리 사회와 문화의 변화 속에서 거듭 수정돼왔다. 어느 시기에는 제국 일본의 교양주의를 반영한 세계문학 관념이, 어느 시기에는 제3세계 민족주의에 동조한 세계문학 관념이 출현했고, 그러한 관념을 실천한 전집물이 출판됐다. 21세기 한국에 새로운 세계문학전집이 필요하다는 것은 명백하다. 우리의 지성과 감성의 기준에 부합하는 세계문학을 다시 구상할 때가 되었다.

문학동네 세계문학전집은 범세계적으로 통용되는 고전에 대한 상식을 존중하면서도 지난 반세기 동안 해외 주요 언어권에서 창작과 연구의 진전에 따라 일어난 정전의 변동을 고려하여 편성되었다. 그래서 불멸의 명작은 물론 동시대 세계의 중요한 정치·문화적 실천에 영감을 준 새로운 작품들을 두루 포함시켰다.

창립 이후 지금까지 한국문학 및 번역문학 출판에서 가장 전문적이고 생산적인 그룹을 대표해온 문학동네가 그간 축적한 문학 출판 경험을 바탕으로 새로운 세계문학전집을 펴낸다. 인류가 무지와 몽매의 어둠 속을 방황하면서도 끝내 길을 잃지 않은 것은 세계문학사의 하늘에 떠 있는 빛나는 별들이 길잡이가 되어주었기 때문이다. 우리가 자부심과 사명감 속에서 그리게 될 이 새로운 별자리가 독자들의 관심과 애정에 힘입어 우리 모두의 뿌듯한 자산이 되기를 소망한다.

문학동네 세계문학전집 편집위원
민은경, 박유하, 변현태, 송병선, 이재룡, 홍길표, 남진우, 황종연

세계문학전집 273

핀치콘티니가의 정원

1판 1쇄 2016년 6월 25일
2판 1쇄 2026년 3월 10일

지은이 조르조 바사니 | 옮긴이 이현경

책임편집 박효정 | 편집 오동규
디자인 김이정 최미영 | 저작권 박지영 형소진 주은수 오서영 조경은
마케팅 정민호 서지화 박치우 한민아 왕지경 이민경 정유진 김예진 김혜원 정경주 이서진
브랜딩 함유지 이송이 박민재 김하연 신은서 이준희 조다현
미디어콘텐츠 함근아 김은솔 박다솔
제작 강신은 김동욱 이순호 | 제작처 영신사

펴낸곳 (주)문학동네 | 펴낸이 김소영
출판등록 1993년 10월 22일 제2003-000045호
주소 10881 경기도 파주시 회동길 210
전자우편 editor@munhak.com
대표전화 031)955-8888 | 팩스 031)955-8855
문학동네카페 http://cafe.naver.com/mhdn
인스타그램 @munhakdongne | 트위터 @munhakdongne
북클럽문학동네 http://bookclubmunhak.com

ISBN 979-11-416-0315-1 04880
       978-89-546-0901-2 (세트)

잘못된 책은 구입하신 서점에서 교환해드립니다.
기타 교환 문의 031) 955-2661, 3580

www.munhak.com

● 문학동네 세계문학전집은 계속 출간됩니다